ELMORE LEONARD

BANDITEN

ELMORE LEONARD

BANDITEN

ROMAN

Aus dem Amerikanischen von
Klaus Kamberger

PAUL ZSOLNAY VERLAG

WIEN · DARMSTADT

Titel der amerikanischen Ausgabe: Bandits

Umschlag und Einband: Buchholz & Hinsch
Satz: Fotosatz Otto Gutfreund, Darmstadt
Druck und Bindung: May & Co., Darmstadt
Printed in Germany
ISBN 3-552-04001-3

CIP-Kurztitelaufnahme der Deutschen Bibliothek
Leonard, Elmore:
Banditen : Roman / Elmore Leonard
Wien/Darmstadt: Zsolnay, 1988
ISBN 3-552-04001-3

Für Joan, Jane, Peter und Julie,
Christopher, Bill und Katy,
Joan, Beth und Bobi,
Shannon, Megan, Tim, Alex und Joan

1

Jedesmal, wenn sie aus dem Lepra-Krankenhaus anriefen, daß eine neue Leiche bereitlag, hatte Jack Delaney das Gefühl, er bekomme einen Grippeanfall oder etwas Ähnliches. Endgültig wurde ihm das klar, als Leo Mullen, sein Boß, zu ihm sagte: »Fällt dir das auch auf? Sie rufen hier an, meistens ist es eine der Schwestern, und kurz darauf hast du so etwas Klagendes in deiner Stimme. Hört sich an wie ›O Mann, ich weiß nicht, was los mit mir ist. Ich fühle mich irgendwie miserabel.‹«

Jack sagte: »Miserabel? Das ist ein Ausdruck, den ich noch nie im Leben benutzt habe. Wann war es das letzte Mal? Ich meine, daß sie angerufen haben. Augenblick mal. Wie oft haben sie überhaupt angerufen, seit ich bei dir bin? Zweimal?«

Leo sah von der Leiche hoch, die vor ihm auf dem Präpariertisch lag. »Soll ich es dir genau sagen? In knapp drei Jahren war dies das vierte Mal, daß ich dir gesagt habe, wie du dich anstellst.«

Leo hatte Gummihandschuhe und eine Wegwerfschürze aus Plastik übergezogen. Darunter trug er Weste, Hemd und Krawatte. Er sah aus wie ein piekfein ausstaffierter Mann, der gerade mal den Abwasch machte.

Jack stand in der offenen Doppeltür des ausgekachelten Raumes, vielleicht anderthalb Meter vom oberen Ende des Tisches aus Gußkeramik entfernt, der eine leichte Neigung zum Abflußbecken hatte und an dem Leo die Leiche präparierte. Es war ein kleinwüchsiger Mann mit beginnender Glatze und stark behaartem Körper. Da lag der arme Kerl, mit am unteren Ende des Tisches gegeneinander verdrehten Füßen und einem Schildchen, das sie ihm um den linken großen Zeh gebunden hatten. Jack betrat den Raum nie und sah auch nie eine Leiche direkt an. Er hatte auf die Opfer von Unfällen immer nur ganz flüchtig einen Blick geworfen, damit ihn nicht das Grausen packte, denn es waren Anblicke, die man niemals wieder loswurde. Dieser hier schien in Ordnung. Jack sah ihn. Oh, Scheiße! Und sah wieder weg. Den Kerl mußten sie aus einem Autowrack gezogen haben. Er hatte gar keine beginnende Glatze, sondern war vorne skalpiert worden. Eine Windschutzscheibe mußte ihm sehr plötzlich diesen fliehenden Haaransatz verpaßt haben. Jack fuhr sich mit der Hand durch das eigene Haar. Dann ließ er sie schnell wieder fallen, ehe Leo es bemerkte und ihm womöglich erzählte, daß er sich mal wieder die Haare schneiden lassen sollte. Er hielt den Blick auf Leo gerichtet, der jetzt Dis-Spray, ein Desinfektionsmittel, in alle Öffnungen spritzte, die der Kerl hatte, Nasenlöcher, Mund und seine sonstigen unerforschten Öffnungen.

»Bei allen drei früheren Anrufen«, sagte Leo, »meine ich, mich zu erinnern, daß du vierundzwanzig Stunden lang trübsinnig warst. Mehr will ich nicht sagen. Habe ich recht, oder liege ich falsch?«

Jack sagte: »Ich war mal in Carville, als ich für die Rivés arbeitete. Da stiegen wir ein- oder zweimal im Jahr auf die Empore und stimmten die Orgel. Einer von ihnen, meistens war es Uncle Brother, saß vor dem Manual und schlug die Töne an, und ich kletterte auf einer wackeligen Leiter oben zwischen den Pfeifen herum und stellte die Ventile ein. Ich hatte das Ohr dafür.«

Leo sah aus, als wollte er dem Kerl auf dem Präpariertisch ebenfalls die Orgelpfeife stimmen. Nun hob er dessen Geschlechtsteile hoch und sprühte sie ein, und Jack sah zu und dachte, daß der Kerl vielleicht einmal ganz stolz auf sein Werkzeug gewesen war. Ein kleiner Kerl, aber mit einem ziemlichen Gehänge.

Jack sagte: »Habe ich denn gesagt, daß ich mich krank oder nicht gut fühlte?«

»Nicht direkt. Sie mußten nur anrufen.« Er griff nach dem Plastikschlauch, der in den Abfluß hing, und drehte den Wasserhahn auf. »Kannst du mir das halten?«

»Kann ich nicht«, sagte Jack, »dafür habe ich keine Konzession.«

»Ich erzähl's nicht weiter. Los, nur den Tisch abspritzen. Sieh zu, daß es durch die Rinne abläuft.«

Jack schob sich heran und faßte nach dem Schlauch, ohne die Leiche anzusehen. »Es gibt Sachen, die ich lieber täte, als Menschen anzufassen, die an Lepra gestorben sind.«

»Die Hansensche Krankheit«, sagte Leo. »Du wirst nicht daran sterben, du stirbst an etwas ganz anderem.«

»Wenn ich mich recht erinnere, dann hast du das letzte Mal, als Carville eine Leiche für uns hatte, sie einfach von einem Spezialunternehmen abtransportieren lassen.«

»Das war deswegen, weil ich schon drei Leichen im Hause hatte – zwei lagen hier auf dem Tisch – und du mir erzählt hast, wie miserabel dir zumute war.«

Jack sagte: »He, Leo, was erzählst du da für einen Scheiß? Du wolltest nur genausowenig wie ich eine Lepra-Leiche anfassen.«

Jack Delaney konnte mit seinem Boß so reden, weil sie ziemlich gute Freunde waren und weil Leo zudem sein Schwager war – er war mit Jacks Schwester Raejeanne verheiratet –, und weil Jacks Mutter einen Teil des Jahres bei Leo und Raejeanne wohnte, und zwar die vier oder fünf Monate, die sie auf der anderen Seite des Sees, in Bay St. Louis, Mississippi, zubrachten.

Leo war der letzte von Mullen & Söhne, Bestattungsunternehmen. Er war fünfzig Jahre alt und der Enkel des Gründers, hatte für seinen Vater gearbeitet, dann für seinen Onkel, und jetzt war er sein eigener Herr, der letzte in der Linie. In zehn Jahren würde er verkaufen und sich ganz an die Bay zurückziehen, Krabbennetze auswerfen und historische Romane lesen. Bis dahin würde er sich weiter feierlich geben, sein Beileid ausdrücken, den Rosenkranz in der Hand, wenn es sein mußte, und niemals auf einen Drink nach oben gehen, bevor nicht die Hinterbliebenen wieder gegangen waren. Es gab Barkeeper, die glaubten, Leo sei Jacks Onkel. Als sie einmal im Mandina saßen, hatte Jack zu ihm gesagt: »Du hättest nie ein Beerdigungsunternehmer werden dürfen.« Und Leo hatte gesagt: »Und was dann?«

Jack Delaney war auch schon vierzig, sah aber jünger aus. Seine Mutter nannte ihn immer nur ihren guten Jungen oder ihren stattlichen Sohn. Niemals erwähnte sie das Angola, das Staatsgefängnis von Louisiana, wo ihr Junge fünfunddreißig Monate als Strafgefangener Baumwolle gepflückt, Sojabohnen geerntet und Kehricht beseitigt hatte. Und wenn sie mit dem eigenen Müll fertig waren, dann wurde ihnen welcher aus Mississippi zur Verarbeitung angeschleppt, hatte er seiner Mutter erzählt. Seine Mutter hatte sieben gerahmte Fotos von ihm auf der Anrichte stehen, von denen sie einige aus der Zeitung ausgeschnitten hatte, als er für Anzeigen für Maison Blanche posiert hatte. Von Raejeanne hatte sie ein Foto, das ihre Tochter als Absolventin der Dominican High School zeigte. Den Mädchen gefiel Jacks sandfarbenes und immer unordentliches Haar, sein schlanker Körper und seine Andeutung von einem Netter-Kerl-Lächeln. Sie sagten: »Oh, toll«, wenn er ihnen erzählte, daß er schon einmal als männliches Modell gearbeitet hatte, vor allem für Sportmoden. Sie sagten: »Oh, mein Gott«, wenn er zufällig die Bemerkung fallenließ, daß er auch schon einmal gebrummt hatte. Dann bekamen sie krause Näschen und fragten sich, was dieser reizende Bursche wohl angestellt haben mochte, daß sie ihn ins Gefängnis gesteckt hatten. Er erzählte ihnen dann, das sei eine lange Geschichte, aber, nun gut, er habe eben einmal einen Juwelendiebstahl begangen. Das wollten sie natürlich genauer hören, und er erzählte ihnen, ganz lässig, von dieser und jener gefährlichen Situation, in der er gesteckt hatte, und erfuhr dabei, daß es Mädchen gab, die auf vorzeigbare Ex-Gauner richtig abfuhren.

Als er wohlbewahrt im Angola steckte, war es Leo gewesen, der das meiste für ihn getan hatte. Leo kannte die richtigen Leute in Baton Rouge und erzählte denen, daß sein Schwager ein bißchen wild und ungezähmt sei. Halte sich für einen Teufelskerl, den Traum aller kleinen Mädchen. Leo setzte ihnen auseinander, daß Jack ein kluger Kopf sei, aber ihm als Junge zu wenig Disziplin beigebracht worden war. Sein Vater sei in Honduras gestorben, wo er für United Fruit gearbeitet hatte. Jack sei damals gerade in die neunte Klasse an der High School der Jesuiten gegangen und immer einer von jenen gewesen, denen sozusagen der Teufel im Leibe steckte. Wenn er etwa nach Manchac gefahren war, Schlangen gefangen und sie wieder in den Swimming-Pools der Country-Clubs ausgesetzt hatte. Aber keine giftigen, Leo erzählte den Leuten in Baton Rouge, er suche für Jack Delaney einen Beruf, in dem er täglich an die Realitäten des Lebens und an deren Konsequenzen erinnert würde, daß er ihn also an ein vernünftiges Leben gewöhnen wollte. Heraus kam am Ende ein Monat in einem Rehabilitationszentrum, ein Monat von den drei Jahren, die er von einem Urteil abzusitzen hatte, das auf fünf bis fünfundzwanzig Jahre gelautet hatte.

So gehörte es denn zu seiner bedingten Strafaussetzung, daß er bei Mullen & Söhne, 3600 Canal Street, eine Arbeit aufnahm. In der Arbeit an Toten sah er zwar auch keine größeren Karrierechancen als beim Baumwollpflücken im Angola-Gefängnis; aber hier wohnte er im ersten Stock eines Beerdigungsinstituts, am Ende des Ganges, der zum Einbalsamierungsraum führte, er fuhr den Leichenwagen, holte Leichen aus den Krankenhäusern ab und aus den Aufbahrungsräumen der Pfarrgemeinden, tat Dienst im Empfang während der Besuchszeiten und schmückte die Wagen mit gelben Lilien für die Beerdigungen... Als sein Schwager ihn eingestellt hatte, hatte Jack ihn gefragt: »Bist du sicher, daß du weißt, was du tust?« Und Leo hatte gesagt: »Ich weiß, daß es weder für dich gut ist noch für mich, wenn wir alleine herumsitzen und trinken.«

Jetzt sagte Leo: »Wenn du zwischendurch nicht noch einmal in Carville warst, seit du für die Rivé-Brüder gearbeitet hast, dann muß das jetzt sechs oder sieben Jahre her sein.«

»Mehr noch«, sagte Jack.

»Sie wissen nicht genau, wie man Lepra bekommt – ich meine, die Hansensche Krankheit –, obwohl ich gelesen habe, man kriegt sie von Gürteltieren übertragen. Also, halt dich von Gürteltieren fern.«

Jack antwortete nicht.

»Ich weiß, daß keine der Schwestern jemals Lepra bekommen hat, und es gibt sie dort, seit die Station eröffnet worden ist, das ist fast hundert Jahre her. Es sind die gleichen Schwestern wie am Charity Hospital. Erinnerst du dich an eine Schwester Teresa Victor?«

Jack gab keine Antwort, sagte überhaupt nichts, weil er auf das Gesicht des Mannes auf dem Präpariertisch starrte. Er erkannte unter den Verletzungen Züge, die ihm vertraut waren, und ihm wurde klar, daß er den Mann kannte, auch ohne das dunkle Haar, das ihm sonst in Locken in die Stirn gefallen war. Jack sagte: »Das ist Buddy Jeannette, nicht?« Er war überrascht, aber gefaßt und nur ein wenig verblüfft. »Himmel, er ist es, Buddy, Jeannette.«

Leo warf einen Blick auf den Totenschein, der auf der Ablage gleich neben der Porti-Boy-Einbalsamierungsmaschine lag. »Denis Alexander Jeannette«, sagte er. »Geboren in der Gemeinde von Orleans, am dreiundzwanzigsten April 1937.«

»Es ist Buddy. Mein Gott!« Jack schüttelte den Kopf. »Ich kann es nicht glauben.«

Leo hatte Buddy jetzt an den Porti-Boy angeschlossen, und die Maschine pumpte eine rosafarbene Flüssigkeit namens Permaglo durch eine durchsichtige Plastikröhre über den nackten Körper von Buddy und in dessen rechte Halsschlagader. Leo blickte auf und nahm sich die Zeit, Jacks Gesicht gründlich zu studieren.

»Warum kannst du es nicht glauben?«

»Er war immer so vorsichtig.«

Leo griff nach dem Schlauch und verteilte eine dicke Flüssigkeit langsam über Buddy Jeannettes Schultern und Brustkorb. »Wo hast du ihn kennengelernt, im Gefängnis?«

»Vorher«, sagte Jack. Einen Augenblick herrschte Schweigen. Leo wartete, ließ den Schlauch über Buddys Körper hin und her wandern, seifte ihn ein. »Ich habe ihn in der Stadt getroffen. Wahrscheinlich war es ein Samstagnachmittag, als ich ihm in der Bar an der Roosevelt begegnet bin, und wo wir zusammen einen getrunken haben.«

»Hört sich an, als wärt ihr gute Freunde gewesen.« Leo massierte das seifige Zeug in Buddys Haut ein, knetete sein Fleisch, damit das Permaglo einziehen konnte und ihm so eine natürliche Farbe verlieh.

»Wir waren Freunde, wenn wir uns trafen«, sagte Jack. »Aber wenn wir einander nicht trafen, machte das auch nichts.«

»Ich kann mich nicht erinnern, daß du mal von ihm gesprochen hast.«

»Na ja, es ist auch eine Zeit her.«

»Seit?«

»Seit ich ihm das letzte Mal begegnet bin.« Er hatte sich inzwischen daran gewöhnt, Buddys Verletzungen anzuschauen. Das Gesicht des armen Kerls wirkte dort, wo die Haut nicht abgeschürft war, sonnengebräunt. »Es war ein Unfall, nicht?«

»Kam von der Straße ab und landete in einem Kanal. Heute morgen«, sagte Leo, »draußen auf dem Chef-Highway.« Er sah wieder auf den Totenschein. »Wie ich sehe, war dein Freund verheiratet. Lebte in Kenner.«

»Tatsächlich?«

»Nur daß er jemand anderen in seinem Wagen hatte. Eine junge Dame«, sagte Leo. »Wie würdest du dich wohl als seine Frau fühlen, der man dann so etwas erzählt?«

Jack sagte: »Also, das kann doch einmal vorkommen, meine ich.«

»Wie vorsichtig man auch ist?«

»Vielleicht habe ich mich geirrt. Vielleicht war er nicht vorsichtig. Oder er war es früher einmal, aber seit er durch die Windschutzscheibe geflogen ist, hat er sich eben verändert. Ich weiß nichts über ihn, weiß nicht, was er gemacht hat.«

»Hört sich an, als wären wir hier bei einem heiklen Thema.« Leo wandte sich wieder dem Porti-Boy zu und prüfte die Druckanzeige.

Jack wußte, daß er besser ginge, jetzt gleich. Aber er sah weiter Buddy an. »Was ist der Frau passiert, die bei ihm war?«

»Du meinst die junge Dame, die nicht seine Frau gewesen war? Ihr ist das gleiche wie deinem Freund passiert«, sagte Leo. »Todesursache:

mehrfache Verletzungen. Such dir eine heraus. Ich wundere mich, daß sie im Leichenschauhaus keine genaue Aufstellung gemacht haben. Sie haben nur ein wenig Blut abgenommen, mehr nicht. Die junge Dame ist draußen in Lakeview. Du weißt, was ich meine? Sie liegt im Metairie, einem brandneuen Gebäude. Sie müssen da zweihundert Begräbnisse machen pro Jahr, und zwar leicht. Mrs. Jeannette hat gewünscht, daß man deinen Freund hierher bringt. Aber du benimmst dich so, als würdest du sie nicht kennen.«

»Das tu ich auch nicht. Ich wußte nicht einmal, daß er verheiratet war.«

»Und die Freundin?«

»Du meinst das Mädchen, das bei ihm war? Was willst du denn herausbekommen, Leo?«

»Du kennst doch eine Menge Mädchen. Ich dachte nur, du hast die in dem Auto ebenfalls gekannt.«

»Sag mir, worauf du hinauswillst.«

»Wir reden über Mädchen, Jack. Wo trifft man die heutzutage am besten?« Leo steckte jetzt eine Hand in den Schrank über dem Porti-Boy. »Wie ich höre, soll die Bayou Bar an der Pontchartrain nicht schlecht sein.«

»Die ist in Ordnung.«

Leo wandte sich wieder Buddy zu, eine vierzig Zentimeter lange Hohlnadel aus verchromtem Messing in der Hand, mit einem Griff am einen und einer messerscharfen Spitze am anderen Ende.

»Du warst erst vor ein paar Tagen dort, nicht wahr?«

»Leo, fang noch nicht mit der Nadel an, ja? Laß uns das erst einmal klären. Von was für einem Tag reden wir?«

»Du hast an drei Abenden in dieser Woche gearbeitet, also muß es der Montag gewesen sein. Ich glaube, so gegen sechs.«

Jack nickte, war aber nicht bereit, irgend etwas zuzugestehen, weil ihm sein Gewissen sagte, daß er ganz unschuldig war. »Hmm, und mit wem war ich dort?«

Leo sagte: »Du weißt, mit wem du dort warst.« Er griff nach einem langen Plastikschlauch, der mit einer metallenen Absaugvorrichtung verbunden war und in dem Ablaufbecken hing. Leo verband ihn mit dem Griffende der Hohlnadel. »Willst du mir etwa erzählen, daß du nicht mit ihr zusammen warst? Mit einem Mädchen, das man bei seinen roten Haaren auf eine Meile erkennen kann?«

»Ja, ich war mit Helene zusammen.«

»Du gibst es zu.«

»Ich möchte gern wissen, wer es dir erzählt hat.«

»Du gibst es zu, was macht es also für einen Unterschied?«

»Leo, du sagst nicht einfach, daß ich mit ihr zusammen war, du wirfst es mir vielmehr vor.«

»Wenn du es so auffaßt.«

»Aber *was* wird mir denn nun vorgeworfen? Ich bin ja nicht mehr auf Bewährung raus, Leo, ich bin rehabilitiert. Für mich gibt es jetzt kein ›Achtung! Stillgestanden!‹ und ähnlichen Scheiß mehr, verstanden? Ich will wissen, was ich getan habe.«

»Ich weiß nicht. Hast du sie mit auf ein Zimmer genommen?«

»Ich bin ihr ganz zufällig begegnet. Ich hatte Helene seit Jahren nicht gesehen, wie du weißt.«

»Seit du ins Gefängnis gekommen bist.«

»Wir haben zusammen etwas getrunken, das war alles.«

»Aber hattest du nicht das Bedürfnis?«

»Wozu?«

»Sie mit auf ein Zimmer zu nehmen.«

»Leo, du kannst ein Mädchen wie Helene nicht ansehen, ohne daß dir dieses Bedürfnis kommt. So hat Gott uns nun einmal gemacht.« Er sah zu, wie Leo sich Buddy mit der Hohlnadel näherte. »Es sieht so aus, als machtest du dir Sorgen, daß ich in irgend etwas gerate«, sagte Jack, »oder daß ich wegen dieses Burschen, der vor Jahren einmal mein Freund war, wieder in Schwierigkeiten komme.«

»Das war zur selben Zeit wie mit Helene.«

»Also, jetzt hör mal zu. Die beiden haben einander nicht einmal gekannt. Dieser arme Kerl ist da von der Chef Menteur abgekommen, zusammen mit einem Mädchen, vielleicht seiner Schwägerin oder einer Freundin der Familie, was weiß ich? Aber du fängst an, dir etwas auszudenken. Ich bin schuldig, weil er schuldig ist, und du weißt nicht einmal, ob er schuldig ist. Aber es ist doch so, Leo, selbst wenn die junge Dame in seinem Wagen tatsächlich seine Freundin gewesen ist, was hat das mit mir zu tun?«

»Ich mach mir Sorgen um dich«, sagte Leo.

»Warum?«

»Ich weiß nicht. Ich nehme an, es ist deine Art, es sind deine Neigungen, die mich ein wenig nervös machen.«

»Wir sind eben verschieden, Leo.«

»Das sind wir wirklich.«

»Du liebst diese Arbeit, ich nicht. Du liegst gern in deiner Hängematte an der Bay, liest dein Buch, läßt dir den Geruch der Gumboschoten um die Nase wehen, die Raejeanne in der Küche anrührt...«

»Und was hast du gerne, Jack?«

Jack gab keine Antwort und sah auf die Nadel, die wie ein Spieß über Buddy Jeannettes Bauch schwebte, nur ein paar Zentimeter von seinem Nabel entfernt.

»Weißt du was?« sagte Leo. »Dir gefallen die normalen Dinge im Leben nicht, an denen die Leute sonst alle Freude haben. Dir schwirrt immer etwas Verrücktes im Kopf herum, nicht?«

»Ich habe im Augenblick an gar nichts gedacht. Aber wenn du es mir nicht übel nimmst, Leo, dann sage ich dir, dieses Geschäft, das du hier betreibst, läßt dich vor der Zeit altern. Es ist immer so ernst. Weißt du, es gibt so wenig lockere Momente.« Er sah mit Erleichterung, daß Leo den Griff um die Hohlnadel lockerte.

»Du hast recht«, sagte Leo, »ich neige dazu, vorschnelle Schlüsse zu ziehen. Ich höre, daß du mit dieser rothaarigen Braut zusammen warst, und schon sehe ich dich auf dem Weg über den Cocktail ins Bett.«

»Ich habe ihr einen Drink spendiert.«

»Ja, also, genau das meine ich. Nach dem, was sie dir angetan hat, hättest du nicht einmal mehr ›Hallo‹ zu ihr sagen dürfen.«

»Sie hat mir überhaupt nichts angetan, Leo. Das war ich selbst. Der Verstand gibt es doch dem Willen ein, nicht? Und der Wille sagt entweder nein oder wir tun's. Das habe ich so in der High School gelernt. Und das bedeutet, gib niemand anderem die Schuld, wenn du auffliegst.«

»Um dir eines klarzumachen«, sagte Leo. »Wenn du wieder diesen Nervenkitzel suchst, dann gibt es nur zwei Möglichkeiten, wie du endest. Entweder so, wie du es schon einmal erfahren hast, oder hier, Jack, auf diesem Tisch. Wie dein Freund.«

»Morgen fahre ich nach Carville.«

»Das würde ich mir wünschen«, sagte Leo. Er sah auf Buddys Bauch hinunter und berührte mit der Spitze der Hohlnadel die Stelle, zwei bis drei Zentimeter über dem Nabel, wo das Fleisch weich zu sein versprach.

Jack sagte: »Augenblick. Um wieviel Uhr soll ich losfahren?« Er sah Leo, wie er über sein Instrument gebeugt dastand. »Leo, Augenblick, ja?« Dann sagte er: »Ach Scheiße« und drehte sich weg.

2

Mario, einer der Barkeeper im Mandina, ein junger Bursche, den Jack Delaney sehr gut kannte, sagte: »Du stichst das Ding also einfach in den Körper hinein, als würdest du ihn aufspießen?«

»Wie sollte man es sonst machen?«

»Und du polkst überall in dem Kerl herum?«

»Nein, wenn du die Hohlnadel einmal drin hast, dann bleibt sie dort. Du veränderst nur den Einstichwinkel. Sagen wir es mal so: Du saugst ihm die Eingeweide aus. Dann triffst du die Leber, und es kommt nichts, und schon weißt du, der Kerl war ein Säufer, hatte Zirrhose.«

»Himmel, so etwas könnte ich nie tun.«

»Du gewöhnst dich dran.«

»Willst du noch einen?«

»Ja, mit drei Oliven. Danach steige ich um.«

»Mann, ich könnte so etwas nie.«

»Es gibt freiberufliche Einbalsamierer, die kommen ins Haus, verstehen ihr Geschäft, kassieren um die hundert pro Auftrag. Was glaubst denn du? Die machen dreißig- bis vierzigtausend im Jahr.«

»Nichts für mich«, sagte Mario und verzog sich.

Samstag nachmittags war die kahle Bar mit ihrer hohen Decke fast leer. Touristen kamen nicht bis in die Canal Street heraus. Mullen & Söhne lag nur einen Block entfernt. Nach einer Beerdigung kamen Jack und Leo, noch in ihren dunklen Anzügen und mit den perlgrauen Krawatten um den Hals, immer herein, setzten sich an einen Tisch, begannen ganz artig langsam ein Gespräch, bis, o Mann, die Erleichterung eintrat, wenn der erste eiskalte Wodka-Martini die Kehle hinunterrann. Jack trank ihn mit Olive, gefüllt mit Anchovis, Leo mit einer Scheibe Zitrone. Leos Augen glitzerten, wenn er dann zu dem farbigen Kellner mit dem Bart hochblickte, der mal in dem Film *Pretty Baby* gewesen war und sie danach als lackierte Leichen-Fritzen bezeichnet hatte. Leo sagte dann immer zu ihm: »Henry, warum sagst du es nicht noch einmal? Würde dir das keinen Spaß machen?« Und Leo würde insistieren. »Uns würde es verteufelt Spaß machen, Henry.« Später gab es Artischockensuppe und überbackene Austern.

Mario kam mit dem Martini die Bar entlang und stellte das Cocktail-Glas vor Jack auf einem Untersatz auf die Theke.

»Was ich nicht verstehe, ist: Wie kannst du das jeden Tag in deinem Leben machen? Diesen Quatsch mit den Toten?«

Jack nahm seinen Martini und wollte eben sagen, daß es immerhin eines gab: Tote beschweren sich nie und werden nie lästig. Aber er hielt an, dachte einen Augenblick nach und sagte: »Ich weiß nicht. Ich weiß wirklich nicht.« Er nippte am Martini, steckte eine Olive in den Mund, kaute ein paarmal und nahm den nächsten Schluck. Himmel, war das gut.

»Ich höre, du ziehst den Frauen nie einen Schlüpfer an, wenn sie im Sarg liegen.«

»Wer hat dir das erzählt?«

»Ich weiß nicht, ich habe es nur mal so gehört.«

»Wir ziehen sie von oben bis unten an, bis zu den Socken. Schuhe auf Wunsch, aber sonst alles.«

Mario hob Jacks Glas hoch und schob einen frischen Untersatz darunter. »Hast du schon mal so ein richtig gut aussehendes Mädchen gekriegt, ich meine, eine mit einem tollen Körper, weißt du. Und hast du all diese Sachen mit ihr gemacht?«

»Siehst du? Hört sich doch gar nicht so schlecht an, nicht?«

»Ich würde es trotzdem noch nicht machen.«

»Weißt du, was das Schlimmste ist? Du siehst dir eine Leiche an, die sie hereingebracht haben, und plötzlich merkst du: Himmel noch mal, der Kerl da war dein Freund.«

»Fällt dir plötzlich auf, he? Einer, den du kanntest.«

»Selbst wenn du den Menschen eine Zeitlang nicht gesehen hast. Wie dieser Bursche heute. Ich seh ihn da liegen, ich kann es nicht glauben. Der Bursche ist nicht nur tot, er ist auch acht Jahre älter, seit du ihn zuletzt gesehen hast. Du verstehst, was ich meine? Er ist ein anderer Mensch geworden. Ich sehe ihn mir an, ein Bursche namens Buddy Jeannette, ich kenne ihn, und ich kenne ihn nicht. Ich weiß nicht, wo er gesteckt, was er inzwischen gemacht hat.«

»Woran ist er gestorben?«

»Also, die Sache ist die, der Bursche war nicht nur ein alter Freund. Als ich ihn damals traf, als ich zum erstenmal mit ihm sprach, da hat sich augenblicklich mein ganzes verdammtes Leben geändert.«

»War er so etwas wie ein Priester?«

»Er war Hoteldieb.«

»Ach du Scheiße!«

»Du weißt, ich habe mal gesessen.«

»Du hast es mal erwähnt, ja. Drei Jahre.«

»Also, davor, als ich dem Burschen begegnet bin... Halt, ich muß dir vorher noch etwas erzählen. Direkt nachdem ich die Schule hinter mir hatte, habe ich im Maison Blanche gearbeitet, in der Herrenabteilung, und da haben sie Modefotos von mir gemacht. Sie sagten, ich hätte die perfekte Größe vierzig und gute Zähne, und sie sagten, mein Haar gefiele ihnen auch. Aber ich habe das wieder aufgegeben, weil es eine ziemliche Scheiße war, da immer unter den Lampen rumzustehen. Also, das war die Zeit, von der ich rede...«

»Und zu der du dem Burschen begegnet bist?«

»Ja, vor acht Jahren war das. Ich war damals zweiunddreißig und arbeitete für die Rivé-Brüder, verdiente kaum zweihundert die Woche.«

»Sie kommen manchmal hier herein. Emile und sein Bruder.«

»Ich weiß. Es sind meine Onkel... Wie dem auch sei, in dieser Nacht kam ich aus dem Felix's, da an der Iberville, hatte meine Austern gegessen, ein paar Bier getrunken, und da hält mich diese Frau auf der Straße an. Sie will von mir wissen, ob ich schon mal als Model gearbeitet habe. Ich sage: ›Klar, kennen Sie das Maison Blanche?‹ So, wie sie redet, kriege ich gleich mit, daß sie nicht aus der Stadt ist. Sie sagt, sie kämen aus New York und machten hier Fotos für einen Hollandia-Katalog mit Sportmoden – das sind die mit der kleinen Tulpe auf dem Hemd –, und sie sagt, sie gibt mir tausend Scheine für vier Tage. Nur so. Die Tausend garantiert, dazu die Überstunden. Aber wie sie mich so ansieht, meine Haare anfaßt, habe ich das Gefühl, sie will mehr von mir, als nur Fotos machen.«

»Und, war sie nett?«

»Sehr attraktiv, elegant, trug die ganze Zeit eine dunkle Sonnenbrille und hatte die weißeste Haut, die ich je gesehen habe. Sie war vielleicht zwei- oder dreiundvierzig.«

»Das ist doch nicht schlecht.«

»Sie hieß Betty Barr und managte eine Werbeagentur. Die anderen Models und der Fotograf und seine Helfer – sie alle nannten sie immer nur Bettybarr, als wäre es ein einziger Name. Ich weiß nicht, warum, aber ich kam damit nicht klar, und so habe ich sie überhaupt nicht gerufen. Wir fingen am Morgen an und machten den ganzen Tag lang Außenaufnahmen, mal hier, mal da. Natürlich am Jackson Square, im Audubon Park, vor dem Leuchtturm am New Bason Canal, bei den Docks unten an der Lafitte, und die Garnelenfischer standen herum und guckten zu. Wir stellten uns also in Positur, als wären wir glücklicher, wenn wir diese Sachen anhatten, Trainingsanzüge, Rugbyhemden... Dieser andere Bursche, Michael hieß er, der sagte nie ein einziges verdammtes Wort zu mir, und ihm schien das alles überhaupt nichts auszumachen. Er sah aus wie einer, der alle Welt wissen ließ: ›Ihr könnt mich mal...‹ Und rundherum standen die Fischer und machten ihre Bemerkungen. Auch den Mädchen machte es nichts aus, sie waren halbe Kinder, sechzehn, siebzehn...« Jack tippte an sein Glas. »Gießt du mir mal nach? Nur Wodka.«

Mario ging die Theke entlang, holte die Flasche, und Jack dachte an die Mädchen. Den Mädchen fiel es überhaupt nicht schwer, sich da sofort einzupassen. Sie schlüpften von einer Pose in die andere, mal mit ausdruckslosem Gesicht, dann ein Lächeln, dann wieder ein überraschtes Aussehen. Sie faszinierten ihn mit ihren einstudierten Bewegungen. Mädchen waren die geborenen Models, sonst nichts, sie konnten sich selbst an ihre Posen verlieren. Beiläufig sagte er mal ihnen: »Glaubt ihr, daß ein Kerl so etwas auch trägt?« Und sie sagten: »Aber sicher.« Sie gefielen ihm, wenn sie posierten, und er gefiel ihnen, wenn er das nicht tat.

Mario kam zurück, goß ein, und Jack sagte: »Wir sind draußen in der Gegend von Tulane, ich habe diese verdammten grellgrünen Hosen an und dazu ein pinkfarbenes Hemd mit der kleinen Tulpe drauf, und da sind diese Kerle von der South Central Bell in ihren Plastikhelmen gerade dabei, die Saint Charles Avenue aufzubuddeln. Natürlich fingen sie an, ihre Bemerkungen zu machen, riefen dies und jenes zu uns herüber. Bei meinem richtigen Job damals, also zwischen diesen verdammten Orgelpfeifen herumzuklettern, das war ein genauso harter Job, wie ihn diese Kerle da auch machten. Aber ich konnte nicht einfach zu ihnen rübergehen und es ihnen erzählen. Das war schon schlimm genug, aber dann hat Bettybarr noch diese Idee, kommt herüber und setzt mir diesen Strohhut seitlich auf den Kopf. Ich sagte: ›Entschuldigung, aber kennen Sie irgendwen, der seinen Hut so trägt?‹ Sagt sie: ›Sie.‹ Am Sonntag, dem letzten Tag, schießen wir Fotos auf dem Oberdeck der Algiers-Fähre, fahren immer hin und wieder zurück. Alles auf dem Kahn schaut uns zu. Ich sehe diese beiden Clowns, wie sie Dixie-Bier aus langhalsigen Flaschen trinken, und ich weiß plötzlich, daß es Ärger geben wird. Sie kommen zu mir herüber, ich stehe und grinse in die Kamera, habe diese komplette weiße Kombination an, und sie fangen an und machen solche Schmatz-Geräusche wie beim Küssen, kennst du ja, und fragen mich, ob ich Ihnen mal einen blase oder so. Gerade da kommt Bettybarr und hat eine Skipper-Mütze in der Hand, und ich denke, o Scheiße, jetzt geht es los. Sie fummelt noch mal an dem Hut auf meinem Kopf herum, und ich sagte zu ihr: ›Entschuldigen Sie mich‹, drehe mich zu den beiden Idioten mit den Dixie-Langhalsflaschen um und erzähle ihnen: ›Noch ein verdammtes Wort, und es kracht.‹ Bettybarr guckt grimmig, mit ausdruckslosem Gesicht, als wäre es gefroren. Sie sagt: ›Das war's für heute. Alles zusammenpacken‹, und läßt uns von Deck verschwinden.«

»Und was haben die beiden Kerle gemacht?«

»Nichts. Die Fähre legte an, und wir gingen. Aber als wir dann am Abend in der Bar sind, an der Roosevelt, da fragt sie mich: ›Galt das mir?‹ Als ob ich mich vor ihr aufblasen wollte! Ich sagte: ›Nein, das war zwischen diesen beiden Kerlen und mir, da mußte ich etwas tun.‹ Sie meint: ›Klar‹, trinkt ihr Glas aus, sieht mich an und sagt: ›Hast du Lust, mit raufzukommen?‹«

»Scheiße, tatsächlich?«

»Wir gehen also zu ihr in die Suite.«

»Und?«

»Sie zieht mich aus.«

»Scheiße, tatsächlich?«

»Sie meint: ›Du hast einen prächtigen Körper.‹«

»Und?«

»So etwas hat noch nie jemand vorher zu mir gesagt. Ich weiß gar nicht, was ich jetzt über ihren sagen soll. Es macht dich schon an, wenn du so dastehst, ganz ohne Kleider. Und ihre Haut war so weiß, sie sah damit viel nackter aus als die Mädchen sonst mit ihrer glatten Haut und den Streifen vom Sonnenbräunen. Und dann, als wir es trieben, war es schon ganz sonderbar zu erleben, wie diese erwachsene Frau mit dieser Erfahrung dalag und stöhnte und sich aufführte.«

»Mann, aber es war gut, ja?«

»Es war prima. Danach lagen wir da, und dann kam es mir wieder hoch.«

Mario grinste.

»Ich meine das mit diesen beiden Idioten, warum ich ihnen die Meinung sagen mußte. Sie erzählt mir, ich soll die Lichter ausdrehen. Ich meine: ›Du verstehst nicht, was ich dabei fühlte, nicht?‹ Sie meint: ›Jack, es kümmert mich tatsächlich nicht, was du dabei für Gefühle gehabt hast. Wenn du nicht willst, daß man dich anschaut, dann stell dich nicht vor eine Kamera.‹ Ich versuche, ihr zu erklären, sieh mal, wenn dann so ein paar Kerle anfangen, die Mäuler aufzureißen, dann muß ich doch was unternehmen. Und weißt du, was sie sagte?«

»Was?«

»Sie sagte: ›Nicht in der Zeit, wo ich dich bezahle. Jetzt mach endlich bitte das gottverdammte Licht aus‹.«

»Mann, ein reizbares Mädchen.«

»Stimmt, sie war eine harte Lady. Und sie hatte recht. Wenn es mir nicht paßt, herumzustehen und mich beschissen zu fühlen, dann sollte ich nicht als Model arbeiten. Auch nicht bei dem Geld, das sie zahlten. Und ich wußte, daß ich noch mehr von ihr kriegen konnte. Ich wohnte in einer Höhle, in der kaum ein Möbel stand, hatte einen Job, den ich haßte, und mußte mich mit Heiratsplänen herumschlagen. Erinnerst du dich an Leos Uncle Al? Nein, das war, bevor du hierher kamst. Es war Als Tochter, die ich fast geheiratet hätte. Maureen.« Jack griff nach seinem Drink und nahm einen langen, langsamen Schluck. »Ich wollte ihr gerade sagen, daß sie mich dann hier gar nicht getroffen hätte. Aber ich war ja da und steckte in diesem verdammten Bestattungsgeschäft. Gleich würde ich wieder meine Gummihandschuhe anziehen. Irgendwie...«

»Du lagst jedenfalls mit dieser Braut im Bett.«

»Mit Bettybarr. Sie schnarcht zu dieser Zeit schon, und ich liege da, hellwach, und denke mir aus, was wichtiger ist, Geld oder was man so als Selbstachtung bezeichnet. Also, ich habe mir da so eine Hintertür aufgelassen. Vielleicht hatte es ja auch gar nichts mit Selbstachtung zu tun. Vielleicht war ich nur befangen gewesen und hatte mir dabei selbst nicht gefallen. Ich dachte mir, wenn ich zum Beispiel Werbung für

Lastwagen machte oder für Motoröl, nicht wahr, oder für Kautabak, irgend so etwas… Und da hörte ich plötzlich ein Geräusch, von dort, wo die Anrichte steht. Ich hebe den Kopf, und, Himmel noch mal, da steht ein Kerl im Zimmer.« Jack stockte und tippte an sein Glas. »Schenkst du mir noch mal nach?«

Mario goß ihm schnell ein. »Möchtest du noch Eis?«

»Nein, ist gut so.« Jack nahm einen Schluck. »Ich kann es gar nicht glauben, ein Kerl, direkt neben der Anrichte. Dann sehe ich, wie er am Fenster vorbei und hinaus in den Wohnraum geht. Ich warte, höre nichts, also steige ich aus dem Bett, ziehe die Hosen an und gehe auf Zehenspitzen zur Tür. Der Kerl hat die Schreibtischlampe angeknipst, räumt die Aktentasche der Lady aus und steckt das Zeug in eine Reisetasche, die er bei sich hat. Also, ich schleiche mich von hinten an ihn heran.«

»Scheiße, tatsächlich?«

»Er hatte ungefähr deine Größe. Wie groß bist du, einsachtundsechzig?«

»Einseinundsiebzig.«

»Er war nicht besonders groß und vielleicht hundertdreißig Pfund schwer.«

»Ich komme auf hundertzweiundsechzig«, sagte Mario.

»Jedenfalls sehe ich keine Schwierigkeiten, es sei denn, er hat eine Waffe.«

»Und, hatte er?«

»Genau in dem Augenblick dreht er sich um, und wir sehen einander direkt an. Der Kerl sagt, ganz ruhig: ›Ich möchte wetten, ich bin im falschen Zimmer. Das ist hier nicht Nummer 1515, oder?‹ Ich sagte: ›Weit davon entfernt.‹ Und was tut er dann? Setzt sich in einen Sessel, holt eine Zigarette hervor und sagt: ›Was dagegen, wenn ich rauche?‹ Ich sagte: ›Warum, sind Sie nervös?‹ Er sagt: ›Das ist mir bisher noch nie passiert.‹ Er zündet sie an. Ich frage ihn, ob er schon jemals hochgenommen wurde. Er sagt: ›Ja, aber noch keine Verurteilungen. Wie sieht es mit Ihnen aus?‹ Ich erzähle ihm, daß sie mich mal erwischt haben beim Schwarzhandel mit Tickets vor dem Superdome, was mir zweihundert Scheine Strafe eingebracht hat. Er sagt: ›Ich will nicht, daß es klingt, als würde ich jetzt auf Mitleid machen, aber das hier sollte mein letzter Job dieser Art sein. Ich habe nämlich vor, zusammen mit meinem Schwager ins Autoverleih-Geschäft einzusteigen.‹

So, wie er das sagte, war klar, er wollte das gar nicht. Aber die Sache mit seinem Schwager, also die brachte mich dazu, auch über Leo zu reden, der mich damals gerade zu einem echten Leichenbestatter machen wollte. Es war so, als hätten wir etwas gemeinsam.«

»Du und dieser Kerl?«

»Ja, Buddy und ich. Der war das nämlich, Buddy Jeannette, der Junge, den ich soeben tot wiedergesehen habe.«

»Aber wenn er gerade kein Riese war, warum hast du ihn nicht festgehalten?«

»Wozu?«

»Und die Cops gerufen?«

Jack trank einen Schluck, ehe er antwortete. »Es war, wie... Bist du noch nie jemandem begegnet, egal, ob du den Menschen mochtest oder nicht, und hast so eine Verbindung gespürt, hattest das Gefühl, mit ihm etwas gemeinsam zu haben?«

»Schon, aber dieser Kerl war ein Einbrecher.«

»Und fing an, mit mir zu reden, als säßen wir unten in der Lobby. Das war etwas Neues für mich: Laß es laufen, und sieh zu, wie es weitergeht. In dem Fall, warum nicht?«

»Hat er auch etwas von deinen Sachen genommen?«

»Ich hatte gar nichts, das es wert war, geklaut zu werden. Er erzählte mir, er wäre hinter Bettybarr her gewesen, weil sie teure Kleider anhatte und ein paar nette Sachen aus Gold trug. Dann erzählte er mir, er sei schon einmal vorher in dem Zimmer gewesen, tagsüber. Ich fragte ihn: ›Warum sind Sie zurückgekommen?‹ Er meint: ›Wenn die Leute draußen sind, ist auch nichts Vernünftiges im Zimmer zu finden. So macht man es: nur erst einmal die Räumlichkeiten studieren. Dann komme ich noch einmal wieder, wenn sie schläft und ihre Geldbörse und ihr Schmuck auf der Anrichte liegen, und kann dann herumgehen und stoße nirgendwo an.‹ Er wußte sogar, daß ich gar nicht zu der Gruppe gehörte, als sie aus New York ankam. Ich fragte ihn: ›Wie machen Sie das, die Leute einschätzen?‹ Er meint: ›Ich taxiere sie. Unten in der Bar und anderswo. Normalerweise kriegt man so schon heraus, wer was hat. Das da bringt es nicht, aber dort lohnt es sich. Und sie hatte tatsächlich einen Tausender in bar bei sich.‹ Ich fragte ihn, wie er ins Zimmer gekommen sei, und er sagte, mit dem Schlüssel. Er nimmt ihn, dreht ihn im Schloß. Er sagt: ›Was passiert, wenn die Lady aus ihrem Schlafzimmer kommt?‹ Ich sage: ›Ich glaube, dann sind Sie im Arsch.‹

Er sagt: ›Und was ist, wenn sie nicht herauskommt?‹ Ich sage: ›Das ist etwas anderes. Aber erzählen Sie mir etwas von diesem Zauberschlüssel, den Sie da haben.›«

»Er hat sich einfach einen an der Rezeption geholt«, sagte Mario.

»Nein, er macht es so: Er kommt ins Hotel, nimmt sich ein Zimmer. Dann, spät nachts, schraubt er das Schloß von seiner Tür ab, nimmt es auseinander und bastelt sich einen Notschlüssel.«

»Was ist ein Notschlüssel?«

»Der Name sagt es schon. Er öffnet in dem Hotel jede Tür, wenn es zum Beispiel brennt oder sonst ein Notfall ist, in dem sie Zugang zu jedem Raum haben müssen. Der Kerl war früher Schlosser gewesen. Also frage ich ihn: ›Und wie viele Notschlüssel haben Sie?‹ Er sagt: ›Damit Sie mich recht verstehen, so ein Notschlüssel ist bestimmten Leuten fünftausend und mehr wert.‹ Ich sagte: ›Ja, oder Sie geben ihn vielleicht jemandem, dem Sie einen Gegengefallen tun sollten.‹ Da sagt er: ›Ich dachte, Sie hätten etwas anderes im Hinterkopf. Zum Beispiel, daß Sie sich das Bargeld einschieben, ich verschwinde mit ein paar anderen Sachen, und sie denkt, die Ausbuchtung in Ihren Jeans kommt nicht von dem Bündel, sondern weil Sie sie lieben.«

Jack lächelte und schüttelte den Kopf. »Das war schon ein Kerl. Erstklassiger professioneller Dieb, trug Anzug und Krawatte – es war, wie wenn du einem Filmstar begegnest, und du merkst, der redet und gibt sich wie ein ganz normaler Mensch.«

»Du hast dem Kerl den Schlüssel abgenommen«, sagte Mario, »und ihn gehen lassen.«

Jack hob die Hand. »Ich sagte zu ihm: ›Erst mal legen Sie alles wieder zurück.‹ Er sagt: ›Sie können noch immer das Bargeld behalten, und ich lasse ein paar Dinge mitgehen.‹ Ich sagte: ›Aber dann steht mein Name auf der Fahndungsliste, nicht? Steckt in einer Polizeiakte, und bei Gelegenheit schaut später einer wieder mal hinein. Nein, so geht das nicht.‹ Sagt Buddy: ›Vielleicht haben Sie recht, Sie sind nicht dumm. Aber trauen Sie sich, in ein Zimmer zu gehen, von dem Sie wissen, daß Leute darin schlafen?‹«

Mario schüttelte den Kopf. »Ich jedenfalls nicht, Mann.«

»Und das Komische daran war, daß er so redete, während er doch bei mir in der Klemme saß. Nicht, daß ich ihm gedroht hätte. Gib mir die Schlüssel, oder ich reiße dich rein, oder so. Nein, kein Wort in der Richtung. Später, als ich ihn dann wiedersah, sagte er mir, es hätte ihn beeindruckt, daß ich nie versucht hätte, den harten Mann zu markieren. Das bewiese ihm, daß ich Klasse war.«

»Himmel«, sagte Mario.

»Und jetzt ist er tot.«

»Noch einen Schuß?«

»Nein, ich wechsle den Platz.«

Jack setzte sich, müde vom Stehen an der Bar, an einen Tisch. Er sah, wie Leo auch von der Bar herüberkam. Draußen hatten sie die Beleuchtung eingeschaltet. Es regnete, und von der Canal Street leuchtete es grünlich durch das dicke Scheibenglas herein. Der Himmel war blaßgrün, sonst war alles dunkel. Leo hielt an und nahm einen kleinen Schluck von seinem Martini, um nichts zu verschütten. Sein dünnes Haar klebte ihm am Kopf, der Regenmantel war klatschnaß, und sein Gesichtsausdruck war – Jack registrierte es – sorgenvoll, sehr ernst.

»Du bist in Ordnung?«

Jack dachte, im Vergleich wozu? Aber er wollte es nicht komplizieren und sagte: »Mir geht's gut«, mischte nur einen Hauch unschuldige Verwunderung über die Frage hinein. Er war etwas aufgedreht, sein Körper war leicht, und in seinem Kopf purzelten die Bilder und Gedanken durcheinander, munter und hellwach. Er sagte: »Fertig mit Buddy?«

»Buddy ist fertig«, sagte Leo, »bereit, Besuch zu empfangen.« Er betrachtete Jacks Glas. »Was trinkst du da?«

»Das ist ein Sazerac.«

»Seit wann trinkst du Sazeracs?«

»Ich glaube, seit ungefähr einer Stunde. Ich weiß nicht – wie spät ist es? Draußen wird es schon dunkel.«

»Halb sechs«, sagte Leo. Er stellte sein Martini-Glas auf den Tisch, zog einen Stuhl vor und setzte sich. »Ich fahre zur Bay. Ich habe Raejeanne gesagt, ich wäre zum Abendessen da.« Ganz ernster Ausdruck im Gesicht. »Dir geht es gut?«

»Hier drinnen bin ich in Sicherheit«, sagte Jack. »Wenn ich nach draußen gehe, kann es mir natürlich passieren, daß ich von einem Auto überfahren werde.«

»Morgen fährst du nach Carville. Du vergißt es doch nicht, oder?«

»Ich freue mich darauf.«

»Gegen sieben bin ich zurück. Für deinen Freund Buddy wird nämlich ein Rosenkranz gebetet. Es kommt irgendein Priester aus Kenner, von den Barmherzigen Brüdern.«

»Das hat er sich schon immer gewünscht«, sagte Jack, »einen Rosenkranz an seinem Sarg.«

Leo sagte: »Ach, übrigens, aus Carville hat vor einer Weile Schwester Teresa Victor angerufen. Irgendwer will mit dir zusammen den Leichnam abholen. Du hast doch nichts dagegen? Gegen ein wenig Gesellschaft?«

Jack sagte: »Mensch, Scheiße, Leo. Du weißt, ich kann mit den Angehörigen nicht reden, wenn sie in dem Zustand sind. Du willst, daß ich hundertfünfzig Meilen hin und her fahre und mir dabei Kopfschmerzen hole, weil ich mir irgendwelche Beileidsbezeugungen ausdenken muß und nicht einmal lächeln darf. Mit auf den Friedhof zu gehen, ist eine andere Sache, da muß man kein Wort reden. Worüber sie manchmal auch ganz froh sind... Ach, Scheiße, Leo.«

Leo nippte an seinem Martini. Er sagte: »Bist du fertig?« und nahm noch einen Schluck. »Es fährt keiner aus der Verwandtschaft mit, sondern eine Schwester, eine Nonne, die die Verstorbene gekannt hat, als sie unten in Nicaragua war, und sie, nehme ich an, zur Behandlung mit hierhergebracht hat. Ich war noch mit dem Präparieren deines Freundes beschäftigt, als Schwester Teresa Victor mir das am Telefon erzählte. Dann kam ihr etwas dazwischen, und sie mußte sich kurz fassen.«

»Die ich abholen soll, ist also eine Nonne? Ich meine, die Tote?«

»Moment«, sagte Leo. »Die Verstorbene ist eine junge Frau aus Nicaragua, dreiundzwanzig Jahre alt. Ich habe mir ihren Namen aufgeschrieben, der Zettel liegt auf der Ablage im Präparierraum. Da steht auch der Name der Frau, die dich begleiten wird, eine Schwester Lucy. Hast du es?«

»Woran ist sie gestorben?«

»An was auch immer, du kriegst es nicht. Klar? Du holst Schwester Lucy bei der Mission von der Heiligen Familie an der Camp Street ab, morgen, ein Uhr mittags. Es ist in der Nähe der Julia Street.«

»Wo sie die Suppenküche betreiben?«

»Genau da. Sie wartet dort auf dich.«

»Und wenn wir nichts mehr zu reden haben, sagen wir einen Rosenkranz auf.«

»Du hast es kapiert.« Leo trank seinen Martini aus. »Sonst bist du in Ordnung?«

»Mir geht's gut.«

»Du vergißt es nicht? Ein Uhr.«

»Kein Problem.«

»Wäre keine schlechte Idee, wenn du heute abend zu Hause bliebst.«

»Machst du dir noch immer Sorgen um mich?«

»Du siehst deinen alten Kumpel auf dem Tisch liegen, und das Nächste, was ich sehe, du sitzt da und trinkst. Wer war das, der Sazeracs trank, Buddy oder Helene?«

Jack lächelte. Er fühlte sich entspannt, kam sich schlau vor, selbstsicher, saß an seinem Lieblingsplatz, wo er gern den Tag beschloß. Draußen regnete es, es wurde dunkel, kurz, die idealen Bedingungen. Er sagte: »Du möchtest, daß ich dir etwas über Helene erzähle, nicht? Wie das war, als ich sie wiedergesehen habe. Du willst es um alles in der Welt wissen, nicht wahr?«

»Ich sagte dir schon«, sagte Leo, »ich war etwas besorgt, als ich es hörte.«

»Dann wird es dich freuen, wenn ich dir sage, daß mein Herz nicht gehüpft ist.«

»Und? Hat sich vielleicht an anderen Stellen deines Körpers etwas bewegt?«

Jack schüttelte den Kopf. »Der Kitzel ist vorbei. Sie hat jetzt Lokken und sieht dadurch anders aus. Allerdings, Leo«, lächelte Jack, »gerochen hat sie gut. Mmmmm. Hatte so ein Parfüm an sich, von dem ich weiß, wie teuer es ist, weil ich es einmal im Peabody Hotel in Memphis im Parfümerieladen mitgehen ließ und es Maureen gegeben habe.«

»Schlechtes Gewissen?« sagte Leo.

»Möglich. Maureen meinte: ›Jack, davon kostet eine einzige Unze hundertfünfzig Dollar. Hast du das gekauft? Sag mir die Wahrheit.‹ Weißt du, wie Maureen einem so richtig ins Auge sehen kann? Es war, nachdem ich von Uncle Brother und Emile weg war –«

»Nachdem sie dich gefeuert hatten.«

»Und alle glaubten, ich wäre jetzt als Vertreter unterwegs. Ich hatte einen Freund, der so was machte. Ich sagte also am Sonntagabend Maureen Auf Wiedersehen und sah sie bis Freitag nicht wieder. Und dann war ich längst in New Orleans oder an der Bay, wenn irgend so ein Kongreßteilnehmer in seinem Hotel in Nashville die Sicherheitsleute fragte: ›Aber wie konnte denn jemand in das Zimmer gelangen, wo doch die Sicherheitskette noch dran war, als wir heute früh aufwachten?‹«

»Und wie hast du das angestellt?«

Jack hörte Besteck klappern – Henry, der Kellner, deckte einen Tisch –, und während der Pause, die dabei entstand, fiel ihm auf, daß er Leo noch nie Einzelheiten geschildert hatte. Oder früher irgendwem erzählt hatte, wie er Buddy Jeannette kennengelernt hatte. Na ja, Buddy war nun tot. Da ging es schon in Ordnung, daß er von dieser Nacht erzählte. Aber erzählte er vielleicht zuviel? Er sagte zu Leo: »Was ich sagen wollte, war, daß Maureen immer den Verdacht hatte, ich täte irgend etwas anderes. Ich wußte einen Scheißdreck über Kaffee, sollte ihn aber verkaufen. Aber ich weiß, daß sie niemals irgendwem ein Wort gesagt hat.«

Leo sagte: »Ganz anders als ein anderes Mädchen, über das wir soeben geredet haben, nicht?«

»Du hast irgendwelche Hintergedanken, Leo. Das ist es.«

Leo sagte: »Jack, du bist immer ein bißchen verrückt gewesen, aber kein Dummkopf. Die Jesuiten haben dir bis zu einem gewissen Grad beigebracht, wie man denkt und sich die Dinge ordnet. Was ich aber nie verstehen werde, ist, wie du dir von dieser rothaarigen Braut an die Eier gehen hast lassen –«

»So war es nicht.«

»Wo du doch so ein wunderbares Mädchen wie Maureen hattest, die alles dafür gegeben hätte, dich zu heiraten. Ein Mädchen, das alles hat, gut aussieht, intelligent ist, eine gute katholische Erziehung hat, und sie kocht sogar besser als deine Mutter oder Raejeanne.«

Jack sagte: »Ich habe doch erlebt, wie du für ihren und für deinen Vater gearbeitet hast, Leo. Und ich wußte, wenn ich sie heiratete, dann würde ich eben ein Schwiegersohn im Dienste von Mullen & Söhne, und dazu brauche ich keine jesuitische Erziehung, um zu wissen, daß ich dann für ewig festsitzen würde, angebunden. Wie im Gefängnis.«

Leo sagte: »Maureen wäre es gleich gewesen, wovon du lebtest. Sie war ganz verrückt nach dir.«

»Maureen will Sicherheit und alles nett und ordentlich haben. Darum hat sie auch den Arzt geheiratet, dieses kleine Arschloch mit der Fliege um den Hals und dem kleinen Schnurrbart. Aber das ist nebensächlich«, sagte Jack. »Du willst wissen, warum ich Maureen nicht geheiratet habe? Es war nicht, weil sie nur so süß und niedlich war.

Verdammt, das hätte ich ändern können. Ich hätte ihn ihr schon gezeigt, den Unterschied zwischen dem Mist, den sie sich einbildete, und dem wirklichen Leben. Willst du den wirklichen Grund hören? Seit wann erzähle ich dir eigentlich meine innersten Geheimnisse?«

»Du willst sagen, seit wann sitze ich in der Scheiße«, antwortete Leo, »und will nicht mehr daran erinnert werden?«

Jack sah sich um, ehe er sich über die Tischplatte lehnte. »Ich hatte das Gefühl, Maureen würde, wenn sie erst einmal verheiratet war und in geordneten Verhältnissen lebte, von Jahr zu Jahr fetter werden. Ich hatte das Gefühl, ich könnte wohl ihre Einstellung zum Leben ändern, nicht aber ihren Trend zur Dickleibigkeit.«

Leo starrte ihn an. »Meinst du das im Ernst?«

»Sieh dir doch meine Schwester Raejeanne an, gerade kein Leichtgewicht. Ich war mal stocksauer auf sie, und da habe ich zu ihr gesagt: ›Raejeanne, weißt du, wie du aussiehst? Wie ein Wasserbett in Tennisschuhen.‹«

»Das war nicht gerade nett.«

»Nein, und ich will dich auch nicht beleidigen, als wäre das etwas Schreckliches. Ich hatte bloß das Gefühl, daß Maureen mir aus dem Leim gehen würde.«

Leo sagte: »Ich habe noch nie in meinem Leben etwas so Dämliches gehört.«

Jack sagte: »Unsere Vorlieben sind eben verschieden, Leo, das wollte ich dir nur erklären. Was wir mögen, was wir nicht mögen, woran wir Spaß haben, wovon uns die Augen glänzen ...

»Soll ich dir erzählen, was mich zu Helene gezogen hat? Gleich beim ersten Mal, als ich sie sah? Was ich als allererstes an ihr bemerkt habe?«

»Ich gäbe mein Leben, um es zu erfahren«, sagte Leo.

»Es war ihre Nase.«

Leo starrte ihn an.

»Diese klassische, man könnte sagen, aristokratische Form ihrer Nase. Die verdammt perfekteste Nase, Leo, die ich in meinem Leben je gesehen habe.«

Leo sagte: »Weißt du eigentlich, was du da redest?« Er sagte es laut genug, daß auch Henry und Mario es hören konnten. Sie sahen von der Bar herüber. »Du sitzt hier und willst mir erzählen, du bist am Ende wegen der *Nase* von dieser Braut ins Gefängnis gegangen?«

Jack sagte: »Du weißt gar nicht, wovon ich rede, nicht?«

Sogar jetzt, halb betrunken und sowieso schon viel zu viel redend, wagte er es nicht, ihm alles andere aufzuzählen, ihre zarten Sommersprossen, ihre kecke Art, den Kopf schief zu halten, oder ihre zerbrechliche Schönheit, ihre braunen Augen...

Und er beschrieb ihm auch nicht ihre nackten Beine, wie sie unter dem Rock verschwanden. Lange schlanke Beine, der hohe Spann ihres Fußes, der so eine wunderbare Linie bildete mit dem von den Zehen herabhängenden, hochhackigen Schuh, und die übereinandergeschlagenen Beine der jungen Frau, wenn sie auf dem Hocker an der Bar der Sazerac Lounge im Roosevelt Hotel saß. Oder im Monteleone, im Pontchartrain, im Peabody in Memphis, im Biltmore in Atlanta. Es war keineswegs nur die Nase gewesen. Aber warum sollte er das einem Mann zu erklären versuchen, der sein Leben damit verbrachte, Leichen zu präparieren und Bücher zu lesen, die in vergangenen Zeiten spielten, statt sich zu lebendigen Mädchen an den Cocktail-Bars hingezogen zu fühlen?

Leo hätte darauf doch nur geantwortet, was er immer sagte: »Du bist nie erwachsen geworden, nicht?«

3

Die Stadtstreicher, die vor der Suppenküche des Ordens von der Heiligen Familie herumlungerten und mit zusammengekniffenen, nach Schatten suchenden Augen herüberblinzelten, riefen sich zu: He, seht mal, da kommt der Leichenbestatter. Wer ist denn gestorben? Du kommst doch nicht meinetwegen? Ich bin noch nicht tot. Fahr mit dem Ding bloß weiter, bei Gott. Komm später wieder vorbei. He, Kumpel, komm wieder, wenn wir gegessen haben. Sie sagten: Wir haben hier einen, der ist schon so gut wie tot. Hier, sieh dir diesen Burschen an.

Jack sagte zu ihnen, sie sollten seinen Leichenwagen nicht anfassen. Laßt die Finger davon, ja? Er ging zwischen ihnen durch in seinem marineblauen Anzug und weißem Hemd, gestreifte Krawatte um den Hals, Sonnenbrille, und nickte ihnen mit einem schwachen Lächeln zu, achtete darauf, sorgsam nur durch den Mund zu atmen. Einer sagte, heute müsse es eine gute Suppe geben, nach dem Andrang zu schließen. Die meisten von ihnen schienen schwere Alkoholiker zu sein. Ein Frühlingstag, aber sie waren ganz unten, am Ende. Was sie nicht daran hinderte, noch ihre Bemerkungen zu machen, und einige drängten sich auch an ihn heran. Mister, geben Sir mir 'n Dollar, dann paß ich auf, daß Ihnen niemand an ihren Leichenwagen pinkelt. Er ging durch die Eingangstür des Missionsgebäudes, und ein paar schoben sich hinter ihm herein.

An zwei Tischreihen hockten, Schulter an Schulter, die Stadtstreicher. Am Ende der Reihen gab es eine Serviertheke, wo zwei rundliche Damen mit grauen Haaren und in weißen Schürzen das Essen ausgaben. Jack fragte einen kurzgewachsenen Farbigen in einem Monteursanzug und einem Tweedmantel, der schon bessere Zeiten gesehen hatte und viel zu groß für ihn war: »Welche hier ist Schwester Lucy?«

Der Mann hob den Kopf, sah über die Schulter zu ihm auf, drehte sich dann ganz herum und zeigte auf die Schlange, die zur Theke vorrückte. »Gleich da vorne. Sehen Sie?«

Jack sagte: »Sind Sie sicher?«

Der Mann grinste. Er hatte fast keinen Zahn mehr. Er grinste über die Art, wie Jack nach vorne starrte. »Genügt, daß man anfängt, an Jesus zu glauben, hm? Sie kocht auch noch gut. Kommen Sie mal am Montag, wenn es rote Bohnen und Reis gibt.«

Jack erblickte eine schlanke junge Frau mit dunklen Haaren, die sie sich hinter die Ohren gebürstet hatte. Sie zeigte ihm ihr Profil. Er nahm seine Sonnenbrille ab und sah, daß sie eine hochmodische zweireihige Jacke trug, beige, aus Leinen oder feiner Baumwolle. Sie ging an der Reihe dieser hilflosen, sich gegenseitig stützenden Wracks entlang, und sie *berührte* sie sogar, faßte sie an. Er hatte schon mit Mädchen in Designer-Jeans Modell gestanden – aber das hier war eine Nonne in perfekt gebügelter Kostümjacke, mit einer Strohtasche über der Schulter, langen schlanken Beinen, die in den schlichten Pumps aus braunem Leder noch länger erschienen. Da kam sie, quer durch den Eßsaal einer kahlen, weiß getünchten Suppenküche – sieh sich das einer an! Und sie faßte sie an, griff nach ihren Armen, die aus Kleiderschichten herausschauten, nach ihren Händen, redete mit ihnen...

Sie kam auf ihn zu, sah ihn ruhig an, nahm seine saubere Hand, und er sagte: »Schwester? Ich bin Jack Delaney. Von Mullen & Söhne.«

Und jetzt war er wieder überrascht, die Schwielen in ihrer Hand zu spüren, die so gar nicht zu ihrem sonstigen modischen Äußeren paßten.

Aber ihr Gesicht paßte wieder. Ihr Gesicht warf ihn um. Die schmale, fein gezeichnete Nase, das dunkle, zurückgekämmte Haar, von dem ihr nur einiges in die Stirn fiel, die tiefblauen Augen, die zu ihm aufschauten. Als sie so nah vor ihm stand, wirkte sie klein. Er war ein wenig überrascht; nur einen Meter sechzig groß, ohne Absätze, entschied er. Sie sagte: »Lucy Nichols, Jack. Wenn Sie soweit sind, ich bin fertig.«

Die Penner draußen vor der Tür sagten zu ihr, sie solle nicht mit ihm gehen. Bleiben Sie aus dem Ding da raus, Schwester. Das ist eine Fahrt ohne Wiederkehr, Schwester. He, Schwester, Sie sehen gut aus. Sie lächelte sie an, legte eine Hand auf die Hüfte und ließ ihre Schulter nach vorn fallen, wie ein Mannequin. »Nicht schlecht, hm? Gefällt es euch?« Sie unterbrach sich, sah zu dem Leichenwagen hinüber, dann zu Jack, und sagte: »Wissen Sie was? In so was wollte ich schon immer mal fahren.«

Als sie losfuhren, drückte sie auf die Hupe, und die Penner, die sich auf der Camp Street sonnten, winkten.

»Sie können damit umgehen?«

»Das ist das reine Vergnügen. Ich habe schon einen Anderthalb-Tonner mit kaputten Stoßdämpfern gefahren. Letzten Monat, als wir ziemlich schnell verschwinden mußten, habe ich einen Volkswagen in León organisiert und bin mit ihm bis nach Cozumel gefahren. Das war vielleicht eine Reise!«

Jack mußte einen Augenblick nachdenken. Aber er kam nicht drauf. »Von wo nach wo sind Sie gefahren?«

»Von León, das liegt in Nicaragua, durch Honduras nach Guatemala. Wir hatten Sachen an, daß man uns für Einwohner hielt, und Papiere bei uns, aus denen hervorging, daß wir auf dem Weg zur Maryknoll-Sprachschule in Huehuetenango waren. Um nach Mexiko reinzukommen, mußten wir uns neue Papiere klauen. Danach ging es ziemlich leicht, von Cozumel nach New Orleans und dann nach Carville. Wir hätten auch von Managua nach Mexiko City fliegen können, aber das schien uns zu der Zeit zu riskant. Dieses Warten am Flughafen, man hat das Gefühl, man kommt nicht von der Stelle. Meine einzige Sorge war, Amelita dort rauszukriegen, möglichst schnell, um ihre Behandlung fortzusetzen. Sie wissen, das ist die, die wir abholen.«

Jack sagte: »Ach.« Die, die wir abholen. So redet man drumherum, wenn man nicht von den Toten reden will. Amelita Sosa, das war der Name, den Leo aufgeschrieben hatte. Er fragte sich, ob Schwester Lucy wohl glaubte, er wüßte mehr über sie, als er wirklich tat. Darüber, was sie da unten zu tun gehabt hatte. Er fragte sich, was sie mit dem VW gemacht hatte, falls sie ihn verkauft hatte. Es ging ihm, als gerate er mitten in ein Gespräch und wolle nicht dumm erscheinen. Er sagte: »Sie fahren am besten über den Lee Circle, um auf die Interstate zu kommen. Die nehmen wir dann bis zur Ausfahrt Saint Gabriel. Wenn Sie müde werden, sagen Sie Bescheid.«

Sie sagte: »Sie wissen gar nicht, wie sehr ich zu schätzen weiß, was Sie tun.«

Er blieb still. Was er tat? Seinen Job. Dann fragte er sich, ob Leo ihnen gesagt hatte, daß es keine Last für ihn bedeute. Er konnte es sich denken. Dann sah er aus dem Fenster und dachte nach, worüber man wohl mit einer Nonne reden konnte.

»Auf der Grundschule hatte ich nur Schwestern als Lehrerinnen.«

Sie sagte: »Tatsächlich?«

»An der Incarnate Word. Dann ging ich auf die Jesuiten-Hochschule.« Wenn er sich so zuhörte, klang das, als ginge er noch immer dorthin. »Ein Jahr bin ich noch nach Tulane gegangen, aber ich wußte nicht, welche Fächer ich nehmen sollte, ich meine, was mir von Nutzen sein könnte. Darum bin ich wieder gegangen.«

Sie sagte: »Mir ist es genauso gegangen. Ich habe ein Jahr in Newcomb verbracht.«

»In der Tat?« Er fühlte sich ein wenig besser.

»Davor bin ich in einem Konvent gewesen, Sacred Heart.«

Jack sagte: »Ja, ich kenne ein paar Mädchen, die dort gewesen sind, aber das war wohl vor Ihrer Zeit. Da war eine, zum Beispiel. Sind Sie zufällig einer Maureen Mullen begegnet?«

»Ich glaube nicht.«

»Sie hat, Augenblick mal, '70 abgeschlossen.«

Schwester Lucy sagte nicht, wann sie abgegangen war.

Er schätzte sie auf Ende zwanzig, nicht mehr als dreißig. Jünger als Maureen.

»Ich hätte sie fast geheiratet. Maureen Mullen.«

»So?«

»Aber, na, ich weiß nicht. Alle haben es erwartet, unsere Familien. Ich glaube, ich habe mich unter Druck gefühlt. Oder habe mich nicht gekümmert, habe nicht an die Zukunft gedacht. Also ließ ich es laufen.«

Sie sah ihn an und lächelte. Dann sah sie wieder auf die Straße, während sie sagte: »Mir ist es fast ebenso ergangen, die gleiche Situation. Ich bin erst auf meiner eigenen Verlobungsfeier aufgewacht.«

»Tatsächlich?«

»Meine Familie und seine wollten schon den Hochzeitstermin festsetzen.«

»Sie haben sich unter Druck gefühlt?«

»Eindeutig. Ich dachte, Augenblick mal! Ich dachte, das ist es nicht, was ich will, verheiratet sein und in diesem und jenem Verein tätig. Ich glaube, ich habe es auch einfach fahren lassen. Na ja... vorbei.«

Er legte den Arm über die Rückenlehne und musterte ihr Profil. Sie hatte eine wundervolle Nase. Himmel, und eine dieser Unterlippen, in die du zu gerne hineinbeißen möchtest. Ihre Nase war nicht ganz so dünn und fein geschnitten wie die von Helene, aber sie war eine Schönheit. Ihr dunkles Haar gefiel ihm sogar besser. Rotes Haar gefiel ihm sehr, aber nicht gelockt, wie es Helene jetzt trug.

»Was ist mit dem Burschen passiert, den Sie nicht geheiratet haben?«

»Er ist einer anderen begegnet. Er ist jetzt ein ziemlich erfolgreicher Neurologe.«

»Tatsächlich? Maureen hat einen Urologen geheiratet.«

Diese Schwester Lucy sah nach sonst etwas aus, aber nicht nach einer Nonne. Sie sah wohlhabend aus. Unter der Leinenjacke hatte sie eine lockere Bluse an, beige-weiß gestreift, geschnitten wie ein T-Shirt. Sie trug, wie er sich ausrechnete, Sachen, die zusammen um die dreihundert Dollar wert waren. Er nahm sich vor, sie zu fragen, warum sie Nonne geworden war.

Zu seiner Verblüffung dachte sie das gleiche in umgekehrter Richtung und fragte: »Wie sind Sie ins Leichenbestatter-Geschäft gekommen?«

»Richtig in dem Geschäft bin ich gar nicht. Ich helfe nur eine Zeitlang meinem Schwager aus. Er ist der Mann meiner Schwester.«

»Was würden Sie denn lieber tun?«

Jack setzte sich ein wenig gerader auf. »Das ist eine schwierige Frage.

Es gibt nicht gerade viel, was mich bisher besonders interessiert hätte oder Sie nicht zu Tode langweilen würde.« Er unterbrach und fragte sich, ob er es ihr erzählen sollte, wollte es dann aus irgendeinem Grund und sagte: »Bis auf eine Beschäftigung, an die ich geriet, als ich mich ein bißchen umsah. Und an der war nun wirklich nichts langweilig.«

Sie hielt die Augen auf die Straße gerichtet. »Das war?«

»Ich war Juwelendieb.«

Jetzt sah sie ihn an. Jack hatte es herausgebracht. Jetzt wirkte er müde, ergeben, aber mit einem freundlichen Grinsen im Gesicht.

»Sie sind in Häuser eingebrochen?«

»In Hotelzimmer. Aber eingebrochen bin ich nie. Ich habe immer einen Schlüssel benutzt.«

Im Leichenwagen herrschte einen Augenblick Schweigen, während sie mit 70 Meilen in der Stunde einen Sattelschlepper überholten.

»Ein Juwelendieb. Sie meinen damit, daß Sie nur Schmuck gestohlen haben?«

Die anderen Mädchen hatten ihn immer nur mit großen Augen angeschaut und so etwas nie gefragt. Sie fingen eher an, sich zu winden, und wollten von ihm wissen, ob er keine Angst gehabt hätte oder ob jemals einer aufgewacht und ihn entdeckt habe. Er sagte dann immer: »Dann hätte ich ihnen auch noch das Bargeld abgenommen, wenn es mich gereizt hätte. Es war eine ganz normale Sache.« Und das war es tatsächlich immer gewesen.

»Sie haben nur reiche Leute ausgeraubt?«

»Armen etwas wegzunehmen, was bringt das? Was kann man ihnen denn abnehmen, ihre Lebensmittelmarken?«

Sie sagte, ohne ihn dabei anzuschauen: »Sie waren nie in Mittelamerika. Da sind es die armen Leute, die man ausraubt. Und umbringt.«

Darauf wußte er keine Antwort, bis er zu fragen wagte: »Wie lange waren Sie da?«

»Fast neun Jahre, die paar Reisen zurück in die Staaten nicht gerechnet, wenn ich an Übungskursen in Carville teilnahm. Es gibt nämlich nichts Vergleichbares. Wenn man sich zur Lebensaufgabe gemacht hat, Leprakranke zu pflegen – und das ist es, was die Franziskanerinnen dort tun –, dann muß man alle paar Jahre nach Carville zurück, um immer auf dem laufenden zu bleiben.«

»Die Franziskanerinnen?«

»Es gibt eine ganze Reihe von Orden, die sich auf den heiligen Franz berufen, der Bursche hatte einfach ein mächtiges Charisma. Er mag auch ein wenig sonderbar gewesen sein, aber das geht schon in Ordnung. Die in Carville sind die Schwestern vom hl. Franz von den Wundmalen.«

Jack hatte noch nie von ihnen gehört. Er wollte schon sagen, mir gefällt eure Tracht, aber das ließ er doch lieber. »Und Ihre Station lag in Nicaragua?«

»Unser Krankenhaus, Sagrado Familia, lag in der Nähe von Jinotega, falls Sie wissen, wo das liegt. Es ist an einem See, sehr pittoresk. Aber jetzt nicht mehr, es ist vorbei.«

»Sind Sie Krankenschwester?«

»Nicht direkt. Ich war als Medizinerin tätig, aber ohne Approbation. Gegen Ende hatten wir gar keinen Arzt mehr unter dem Pflegepersonal. Unsere beiden nicaraguanischen Doktoren sind einfach verschwunden, einer nach dem anderen. Es war nur eine Frage der Zeit. Wir waren nicht auf der einen oder anderen Seite, aber wir wußten, wogegen wir waren.«

Einfach verschwunden.

Darauf würde er noch zurückkommen. »Und jetzt sind Sie für einige Zeit zu Hause?«

Sie mußte einen Augenblick überlegen, ehe sie sagte: »Ich bin nicht sicher.« Dann sah sie ihn an. »Was ist nun mit Ihnen, Jack? Sind Sie noch immer Juwelendieb?«

Er mochte die lockere Art, wie sie ihn beim Namen nannte. »Nein, das habe ich für eine andere Art Arbeit drangegeben. Ich bin in die Landwirtschaft gegangen.«

»Tatsächlich? Sie sind Bauer geworden?«

»Mehr ein Feldarbeiter. In der Justizvollzugsanstalt des Staates Louisiana, in Angola.«

Sie sah ihn wieder an, nun mit einem Lächeln, von dem sie Grübchen in den Wangen bekam. Das feuerte ihn an.

»Dahin geht's die Interstate hinauf bis Baton Rouge, dann weiter auf der Einundsechzig, bis Sie fast an der Mississippi-Linie sind, dann runter und weiter in Richtung Fluß, und schon sind Sie am Haupttor. Drinnen geht es einen weißen Zaun entlang. Man kann es durch den Maschendraht kaum erkennen, der an den Fenstern von den Gefangenentransport-Wagen ist, aber man hat den Eindruck, man besucht eine Pferde-Ranch. Bis man dann die Wachtürme entdeckt.«

»Tatsächlich? Sie waren also im Gefängnis?«

»Drei Jahre bis auf einen Monat. Habe dort einige interessante Leute getroffen.«

»Wie war es dort?«

»Schwester, das wollen Sie doch nicht im Ernst wissen.«

Sie sagte in einem nachdenklichen Ton: »Der heilige Franziskus war auch im Gefängnis...« Dann sah sie Jack an und fragte: »Aber wie fühlt man sich denn da? Ich meine, Verbrechen zu begehen und dann eingelocht zu werden.«

»Man tut es und vergißt es.« Er hatte nie davon gehört, daß der hl. Franz auch mal gesessen hatte... Aber jetzt sprach er ja von sich. »Was Schuldgefühle angeht, habe ich eine gesunde Einstellung. Sie tun einem nicht gut.«

Er sah sie lächeln, nicht sehr, aber er lächelte zurück, fühlte sich um einiges besser, und ihm ging durch den Kopf, daß man doch auch mal anhalten und eine Tasse Kaffee trinken könnte. Sie war nett, man konnte locker mit ihr reden, und ein bißchen konnte wohl noch passieren an diesem Sonntagnachmittag. Aber als er den Vorschlag mit dem Kaffee machte, runzelte Schwester Lucy nachdenklich die Stirn und sagte, dazu hätten sie wirklich keine Zeit.

Jack sagte: »Eines ist mir bei diesem Geschäft hier aufgefallen, daß man nämlich nicht sehr unter Druck ist. Du fährst los und holst die Verstorbene ab, und ich möchte nicht, daß es sich respektlos anhört, aber sie sind nicht in Eile.«

Sie sagte auf ihre ruhige, gemächliche Weise: »Oh«, und mit einem Zögern im Blick: »Niemand hat es Ihnen gesagt.«

Jack sagte: »Ich hatte auch schon das Gefühl, daß Sie etwas wissen, das auch ich wissen sollte. Was hat man mir also nicht erzählt?«

Sie sagte: »Ich glaube, es wird Ihnen gefallen.«

Er mußte sich eingestehen, daß es ihm gefiel, wie sie jetzt mit ihm spielte, und er sah, wie in ihre sonst so ruhigen Augen ein Glänzen kam, als sie ihn wieder anschaute, so als vertraue sie ihm jetzt ein Geheimnis an.

»Das Mädchen, das wir abholen wollen –«

»Amelita Sosa.«

»Ja. Sie ist nicht tot.«

Vor sieben Jahren, als Amelita fünfzehn oder sechzehn Jahre alt war und bei ihrer Familie in Jinotega lebte, war dort ein Oberst von der Nationalgarde aufgetaucht und hatte ihr ein paar Flöhe ins Ohr gesetzt. Dieser Kerl, ein persönlicher Freund von Somoza, hatte Amelita erzählt, mit ihrem Aussehen und seinen Beziehungen würde sie sicher beim nächsten Wettbewerb Miß Nicaragua und danach gleich Miß Universum; würde international über das Fernsehen bekannt und in kürzester Zeit ein berühmter Filmstar werden. »Sie wissen natürlich«, sagte Schwester Lucy, »was für wirkliche Hintergedanken er hatte.« Das war während des Bürgerkrieges, bevor die Sandinisten die Regierungsmacht übernahmen.

Jack begriff schon, was der Oberst vorgehabt hatte, aber über den Krieg wußte er nicht besonders genau Bescheid. Er wußte, daß sie dort unten eine Revolution nach der anderen hatten und daß jetzt gerade auch wieder eine im Gang war. Er erinnerte sich, daß sein Vater früher mal für ein paar Tage aus Honduras nach Hause gekommen war und ihnen erzählt hatte, die Menschen dort unten seien schon ganz schön verrückt und hätten ein heißes Temperament; wenn sie sich nicht gerade um eine Frau stritten, dann bissen sie die Hand, die sie füttere. Jack hatte sich die Männer dort mit Macheten in den Fäusten vorgestellt, Sombreros aus Stroh auf dem Kopf, mit über den Schultern gekreuzten Patronengurten, und wie sie mit verschlagenen Blicken einen Hinterhalt gelegt hatten, um einen Bananenzug der United Fruit zu überfallen. Aber dann hatte er Marlon Brando gesehen, wie er mit ein paar als Mexikaner verkleideten Statisten über die Leinwand geritten war und wie Regierungssoldaten aus dem Zug mit Maschinengewehren auf sie geschossen hatten. Es war hart zugegangen dort unten im Grenzland, und es war schwierig, sich ein zuverlässiges Bild von der ganzen Geschichte zu machen. Aber er wollte Schwester Lucy beim Erzählen nicht unterbrechen, und er wollte auch nicht dumm erscheinen und Fragen stellen. Er hörte zu und merkte sich die wichtigsten Dinge, machte sich von den Hauptfiguren der Geschichte ein Bild. Von dem Obersten, diesem öligen Schleimer, der so einem armen Hund sein goldenes Zigarettenetui hinhält und ihm schnell noch im letzten Augenblick seines Lebens den letzten Wunsch erfüllt, ehe er ihn erschießen läßt. Und von Amelita, die er sich als ein sittsames kleines Ding mit verschreckten Bambi-Augen vorstellte und die sie plötzlich in hochhackige Schuhe und einen bis zu den Hüften hinaufgeschnittenen Badeanzug gesteckt hatten, die Brust schön herausgedrückt, fertig für den Miß-Universum-Wettbewerb.

Aber nachdem er sie so erst mal nach Managua gelockt hatte, verlor der Oberst nie mehr ein Wort über irgendwelche Schönheitswettbewerbe. Das einzige, was er für Amelita empfand, war die reine Wollust. Gutes Wort, *Wollust.* Jack konnte sich nicht erinnern, es jemals gebraucht zu haben, aber er konnte sich diesen Hurensohn von einem Obersten sehr gut vorstellen, wie er den Lüstling markierte. Jack hätte etwas dafür gegeben, wenn er die Szene im Schlafzimmer direkt miterlebt hätte: Der Oberst zieht sich seine ordenübersäte Uniform aus, der Bauch hängt ihm über den Gürtel, und dabei wirft er lüsterne Blicke auf Amelita, die hinter dem Bett am Boden hockt. Jack sah, wie er ihr vorne das Nachthemd aufriß und ihm zwei hinreißende Brüste entgegensprangen, da sagte Schwester Lucy: »Hören Sie mir überhaupt zu?«

»Jedes Wort habe ich verstanden. Und was war dann?«

Als dann die Rebellen Managua erreicht hatten, war der Oberst nach Miami verschwunden, und Amelita war wieder zu Hause und fürs erste in Sicherheit.

Dem nächsten Teil von Schwester Lucys Erzählung, die bis in die Gegenwart reichte, konnte er nicht so gut folgen. Sie sprach von der politischen Lage da unten, wenn er sie richtig verstand. Aber er kam durcheinander, weil die, die vorher an der Regierung gewesen waren, nun, wie es sich anhörte, die Rebellen waren, die *Contras.* Und die, die damals in den Siebzigern die Revolution begonnen hatten, hatten nun die politische Führung des Landes.

Das hatte er soweit begriffen. Aber wer waren jetzt die Guten und wer die Bösen?

Während er sich darüber noch den Kopf zerbrach, erzählte Schwester Lucy schon davon, wie nun der Oberst wieder als Kommandant einer Guerilla-Truppe nach Nicaragua zurückkam, droben im Norden, wie er des Nachts zu Amelita geschlichen kam und sie mit sich in die Berge nahm.

Da konnte sich Jack eine Bemerkung über den Oberst nicht verkneifen. »Vielleicht hat der Kerl sie ja richtig gemocht«, sagte er, wenn auch unter Vorbehalt, denn er war sich immer noch nicht sicher, auf wessen Seite der Oberst nun stand; es war nur, weil ihn der Kerl besonders interessierte. Aber dann der Blick von Schwester Lucy – Mann, der war vielleicht hart. »Oder ihn hat einfach die Wollust zu ihr getrieben«, sagte Jack. »Das war es eher, hm? Eine Wollust, die keine Fesseln kannte.«

Sie sagte: »Sind Sie fertig?« Das war der gleiche trockene Ton wie bei Leo. Er sagte, ja, und sie sagte, gut. Das war für ihn eine ganz neue Erfahrung, dieses Gefühl, über alles, was immer er wollte, mit einer *Nonne* zu reden, ausgerechnet, und sie war sich dessen auch bewußt – er konnte es an ihrem Augenausdruck sehen –, und sie war keineswegs schockiert oder verletzt. Er war im Gefängnis gewesen, aber diese Lady hier war im Krieg gewesen.

Sie kamen nun zu der Stelle, als Amelita erfuhr, daß sie die Hansensche Krankheit hatte. Sie war damals noch mit dem Obersten in den Bergen. Sie bekam auf ihren Armen und im Gesicht braune Punkte. Sie hatte eine Todesangst. Ein Lagerarzt – »Hören Sie genau zu, Jack« – stellte die Diagnose und sagte dem Obersten, Amelita müsse umgehend noch am selben Tag ins Sagrado Familia geschickt werden, damit man sie mit Sulfonamiden behandelte. Es würde dann keine Verluste beim Empfindungsvermögen geben, die Krankheit würde vielmehr in einem frühen Stadium gestoppt, und der Arzt war zuversichtlich, daß es keine körperlichen Entstellungen geben würde.

Jack sagte: »Das kann man sich gar nicht richtig vorstellen, so ein gut aussehendes junges Mädchen, und dann –«

Schwester Lucy sagte: »Hören Sie mir zu, ja?« Er war überrascht und machte den Mund wieder zu. »Was glauben Sie, woher dieser Arzt kam, der nur einen Blick auf sie zu werfen brauchte, und schon stellte er die Diagnose? Und zwar, bevor er noch eine Biopsie gemacht und *M. leprae bacilli* festgestellt hatte. Sie litt unter einer tuberkulösen Hansenschen Krankheit. Jack, es war *unser* Doktor, aus dem Sagrado-Familia-Krankenhaus. Einer von denen, die verschwunden waren.«

Da waren sie wieder.

»Also, er ist damals doch nicht einfach verschwunden?«

»Natürlich nicht. Man hatte ihn mit Gewalt verschleppt, die Waffen mit den Läufen gegen seinen Kopf gerichtet. Sie haben ihn entführt.«

»Warum nennen Sie es dann ›verschwunden‹?«

Sie sagte: »Mein Gott, wo haben Sie denn gelebt? Das ist nicht nur in Nicaragua und Salvador so, das ist in ganz Lateinamerika so üblich. Das passiert in Guatemala, und weiter unten in Argentinien ist es auch an der Tagesordnung. Lesen Sie denn keine Zeitung? Die Menschen werden aus ihren Häusern geholt, abgeführt, und man nennt sie *desaparecidos,* die Verschwundenen. Und wenn man sie ermordet auffindet, wissen Sie, wer das dann getan hat? *Los desconocidos,* unbekannte Täter.«

Jack schüttelte den Kopf. »Ich bin nicht sicher, ob ich davon jemals etwas gehört habe.«

»Dann hören Sie mir zu!« Sie wurde regelrecht heftig. Schließlich fuhr sie in ihrem ruhigen Ton fort. »Der Doktor, Rudolfo Meza, aus unserem Krankenhaus sagte dem Obersten, Amelita habe Lepra im frühen Stadium. Und wissen Sie, was der Oberst tat? Er zog eine Pistole und schoß dem Arzt viermal in die Brust. Ermordete ihn. Stand ganz nahe vor ihm, so daß der Lauf seiner Waffe ihn berührte, und schoß ihn nieder. Ich habe es von einer Augenzeugin, einer Frau, die ein paar Tage später von den *Contras* desertierte und zu uns kam. Natürlich war auch Amelita dabei. Sie hat es mit angesehen...«

»Das wollte ich Sie gerade fragen.«

»Und sie ist weggerannt. Die *Contra*-Frau hat ihr geholfen, nach Jinotega zu kommen. Dann kam sie selbst und hat uns im Krankenhaus gewarnt, der Oberst habe geschworen, Amelita zu töten... Und Sie glauben, der Kerl könnte sie wirklich geliebt haben. Stimmt das, Jack?«

Er saß da in seinem marineblauen Anzug und der gestreiften Krawatte, und ihm fiel kein gottverdammtes Sterbenswörtchen ein, das er ihr hätte antworten können. Diese Lady war keineswegs so niedlich, wie sie aussah; sie konnte einem ganz schön die Krallen zeigen. Sie waren jetzt von der Interstate herunter und erreichten den Fluß, vorbei an den Chemiewerken, die nahe genug waren, daß man sie nicht nur sehen, sondern auch riechen konnte.

»Er brachte den Arzt dafür um, daß er es ihm sagte. Dann kam er zu uns ins Krankenhaus und suchte nach Amelita. Er sagte, sie habe ihn besudelt.« Die Stimme der Schwester wurde ganz leise in der Stille des klimatisierten Leichenwagens. »Er sagte, sie habe ihm erlaubt, sich ihres Körpers zu bedienen, um ihn anzustecken, und er werde sie dafür umbringen, daß sie ihn leprakrank machen wollte.«

4

Sie fuhren durch das Haupttor, und sie wurde wieder lebendig und erzählte ihm, früher habe das Haus einmal das Louisiana Leper Home geheißen. Ihre Stimme klang wieder entspannt und natürlich. Jetzt sei es das National Hansen's Desease Center. Das wußte er zwar schon, aber er blieb still und versuchte sich einen Mann vorzustellen, der ein Mädchen umbringen wollte, weil er glaubte, sie wolle ihn mit Lepra anstecken. War das möglich? Sie erzählte währenddessen, daß das Verwaltungsgebäude aus der Zeit vor dem Bürgerkrieg stamme und früher einmal das Herrenhaus einer Zuckerplantage gewesen sei. All diese bemoosten Eichen müßten wenigstens genauso alt sein.

Auch das wußte er bereits.

Und nun sollte also diese Amelita das Haus in einem Leichenwagen verlassen. Zu demselben Preis hätten sie sich auch eine bequeme Limousine mieten können. Also mußte es jemanden geben, der sie überwachte. Oder sie wollten auf jeden Fall auf Nummer Sicher gehen. Wollten vortäuschen, daß Amelita tot sei... Aber war das Personal eingeweiht? Wie wollten sie es anstellen?

Unterdessen erzählte ihm seine Fremdenführerin, wie überrascht sie doch sei, daß das fortschrittlichste Forschungs- und Ausbildungszentrum der Welt für die Hansensche Krankheit sich ausgerechnet auf dem Boden der Vereinigten Staaten befand. Und wie viele Leute davon wohl wüßten?

Also in New Orleans wußte es praktisch jeder. Man hatte ihm Geschichten erzählt, wie zum Beispiel in früheren Zeiten Leprakranke in Zügen hierher geschafft wurden, die Fenster verhangen und fugendicht verschlossen; die ganze Gegend war bewacht, so daß sie nicht aussteigen und die Krankheit verbreiten konnten. Auch jemand von der mütterlichen Seite seiner Familie, genauer, der Schwiegervater ihrer Tante, war hierher transportiert worden...

Sie sagte gerade, die Anlage erinnere sie an einen kleinen Campus. Vor allem der Anblick der Hauptgebäude.

Jack Delaney kam es eher vor wie eine Bundesstrafanstalt, allerdings eine nur wenig gesicherte und abgesehen von den Gebäuden, die diesen alten New-Orleans-Look hatten. Die Hauptgebäude waren alle dreistöckig, waren in Reihen angelegt und über alle drei Stockwerke durch geschlossene Übergänge verbunden. Diese Übergänge sahen wie hohe Wände mit Fenstern aus. Die Schlafsäle, die Krankenreviere, die Speisehalle, die Erholungsräume, sie alle waren durch diese Übergänge miteinander verbunden. Wozu das? Damit niemand von draußen die Leprakranken sah?

Sie erzählte, beim letztenmal, als sie hiergewesen sei, habe es um die dreihundert Patienten gegeben.

Das Mädchen, stellte er sich vor, war sicher im obersten Stock des Krankenhauses untergebracht. Jedenfalls, wenn es echt aussehen sollte. Denn dort oben war die Leichenhalle.

Neue Patienten wurden zur Sulfonamid-Behandlung aufgenommen und mußten normalerweise nur einen Monat lang stationär versorgt werden. Aber es gab einige, die waren hier seit Jahr und Tag und fürchteten sich davor, das Hospital wieder verlassen zu müssen. Einige waren körperlich entstellt, einigen fehlten ganze Glieder, und sie mußten in Rollstühlen bewegt werden. Das war auch der Grund, warum alle Gebäude miteinander verbunden waren.

Aha.

Ob er wußte, daß es auch einen Golfplatz gab? Ja, das wußte er, und dabei studierte er den gelassenen Ausdruck in ihrem Gesicht und ihr Lächeln, während sie an einer Gruppe von Schwestern in weißen Trachten vorbeifuhren. Sie winkte...

Dafür wurde er um so nervöser und zerbrach sich weiter den Kopf darüber, was hier eigentlich vorging. Ein bißchen ärgerlich war er sogar. Diese Schwester fuhr mit ihm über das Gelände und erzählte ihm etwas von Lepra und Leprakranken, während drinnen ein Mädchen darauf wartete, in einem Leichenwagen nach draußen geschafft zu werden und gleichzeitig ein übergeschnappter Nicaraguaner glauben sollte, sie sei tot. So weit, so gut. Jetzt winkte sie einem Burschen im Laborkittel...

Und er dachte, in Ordnung, aber sie hat dieses Mädchen selber aus Mittelamerika hierher geschafft, unter Lebensgefahr, oder etwa nicht? Also laß sie in Ruhe. Tritt ihr nicht zu nahe. Sie weiß, was sie tut. Sieh sie dir an, Himmel noch mal, mit dieser Nase wie ein Filmstar und dieser Unterlippe, in die er am liebsten hineinbeißen würde...

Genau in diesem Augenblick sah sie ihn an und Jack sagte: »Die Tante meiner Mutter, sie hieß Elodie, war mit einem Burschen verheiratet, den ich selber nie kennengelernt habe, aber dessen Vater war in den Dreißigern hier in diesem Hospital. Er war Bauunternehmer und hat sich, wie die Tante meiner Mutter meinte, die Krankheit von einem Farbigen geholt, der für ihn arbeitete. Sie erzählte, er habe eine kleine Schnittwunde an seiner Hand gehabt, genau hier. Ich erinnere mich, wie sie davon erzählt hat, als ich noch klein war. Sie wohnte draußen an der Esplanade Avenue in einem großen Holzhaus, in dem immer Dunkelheit herrschte. Sie hielt die Vorhänge auch tagsüber immer fest geschlossen, und drinnen roch es modrig und abgestanden. Ich sehe sie vor mir, und ich kann das Haus riechen. Sie glaubte, daß man so die Lepra übertragen bekäme, von einem Farbigen. Man mußte sich in acht nehmen, sagte sie, wenn man in ihrer Nähe war und irgendwelche Verletzungen hatte. Dann dachte ich über den alten Mann nach, ihren Schwiegervater... Er starb in dem Jahr, in dem ich geboren wurde. Ich konnte mir das gar nicht vorstellen, so ein gestandener Mann in New Orleans, und der hatte plötzlich die Lepra. Leprakranke, das waren immer Eingeborene aus Afrika oder Asien... In der High School hatten wir einen Film über eine Leprakolonie in Burma gesehen, den ich niemals vergessen werde. Wenn ich jetzt an Leprakranke denke, dann sehe ich solche Leute wie in dem Film vor mir. Ich meine, sie waren in dem schlimmsten Zustand, den man sich vorstellen kann, sie sahen wirklich schrecklich aus. Ich erinnere mich, daß einige gar keine Nasen mehr hatten.« Er unterbrach seine Rede für einen Augenblick und sagte dann: »Aber woran ich mich am besten erinnere, das war dieser italienische Missionar, der die Station leitete. Ein Kerl mit Vollbart, ziemlich groß und hager. Er trug eine weiße Soutane und eine Baskenmütze. Aber das Besondere an ihm war, daß er die Leprakranken dauernd anfaßte, egal, wie entstellt sie waren. Er ging direkt auf sie zu, um sie zu berühren. Faßte sie an den Stummeln, die mal ihre Hände gewesen waren, berührte ihre Gesichter...«

Jack unterbrach sich wieder. Sie befanden sich jetzt auf der von Bäumen beschatteten Auffahrt zum Gebäude mit den Krankenrevieren, und Schwester Lucy hatte den Blick auf den Eingang direkt vor ihnen gerichtet.

Er sagte: »Sie haben sie auch angefaßt, nicht wahr? Nicht nur diese Trunkenbolde dort in der Suppenküche; ich meine, die Leprakranken in dem Hospital, wo Sie gearbeitet haben.«

Sie hielt an und drehte den Zündschlüssel, bevor sie ihn mit diesen ruhig-wachsamen Augen ansah.

»Das tun Sie doch auch, Jack, die Menschen anfassen.«

Sie saßen in dem Leichenwagen, der im Schatten einer alten Eiche geparkt stand, und sie rauchte eine Zigarette, während Jack beschloß, daß das für eine Nonne, die so angezogen war wie sie, nun auch nichts Besonderes mehr war. Sie hatte ihm auch eine angeboten, eine Kool Filter King. Aber er hatte ihr gesagt, daß er vor drei Jahren aufgehört hätte.

»Im Gefängnis?«

»Nachdem ich wieder draußen war. Solange ich drinnen war, habe ich Tag und Nacht geraucht.«

Bevor sie die Zigarette anzündete, fragte sie ihn, ob es ihm etwas ausmache, und er dachte an Buddy Jeannette in der Hotelsuite in dieser Nacht, die sein Leben verändert hatte. »Macht es Ihnen etwas aus, wenn ich rauche?« Und jetzt fragte er sich, ob ihm das gleiche wie damals auch mit einer Nonne passieren könnte, wobei ihm einfiel, daß er in der vergangenen Woche zwei Filme im Fernsehen gesehen hatte, wo die Helden mit Nonnen in recht merkwürdige Situationen geraten waren...

Sie sagte: »Ich habe Sie reichlich im unklaren gelassen. Aber jetzt, wo ich hier bin, muß ich Ihnen sagen, dieser Ort überwältigt mich.«

»Er ist ein bißchen größer, als Sie ihn in Erinnerung haben, wie?«

»Woran ich auch noch denken sollte, ist die Tatsache, daß es sich um ein öffentliches Krankenhaus handelt.«

»Warum sollten Sie speziell daran denken?«

»Es wird von den Bundesbehörden geleitet. Das heißt, jeder, der die entsprechenden Beziehungen zu den Behörden hat, kann so in Erfahrung bringen, was er wissen will.«

Er sagte: »So?« und wartete.

»Sehen Sie den Zusammenhang noch nicht?«

Er sagte: »Als wir losfuhren, dachten Sie, ich wüßte über Sachen Bescheid, die ich gar nicht kannte. Also, wenn Sie immer noch den Eindruck haben, dann muß ich Ihnen sagen, tut mir leid, aber ich kann Ihnen nicht helfen. Ich bin nur der Fahrer, und nicht einmal das bin ich im Augenblick.« Sollte sie ruhig ein wenig merken, daß er ärgerlich war. Warum auch nicht? Sie war eine Schwester, aber deswegen konnte sie ihn doch nicht einfach beiseitedrängen und das Kind mit dem Bade ausschütten. »Sie wollen, daß der Oberst glaubt, sie sei tot, und das verstehe ich auch. Aber warum dieser ganze Aufwand, wenn er da unten in Nicaragua beschäftigt ist?«

»Er ist nicht da unten in Nicaragua«, sagte Schwester Lucy, wieder ganz geschäftsmäßig und mit ruhiger, kontrollierter Stimme. »Er ist in New Orleans.«

»Der Kerl führt dort Krieg und läßt einfach alles stehen und liegen, um dem Mädchen nachzujagen, das ihn – wie sagten Sie doch? – besudelt hat?«

»Jack, er war Militärattaché an der nicaraguanischen Botschaft in Washington. Er kam 1979 zu uns herüber, nach Miami, als Somozas Regierung stürzte, und wir wissen, daß er in New Orleans war, bevor er wieder nach Nicaragua zurückging. Er hat hier Freunde. Sie müssen wissen, daß er jede Art Unterstützung von den Vereinigten Staaten erhält.« Sie machte eine Pause und sagte dann: »Wissen Sie das nicht?« Dabei runzelte sie ein wenig die Stirn. Sie stieß eine Rauchwolke aus und sagte: »Was wir wissen, ist, daß der Oberst unsere Spur über Mexiko bis hierher verfolgt hat. Und jetzt *ist* er hier und hat sich nach Amelita erkundigt. Und er hat ihr keine Blumen geschickt, Jack, er will sie umbringen.«

Hör sich einer diese Nonne an. Er sah ihr zu, wie sie die Zigarette im Aschenbecher ausdrückte und ihn zurückschob.

»Es gibt hier einen Arzt unter der Belegschaft, der Jahre in Nicaragua zugebracht hat, und der war ein Freund von Rudolfo Meza...«

»Dem, den der Oberst erschossen hat.«

»Ermordet. Als ich damals mit Amelita herkam, habe ich ihm die ganze Geschichte erzählt. Er kannte also die Lage und hat sich gleich mit mir in Verbindung gesetzt, als er hörte, daß der Oberst angerufen und sich nach ihr erkundigt hatte. Gleich darauf kam jemand, der sie besuchen wollte, nicht der Oberst, aber ein Nicaraguaner. Schwester Teresa Victor hat ihm gesagt, Amelita sei schwer krank und könne niemanden empfangen.«

»Das ganze Krankenhaus weiß über die Sache Bescheid? Was wir hier vorhaben?«

»Nein, die Verwaltung nicht, nur ein paar vom Pflegepersonal. Ich glaube, ein paar Ärzte und natürlich die Schwestern. Nicht einmal einen Totenschein werden wir bekommen. Aber wenn jemand kommt und fragt, dann werden die Schwestern sagen, daß sie keine Erlaubnis haben, über die Verstorbene irgendwelche Auskünfte zu geben, es sei denn, daß man sie einem Beerdigungsinstitut zur Bestattung überlassen hat.«

»Augenblick mal.«

»Das einzige, was Sie dann noch zu tun haben, ist, einen Vermerk zu machen, daß Amelita Sosa eingeäschert worden ist. Sie kennt hier keine Menschenseele. Wenn also jemand kommt und nach ihr fragt, dann müssen es der Oberst oder einer seiner Freunde sein.«

»Ich mache also einen Vermerk in unseren Büchern.«

»Machen Sie das nicht so? Ich zahle auch dafür.«

»In was ziehen Sie mich da hinein?«

Sie sagte: »Ich glaube nicht, daß auch nur die geringste Gefahr für Sie besteht.«

»Es sind nicht Leib und Leben, worüber ich nachdenke.«

»Schwester Teresa Victor hat mit Mr. Mullen gesprochen...« Aber diesmal schien sie nicht allzu sicher. »Jedenfalls sagte sie, sie hätte.«

»Sie hat Leo die ganze Geschichte erzählt?«

»Vielleicht nicht in allen Einzelheiten.«

»Vielleicht nicht einmal das. Meinen Sie nicht, daß das ungesetzlich ist, worüber Sie hier reden?«

Sie sagte: »Da hat ein Mann geschworen, ein unschuldiges junges Mädchen umzubringen, und Sie wollen mit mir – wenn ich Sie recht verstehe – darüber streiten, ob es gesetzlich oder ungesetzlich ist, solch einen Vermerk in ihre Unterlagen zu setzen?«

Das gefiel ihm, diese ausdruckslose Art, wie sie mit ihm redete. Jack sagte: »Also, ich nehme an, in den Knast kommt man damit nicht gleich.«

»Wer würde es denn überhaupt erfahren?«

Er nickte. »Sie haben recht.«

Sie sagte: »Was wollen Sie sonst noch von mir wissen?«

Er dachte einen Augenblick nach und sagte mit ebenso ausdruckslosem Gesicht: »Wenn Sie hier jetzt dem Obersten über den Weg liefen, würden Sie ihn dann auch anfassen?«

Mit einem kaum noch erkennbaren Anflug von Lächeln sagte sie: »Aber sonst geht es Ihnen gut, wie?«

»Das ist eine andere Frage«, sagte Jack mit dem gleichen winzigen Lächeln. »Wie heißt dieser Kerl, dieser Oberst?«

»Dagoberto Godoy.«

»Ist er so ein bißchen fett und hat einen Schnurrbart?«

»Er hat einen Schnurrbart, aber er ist gut in Schuß, man könnte sagen, gut aussehend.«

Jack sagte: »Ach.«

Er fuhr Amelita Sosa, eingepackt in einen Leichensack aus Plastik, auf einer Bahre auf Rollen zu ihrem Leichenwagen, vorbei an den parkenden Autos, die längs der Rückseite des Krankenhauses standen. Der Leichenwagen stand jetzt in der Sonne, die hintere Tür offen. Als er mit dem einen Ende der Bahre die Befestigungsschiene berührte, ließ er sie einrasten, schob sie dann in den Wagen, stellte sie fest, kippte den Verschlußhebel an der Tür und machte sie fest zu.

Jack sah hinüber, wo Schwester Lucy in ihrer modischen Aufmachung und mit ihren hochhackigen Schuhen stand und mit dem Arzt redete, der in Nicaragua gewesen war, und mit zwei von den Töchtern der Barmherzigkeit – die kleine Krummbeinige war Schwester Teresa Victor, die hier schon seit fünfzig Jahren ihren Dienst tat. Dann lenkte er den Blick für ein paar Augenblicke ins Leere, die Hände hinter seinem dunklen Gewand verschränkt und in einer geduldigen Haltung, wie sie wohl einem Beerdigungsunternehmer anstand, und er dachte, was für einem attraktiven Mädchen er doch in den Leichensack geholfen hatte, die so gar nicht aussah wie die Leprakranken, wie er sie aus Filmen kannte. Er hatte sie berührt, als er den Sack zugezogen hatte, und dafür gesorgt, daß der Reißverschluß sich nicht in ihrem geblümten Hemd verklemmte. Er hatte nicht einen braunen Fleck auf ihren Armen oder in ihrem Gesicht entdeckt. Er schenkte Schwester Lucy noch einen Blick, ehe er zur Fahrerseite hinüberschlenderte und in den Leichenwagen stieg. Nachdem er den Motor gestartet und ein paarmal Gas gegeben hatte, ging die Tür auf der Beifahrerseite auf, und Schwester Lucy stieg ein.

»Ich will Sie ja nicht hetzen, aber Amelita liegt da hinten in einem Plastiksack.«

»Oh, mein Gott.« Sie drehte sich in ihrem Sitz um.

»Jetzt noch nicht. Warten Sie, bis wir hier raus sind.«

»Kriegt sie Luft?«

»Genug, nehme ich an.«

Von der Auffahrt vor dem Krankentrakt bog ein Wagen herein und setzte sich hinter sie. Als sie durch das Tor hinausfuhren, waren es drei Wagen hintereinander. Jack beobachtete sie durch den Rückspiegel.

»Gut. Jetzt.«

Schwester Lucy wandte sich um und schob die Trennscheibe hinter sich auf. Dann drehte sie sich ganz um und hockte sich auf die Knie.

»Kommen Sie heran?«

»Kaum.«

»Ziehen Sie die Bahre zu sich heran.«

Sie sagte: »So.« Dann fing sie an, sich auf spanisch mit Amelita zu unterhalten, über die Rücksitzlehne gebeugt. Ihre Leinenjacke war ihr dabei hochgerutscht, und die Rundung ihrer Hüfte in den engen Jeans war ihm zum Greifen nah. Das war mal was anderes, alle Achtung. Er warf einen flüchtigen Blick auf ihre Hüfte, auf die hübsche Rundung, ohne direkt hinzuschauen. Sie war es, die die anderen berührte – was würde passieren, wenn er sie berührte? Es gab diese Art der Berührung und eine andere. Die Mädchen, die er sonst kannte, konnte er ruhig anfassen, wenn sie so über den Sitz gebeugt hockten, und keine würde sich irgend etwas dabei denken. Vielleicht würden sie kurz »He!« sagen, aber überrascht wären sie nicht. Es wäre ohne weitere Bedeutung. Ein vertrauter Klaps. Vielleicht auch ein sanftes Kneifen.

Er richtete die Augen wieder auf die Straße und ließ die beiden Filme noch einmal an sich vorbeiziehen, die er in der letzten Woche im Fernsehen gesehen hatte. In dem einen waren Richard Burton und zwei andere Burschen zusammen mit Joan Collins auf einem Floß unterwegs, nachdem ihr Schiff von einem japanischen U-Boot torpediert worden war. Sie scheint sich schon für Burton zu interessieren, weist ihn aber zurück, als er die entsprechenden Annäherungsversuche macht, und Richard kapiert einfach nicht, warum ihm dieses Mädchen in seinem ungewöhnlichen Anzug aus Pumphosen und Leibchen einfach einen Korb gibt. Erst am Ende des Films stellt sich heraus, daß Joan Collins eine Nonne ist und ihr ungewöhnliches weißes Gewand wahrscheinlich nichts anderes als ihre Unterwäsche. Joan Collins war damals noch ziemlich jung. In dem anderen Film befindet sich Deborah Kerr als Nonne in schneeweißer Tracht, die ihr Gesicht und ihre feine Nase so schön einrahmt, zusammen mit Robert Mitchum, der einen US-Marine-Soldaten spielt, während des Krieges auf einer Insel im Pazifik. Die meiste Zeit über verstecken sie sich vor den Japanern in einer Höhle, nur Deborah und Robert Mitchum, und schauen einander an. Man weiß ja, früher oder später macht er sich an sie heran, aber was sie dann tut, das ahnt man nicht voraus. Beide Streifen handelten also von Männern und Nonnen in intimen Situationen, und gleichzeitig droht von außen Gefahr. Etwas Ähnliches ging nun auch Jack durch den Kopf, als er darüber nachdachte. Er erinnerte sich, daß für beide 1957 als Entstehungsjahr in den Programmzeitschriften stand. Er wußte nicht, warum er sich so genau daran erinnerte, denn normalerweise merkte er sich so etwas nicht. Und 1957 war es gewesen, als er, gerade zwölf Jahre alt, in die Lehrerin seiner siebten Klasse verliebt war. Sie hieß Schwester Mary Lucille. Lucille? Lucy? Und da gab es doch noch etwas: Zehn Jahre später ungefähr verliebte er sich in Sally Field mit ihrer niedlichen kleinen Nase, die zufälligerweise in der TV-Serie »Die Fliegende Nonne« mitspielte. Sie hatte diese Nonnenhaube mit den weiten Flügeln auf dem Kopf, die denen gar nicht so unähnlich war, wie sie die Töchter der Barmherzigkeit auch zu tragen pflegten, dieselben Töchter der Barmherzigkeit, die auch in Carville waren.

Was immer das auch bedeuten mochte.

Er kannte Mädchen, die gerne über solche Vorzeichen spekulierten. Helene würde wahrscheinlich »Na, du Gespensterseher« zu ihm gesagt haben, wenn er ihr davon erzählt hätte. Vor allem, wenn sie gerade ein bißchen Marihuana rauchten.

Die Calvins mit den hübschen Beinen darin drehten sich wieder in den Sitz zurück.

»Amelita müßte mal auf die Toilette.«

»Wir sind eben erst losgefahren.«

»Heißt das, Sie wollen nicht anhalten?«

Sie waren nicht einmal bis St. Gabriel gekommen. Die Stadt lag vor ihnen, ein Häuserblock mit Läden und Schuppen, ein paar Autos, ein verschlafener Ort an einem Sonntagnachmittag. Er fuhr hinein, überquerte die Hauptkreuzung und fuhr weiter, bis er auf der rechten Seite die Exxon-Station sah. An den Zapfsäulen standen keine Autos. Er ließ den Wagen unter dem Schutzdach ausrollen. Die Toiletten waren gewiß auf der Rückseite der Tankstelle. Er könnte herumfahren und den Wagen so abstellen, daß es aussah, als wollte er Luft auf die Hinterreifen geben, und dabei konnte er Amelita auf das Damen-WC schleichen lassen.

Schräg gegenüber, auf der anderen Straßenseite, war ein Café. Vier junge Burschen saßen dort und sahen zwischen einem Personenwagen und einem kleinen Lieferwagen zu ihnen herüber. Da könnte er St. Gabriel etwas bieten, worüber sie lange reden würden. Dieses Mädchen, ganz ehrlich, steigt da aus der hinteren Tür eines *Leichenwagens...*

»Ich glaube, hier ist geschlossen.«

Er stoppte plötzlich auf Höhe der Tanksäulen ab, und Schwester Lucy griff nach dem Armaturenbrett.

»Sehen Sie hier niemanden?«

Nein, er sah niemanden, und die Rollos im Kassenraum waren heruntergelassen. Er hätte das gleich sehen müssen, keine Geschäftszeit, niemand da. Im Innenraum hatten sie ein Licht angelassen. Er konnte es durch das Fenster sehen, auf dem in großen Buchstaben BIG SPRING SPEZIALREIFEN stand. An der Glastür klebten die Schilder von Kreditkartenunternehmen und ein weiterer Aufkleber, der ihm etwas sagte: VAS, schwarze Buchstaben auf Goldgrund, das hieß VIDETTE ALARM SYSTEMS, mit denen die Station gegen Einbrecher geschützt war. Sie sah aber im ganzen so alt und heruntergekommen aus, daß man mit ihr keine besonderen Probleme haben würde.

Was nun? Drüben über die Straße war das Café, und die Farmburschen schauten noch immer herüber. Er warf einen schnellen Blick in den Außenspiegel und entdeckte einen Wagen, der direkt hinter ihnen an den Tanksäulen angehalten hatte.

Es war eine schwarze Chrysler-Limousine. Einer der Wagen, die ihnen aus dem Center gefolgt waren. Ein Mann in einem braunen Anzug stieg auf der Fahrerseite aus. Dann folgte ihm ein anderer von der anderen Seite. Sie waren dunkelhaarig, also Latinos. Jetzt konnte er sie nicht mehr sehen, weil sie direkt hinter dem Leichenwagen waren.

»Sagen Sie Amelita, sie soll sich totstellen, und versperren Sie die Tür. Sofort. Schnell.«

Schwester Lucy tat es, einfach so, als ob nichts dabei wäre, und ohne ihn anzusehen oder Fragen zu stellen. Sie saß eben wieder aufrecht, als einer der beiden Latinos neben ihrem Fenster auftauchte und hereinsah. Ein kleiner Kerl. Er klopfte an die Scheibe und sagte etwas auf spanisch. Sie sagte auf englisch: »Ich verstehe Sie schon. Was wollen Sie?« Der Kerl fing wieder auf spanisch an, und Schwester Lucy sah ihn an, kaum dreißig Zentimeter von ihm entfernt, und hörte zu.

Jack drehte sich zur anderen Seite, als an seinem Fenster der andere auftauchte, vorbeiging und sich vor dem Leichenwagen aufbaute. Beide waren ziemlich klein, um die 130 Pfund schwer. Das gefiel Jack. Was ihm nicht gefiel, waren ihre Anzüge und ihre offenen Sporthemden. Gerade keine Wanderarbeiter auf der Suche nach einem Bohnenpflücker-Job. Der eine auf Schwester Lucys Seite trug eine Sonnenbrille, sein bedrucktes Hemd war aus Seide, und seine Haare trug er sorgfältig gekämmt. Der andere sah kreolisch aus, ein hellhäutiger Schwarzer mit hervortretenden Backenknochen und drahtigen Kräusellocken. Er starrte auf die Windschutzscheibe des Leichenwagens, während das Gesicht schräg hinter Schwester Lucys Kopf weiter auf spanisch redete.

»Er will, daß Sie die Tür hinten aufmachen. Er sagte, sie seien Freunde der Verstorbenen und möchten sie ein letztes Mal sehen, bevor sie bestattet wird. Es müsse jetzt sein, weil sie geschäftlich unterwegs sind und nicht zur Trauerfeier kommen können.«

Jack sagte: »Woher weiß er, daß sie da drinnen ist? Fragen Sie ihn das.« Er wartete, während Schwester Lucy zu dem Gesicht mit der Sonnenbrille sprach. Der Kerl sagte irgend etwas, beugte sich dann vor und versuchte, in den hinteren Teil des Leichenwagens zu schauen, verdrehte dabei den Kopf und deckte die Augen gegen das Licht ab, das von den Scheiben reflektierte.

Schwester Lucy warf einen schnellen Blick auf Jack und wollte etwas sagen. Aber das Gesicht mit der Sonnenbrille wandte sich wieder ihr zu und begann zu sprechen, und es nahm dabei einen feierlichen Ausdruck an.

»Er sagt, sie wollen einen Priester für die Verblichene herschicken. Er sagt, sie seien fest dazu entschlossen, sonst könnten sie einander nicht mehr in die Augen sehen.«

Jack wartete, weil sie ihn weiter ansah, mit ganz lebhaften Augen, als wollte sie ihm mehr sagen, als sie konnte, das Gesicht des Mannes so nahe hinter sich. Jack nickte, nahm sich die Zeit, eine Entscheidung zu treffen. »Sagen Sie ihm, ich würde ihm gern helfen, aber es ist gegen das Gesetz, einen Leichnam draußen auf der Straße zu zeigen.« Sie wollte sich schon umdrehen, da sagte er: »Warten Sie. Aber sagen Sie ihm, er kann gleich eine Leiche auf der Straße sehen, wenn sein Partner da nicht aus dem Weg geht, und zwar sofort, denn wir fahren jetzt los.« Er sah, wie ihre Augen eine Sekunde lang weiter wurden, und er sah, wie das Gesicht des Kerls ihn anstarrte. Jack sagte: »Er hat schon verstanden, aber sagen Sie es ihm noch einmal, mit Ihren eigenen Worten.«

Sie sagte: »Jack«, ihre Stimme klang ganz flach, »schauen Sie mich an. Er hat eine Waffe.« Sie ließ die Finger ihrer rechten Hand auf Höhe ihrer Taille in ihre Jacke gleiten. »Genau hier.«

Der Mann sagte wieder etwas, und sie lauschte, sah dabei aber immer noch Jack an. »Er möchte wissen, warum wir ihnen Schwierigkeiten machen.« Sie übersetzte, während das Gesicht mit der Sonnenbrille noch durch das Fenster sprach. »Er sagt, es dauert nur eine Minute. Er möchte, daß Sie den Motor ausstellen und aussteigen. Mit dem Zündschlüssel.« Sie lauschte wieder und sagte dann: »Wenn Sie versuchen, loszufahren, dann wird jemand in diesem Wagen tot sein. Wenn da nicht schon einer tot ist.«

Er sah ihre Augen, und dann drehte sie sich weg und sagte dem Mann jetzt etwas in schnellem, fließendem Spanisch, und ihr Ton war dabei scharf geworden. Das Fenster gab den Rahmen für das Gesicht mit der Sonnenbrille und dem Schaufenster mit den BIG SPRING SPEZIALREIFEN dahinter.

Jack sagte: »Sehen Sie zu, daß er nicht durchdreht, ja?« Er zog den Zündschlüssel aus dem Schloß, und sie wandte sich wieder ihm zu, als er die Tür öffnete. »Aber reden Sie weiter.« Er stieg aus, drückte den Knopf der Türverriegelung hinunter und schloß die Tür.

Die Farmburschen auf der anderen Straßenseite saßen in der Sonne, rissen ihre Bierdosen auf und sahen zu. Einer drehte den Kopf, machte eine Bemerkung, beantwortet von einem Lachen, spielte mit seiner Mütze. Leben in einen Sonntagnachmittag in St. Gabriel bringen. Jack hatte im Angola ein paar Farmburschen kennengelernt. Einer von ihnen hatte einen Mann mit einer Bierflasche erschlagen, betrunken.

Er hatte Männer gekannt wie den mit der Sonnenbrille im Gesicht und den kreolisch aussehenden Kerl, der noch immer vor seinem Leichenwagen stand und ihm jetzt sein Gesicht zuwandte, als er auf ihn zuging. Sie standen einander jetzt gegenüber wie im Gefängnishof, wenn dort ein Neuankömmling erst einmal ›vorgeführt‹ wurde – empfangen mit diesem schläfrig-gemeinen Blick, den man dann draufhatte, und zugleich nicht einen Schritt zur Seite weichend. Dieses Anstarren bedeutete: Geh um mich herum, Mann. Aber wenn man das tat, dann wußte man, daß einem nun nicht einmal mehr die eigenen Eier gehörten. Aber um diesen Mann würde er herumgehen; hier gab es nichts zu beweisen. Im Gefängnishof hätte er das nicht dürfen. Dort gab es nur zwei Möglichkeiten: über den wegzusteigen, der sich einem in den Weg stellte, oder seinen Kopf zu gebrauchen. Man mußte nur vorher wissen, wann sie vorhatten, einen vorzuführen, und schon war man schlauer als die restlichen 95 Prozent der Gefängnisinsassen...

Und schlauer als diese beiden Arschgesichter, die ihn an die altvertrauten Zeiten erinnerten. Jedenfalls hoffte er es, beim Himmel, daß er in diesen fünfunddreißig Monaten wenigstens soviel gelernt hatte. Eine goldene Regel hieß: Wann immer man in Gesellschaft von Leuten mit zweifelhaften Absichten war – vor allem sehen, wie man wieder herauskam, oder etwas in der Hand zu haben, womit man um sich schlagen konnte.

Er nickte und lächelte den kreolischen Burschen mit dem Drahthaar an, während er an ihm vorbeiging. »Wie geht's, Partner?« Und zu dem Gesicht mit der Sonnenbrille – der Bursche trat jetzt von dem Leichenwagen zurück – sagte er: »So etwas ist mir bisher noch nie passiert. So lange wie ich im Leichenbestatter-Geschäft bin.« Dabei ging Jack weiter auf die Tür der Tankstelle zu.

Der Bursche sagte: »He, wohin gehen Sie?« Er kam jetzt hinter ihm her, den Kreolen im Schlepptau.

Jack blieb vor der Tür stehen und drehte sich halb herum: »Ich muß etwas besorgen.«

Das Gesicht mit der Sonnenbrille war ganz nah bei ihm: »Nein, Sie können da nicht rein. Sehen Sie.« Er griff hinter dem Rücken von Jack nach dem Türknopf und versuchte, ihn zu drehen. »Sehen Sie? Geschlossen. Sie können da nicht rein.«

Jack sagte: »Stimmt, ich glaube, Sie haben recht.« Er sah sich um, runzelte die Stirn und sagte: »Scheiße. Was mache ich jetzt? Ich muß auf die Toilette, und der Schlüssel ist da drinnen. Sehen Sie ihn? Er liegt auf dem Schreibtisch. Hängt ein ganzer Holzklotz daran, damit ihn niemand stiehlt. Toilettenschlüssel haben eben ihren Wert.«

Das Gesicht mit der Sonnenbrille sagte: »Gehen Sie woanders hin. Ist doch kein Problem für Sie.«

Sie standen einander direkt gegenüber. Jack sagte mit ruhiger Stimme: »Ich glaube, wir haben beide ein Problem. Sie wollen meinen Wagenschlüssel, und ich will den Toilettenschlüssel. Zwei schlimme Typen sind wir, was? Desperados. Sie verstehen, was ich Ihnen sage?« Das Gesicht mit der Sonnenbrille starrte ihn an, antwortete aber nicht. »Nur bin ich noch ein bißchen schlimmer als Sie, Partner. Wenn Sie es mir nicht glauben, werde ich es ihnen zeigen.«

Jack drehte sich wieder zur Glastür, die in einem Holzrahmen hing, ging einen kurzen Schritt zurück und trat dann, die Augen auf den Aufkleber mit VIDETTE ALARM SYSTEMS gerichtet, mit der Sohle seiner schwarzen Halbschuhe die Türscheibe ein.

Das Schrillen der Alarmsirene setzte so umgehend und laut ein, daß er kaum noch das Glas splittern hörte. Es war noch lauter, als er erwartet hatte. Er blickte sich um und sah, wie der Bursche mit der Sonnenbrille sich zurückzog. Der Kreole bewegte sich, und sein Kumpel mußte ihm Zeichen geben. Jack beobachtete, wie sie sich eilig davonmachten. Er drehte sich um und sah Schwester Lucys Gesicht hinter dem Seitenfenster. Sie starrte herüber. Und jenseits des Leichenwagens auf der anderen Seite der Straße starrten die Farmburschen, die Köpfe nach der Quelle des Lärms gerichtet, der herüberschallte; und dann drehten sich ihre Köpfe nach dem schwarzen Chrysler, der mit durchdrehenden Reifen davonraste, heraus aus dem Schatten und die sonnige Straße entlang in Richtung Interstate. Auch Jack sah ihnen nach und dachte, na gut, es gibt noch andere Straßen, die nach Hause führen und an deren Rand wir eine Toilette finden werden. So gut wie heute hatte er sich nicht mehr gefühlt, seit... Er konnte sich nicht erinnern.

Die Schwester sah ihn ganz anders an, als er nun wieder hinter das Lenkrad schlüpfte. Nicht gerade mit weiten Augen, aber irgendwie verblüfft, den Mund leicht geöffnet und mit einem Blick, den er gerne für ein respektvolles Staunen hielt. Sie sprach kein Wort. Das tat auch er nicht, bis sie dieses lästige Schrillen nicht mehr hörten und er sie mit einem Nette-Jungen-Lächeln anlächelte.

»Deswegen bin ich immer nur in Hotelzimmer eingestiegen.«

5

Sowie Jack in die Camp Street einbog, sah er die weiße Cadillac-Limousine vor der Suppenküche stehen.

Dazu sollte ihm eigentlich sofort ein kluger Spruch, ein schneller Kommentar aus der hohlen Hand einfallen. Zu Helene hätte er das erste und beste gesagt, was ihm eingefallen wäre, etwa: »Junge, die müssen ja wirklich gut kochen.« Aber für Lucy mußte er sich schon ein wenig mehr anstrengen.

Doch dann sah er, wie sie den Wagen betrachtete, nicht ein bißchen überrascht, und seine Neugier brachte ihn um die Konzentration. Also sagte er gar nichts. Er kurvte die Einbahnstraße hinauf und parkte den Leichenwagen direkt hinter der Limousine. Da stieg, gerade als Schwester Lucy sagte: »Das ist mein Vater«, ein Schwarzer in brauner Chauffeursuniform heraus.

Auch dazu hätte Jack eine passende Bemerkung einfallen müssen. Statt dessen dachte er nur, wenn ihr Vater in so einer Limousine mit extralanger Karosserie herumfuhr, dann mußte sie eine Nonne sein, die aus einer sehr reichen Familie stammte. Von der er bisher nichts erfahren hatte. Aber damit hatte er auch eine Erklärung dafür, wie sie in Nicaragua einfach diesen VW gekauft hatte – darüber hatte er sich nämlich schon gewundert. Außer, daß sie zudem noch freiwillige Armut geschworen hatte, Keuschheit und Gehorsam... Und als er soweit war, war es längst zu spät, um noch irgendeinen klugen Spruch loszulassen. Denn sie war bereits aus dem Leichenwagen gestiegen, und ihr Vater erschien auf der Bildfläche.

Er kam mit schnellen und agilen Bewegungen aus dem Wagen heraus, in dieser drahtigen Manier, in der einer, auch wenn er in den Fünfzigern war, gern noch den jungen Burschen markierte. Jack bemerkte die Energie und das Selbstvertrauen, das er, locker dastehend, ausstrahlte: die Arme nach seiner Tochter ausgestreckt, aber die Ellbogen angewinkelt, den Kopf leicht schief, und in dieser Pose rief er ihr zu: »Da ist ja mein Mädchen. Meine kleine Schwester – darf ich dich so nennen? Großartig siehst du aus.« Auf den ersten Blick schien er ein leicht einzuschätzender Typ, wie er da in seiner weichen Kalbslederjacke, den Designer-Jeans und den Cowboy-Stiefeln aus der Limousine stieg. Aber Jack war sich nicht sicher, ob er nun mehr wie ein Rodeo-Star im Ruhestand oder wie ein Filmproduzent aussah. Er hatte Filmproduzenten bei Außenaufnahmen in New Orleans gesehen, hatte ihnen zugeschaut, wie sie im Hafenviertel drehten, und da war ihm klar, natürlich, *das* konnte er nur sein, ein Filmschauspieler. Es wirkte befremdlich auf ihn, Schwester Lucy in den Armen eines Mannes zu sehen, dem sie die Wangen küßte. Er hielt sie an sich gedrückt, und seine Hände tätschelten ihr Hinterteil, ziemlich kräftige Hände für einen Mann seiner Größe. Ein Ring glänzte an einem seiner Finger, und Jack kniff die Augen zusammen, um ihn zu taxieren. Jetzt gingen sie los, Kopf an Kopf – seine Nase hatte sie nicht –, und ihr Vater hielt ihren Arm.

Jack drehte sich um und schob die Trennscheibe auf. Er sah Amelitas Haarschopf und darunter ihren Körper, eingeschlossen in den Plastiksack. »Alles in Ordnung?« Sie murmelte etwas, und er sah, wie sie sich bewegte. »Halten Sie durch. Es dauert nicht mehr lange.« Amelita schien ein sehr geduldiges Mädchen zu sein. Sie hatte keine Bambi-Augen, aber sie waren sehr hübsch, braun und glänzend.

Der Plan war, daß Lucy hier ausstieg und zu ihrem Wagen ging. Sie hatte »mein Wagen« gesagt, was in seinen Ohren merkwürdig geklungen hatte, wenn man an das Armutsgelübde dachte – wieder so eine Frage, die er ihr später mal stellen mußte. Er sollte dann Amelita zu ihrem Bestattungsunternehmen fahren, und Schwester Lucy würde später anrufen. Soweit der Plan. Leo wolle gegen sieben Uhr da sein. Jetzt war es viertel vor –

Schwester Lucy winkte ihm zu, und ihr Vater sah auch zu ihm herüber. Jack stieg aus und ging zu ihnen. Sie sagte: »Jack Delaney, mein Vater«, mehr nicht.

Ihr Vater streckte die Hand aus und sagte: »Dick Nichols, Jack. Ist mir ein Vergnügen.« Rauhe Hand, rauhes Gesicht. Er hatte lockiges Haar, das grau wurde, aber einen dunklen Schnurrbart. Doch ein Rodeo-Star, kein Filmproduzent oder Filmschauspieler. »Ich beneide Sie nicht gerade um Ihren Job, aber ich meine, irgendwer muß ihn ja tun. Mein Börsenmakler und ein Buchhalter, den ich mal hatte, sind von Mullen's beerdigt worden. Ich kann mir denken, daß Sie schon mal von der Bestattungsfirma Saint Clair in Lafayette gehört haben…«

Jack sagte: »Ich glaube nicht.« Der Chauffeur ihres Vaters stand neben dem Wagen und beobachtete ihn. Ein junger schwarzer Bursche mit mächtigen Schultern, eingezwängt in diesen braunen Zweireiher.

»Im Ölgeschäft gibt es jede Menge Herzattacken. Die Leute sind zu geschäftig, muß ich Ihnen sagen.«

Schwester Lucy sagte: »Mein Vater verlegt Pipelines.« Ganz ihr trockener Ton. »Und er baut diese Bohrinseln vor der Küste.«

»Hmm, man muß es eben erst einmal rausholen, ehe man es weiterleitet, nicht wahr, kleine Schwester?« Er grinste, schüttelte den Kopf und sah Jack an. »Es gab mal eine Zeit – also, als ich anfing, da verkaufte ich Pachtverträge auf Ölfelder. Dann fing ich an, selber zu bohren und verlor zweimal ein Vermögen, bevor ich noch dreißig war. Beide Male ist mir das Bohrloch ausgebrannt, und ich war pleite. Aber ich habe wieder losgelegt, alles zusammengekratzt, gepumpt und alles verpfändet, was uns gehörte, um zweihundertfünfzigtausend in einen Block Mietshäuser zu stecken. Die Mami unserer kleinen Schwester sagte: ›Liebling‹« – seine Stimme wurde ein wenig verschwommen – »›wenn das Geschäft schiefgeht, wie kriegen wir dann etwas zu essen?‹ Ich sagte: ›Dann essen wir eben *es*, meine Süße.‹ So läuft das beim Geschäftemachen.«

Als Schwester Lucy sagte: »Wie geht es Mutter?« sah Jack sie an. Sie klang nicht besonders interessiert.

Aber als ihr Vater dann einen kurzen Blick auf seinen Chauffeur warf und sagte: »Clovis hat sie heute früh zum Flugzeug nach New York gebracht. Es geht ihr gut«, da schien Schwester Lucy erleichtert aufzuatmen. Jack entging es nicht.

Sie sagte: »Wahrscheinlich Kleider kaufen.«

Dick Nichols sagte: »Sie wird den Flug sicher nicht unternehmen, um nur eine Tube Zahnpasta einzukaufen. Gestern abend hättest du mich in meinem Büro beobachten können, wie ich eine Hundert-Dollar-Note nach der anderen herausgerückt habe. Aber es macht mir Spaß. Ich bin jetzt übrigens ins Hubschrauber-Geschäft eingestiegen.« Er wandte sich an Jack: »Ich will Ihnen was sagen, ich leihe Ihnen eine 214 Super-Transport Bell für fünfundneunzig Riesen den Monat. Wie hört sich das an? Mullen könnte in New Orleans das erste Bestattungsunternehmen sein, das Bestattungen auf See anbietet. Ihr nehmt sie ein paar Meilen mit hinaus über den Golf, der Priester sagt sein Gebet auf, spritzt ein bißchen Weihwasser auf die Leiche, und dann hinaus mit ihr. Hören Sie, ich möchte alles andere lieber, als in so eine Gruft auf dem Saint Louis Number One gesteckt zu werden. Schrecklich, all diese vielen Leichen zuhauf mit ihren Statuen und Grabsteinen. Mir liegt das weite Land mehr, nicht wahr, Kleine? Ich habe das Land immer mehr gemocht.«

Sie sagte zu Jack: »Mein Vater wohnt in Lafayette und meine Mutter hier in New Orleans.«

»Aber ich habe das Privileg, sie besuchen zu dürfen. Wenn ich vorher anrufe und ein wenig Süßholz rasple.«

Sie sagte zu Jack: »Wenn mein Vater etwas will, dann marschiert er los. Er stellt sich nicht hinten an.«

Sie schenkte ihm diesen ruhigen Blick, und er spürte etwas zwischen ihr und sich, als ihr Vater auf die Uhr schaute und sagte, nachdem es jetzt sieben Uhr sei, werde er sich mit der kleinen Schwester da auf den

Weg zu Paul's machen, ein paar Krebse und Shrimps zu sich nehmen und eine nette Unterhaltung führen; wenn sie nicht gerade über Politik redeten, dann gab es sogar manchmal Sachen, in denen sie übereinstimmten – und dazu grinste er –, vor allem jetzt, wo sie ihren Kopf wieder oben habe. Was meinte er damit? Jack wollte zu ihr hinübersehen, die Stirn runzeln, ein Gesicht ziehen, aber ihr Vater hatte ihn in Beschlag genommen, schüttelte ihm die Hand, sagte, wie furchtbar nett es gewesen sei, mit ihm zu plaudern, und er hoffte, daß sie das bald mal wiederholen könnten. Und so weiter. Als er endlich damit fertig war und Jack sich nun zu ihr umwenden konnte, sah sie ihn wieder mit diesem ruhigen Blick an. Sie sagte: »Mein Vater kann sogar bei K-Paul's hineinmarschieren, ohne anzustehen«, berührte kurz Jacks Hand und ergänzte: »Wie finden Sie das?«

Der kleine Raum, in dem Buddy Jeannettes Leiche aufgebahrt war, war erfüllt vom mechanischen Rosenkranz-Gemurmel, fünfzigmal Gegrüßest-seist-du-Maria aus den Mündern seiner Familienangehörigen und all derer, die nicht rechtzeitig herausgekommen waren. Jack, der aus der Eingangshalle hinüberschaute, zählte siebenunddreißig Sitzende und Kniende. Vorn neben dem Sarg stand der Priester an einem kleinen Betpult und sagte den Rosenkranz an. Der Sarg war ein Batesville-Modell aus handpoliertem Nußbaumholz, ausgeschlagen mit Crêpe-Satin. Buddy hatte seine Witwe offensichtlich gut versorgt hinterlassen. Sie war älter, als Jack sie sich vorgestellt hatte, ein winzigkleines Ding, wie sie da auf der Vorderkante des Armsessels saß, ein wenig abgesetzt von den anderen, und zu den Rosenkranzperlen ihre Gebete sprach. Woran dachte sie wohl mit ihrem in die Weite gerichteten Blick, die Lippen kaum bewegend? Er hätte gern ihre Hand gehalten und etwas zu ihr gesagt. Er hatte schon über tausend Menschen in diesen Besuchsräumen gesehen, und er war sich noch immer nicht sicher, wer von ihnen wirklich trauerte und wer nicht. Er hätte ihr gern gesagt, was für ein netter Bursche Buddy gewesen sei, daß jeder ihn gemocht habe, eine ganze Menge solcher Dinge...

Leo sagte: »Kannst du mir mal erklären, was hier vor sich geht?«

Jack wandte sich von der Tür ab. »Ist etwas nicht in Ordnung?«

Leo sagte: »Ich gehe hinauf ins Badezimmer und finde da ein Mädchen, das sich eben die Haare bürstet, ein Mädchen, das eigentlich tot sein sollte. So etwas habe ich bisher noch nicht erlebt.«

»Wenn ich mich recht erinnere«, sagte Jack, »dann warst du es, der mich losgeschickt hat, sie abzuholen. Und du hast gesagt, du hättest mit Schwester Teresa Victor darüber geredet.«

»Das habe ich getan, gestern. Ich war gerade dabei, deinen Freund zu präparieren.«

»Also, dann sprichst du besser noch einmal mit ihr.« Er machte einen Schritt, als wollte er sich entfernen.

»Jack, ich bin beschäftigt, ich habe Kundschaft.«

»Dann ruf sie später an. Wenn ich dir erzähle, wieso ich jemanden eingeladen und mitgenommen habe, der gar nicht tot ist, dann behauptest du nachher, es sei meine Idee gewesen. Sprich mit der Schwester, und dann sehen wir weiter.« Jack ging durch die Eingangshalle und die Treppe hinauf.

Er fand Amelita im Sarg-Ausstellungsraum, wo sie sich soeben umschaute und mit der Hand über das glatte Holz eines Batesville aus massiver Eiche fuhr. Jack sagte: »Und das da ist ein Homestead mit beige-brauner Einlage. Sie können alles von uns haben, Fiberglas, Plastik, Metall oder Hartholz, von sechs- bis sechzehntausend Dollar, das hängt ganz von Ihrem Geldbeutel ab und davon, wie traurig Sie über den Verlust des geliebten Verstorbenen sind. Allerdings bin ich froh, daß wir Sie in keinen hineinstecken müssen, dafür sehen Sie nämlich einfach zu gesund aus.« Das tat sie wirklich, wie sie so dastand und die Deckenlampe von oben auf ihr dunkles Haar schien, lang, den halben Rücken herunter über dem geblümten Hemd, und das Licht spiegelte sich auch in ihren dunklen Augen, als sie ihn ansah.

»Sie sehen so hübsch aus von innen« – sie berührte jetzt vorsichtig die braune Seide – »und so weich.«

»Als könnte man auf ewig darin schlafen, hm? Wissen Sie schon, wohin Sie von hier aus fahren und wo Sie wohnen werden?«

»Ich fahre irgendwann nach L. A., aber ich weiß nicht, wann.»

»Nach Los Angeles?«

»Ja, zwei von meinen Tanten und eine Großmutter leben in L. A. Es soll dort recht nett sein. Wenn Sie die Leute da hineinlegen, haben sie dann all ihre Sachen an?«

»Klar, sie sind voll angezogen. Hat Schwester Lucy Ihnen gesagt, wo Sie in New Orleans wohnen werden?«

»Sie hat gesagt, sie würde einen Platz für mich suchen. Diesen pinkfarbenen Stoff da mag ich sehr gern, sieht hübsch aus.«

»Na ja, Schwester Lucy scheint zu wissen, was sie tut. Sie kennen sie schon ein paar Jahre?«

»Ja, ziemlich lange.«

»Sie hat mir erzählt, was mit Ihnen passiert ist. Das war ja schrecklich, wie dieser Kerl Sie von zu Hause weggeschleppt hat. Sogar zweimal, nicht? Beim ersten Mal müssen Sie doch noch ein Kind gewesen sein.«

»Sprechen Sie von Bertie?«

»Wie heißt er denn, dieser Oberst?«

»Ja, Bertie. Oberst Dagoberto Godoy Diaz. Er war ein sehr wichtiger Mann für die Regierung. Ich meine vorher, für die richtige Regierung. Er hätte sich einen von diesen leisten können, sogar den für sechzigtausend.«

»Sechzehn, nicht sechzig. Aber er hat einen Mann *umgebracht.* Den Doktor.«

»Ich weiß. Er war so wütend, es war schrecklich.«

»Und Sie haben gesehen, wie er es getan hat.«

»Das ist es, was ich meine. Ihn so etwas tun zu sehen.« Sie schlang ihre Arme um sich und schien zu schaudern. »Das war nicht derselbe Mann, den ich in Managua gekannt hatte.« Sie griff in den Sarg und fühlte nach dem Kopfkissen, nun wieder ganz entspannt. »Er wollte mich in den Wettbewerb um die Senorita Universo bringen, aber der Krieg wurde schlimmer, und er mußte weg. Da bin ich heimgefahren.« Der plissierte Stoff des Kopfkissens schien es ihr angetan zu haben.

Jack nützte die Gelegenheit. »Aber jetzt will er, wenn ich das richtig verstanden habe, Sie doch töten, Amelita.«

»Hat sie Ihnen das erzählt? Ja, er war so wütend, weil er dachte, er bekäme nun auch die Lepra. Aber das war nicht so. Man überträgt sie nicht auf diese Weise auf andere Menschen, wissen Sie, so wie diese andere Krankheit, von der sie jetzt dauernd reden, oder wie diese alte, die sie Tripper nennen. Jemand muß Bertie sagen, daß er sie nicht kriegt. Obwohl ich gehört habe, daß der Commandante Edén Pastora, der auch zu den *Contras* gehört, den Schwarzen Aussatz hat, aber ich weiß nicht, was das für eine Art Lepra ist. Vielleicht nur von Insektenbissen.«

Jack sagte: »Augenblick mal, ja? Dieser Kerl hat Sie doch entführt. Ich meine, vorher. Erst setzte er sich ab, kam dann nachts wieder, schnappte Sie sich und schleppte Sie weg in die Berge. Stimmt das?«

»Ja, natürlich.« Sie wandte sich zu ihm und sah ihn etwas verwundert an. »Er wollte, daß ich bei ihm war.« Ihr Blick wurde wieder sanfter, als sie sagte: »Wenn Sie ein Mädchen sehr gern mögen, wünschen Sie sich dann nicht, daß es bei Ihnen ist? Sie haben doch sicher Mädchen, ich wette, jede Sorte.« Sie lächelte, kam näher. »Ein gutaussehender Mann in teuren Kleidern«, und dabei griff sie nach seiner gestreiften Sieben-Dollar-Krawatte, hielt sie zwischen den Fingern, befühlte sie. »Ich habe gesehen, was für nette Zimmer Sie hier haben, mit einem großen Kühlschrank mit Bier und einer Flasche Wodka darin. Ich möchte wetten, daß Sie bestimmt am Abend Ihre Mädchen mit hierher bringen. Vielleicht bleiben sie auch die ganze Nacht... Oh, Sie sehen überrascht aus. Ich weiß, die amerikanischen Jungs haben das so in Managua gemacht, als ich da war, ich meine, so die Augen aufgerissen, wie Sie jetzt eben. Wer, ich? Wie die kleinen Schulbuben. Ich glaube, nur die amerikanischen Jungs machen das so, aber ich bin nicht sicher. Wollen, daß man sie immer für so gute Jungs hält. Aber Sie haben doch Ihre Mädchen hierher gebracht, nicht? Sagen Sie mir die Wahrheit.«

»Ein- oder zweimal.«

»Sagen Sie mir noch etwas, ja? Sind Sie auch schon mal mit einem Mädchen da hineingestiegen?«

Jack sagte: »Meinen Sie das im Ernst?«

»Ich frag' ja nur. Es ist so hübsch und weich«, und dabei berührte sie wieder die beigebraune Seide.

Er sagte: »Amelita, das ist ein Sarg.«

»Ja, ich weiß, was das ist. Ich habe bisher noch in keinen hineingesehen und gefühlt, womit er ausgeschlagen ist. Wie ein kleines Bett, hm?«

Er sagte: »Setzen wir uns doch irgendwohin und machen es uns gemütlich.«

Sie warf ihm einen listigen Blick über die Schulter zu. »In Ihrem Zimmer? Ja, ich glaube, das wäre nett.«

Er dachte einen Augenblick nach und sagte: »Wenn ich es nicht gewesen wäre, der Sie da herausgeholt hat, also...«

»Dann?«

»Dann würde ich mir jetzt ernsthaft überlegen, ob ich Sie nicht wieder dorthin zurückschaffen sollte.«

Sie runzelte die Stirn. »Sind Sie sauer auf mich? Warum?«

Nein, das war er nicht wirklich. Aber er sagte nur: »Gehen wir« und machte die Lichter im Sarg-Ausstellungsraum aus. Sie gingen durch den Flur, vorbei an seinem Zimmer und dem Präparierraum, in Leos Büro.

»Schwester Lucy setzt sich mit Ihnen in Verbindung, sobald sie Zeit hat. Tut sie es nicht, dann müssen Sie darauf schlafen.« Er zeigte mit einem Kopfnicken auf ein wackeliges und durchgesessenes Ledersofa, das so alt war wie Mullen & Söhne selber.

Amelita setzte sich und sagte: »Warum nennen Sie sie so?«

Jack sagte: »Wie?« und betrachtete das Durcheinander auf Leos Schreibtisch, die Briefe und Rechnungen und die Liste mit den eingegangenen Anrufen. Sie war leer. Keine neuen Aufträge.

»Ich meine, warum nennen Sie sie Schwester Lucy? Sie ist nämlich keine Schwester mehr. Nur noch Lucy. Oder Lucy Nichols, wenn Sie sie beim vollen Namen nennen wollen.«

Jack sah auf und starrte das Mädchen auf Leos abgenutztem Sofa an. Er brauchte einen Augenblick Zeit, ehe er antworten konnte.

»Wovon reden Sie? Sie ist keine Schwester mehr? So habe ich sie dauernd angesprochen...« Er brauchte noch einen Augenblick zum Nachdenken. »Das habe ich sicher getan, und sie hat nicht gesagt, daß sie keine ist.«

»Vielleicht, weil sie es so gewohnt ist.«

»All die Kerle in der Mission, wo ich sie abgeholt habe, haben sie Schwester genannt. Ich habe es noch im Ohr. Und Leo, der Mann, für den ich arbeite...« Jack stockte, nicht sicher, ob er Leo dazuzählen konnte. Leo konnte angenommen haben, daß sie eine Nonne war, weil sie an einer Missionsstation in Nicaragua gewesen war.

Amelita sagte: »Ich weiß nicht, von wem Sie da reden, aber ich weiß jedenfalls, daß sie keine Schwester ist. Sie ist wieder ausgetreten. Meinen Sie, wenn sie eine Schwester wäre, wäre sie so angezogen, mit diesen Calvin Kleins? Wenn ich nach L. A. gehe, werde ich mir auch ein Paar von diesen Jeans kaufen.«

»Ein bißchen gewundert habe ich mich darüber schon.«

»Das mache ich bestimmt, sobald ich dort bin.«

»Woher wissen Sie es denn? Hat sie es Ihnen erzählt?«

»Als wir in dem Wagen aus Nicaragua abzogen. Sie sagte zu mir, ich will keine Schwester mehr sein. Ich kann das nicht.«

»Das sagte sie?«

»Ich habe es doch eben gesagt.«

»Ich meine, sind Sie sicher?«

Amelita zuckte mit den Schultern. »Fragen Sie sie selber, wenn Sie mir nicht glauben.« Ihr Blick wanderte durch das Büro zu der eingerahmten Urkunde an der Wand mit Leos Lizenz als Leichenbestatter und wieder zurück zu Jack, der neben dem Schreibtisch stand. »Sie war sehr nett als Schwester. Sie war die netteste im Sagrado Familia.«

»Ist sie Ihrer Meinung nach jetzt nicht mehr nett?«

»Ja, aber sie hat sich verändert. Ich glaube, irgend etwas ist mit ihr passiert.«

Als sie anrief, sagte sie: »Jack, hier ist Lucy.« Er antwortete nicht, und sie sagte: »Jack?«

»Wie war das Dinner?«

»Darüber würde ich gern mit Ihnen reden.«

»Gekochte Shrimps und Bier?«

»Ich will meinen Vater nicht mehr wiedersehen. Wie geht es Amelita?«

»Sie ist in Ordnung. Was ist passiert?«

»Ich möchte wirklich gern mit Ihnen reden.« Es war ihre Stimme, aber sie klang anders, unnatürlich; sie versuchte, sie unter Kontrolle zu halten. »Wenn Sie Amelita hierher bringen könnten ... Ich bin zu Hause, in der Wohnung meiner Mutter, 101 Audubon, an der stadtauswärts gerichteten Seite des Parks.«

»Ich weiß Bescheid. Sind Sie allein?«

»Das Hausmädchen ist da, Dolores ... Könnten Sie wohl so schnell als möglich kommen? ... Aber bitte nicht in dem Leichenwagen. Nur für den Fall, daß ...«

Er sagte: »Nein, ich habe einen eigenen Wagen.« Er zögerte einen Augenblick und sagte dann, zum erstenmal: »Lucy?«

»Ja?«

»Wir sind sofort da.«

6

Sie führte ihn durch eine Halle, an deren Wänden verblaßte Porträts und Gemälde von Faschingsbällen hingen, vorbei an dunklen und förmlich eingerichteten Wohn- und Speisezimmern, in einen sonnigen Raum, der plötzlich und überraschend eine tropische Atmosphäre ausstrahlte mit seinen Wänden, die eine Tapete mit leuchtend grün-goldenen Bananenbäumen hatten. Lampenlicht fiel auf riesige Farnwedel, auf Korbmöbel mit grünen Polstern, auf einen Ventilator an der Dekke, auf Körbe mit Farnkraut und auf eine Bar mit Flaschen vor schwarz gefärbtem Glas. Auf dem Kaffeetisch, der auch aus Korbgeflecht war, stand ein Glas Sherry. Sie war ganz ruhig und entgegenkommend, trug jetzt eine weiße Bluse zu brauner Hose und Sandalen. Sie bat ihn, sich selbst mit einem Drink zu bedienen, und fragte ihn dann, ob er auch wirklich keinen Hunger habe – während er eben dabei war, sich Wodka auf die Eiswürfel zu schütten –, Dolores würde etwas für Amelita herrichten, und es würde keine Umstände machen. Er schüttelte den Kopf. Sie erzählte, Dolores sei in der Kirche gewesen. Sie erzählte, Dolores gehöre der African Baptist Church an der Esplanade an, seit sie denken könne. Sie erzählte, Dolores habe ihr immer Kirchenlieder beigebracht, und es habe ihre Mutter verstört, in ihrem Haus protestantische Lieder zu hören. Jack nahm einen Schluck von seinem Drink, sah sie an und sagte: »Sie sind gar keine Schwester mehr.«

Sie sagte: »Nein, das bin ich nicht.«

»Ich habe Sie Schwester genannt.«

»Ein- oder zweimal.«

»Sie hören sich so anders an.«

Sie schien zu lächeln.

»Ich meine, seit heute nachmittag.«

Sie sah auf seinen Drink und sagte: »Lassen Sie mich das einmal probieren.« Er hielt ihr das Glas hin. Sie nahm einen Schluck von dem Wodka, schob diese runde Unterlippe ein wenig vor, während sie schluckte, schüttelte den Kopf. »Ich mag ihn noch immer nicht.«

»Sie wollen wieder eine andere werden?«

Sie sagte: »An dem Tag, als ich nach New Orleans zurückkam, habe ich meine Mutter angerufen und sie gebeten, mir den Namen ihres Friseurs zu nennen. Ich beschloß – nachdem ich wenigstens ein Jahr lang darüber nachgedacht hatte –, mir eine Dauerwelle machen zu lassen. Mir die Haare lockig zu machen, mein Erscheinungsbild zu ändern. Ich hatte das Gefühl, mich neu in Schwung bringen zu müssen. Also rief ich den Friseur an, machte einen Termin aus ... Erst als ich bei ihm im Stuhl saß und mich im Spiegel anschaute, wurde mir klar, daß es an der Dauerwelle nicht lag.«

»Was?«

»Ich meine, sie war gar nicht nötig. Ich hatte mich schon gewandelt. Sie sagten, ich klänge anders. Das stimmt, ich bin nicht dieselbe, die ich einmal war, vor einem Jahr und heute nachmittag, und ich bin noch nicht die, die ich bald sein werde.«

Sie stand jetzt so nah vor ihm, daß er sie berühren konnte; nicht so groß wie vorhin, als sie die Stöckelschuhe angehabt hatte. Er sagte: »Ich glaube, Sie haben die richtige Entscheidung getroffen. So wie jetzt sollten Sie Ihr Haar tragen, natürlich.« Er dachte einen Augenblick lang nach und sagte: »An dem Tag, als ich das Angola verließ und nach Hause fuhr, hatte ich als erstes vor, mich anzuziehen und in die Bar an der Roosevelt zu laufen, so als wäre ich nie weggewesen. Aber dann habe ich es doch nicht getan. Ich wurde zur selben Zeit bedingt aus der Haft entlassen wie ein Freund von mir, ein Bursche namens Roy Hicks.« Jack merkte, wie er anfing zu lächeln. »Roy hatte eine Art, einen anzuschauen, so einen kalten Blick, in dem gar nicht soviel steckte, nur die Frage, wie lange du noch leben möchtest. Dabei war er nicht einmal ein besonders großer Kerl.«

Lucy hatte ebenfalls zu lächeln angefangen, weil er es tat, aber jetzt verschwand das Lächeln wieder aus ihren Augen. »Ich dachte, ihr seid Freunde gewesen.«

»Das waren wir auch. Roy hat mir beigebracht, wie man im Gefängnis überlebt. Nein, *mich* hat er nicht so angesehen, das hat er mit denen gemacht, die sich ihm in den Weg stellten oder sonst aus dem Ruder liefen ... Sie wissen, wovon ich rede?«

»Ich glaube, ja.«

Er lächelte wieder über das, was er als nächstes erzählen wollte, und er war sich ziemlich sicher, daß auch Lucy dazu lächeln würde. Das machte ihm Mut, ließ ihn ein wenig aus sich herausgehen und in eine Rolle ihr gegenüber schlüpfen, in der er sich wohl fühlte und ganz natürlich; verbunden mit dem Gefühl, ihr alles erzählen zu können, was er gern wollte.

»Wir kommen nach New Orleans, da sagt Roy, er hat da ein Geschäft zu erledigen, und ich soll mitmachen. Wir nehmen uns ein Taxi hinaus in dieses Neubauviertel hinter der Ramparts, kennen Sie das? Wir steigen die Stufen zu einer Tür hinauf, Roy schlägt mit der Faust dagegen... Ich vergaß zu erwähnen, daß Roy Hicks mal Cop war, bei der Polizei von New Orleans, aber das ist eine andere Geschichte.«

»Wie ist er denn ins Gefängnis gekommen?«

»Das meine ich mit der anderen Geschichte; aber es ist eine gute. Also, wir sind in diesen halbfertigen Neubauten, und dieser Schwarze, der uns die Tür öffnet, kommt mir irgendwie bekannt vor. Er bittet uns nicht herein, aber er kennt uns, und wir gehen einfach hinein. Drinnen sitzen noch drei Schwarze. Wie sich später herausstellt, wurde in dem Haus Rauschgift verschoben und genommen. Ich frage mich, was ich eigentlich dort zu tun habe, da sagt Roy zu dem Schwarzen, der in dem Haus das Sagen hat: ›Gib die Hand, Junge.‹ Aber der Kerl will nicht. Da fällt mir ein, woher ich ihn kenne. Er war auch im Angola und war sechs Monate vor uns entlassen worden. Im Gefängnis hatte er eine Destillerie betrieben und hausgemachten Schnaps aus allem hergestellt, was sich auftreiben ließ: Früchte, Reis, Rosinen. Es war ein scheußliches Zeug. Er verkaufte es und mußte Roy einen Anteil aus dem Erlös abgeben, ungefähr die Hälfte, weil Roy ihm erlaubt hatte, das Zeug herzustellen.« Er sah, wie Lucy die Stirn runzelte, und sagte: »Roy hatte den Zellentrakt unter sich, in dem wir waren, den Big Stripe, mittlere Sicherheitsstufe.« Er wußte nicht, was er ihr sonst noch dazu erklären sollte. »So läuft das nun mal dort, das ist die Art, wie das Leben in den Strafanstalten organisiert ist... Wie dem auch sei, Roy sagt jedenfalls: ›Gib die Hand, Junge.‹ Sagt es ein paarmal, und schließlich streckt der andere die Hand aus. Roy packt sie, legt ihm Handschellen an, zieht dem Kerl eine Kanone aus der Hose, eine P.38, und die drei anderen sitzen da und schauen zu. Roy sagt zu dem Kerl in den Handschellen, er schulde ihm noch Geld, und mit den angelaufenen Zinsen wären das jetzt zweitausend Dollar. Der Kerl sagte, Roy sei wohl verrückt, ob er denn nicht merke, daß sie jetzt draußen seien. Mit dieser Art Geschäft sei es jetzt aus. Darauf Roy: ›Es ist aus, wenn ich es sage. Raus mit dem Geld, Junge.‹ Und dabei hob er nicht einmal die Stimme oder drohte dem Mann, doch am Ende gab er ihm das Geld.«

Lucy starrte ihn an. »Erstaunlich.«

»Sie verstehen, der Kerl mag ihm ja ein paar Dollar schuldig gewesen sein, aber so, wie er sie sich geholt hat, war es die reine Erpressung. Oder hier, mit der Kanone, kann man es auch als einen kaum kaschierten Überfall bezeichnen. Als wir wieder in das Taxi steigen, sage ich zu Roy, ob er nicht ganz bei Trost ist. Meint der: ›Es ist, wie wenn du vom Fahrrad fällst. Du mußt sofort wieder aufsteigen.‹ Ich sage zu ihm: ›Gut, wir sind mal auf die Nase gefallen, aber wenn wir jetzt so ein Rauschgiftloch ausnehmen, was tun wir dann anderes, als wir auch schon vorher getan haben?‹ Ich meinte damit, genau genommen, daß wir beide noch nie einen Raubüberfall gemacht hatten. Meint Roy: ›Wo ist der Unterschied, wenn du dieses oder jenes Gesetz brichst und dabei eine Waffe in der Hand hast oder nicht? Glaubst du etwa, du kannst wieder zurück ins ganz normale Zivilleben?‹ Ich sagte, das hätte ich entschieden vor. Meint er: ›Na gut, hier ist etwas für den Anfang.‹ Zählt das Geld ab, gibt mir die Hälfte, tausend Scheine.«

Sie sagte wieder: »Erstaunlich.«

»Ich dachte mir, da kommen einem die Locken in den Haaren doch von selber, da braucht es keine Dauerwelle mehr, nicht wahr?«

Lucy hob die Augen. »Sie sehen jetzt aber ziemlich glatt aus.«

»Sicher, das kommt von der Arbeit in einem Bestattungsunternehmen, da kriegen nur die Leichen die Löckchen gedreht.«

»Was macht Ihr Freund Roy jetzt?«

»Er arbeitet als Barkeeper. Im Französischen Viertel.«

Sie griff nach seinem Glas und goß einen neuen Wodka nach, bevor sie wieder zu ihm aufschaute. »Setzen wir uns. Ich möchte Ihnen etwas erzählen.«

»Als mein Vater sein neues Bürogebäude in Lafayette hochzog, sollte es, wie er mir beim Essen erzählte, ein bißchen mehr als drei Millionen Dollar kosten. Aber dabei hätten sie eine gut erhaltene, hundertfünfzig Jahre alte Eiche fällen müssen. Also ließ mein Vater die Pläne ändern. Er ließ den Komplex um die Eiche herumbauen, und das kostete ihn noch einmal eine halbe Million… Was sagt das Ihrer Meinung nach über ihn aus?«

Es war still im Raum. Jack spürte den Wodka, es war ein gutes Gefühl. Wie das, hier im sanften Licht der Lampen zu sitzen, auf den weichen Polstern seines Korbsessels. Er hätte auf der Stelle einschlafen können. Lucy saß nicht weit entfernt am einen Ende des Sofas, gleich neben seinem Sessel, die Beine gekreuzt, und wartete. Jetzt beugte sie sich vor, um nach ihrem Sherry zu greifen. Er überlegte, was er am besten antworten sollte, hob langsam sein Glas, bewegt dabei nur den Arm, und warf einen kurzen Blick auf die Bananenbäume, ehe er antwortete.

»Er liebt die Natur.«

»Und aus dem Grund verunreinigt er auch den Golf?«

»Ich dachte, er verleiht Hubschrauber?«

»Er ist im Ölgeschäft. Er war sein ganzes Leben im Ölgeschäft. Meine Mutter nennt ihn den Rohling aus Texas. Die Männer aus ihrer Familie trugen immer weiße Leinenanzüge und besaßen Zuckerplantagen drüben in Plaquemines.«

»Ich kenne mich nicht besonders aus in Umweltfragen«, sagte Jack. Wenn er die Augen schloß, würde er sofort in Schlaf fallen. »Oder wie heißt es noch? Ökologie. Auf dem Gebiet bin ich schwach.«

»Sie halten meinen Vater aber für einen netten Kerl.«

»Ich glaube, er tut etwas dafür. Versucht, sich so zu geben, wie der Junge von nebenan.«

Sie sagte: »Dann sage ich Ihnen, er ist nicht nur der gute alte Dick Nichols, er ist auch Dick Nichols, der Unternehmer. Er singt Lagerfeuer-Lieder, ernährt sich von Eichhörnchen und Alligator-Schwänzen, aber er war auch schon zum Dinner im Weißen Haus, zweimal. Er liebt die Natur, solange er und seine Kumpel Öl aus ihr saugen können, und der Baum interessiert ihn einen Dreck. Den benutzt er nur. Er ist jetzt der Bursche im Petroleum Club mit der Eiche, die ihn eine halbe Million Dollar gekostet hat. Eine Yacht oder ein Flugzeug, das haben sie ja alle, mein Vater eingeschlossen. Aber der Baum!«

Jack sagte: »Na ja, ist doch ganz nett, reich zu sein.«

»Da kannst du alles kaufen, was du möchtest«, sagte Lucy. »Mein Vater kam nach Nicaragua, um mich dort zu besuchen. Das war vor sieben Jahren. Da kommt also eine Limousine von der Botschaft angefahren, ein langer schwarzer Cadillac, und mein Vater steigt aus, der letzte Mensch, den ich dort erwartet hätte. Außer, daß er es liebt, einen zu überraschen und dabei den ganz Unbekümmerten zu spielen. ›Hi, Kleine, wie geht's? Schöner Tag heute, nicht?‹ Er weiß, daß er nichts als leere Sprüche herausläßt, aber gerade das findet er komisch. Ich habe ihn dann herumgeführt, und er schien auch einigermaßen interessiert, gab sich herzlich. Aber er tat so, als sähe er die Leprakranken gar nicht, vor allem die verkrüppelten oder körperlich entstellten.«

»Hat ihnen auch nicht die Hände geschüttelt.«

»Nicht einmal dem Pflegepersonal. Er hielt die Hände auf dem Rükken. Er sagte: ›Das ist ja ein schrecklicher Ort hier, kleine Schwester. Was kann ich für dich tun?‹ Ich sagte: ›Wie wäre es, wenn du die Patienten mal in deinem Wagen herumkutschieren würdest?‹ Ich sagte ihm, das würde ein Erlebnis sein, das sie niemals vergäßen. Statt dessen gab er mir einen Scheck über hunderttausend Dollar.«

Jack nahm einen Schluck von seinem Drink und fragte sich, ob ihr Vater sie wohl geküßt hatte bei seiner Ankunft. Er konnte sich nicht vorstellen, daß ihr Vater jemand war, der einen nicht umarmte. Wie viele solcher Menschen gab es schon? Er sagte: »Ich weiß, worauf Sie hinauswollen.«

Sie sagte: »Nein, das wissen Sie nicht.«

»Daß es leichter ist, ihnen etwas zu geben, als ihnen nahe zu sein.«

Sie sagte: »Jack«, ging aber nicht darauf ein, sondern fuhr auf ihre ruhige Art fort, »vorige Woche hat er den nächsten Scheck ausgestellt, diesmal einen über fünfundsechzigtausend.«

»Für das Hospital?«

»Für den Mann, der das Hospital zerstört hat, den Mann, der es bis auf die Grundmauern niedergebrannt und vorher noch zehn Patienten totgeschlagen hat. Ich war dort, Jack. Ich sah sie in einem Lastwagen vorfahren... Die Männer stiegen aus und fingen an zu feuern. Sie hatten alle automatische Gewehre. Sie schossen unsere Hunde nieder, sie zerschossen die Fensterscheiben des Hospitals... Ich lief aus dem Schwesternhaus hinüber und hörte, wie er ihnen etwas zuschrie, und ich dachte, er wolle die Schießerei einstellen. Dabei schrie er auf spanisch: ›Mit den Macheten! Nehmt die Macheten!‹ Einige Patienten konnten wegrennen oder sich verstecken. Ein paar von ihnen habe ich in unser Haus gebracht. Aber diejenigen auf der Station, die nicht laufen konnten, wurden in ihren Betten zerhackt. Sie schrien fürchterlich... Sie wissen, von wem ich rede – von Dagoberto Godoy und seinen *Contras.* Das war, als er kam, um Amelita zu töten und sie nicht fand.« Sie hielt an und sagte dann: »Bis dahin hatte ich ihn gar nicht beachtet gehabt, aber jetzt werde ich ihn nie mehr vergessen.« Sie unterbrach sich wieder, stand auf und sagte: »Entschuldigen Sie. Ich sage Amelita jetzt Gute Nacht und sorge dafür, daß Sie etwas zu essen bekommen, falls Sie hungrig sind.«

Sie kam mit einem Päckchen Kools zurück und zog eine heraus. Jack griff nach dem silbernen Tischfeuerzeug und hielt ihr die Flamme hin. Er sah ihr zu, wie sie sich entspannt in die grünen Polster ihres Sofas zurücklehnte und den Rauch wieder langsam aus dem Mund strömen ließ. Er sagte: »Darf ich?« Er griff nach der Zigarettenschachtel und nahm sich selber eine heraus. Eine einzige wollte er sich gönnen, und er inhalierte zum erstenmal wieder seit fast drei Jahren. Er sagte ihr, er habe keinen Hunger, nicht einmal ein klein wenig. Er fühlte sich regelrecht in Spannung versetzt und gestand ihr, daß er einigermaßen durcheinander sei und erst versuchen müsse, das alles auf die Reihe zu bringen. Es komme ihm so vor, als ob jedesmal, wenn sie ihm noch mehr erzähle, auch immer mehr neue Fragen in seinem Kopf auftauchten und er deswegen gar nicht wisse, wo anfangen.

Sie sagte: »Was wollen Sie denn wissen?«

»Dieser Kerl versucht also, Amelita zu töten, und sie geht hin und sagt, klar, er war wütend, aber in Wirklichkeit möchte er, daß sie bei ihm ist. Sie nennt ihn sogar Bertie.«

Lucy blieb, den Kopf gegen das Sofakissen gelehnt, ruhig sitzen. Sie sagte: »Ich weiß. Amelita ist ein bißchen überdreht. *Bertie,* das mag ich gerade. Er hat ihr Leben verändert, und sie will einfach nicht glauben, daß er Menschen ermordet. Aber sie war nicht im Hospital, als er kam. Sie war bei ihren Eltern. Das ist auch der Grund, warum ich sie überhaupt hierher schaffen konnte.«

»Das Ganze macht keinen Sinn.«

»Natürlich nicht.«

»Hat er sie getötet, nur weil sie Lepra hatten?«

»Und das mit Macheten – nein, er braucht keinen Grund zum Töten. Er hat auch Dr. Meza erschossen. Er hat einen Priester umgebracht, der gerade die Messe las, und in Estelí hat er sechs Religionslehrer förmlich exekutieren lassen. Einen Arbeiter, der für die Agrarreform aktiv geworden ist, haben sie mit ihren Bajonetten getötet, und seiner Frau haben sie in die Wirbelsäule geschossen und tödlich verletzt liegen gelassen ... Sie lag da und mußte zuschauen, wie sie ihr drei Jahres altes Kind strangulierten. Fragen Sie Bertie, warum er seine Männer das alles tun ließ. Neun Bauern haben sie in der Nähe von Paiwa die Hälse aufgeschlitzt, ihre Töchter vergewaltigt, und ein vierzehnjähriges Mädchen in El Guayaba haben sie zuerst vergewaltigt und dann geköpft. Fünf Frauen, sechs Männer und neun Kinder haben sie in El

Jorgito umgebracht... Soll ich die Liste noch weiter fortsetzen? Sie ist lang. Wollen Sie Fotos sehen? Ich kann Ihnen welche zeigen. Haben Sie schon mal den Kopf eines Mädchens auf einen Pfahl aufgespießt gesehen?«

Einen Augenblick lang herrschte Schweigen in diesem Raum, der Jack für einen Moment wie eine Kulisse vorkam: der Hintergrund aus Bananenbäumen, vor dem sie ihm über den Tod in den Tropen berichtete.

»Das alles hat er getan?«

»Die, die einfach verschwunden sind, habe ich gar nicht aufgezählt«, sagte Lucy, »oder die, die nur gefoltert wurden. Oder die, die aus irgendwelchen vorgeschobenen Gründen getötet wurden. In Jinotega ging ein Priester nur zum Kofferraum seines Wagens und öffnete ihn und wurde dafür in Stücke gehackt. Bertie hat ihn auf dem Gewissen. Er hatte herausgefunden, daß er der Priester war, der uns nach León gefahren hatte, wo wir uns für die Flucht den Wagen gekauft haben. Ich habe einen Brief von einer der Schwestern, den ich Ihnen gerne einmal vorlesen werde.«

Jack fühlte sich unwohl, wußte nicht, was er sagen sollte.

»Aber was kann man denn machen? Dort ist Krieg.«

»Kann man das Krieg nennen? Kinder ermorden, unschuldige Menschen?«

»Ich meine, man kann ihn nicht einfach verhaften lassen.«

»Nein, nicht einmal wenn er noch in Nicaragua wäre. Aber jetzt ist er sogar hier und sammelt Geld, um noch mehr Waffen kaufen und seine Männer bezahlen zu können. Vor drei Tagen war Bertie bei meinem Vater in Lafayette zum Lunch, hat sich dieses Gewäsch von ihm angehört und ihm dann einen Scheck über fünfundsechzigtausend Dollar überreicht.«

»Ihr Vater unterstützt ihn also. Warum?«

»Es gibt Leute, Jack, die meinen, wenn du nicht für Bertie bist, dann bist du ein Kommunist. Das geht nach dem Schema wie: Wenn du Dixie-Bier nicht magst, dann mußt du Wodka mögen.« Sie sagte das in ihrer trockenen Art und mit dem ruhigen Blick, den Kopf gegen das Polster gelehnt. »Mein Vater und seine Freunde reichen Bertie herum, laden ihn zu sich nach Hause ein – er ist eine Berühmtheit. Er kann einen Brief vom Präsidenten vorweisen, und das reicht allemal für einen neuen Scheck.«

»Der Präsident wovon? Meinen Sie *unseren* Präsidenten?«

»Den Präsidenten der Vereinigten Staaten von Amerika. Er bezeichnet die *Contras* als unsere Brüder. ›Freiheitskämpfer.‹ Das ist ein Zitat. ›Das moralische Gegenstück zu unseren Gründungsvätern‹. Und wenn du das glaubst, wirst du in den Club meines Vaters aufgenommen. Aber jetzt kommt der Teil, den man dann nicht mehr glauben kann.«

Er sah zu, wie Lucy sich vorbeugte, um ihre Zigarette im Aschenbecher auszudrücken, und das Licht schimmerte in ihrem dunklen Haar. Er war froh, daß sie keine Dauerwelle hatte.

»Bei unserem Dinner hat mein Vater mir von diesem Kriegshelden und früheren Attaché an der Botschaft von Nicaragua erzählt. Daß er ihn zum Essen eingeladen habe und daß er ein persönlicher Freund von diesen und jenen einflußreichen Leuten im Weißen Haus sei.« Sie lehnte sich wieder zurück und fuhr fort: »Und jeder, der in *dem* Verein einen guten Namen hat, ist bei meinem Vater mehr als willkommen. Da werden keine Fragen mehr gestellt. Mein Vater hatte mir den Namen seines Helden zwar nicht genannt, aber ich wußte, daß es sich um Bertie handelte. Als erstes erzählte mir mein Vater, was für ein Guerilla-Führer dieser Kerl sei und was für einen entschlossenen Kampf er gegen die Kommunisten führe. Und dann macht er auf seine typisch lockere Art eine kleine Wendung und sagt: ›Ach, übrigens, der Oberst erwähnte, daß ihr beide euch schon mal begegnet seid oder daß ihr beide euch von irgendwoher kennt.‹ Bis dahin hatte ich noch kein Wort gesagt. Aber eines wußte ich sicher: Wenn ich jetzt etwas sagte, dann würde er etwas zu hören kriegen. Ich spürte, wie sich alles in mir zusammenzog. Mein Vater sagt: ›Also, er sucht hier jedenfalls nach einem Mädchen, einer Freundin oder Geliebten, und er läßt fragen, ob du ihm vielleicht helfen kannst, sie zu finden.‹« Lucy holte Luft. »Gefällt Ihnen die Geschichte soweit?«

Jack sagte kein Wort und wartete.

»Ich sagte zu ihm: ›Hat der Oberst dir erzählt, wo wir einander begegnet sind?‹ Mein Vater schüttelte den Kopf. ›Nein, das hat er nicht.‹ Ich fragte ihn, ob er wüßte, warum der Oberst nach dem Mädchen suchte. Mein Vater sagte: ›Nein, ich glaube, das hat er auch nicht gesagt.‹ Ich sagte: ›Kannst du mir wohl sagen, warum?‹ Er sagte, sicher. Ich sagte: ›Weil er sie nur ein bißchen umbringen will, deswegen.‹«

Wieder herrschte einen Augenblick Schweigen. Jack machte keine Bewegung. Sie sah ihn unverwandt an, und er sagte: »Da hat er es also zu hören gekriegt.«

»Ich habe ihm von jedem Mord erzählt und von all den Scheußlichkeiten, an die ich mich erinnern konnte. Mein Vater sagte: ›Den Unsinn glaubst du doch nicht etwa, oder?‹ Ich sagte: ›Vater, ich war *dabei.* Ich habe zugesehen, wie es passierte.‹ Das gefiel ihm nicht. Er sagte: ›Na ja, es ist eben Krieg dort, kleine Schwester. Im Krieg passieren nun mal schreckliche Dinge.‹ Ich sagte: ›Woher weißt du das? Du führst doch gar keine Kriege, du finanzierst sie ja nur.‹« Sie nahm ihren Sherry und trank einen Schluck. »Soviel über mein Dinner mit Vater... Ich hatte übrigens Weichschalenkrebse.«

Jack sagte: »Lucy Nichols, Sie sind ganz schön weit weg vom Nonnentum.«

Sie sagte: »Aber nicht von Nicaragua. Er hat es sogar hierher zu uns gebracht.«

Jack sagte: »Bertie wußte, daß er Ihr Vater war, hm?«

»Man hatte ihm eine Liste in die Hand gedrückt, mit reichen Leuten aus dem Ölgeschäft. Er geht die Namen durch, er weiß, daß Amelita und ich nach New Orleans geflohen sind, und er kriegt heraus, daß ich hier lebe. Ich glaube nicht, daß es sich um einen Zufall handelt, ich glaube, die Idee, meinen Vater in der Sache zu benutzen, gefällt ihm ganz besonders. Er könnte ja auch in Houston sein und dort Spenden sammeln, aber das tut er nicht, er ist hier. New Orleans ist ein Hafen für die *Contras;* hier lagern sie ihre Waffen und Verpflegung, die sie nach Nicaragua verschiffen.«

Jack hatte das Verlangen, aufzustehen und ein wenig hin und her zu gehen. Statt dessen griff er nach der nächsten Zigarette. Noch eine einzige. Wenn er jemals wieder anfinge zu rauchen, dann nicht mit Kools. Er setzte sich zurück und betrachtete ihre Beine, die sie, die Fesseln überkreuz, jetzt auf den Kaffeetisch gelegt hatte. Eine Sandale hing locker herunter, und er konnte die Wölbung ihrer Fußsohle sehen. Er fragte sich, was für ein Mensch sie wohl gewesen sei, als sie noch ein Mädchen war und keine Nonne.

Sie sagte: »Irgendwann in den nächsten Tagen muß ich Amelita in ein Flugzeug nach Los Angeles setzen.«

»Das hört sich nicht allzu schwierig an.«

Er fragte sich, ob sie wohl jemals mit irgendwem aus einem plötzlichen Entschluß des Nachts schwimmen gegangen war, nur in ihrer Unterwäsche, draußen im Golf von Mexiko bei Pass Christian.

Sie sagte: »Ich glaube nicht. Wenn ich aufpasse und vorsichtig bin.«

Er sah ihr zu, wie sie an ihrer Zigarette zog und den Kopf leicht drehte, um den Rauch wieder langsam auszublasen.

»Und irgendwie muß ich Bertie daran hindern, mit dem, was er eingesammelt hat, von hier zu verschwinden.«

Jack wartete einen Augenblick. Dann sagte er: »Und Sie fragen sich« – er war jetzt ganz gespannte Aufmerksamkeit, machte aber keine Bewegung, um die herrschende Stimmung nicht zu zerstören –, »ob nicht ein Mensch mit meiner Erfahrung, gar nicht zu reden von der Sorte Menschen, die ich so kenne, der Richtige wäre, Ihnen zu helfen.«

Lucys Blick wanderte weg und ruhig wieder zu ihm zurück. Sie sagte: »So etwas ist mir durch den Kopf gegangen.«

Er fragte sich, ob sie sich schon einmal mit jemanden am Strand geliebt hatte. Oder im Bett. Oder sonstwo.

»Wie meinen Sie das mit Bertie?« sagte Jack. »Es macht Ihnen nichts aus, wenn er verschwindet...«

»Solange das Geld hier bleibt.«

Jack zog an seiner Zigarette und überlegte. Scheiße, das Spiel konnte er spielen. Es war sein Spiel.

»Was hat er mit den Schecks vor?«

»Sie sind auf das Komitee für ein Freies Nicaragua ausgeschrieben, glaube ich. Oder so ähnlich.«

»Er reicht sie auf der Bank ein?«

»Ich nehme es an.«

»Und dann? Wo kauft er dann die Waffen?«

»Ich nehme an, entweder hier bei uns oder in Honduras – da haben sie nämlich ihre Waffenlager und ihre Ausbildungs-Camps. Aber ich bin sicher, er holt sich auch amerikanische Dollars und tauscht sie in Cordobas um, mit denen er dann seine Männer bezahlt.«

»Wie schafft er sie hinaus? In einem Privatflugzeug?«

»Oder in einem Boot.«

»Von wo aus?«

»Ich habe keine Ahnung.«

»Fragen Sie Ihren Vater.«

»Wir reden nicht mehr miteinander.«

»Geht das von beiden Seiten aus oder nur von Ihnen?«

»Ich werde sehen, was ich herausbekomme.«
»Fragen Sie ihn, wo Bertie sich aufhält.«
»Er wohnt in einem Hotel in New Orleans.«
»Im Ernst?«
»Aber ich weiß nicht, in welchem.«
»Dann müssen Sie erst einmal Ihrem Vater noch ein Küßchen geben und den Streit beilegen, bevor wir etwas unternehmen können.«
Jetzt zögerte Lucy ein wenig. »Sie wollen mir tatsächlich helfen?«
»Ehrlich gesagt, so etwas habe ich bisher noch nicht erlebt. Sie haben vor, etwas Ungesetzliches zu tun, und zwar massiv. Aber man kann es natürlich auch andersherum sehen, daß Sie nämlich etwas Gutes für die Menschheit tun.« Jack holte Luft, und gleichzeitig wurde ihm klar, daß er noch nie zuvor in seinem Leben den Begriff *Menschheit* in den Mund genommen hatte. »Ich meine, wenn Sie überhaupt eine Begründung brauchen. Hauptsache, Sie sagen sich selber, so ist es richtig.«
»Ich glaube nicht, daß wir nach einer moralischen Rechtfertigung suchen müssen«, sagte Lucy. »Ich kann das vor meinem Gewissen verantworten, ohne noch einen weiteren Gedanken daran zu verschwenden. Aber wenn Ihnen die Vorstellung, daß Sie damit Leben retten, noch nicht genügt, dann überlegen Sie mal, was Sie alles mit Ihrem Anteil anfangen können. Ich würde zum Beispiel gerne meine Hälfte des Geldes für die Wiedererrichtung des Hospitals verwenden. Aber die andere Hälfte würde Ihnen gehören, falls Ihnen das annehmbar erscheint.«
Jack brauchte einen Augenblick zum Nachdenken, wollte ganz sicher gehen. »Sie wollen damit sagen, daß wir das Geld behalten?«
»Wir können es ja nicht gut zurückgeben.«
»Über wieviel reden wir denn?«
»Meinem Vater hat er erzählt, er rechne mit fünf Millionen.«
»Gott im Himmel«, sagte Jack.
In Lucys Augen stand ein Lächeln. »Dort wohnt unser Erlöser.«

7

Jack hielt vor dem Eingang des Carrollton Health Care Center an. Er war schon aus seinem Leichenwagen ausgestiegen, als der junge, ziemlich hellhäutige Schwarze, ganz in Weiß gekleidet, aus der Automatik-Tür gestürzt kam und ihm mit rudernden Armen zurief: »Fahren Sie das Ding da weg. Mann, diese alten Leute hier schauen doch aus dem Fenster. Die trifft doch der Schlag, wenn sie nicht vor Schreck umfallen und sich den Oberschenkelhals brechen.«

Jack las das Namensschild auf dem weißen Hemd des Mannes. »Cedric, ich soll hier jemanden abholen...« Er mußte das Blatt aus seiner Anzugtasche holen und nachsehen. »Einen Mr. Louis Morrisseau.«

»Er ist fertig, aber Sie müssen hintenherum kommen.«

»Und was ist mit der Sterbeurkunde?«

»Alles klar, Miss Hollenbeck hat sie.«

»Und wo ist Miss Hollenbeck?«

»Da vorne im Büro.«

»Warum soll ich dann nicht zuerst hineingehen, die Sterbeurkunde holen und dann hintenherum fahren? Wie wäre das?«

»Aber Miss Hollenbeck war es, die mir gesagt hat, ich soll Ihnen Bescheid sagen«, sagte Cedric. Er hatte die Schultern hochgezogen und stand mit dem Rücken zum Haus. Dann drehte er den Kopf und nickte seitlich nach hinten. »Sehen Sie irgendwo jemanden im Fenster stehen und wie einen Alligator heruntersehen? Das ist Miss Hollenbeck.«

Jack sah an der Fensterfront entlang.

»Wollen Sie, daß die Leute vor Schreck sterben?« sagte Cedric. »Und wollen Sie, daß diese Frau mir den Arsch aufreißt?«

Jack sagte: »He, Cedric, drehen Sie sich um.«

»Sieht Sie her?«

»Schauen Sie sich doch einmal um – zum zweiten Fenster hinauf. Da steht ein Kerl in einem braunen Bademantel. Wissen Sie, wie er heißt?«

»Wo?« sagte Cedric und drehte sich wie zufällig um. »Der da im Bademantel? Also, das ist Mr. Cullen.«

Jack sagte: »Wußte ich's doch«, setzte ein Grinsen auf und rief hinauf: »He, Cully, alter Hurensohn!«

»O Mann«, sagte Cedric zu ihm, »würden Sie wohl verschwinden? Bitte.«

Jack kümmerte sich nun um Mr. Louis Morrisseau, schob ihn auf seiner Treppe in den Leichenwagen, der jetzt am Lieferanteneingang parkte. Er verschloß die Hintertür, beeilte sich, wieder vorn hinter das Steuer zu kommen, und da saß auch Cullen schon und wartete auf ihn.

Der Bankräuber. Eine Berühmtheit aus dem Angola.

»Du bist draußen«, sagte Jack. »Ich kann es gar nicht glauben.«

Sie umarmten sich einander.

»Mein Junge wollte, daß ich mit denen hier zusammen bin, ich meine, daß ich hier lebe«, sagte Cullen. »Aber das Problem war Mary Jo. Seit Joellen weg nach Muscle Shoals ist, um ein Plattenstar zu werden, kriegt sie jedesmal einen Nervenzusammenbruch, wenn sie daran denkt... Weißt du, Mary Jo hat nichts anderes im Kopf als ihren Haushalt. Sie sitzt nie vor dem Fernseher, sondern poliert dauernd die Möbel, kocht oder näht Knöpfe an. Ich habe noch nie eine Frau gesehen, die so viel Zeit mit Knöpfeannähen verbringt. Ich habe zu Tommy Junior gesagt: ›Was ist los? Reißt du sie immer wieder ab, damit sie sie immer wieder annähen kann?‹ Ich habe dauernd das Bild von dieser Frau vor Augen, wie sie einen Zwirnsfaden durchbeißt. Den ersten Tag, an dem ich da bin, schaue ich mich um und sehe keinen einzigen Aschenbecher. Bis auf einen, und in dem liegen lauter Knöpfe. Ich nehme ihn mir, aber da sagt Mary Jo: ›Das ist kein Aschenbecher. In diesem Haus gibt es keine Aschenbecher.‹ Ich frage sie, na gut, kann ich vielleicht den Deckel von einer Kaffeedose als Aschenbecher benutzen? Da sagt sie, wenn ich rauchen will, dann soll ich das hinter dem Haus tun und nicht vorne. Sie fürchtete sich davor, daß die Nachbarn mich sehen könnten und sie mich dann vorstellen müßte. ›Ach, übrigens, das ist Tommys Vater. Er war die letzten fünfundzwanzig Jahre im Knast.‹ Also, es war ja schon schlimm genug für sie, daß Joellen mit diesem Burschen abgehauen ist, der aus ihr einen Plattenstar machen wollte. Und Mary Jo muß nun miterleben, daß *ich* im Zimmer ihres kleinen Mädchens zwischen all den Stofftieren, Barbie-Puppen und Kuschelbären schlafe, und damit wird sie einfach nicht fertig, trotz dieser Knöpfeannäherei den ganzen Tag. Dabei sticht sie sich nämlich dauernd in den Finger mit dieser verdammten Nadel, und schuld daran bin ich. Also mußte ich verschwinden. Tommy Junior meinte: ›Vater, es ist so, Mary Jo liebt dich, aber.‹ Alles, was er sagt, endet mit einem ›Aber‹. ›Du weißt, wir möchten, daß du dich wohl fühlst, *aber* Mary Jo hat den Eindruck, es wäre viel besser für dich, wenn du in deinen eigenen vier Wänden leben würdest und in Gesellschaft von Leuten, die in deinem Alter sind.‹ Wie gefallen sie dir, diese vier eigenen Wände hier?«

Cullen und Jack Delaney waren ausgestiegen und gingen jetzt drinnen im Care Center einen langen, breiten Flur entlang, an offenen Türen vorbei und in Richtung auf den Aufenthaltsraum für die Alten, aus dem man schon den Fernseher hören konnte. Cullen trug einen Bademantel aus Samt und über Hemd und Hose, und er ließ seine Hand über den Handlauf gleiten, der an der Wand angebracht war. Jack hatte ein unwohles Gefühl und mußte seine Schritte abbremsen, um sich Cullens langsamem Tempo anzupassen. Im Flur roch es für Jack wie auf dem Männerklo.

Sie begegneten einer alten Frau, die in einem Rollstuhl festgebunden war. Jack sah, wie sie die Hand nach ihm ausstreckte, eine Klaue mit hervortretenden Venen und Altersflecken. Er schlüpfte mit einem Hüftschwung an ihr vorbei und sah eine andere Frau in einem Rollstuhl auf ihn warten.

»Wie meinst du das, Leute deines Alters?«

»Ich bin fünfundsechzig. Mary Jo meint, das ist alt genug.«

Jack berührte den Ärmel des Bademantels, in dem Cullen steckte. »Warum hast du so etwas an?«

»Ich darf kein Risiko eingehen. Ich habe diesen Mantel an und bewege mich ganz langsam fort. So mache ich einen kranken Eindruck. Dich hat man vorzeitig freigelassen. Ich bin früher raus wegen meiner Gesundheit. Vorzeitige Entlassung aus medizinischen Gründen ist die offizielle Bezeichnung. Aber ich weiß nicht, ob sie mich nicht wieder hineinstecken können, wenn ich allzu gesund aussehe.«

»Cully, wenn du einen offiziellen Entlassungsschein mit Stempel und Unterschrift hast, dann bist du draußen. Himmel noch mal, du hattest schließlich eine Herzattacke…«

»Ja, und sie haben mich in Fußketten und Handschellen ins Krankenhaus gefahren, und die Handschellen hatten sie noch einmal am Bett festgemacht, wahrscheinlich weil sie fürchteten, ich würde ihnen eins auf die Nase hauen, während ich unter der Sauerstoffmaske lag und nach Luft schnappte. Die ganze Zeit über, die ich im Krankenhaus verbrachte, hatten sie mich ans Bett gekettet und gefesselt, bis sie mir schließlich einen Bypass gelegt hatten. So machen sie das eben, egal, wie krank du bist.«

Sie erreichten den Aufenthaltsraum, der wie ein Kirchenraum aussah mit seinem Fliesenfußboden, den Reihen abgewetzter Sitzgelegenheiten und den handgeschriebenen Ankündigungen an den Wänden aus Zementblöcken; eine Ansammlung von grauen Köpfen, die einen dösend, die anderen ins Fernsehen schauend. »Weißt du, welche Serie am beliebtesten ist?« sagte Cullen. »›Kriegslazarett‹. Ich ziehe ›Die Jungen und die Ruhelosen‹ vor, da läuft wenigstens etwas.« Jack führte Cullen zu einem Sofa. Davor stand ein leerer Kaffeetisch aus Ahornholz mit einem kleinen Aschenbecher voller Zigarettenkippen. Als Jack seine Zigaretten aus der Tasche zog, sagte Cullen: »Gib mir eine.« Dann sagte er: »Kools, ja? Ich bin nicht wählerisch. Scheiß drauf. Eigentlich sollte ich aufhören, aber an irgend etwas muß man ja sterben. Als ich da draußen krank wurde, habe ich an Tommy geschrieben: ›Versprich mir, wenn ich hier sterbe, dann hol mich heim nach New Orleans. Ich möchte im Point Lookout beerdigt werden, bei Gott, und ich möchte von niemandem dort Besuch bekommen.‹ Das nächste, woran ich mich erinnere, war, daß ich im Charity-Krankenhaus war.«

»Besucht Tommy dich hier manchmal?«

»Ja, er kommt vorbei. Morgen bin ich einen Monat hier. Mary Jo kommt mich nie besuchen. Wahrscheinlich hält sie jeden Tag eine Rosenkranzandacht und betet, daß ich mich hier nicht aufführe und sie mich wieder nehmen müssen. Mit meinen Zigaretten.«

»Kannst du nicht einfach gehen, wenn du möchtest?«

Cullen dachte darüber nach, den Blick ins Leere gerichtet. »Ich bin mir nicht sicher. Ich glaube schon, daß ich könnte. Aber wohin sollte ich gehen?«

Jack zögerte etwas, ehe er sagte: »Vielleicht habe ich etwas für dich, was dich interessieren könnte... den alten Profi in dir, du verstehst? Mir erscheinst du keineswegs krank.«

»Nein, ich fühle mich gut in Schuß.« Cullen lehnte sich vor, und seine Stimme wurde leiser, als er sagte: »Und es gibt hier mehr als eine Pussy zu stopfen.«

Jack sah sich in der Halle um, sah aber nichts als kleine, gebeugte Frauen mit grauem Haar, und einige von ihnen saßen sogar im Rollstuhl.

»Ich glaube, ich schnappe mir mal eine«, sagte Cullen. »Siehst du die da genau gegenüber? Die in der Zeitschrift liest? Das ist Anna Marie; sie hat ein Einzelzimmer. Siehst du, wie sie sitzt, die Beine ein wenig auseinander? Das nennt man Körpersprache, Jack. Ich habe ein Buch darüber gelesen. Du kannst dir die Leute ansehen und weißt, was sie denken. Als würde der Körper dir direkt etwas sagen.«

Jack sah sich die kleine Anna Marie an, die wenigstens fünfundsiebzig Jahre alt sein mußte. »Und was erzählt dir ihr Körper, Cully?«

»Willst du mich auf den Arm nehmen? Sieh doch nur hin. Er sagt: ›Besorg es mir, Kleiner, es ist lange her, seit dem letzten Mal.‹ Weißt du, wie lange es für mich her ist? Das war, bevor ich verhaftet wurde. Der zweiundzwanzigste Dezember 1958. Am dritten Januar 1959 machte ich meinen letzten Bankraub. Art Dolan, dieser Scheißer, bricht sich das Bein, als er eine Flanke über den Banktresen macht – ich hätte wissen müssen, daß er zu alt dazu war –, und ich verbrachte die nächsten fünf Monate in Untersuchungshaft, keine Kaution. Sie wußten, daß zwischen fünfzig Jahren und lebenslänglich auf mich zukam, keine Chance auf Bewährung, und sie hatten ja recht. Ja, soviel kriegt man dafür, daß man einem Kumpel aus der Patsche hilft.« Cullen atmete aus, und er hörte sich müde an. Der Bademantel hing offen, und man konnte seinen Bauch sehen, der das Hemd spannte.

Jack sagte: »Ich müßte mal etwas mit dir bereden. Hängt davon ab, ob du interessiert bist.«

Cullen schaute noch immer Anna Marie an, fing an zu lächeln und lehnte sich wieder zu Jack hinüber. »Es gab da eine Frau, die kam hier eines Tages neu herein, und von der haben sie sich die Geschichte erzählt, wie ein junger Bursche in ihr Haus eingebrochen ist, ihr siebzehn Dollar aus der Geldbörse gestohlen und sie dann dreimal an drei verschiedenen Stellen in ihrem Haus vergewaltigt hat. Ich meine, in verschiedenen Zimmern, einmal auf dem Boden, einmal im Bett und sonst noch wo. Die Frau war neunundsiebzig Jahre alt. Ich habe gehört, wie die Damen hier darüber redeten, und Anna Marie meinte: ›Also, für ihre siebzehn Dollar hat sie damit sicher die entsprechende Gegenleistung bekommen.‹ Du verstehst, was ich meine? Es spukt ihr im Kopf herum.«

Jack sagte: »Das ist interessant, Cully. Ich habe keinen Zweifel, nicht einen Augenblick lang, daß du Anna Marie herumkriegst. Du hast schon den richtigen Dreh raus.«

»Also, ich bemühe mich, immer mein Bestes zu geben. Das weißt du ja. Wieviel Prozent fallen ab?« Cullen schaute sich um, dann blieb sein Blick hängen. »Weißt du, wer das ist? Jack, sieh ihn dir an. Den Burschen da in dem Wollhemd, das ihm aus der Hose hängt? Das ist Maurice Dumas. Du hast sicher von ihm gehört, von Mo Dumas, einem der größten Posaunisten aller Zeiten. Er hat mit Papa Celestin gespielt, er hat mit Alphonse Picou gespielt, mit Armand Hug... Die konntest du alle in der Caledonia Bar an der Saint Philip erleben. Geh mal nach einer Beerdigung da hinein, und du siehst sie alle. Weißt du, was er jetzt tut? Er geht in die Zimmer anderer Leute und stiehlt sich Kleider zusammen, zieht sie alle an. Geh mal rüber zu ihm und sieh ihn dir an, er hat wenigstens drei Hemden übereinander an und mehrere Paar Hosen. Er glaubt, keiner merkt es.«

Jack sagte: »Ich suche nach einem Kerl, der ein bißchen professioneller ist, Cully. Wie viele Banken waren es, die du in deinem Leben ausgeraubt hast, ungefähr fünfzig? Weißt du, es ist schon ein Ding. Wenn ich nicht vorne angehalten und dich im Fenster gesehen hätte...«

»Ich glaube, es waren an die sechzig. Wenn du mit diesen Leuten hier zusammen bist, dann fängst du an, dies und jenes zu vergessen. Da kommt dann der Sohn von so einem alten Burschen zu Besuch, und der Alte schaut ihn an und sagt: ›Wer, verdammt noch mal, sind Sie?‹ Und dieser Simpel sagt: ›Das bin ich, Vater, ich bin Roger.‹ Dabei hatte ich in diesem Fall den Eindruck, daß der Alte sich nur verstellte. So kann es gehen. Oder du suchst Entschuldigungen für das Verhalten deiner Kinder. Tommy Junior ist zum Beispiel fix und fertig, er steht bei Mary Jo regelrecht Todesängste aus, bei dieser Frau, die ihr Leben damit verbringt, Knöpfe anzunähen. Aber ich sage nichts dazu. Steht es dafür? Sie glaubt, ich bin ganz verrückt darauf, hier zu leben, also mache ich ihr blauen Dunst vor.«

»Du weißt, wie man mit den Leuten umgeht, Cully.«

»Ich wußte immer, wann ich meinen Arsch aus einer Bank heraushalten mußte. Es war eine Sache des Gefühls. Und ich sah, wenn ich hineinging, auch immer wie ein ganz normaler Kunde aus. Nicht auf diese Tour mit Knarre und Skimütze. So machen das nur die blutigsten Amateure. Sie marschieren hinein, fangen an zu schreien, und alles dreht sich nach ihnen um, kriegt die Kerle gut zu sehen, und schon sind sie entlarvt.«

»Darauf wollte ich hinaus«, sagte Jack, »du bist ein Profi.«

»Genau, aber ich raube keine Banken mehr aus. Die haben inzwischen alle möglichen Tricks, reichen dir einen Stapel Geldscheine mit Banderole und schön verpackt hin, und innen ist das Ganze hohl, bis auf einen Farbstoff, der nach einer bestimmten Zeit herausspritzt. Ich weiß nicht, wie das funktioniert, aber dieser Typ hat es mir erzählt. Nicht hier, Himmel, nein, im Angola. Der Kassierer holt diesen Stapel aus einer Schublade, wo er an eine Batterie angeschlossen war, und in dem Augenblick, sagte mir der Typ, fängt ›das Ding an zu denken‹. Du steckst es in deine Jackentasche oder in einen Beutel, und sobald du draußen bist, nach ungefähr zwanzig oder dreißig Sekunden, macht das Ding ›plop‹, und du bist von oben bis unten voll roter Farbe. Und Tränengas und all dieses Zeug kommt auch noch heraus. Du könntest auch genausogut mit einem Schild herauskommen, seht her, ich habe gerade die Bank ausgeraubt.«

Jack sagte: »Cully, ich rede nicht von einer Bank. Ich meine etwas viel Größeres als eine Bank.«

»Ich dachte, du wärst Leichenbestatter.«

»Ich mache etwas Urlaub oder schmeiße den Job auch hin. Ich weiß noch nicht.«

»Ich mache auch nichts mit Panzerwagen. Himmel, ich bin fünfundsechzig Jahre alt.«

Jack sagte: »Cully, ich habe ein Riesending im Auge, und wenn du dabei bist, es ordentlich planst, wie du das kannst, und nichts übersiehst, was dir sonst um die Ohren fliegen würde, dann marschieren wir mit fünf Millionen ab. Bar.«

»Was bedeutet schon Geld, Jack? Ich habe doch genug für meine letzten Tage – falls ich bis Dienstag sterbe.« Cullen machte eine Pause. »Aber noch einmal siebenundzwanzig Jahre könnte ich nicht mehr absitzen. Wenn ich rauskäme, wäre ich... Himmel, zweiundneunzig. Dann käme die Braut da drüben und würde sagen: ›Seht euch den Cullen an, vierundfünfzig Jahre war er auf Sparflamme.‹«

»Ich kriege noch genauere Informationen, und dann... könnte ich dir einen Vorschlag machen. Wenn es dann nach einer runden Sache aussieht. Aber ich glaube, du hast auf jeden Fall das Köpfchen für diese Art Geschäft.«

»Als wenn es darauf ankäme«, sagte Cullen und gab Jack einen Rippenstoß.

»Worauf?«

»Auf den Kopf. Ich werde mal sehen, ob Anna Marie etwas anderes für mich hat. Wenn die Mädchen meinen kleinen Freund da unten erst einmal draußen sehen, dann werden sie ihn schon mögen. Ich meine, die netten Mädchen.«

»Du fühlst dich noch ganz schön auf Draht, was?«

Cullen drehte ihm den Kopf zu. Er sagte: »Jack, hol mich hier raus, ja?«

Als er bei Mullen & Söhne ankam und den Wagen rückwärts vor die Hintertür setzte, ging sie auf, und da stand auch schon Leo und wartete auf ihn. Jack sah ihn im Außenspiegel und merkte, daß Leo mit den Armen ruderte und ihm bedeutete, sich zu beeilen. Als Jack den Wagen stoppte, sah Leo auch schon durch das Seitenfenster, gespannt, mit aufgerissenen Augen.

»Komm raus da!«

»Das würde ich gerne, Leo, aber wenn ich aufmache, breche ich dir die Nase.« Leo trat einen Schritt zurück, und Jack schlüpfte hinter dem Steuerrad hervor. »Was ist los?«

»Da sind soeben zwei Kerle zu uns hereingekommen. Sie wollen Amelita Sosa sehen.«

»Sie ist nicht da.«

»Das weiß ich selber, Himmel noch mal.«

»Ganz ruhig, Leo. Was hast du ihnen erzählt?«

»Ich habe ihnen gesagt, daß sie nicht da ist.«

»Und wo ist dann das Problem?«

»Sie glauben mir nicht, sie wollen sich umsehen.«

»Zwei herausgeputzte Latinos?«

»Wie soll ich wissen, woher sie kommen?«

»Kleine, dunkelhaarige Bürschchen...«

»Gott im Himmel, kommst du bitte herein und redest mit ihnen?«

»Augenblick. Was hast du genau gesagt? Daß sie nicht hier ist, nie hier war? Ich hoffe, das hast du gesagt.«

»Ich habe ihnen erzählt, daß ich von überhaupt nichts weiß, daß ich gestern gar nicht hier war. Ich war drüben am See. Ich bin am Samstagabend hinübergefahren und war nicht vor gestern abend zurück.«

»Hast dabei geschwitzt, als du ihnen das alles erzähltest?«

»Meinst du, ich finde das komisch? Wir können mit dieser Sache einen Haufen Schwierigkeiten bekommen.«

»Mit welcher Sache? Wir haben nie von einer Amelita gehört. Amelita wer? Nein, tut mir leid, hier gibt es niemanden dieses Namens.«

»Es macht dir nichts aus – das ist es doch schon, daß wir überhaupt in so eine verrückte Sache wie diese hereingezogen worden sind. Du machst dir überhaupt keine Gedanken über dieses Geschäft hier, du hast kein Gefühl dafür.«

»Leo, genau das versuche ich dir seit drei Jahren zu erklären.«

Er fand Oberst Dagoberto Godoy in Buddy Jeannettes Aufbahrungsraum. Er sah ihn von hinten, dann im Profil, und er wußte, der Mann war es, wenn er ihn auch nie zuvor gesehen hatte. Es war die Art, wie er sich bewegte, sein langsames, selbstsicheres Schlendern, als inspizierte er die Räumlichkeiten, mit dem Offiziersstöckchen unter dem Arm. Selbst in seinem braunen, modisch geschnittenen Anzug mit schwarzer Krawatte und Pilotenbrille auf der Nase sah er irgendwie militärisch aus...

Wie er so vor ihm stand, wirkte er gar nicht besonders gemein oder widerlich. Wenn überhaupt, dann erinnerte er ihn an Harby Soulé, den Mann seiner alten Freundin Maureen; und dieser Harby hatte für Jack immer eher wie ein Friseur ausgesehen und nicht wie ein Urologe – mit seinem dünnen glatten Haar und dem kleinen Schnauzbärtchen. Der Oberst war ungefähr einen Meter siebzig groß und vielleicht hundertfünfzig Pfund schwer. Einen Vorteil konnte man bei diesem ganzen Geschäft jetzt schon feststellen: All diese bösen Buben waren bisher eher kleine Scheißer.

Jetzt inspizierte der Oberst eben Buddy Jeannette. Er stand direkt vor seinem Sarg und war so konzentriert, daß er hochfuhr, als Jack sagte: »Ganz nette Arbeit, nicht? Sie hätten ihn sehen sollen, als man ihn hereinbrachte.« Jack stand neben dem Oberst und warf einen Blick auf Buddys wächsernes Gesicht. »Ich glaube, wir haben ihn an die zehn Jahre jünger gemacht, gar nicht zu reden von dem sonstigen Drum und Dran.«

Neben ihm sagte die Stimme des Obersten: »Sind Sie der Mann, mit dem ich zu reden habe?«

»Seine Beerdigung findet morgen früh statt. Seine letzte Ruhestätte ist draußen auf dem Metarie-Friedhof.«

»Ich habe Sie etwas gefragt.«

Jack wandte sich zu ihm und sah erst einmal einen glänzenden Haarschopf vor sich, ehe er seinen Blick bis auf die rötlich getönten Brillengläser des Mannes hinabsenkte.

»Ich habe Sie schon verstanden. Ich bin der, mit dem Sie zu reden haben, falls es das ist, was Sie vorhaben. Und worüber wollen Sie mit mir reden? Über einen verstorbenen Familienangehörigen?«

»Über eine verstorbene Freundin«, sagte der Oberst. »Sie haben sie gestern aus Carville, aus dem Lepra-Krankenhaus, hierher gebracht.«

»Ich selber? Oder jemand anderer?«

»Sie oder sonstwer – was macht das für einen Unterschied? Ich will sie sehen. Amelita Sosa.«

»Wir haben hier niemanden, der so heißt. Wir haben diesen Gentleman hier, das wär's. Nein, ich muß mich korrigieren; wir haben auch noch Mr. Louis Morrisseau. Aber keine Amelita Sosa. Tut mir leid.«

Der Oberst starrte ihn mit einem hochmütigen Blick an und sagte: »Wenn es Ihnen nicht schon leid täte, dann würde es das bald.« Er ging durch den Raum bis zur Tür, wo er einen Namen rief, der sich wie Frank anhörte oder so ähnlich. Frank Lynn? Jack war sich nicht sicher und ging hinter ihm her.

Als er an der Tür ankam, sah er den kreolisch aussehenden Kerl von der Exxon-Station. Er kam aus einem anderen Aufbahrungsraum. Scheiße, der war es. Der Kerl mit diesem Drahthaar, der sich genau vor dem Leichenwagen aufgestellt und kein Wort gesagt hatte.

Der Oberst nannte noch einmal seinen Namen. Er hieß »Franklin«. Dann sagte der Oberst etwas in schnellem Spanisch, das mit einer Frage endete. Der Kerl runzelte die Stirn, veränderte aber sonst kaum seinen Gesichtsausdruck und sagte: *»Como?«* Der Oberst fing wieder auf spanisch an, brach ab und sagte auf englisch: »Ist das der Mann, der Amelita aus Carville abgeholt hat oder nicht?… *Amelita,* das Mädchen, gestern.«

Jack sah zu, wie die Augen des Kreolen auf ihn zuwanderten und ihn ohne viel Audruck fixierten – es war derselbe Gesichtsausdruck wie gestern, als er aus dem Leichenwagen gestiegen und an ihm vorbeigegangen war, dieser undurchdringliche Blick, der so gar nichts sagte.

Der Kerl, Franklin, sagte: »Ja, es ist derselbe, der den Wagen gefahren hat. Aber ich weiß nicht, ob das Mädchen drin war.«

Irgend etwas stimmte hier nicht. Der Kerl hatte einen unverkennbaren Akzent. Für Jack gab es keinen Zweifel, daß er irgendwie aus Nicaragua stammen mußte. Aber wieso hatte er dann Schwierigkeiten, das Spanisch des Obersten zu verstehen, wenn sie doch beide von da unten waren?

»Er wollte uns nicht in den Wagen hineinsehen lassen, ob sie drin war.«

»Das genügt«, schnappte der Oberst und wandte sich an Jack. »Sie sind nach Carville gefahren. Sie haben einen Leichnam aufgenommen. Also, wo ist er?«

»Wer sagt, daß ich nach Carville gefahren bin?«

»Er da, Franklin. Sie haben gehört, was er sagte.«

»Ich glaube, Franklin hat sich vertan. Woher kommt er?«

»Woher er kommt? Er kommt aus Nicaragua. Was glauben denn Sie?«

»Ich weiß nicht«, sagte Jack, »darum frage ich ja. Seit wann ist er hier?«

Franklin sah von einem zum anderen.

»Worüber reden Sie eigentlich? Was macht das für einen Unterschied?«

»Wissen Sie, es könnte ja sein, daß wir in seinen Augen alle gleich aussehen. Vielleicht sah der Kerl, den er meint, mir nur ähnlich.«

Jack hatte den Eindruck, daß der Oberst ihm am liebsten irgend etwas auf den Kopf schlagen wollte.

»Sie wollen damit also sagen, daß da gestern irgendein anderer Kerl, der genauso aussieht wie Sie, mit einem Personenwagen nach Carville gefahren ist?«

»Na ja, Sie wissen doch, daß sich diese Personenwagen, wie Sie sie nennen, alle gleichsehen. Stimmt's? Wieso könnte es dann nicht auch ein anderer Bursche gewesen sein, der mir gleichsah?«

»Weil es so nicht war.«

»Trotzdem ist das nicht definitiv.«

»Das hier ist doch Mullen und Sohn.«

»Stimmt.«

»Dann waren Sie es, sonst niemand.«

»Ich will Ihnen mal was sagen, Chef, ich würde mich doch wohl daran erinnern, wenn ich nach Carville gefahren wäre. Sie sagen, es war gestern? Nein, tut mir leid, aber ich war gestern den ganzen Tag hier.«

»Sie lügen.«

Jack sah ihn mit dem Blick an, wie er ihn auf dem Gefängnishof eingeübt hatte, kalt und hart, senkte seine Stimme und sagte: »Was haben Sie da gesagt?«

Der Oberst stand da und wartete, machte keine Bewegung und starrte ihn durch seine dunklen Brillengläser an, und Jack kamen schon Bedenken, ob er mit dieser Masche aus dem Gefängnis nicht falsch lag; so etwas funktionierte gleich oder gar nicht. Als der Oberst dann sagte: »Franklin, zeig ihm deine Kanone«, wußte Jack, daß er falsch lag. Er sah sich um und erkannte die blanke Pistole in Franklins ausgestreckter Hand.

Jack sagte: »Also ich glaube, ich rufe jetzt besser die Polizei.« Auch etwas, das er noch nie zuvor in seinem Leben gesagt hatte.

Der Oberst sagte: »Wie wollen Sie das machen?« Jack wußte keine Antwort darauf, aber das machte auch nichts. Der Oberst beeilte sich, noch einmal zu wiederholen, was er eben gesagt hatte. »Für den Fall, daß Sie mich nicht verstanden haben, ich sagte, Sie sind ein verdammter Lügner. Wie stehen Sie dazu?«

Das war hier nicht wie auf dem Gefängnishof. Das war anders. Hier ging es nicht darum, seine Männlichkeit zu beweisen. Was er jetzt zu tun hatte, war... handeln, sonst nichts.

»Ich glaube«, sagte Jack, »ich muß annehmen, daß Sie ein wenig verwirrt sind, was den Tod dieser Person angeht, die Sie erwähnten. Ich habe schon viele Menschen in einer solchen Verfassung gesehen, wie Sie, in Trauer über einen tragischen Schicksalsschlag, und ich verstehe das. Schließlich gehört das zu meinem Geschäft.« Jack machte eine Pause. »Würde es Ihnen übrigens etwas ausmachen, mir Ihren Namen zu nennen?«

Der Kerl da mit seinem mißtrauischen Verstand hinter den rötlichen Brillengläsern würde ihn so nicht aus der Enge herauslassen, in die er ihn getrieben hatte.

»Dürfte ich darum bitten? Der hier ist, wie ich bereits weiß, Franklin. Wie geht es Ihnen, Franklin?« Der Kerl wußte anscheinend nicht, was er antworten sollte. Jack wandte sich an den Oberst und sagte: »Und Sie sind...«

»Oberst Dagoberto Godoy.«

Ein Mann und stolz darauf, einer zu sein. Er nahm straffere Haltung an, und Jack hörte ein schwaches, aber spitzes Geräusch, als ob jemand seine Hacken zusammenschlüge. Jack wunderte sich. Seit seiner frühen Schulzeit konnte er sich nicht mehr daran erinnern, irgendwann einmal solch ein Hackenschlagen gehört zu haben. Es brachte ihm zu Bewußtsein, daß diese Männer aus einer Welt waren, von der er so gut wie nichts wußte. Das einzige, was ihm noch übrigblieb, war, sie umgehend hier herauszubefördern.

»Herr Oberst«, sagte Jack, »wenn Ihr Kumpel hier seine Kanone wegstecken würde, dann führe ich Sie gern herum, lasse Sie in diesem Haus in jedes Zimmer schauen, und wenn Sie die Person entdecken, die Sie erwähnten... Wie war doch der Name?«

Der Oberst wollte ihn gar nicht nennen, aber er rutschte ihm heraus. »Amelita Sosa.« In einem schnappenden Tonfall.

»Wenn Sie sie hier entdecken, wird damit zum erstenmal in der Geschichte des Beerdigungswesens eine Tote auf eigenen Füßen ins Haus eines Leichenbestatters marschiert sein«, sagte Jack. »Wenn Sie mir bitte folgen wollen...«

Leo hatte Mr. Louis Morrisseau nach oben geschafft und arbeitete an ihm im Einbalsamierungsraum, den Kopf nach vorn gebeugt, ganz konzentriert darauf, die Halsschlagader im Hals des alten Mannes zu finden, und er steckte dazu eben einen Finger im Gummihandschuh in den Einschnitt, den er gemacht hatte. Oberst Godoys Blick fiel auf die Szene. Er ging zur Tür, während Jack und der Kreole namens Franklin im Gang warteten. Leo sah noch immer nicht auf. Nicht einmal, als der Oberst ihn fragte, was er da tue, und als Leo es ihm erklärte.

»Ziehen das Blut ab, wie?« sagte der Oberst. »Ich habe mich schon immer gefragt, wie Sie das anstellen. Ich verstehe nur nicht, weshalb Sie nicht mehr Löcher machen, damit es schneller geht.«

Leo murmelte irgend etwas. Der Oberst sagte: »Bitte?« und kam näher. »Das hier ist ein sehr alter Mann, wie ich sehe. Aber gestern hatten Sie ein junges Mädchen hier, nicht? Ein sehr nett aussehendes.«

Leo sagte: »Ich war gestern gar nicht hier, und das habe ich Ihnen auch gesagt.« Er sah noch immer nicht hoch, seine Schultern waren vornüber gebeugt, und seine Finger in den Gummihandschuhen setzten ihre Arbeit fort.

»Aber Sie kriegen schon mal junge Mädchen herein, die gestorben sind.«

»Hin und wieder.«

Der Oberst warf einen Blick über seine Schulter und ließ Franklin mit einer Handbewegung wissen, daß er den Gang hinuntergehen sollte. »Sieh nach, ob sie sich in einem Raum versteckt hält.«

Jack wandte sich um und folgte Franklin. Er hörte, wie der Oberst zu Leo sagte: »Wenn Sie ein junges Mädchen in den Sarg legen, dann ziehen Sie sie doch nicht vollständig an, oder?«

Jack sagte zu Franklins Rücken: »Würden Sie bitte Ihre Kanone wegstecken?«

Er war froh, daß Leo sie nicht bemerkt hatte. Er hätte sich sonst womöglich nicht mehr zurückgehalten und denen alles erzählt, was sie wissen wollten. Er sah zu, wie Franklin einen Blick in Leos Büro warf und dann den Gang zurückging bis zum Eingang in das Zwei-Zimmer-Appartement. Die Tür war geschlossen. Franklin trat einen Schritt zur Seite, damit Jack sie öffnen konnte. Das überraschte ihn. Er wartete in der Tür, während Franklin sich das alte Sofa und den Kühlschrank ansah. Als er ins Schlafzimmer weiterging, trat Jack an den Kühlschrank, öffnete ihn, sah hinein und wartete, bis Franklin auch das Badezimmer inspiziert hatte und wieder auftauchte.

»Wollen Sie ein kaltes?«

Der Mann starrte ihn an.

»Ich meine – ein Bier. Wollen Sie eins? Mögen Sie Bier?«

Der Kerl schüttelte den Kopf, und Jack machte den Kühlschrank wieder zu. Der Kerl hatte wirklich sonderbare Haare. Nicht so kleingelockt wie beim Afrolook, aber alles war oberhalb der Ohren, wie ein Topf, ohne Koteletten auf den Seiten. Er sah aus, als wäre er soeben aus dem Bananenboot gestiegen und jemand hätte ihm, kurz nachdem er seine Größe geschätzt hatte, etwas zum Anziehen gekauft: einen schwarzen Anzug mit ausgestopften Schultern, damit er gut saß und auch noch modern aussah, aber am Ende doch um eine Nummer zu groß, so daß ihm die Ärmel fast bis auf die Knöchel hingen. Hände hatte er wie ein Steinmetz, die Fingernägel gefurcht und abgebrochen. Sein Alter war schwer zu schätzen, außer daß er zwar ausgewachsen, aber nicht allzu groß war. Jetzt, wo Jack mehr Zeit hatte, ihn anzusehen, wirkte er etwas anders als gestern, als Jack ihn mit seiner Gefängnishof-Masche vorgeführt hatte. Der Kerl sah wirklich aus, als komme er direkt aus der verdammten Steinzeit und wäre in solch ein weißes Hemd gesteckt worden, wie es die Geistlichen tragen, am Nacken geknöpft und ohne Krawatte. Jack wollte ihn schon fragen, wer ihn so eingekleidet habe, aber dann fiel ihm eine noch bessere Frage ein.

»Wozu tragen Sie eine Kanone mit sich herum?«

»Ich habe sie bekommen, damit ich sie benutze.«

Da war wieder dieser Akzent, mit dem er nichts anfangen konnte. Wenn der Kerl Probleme mit dem Spanischen hatte, woher kam er dann? Vielleicht aus Jamaika. Aber das war auch nicht genau der Akzent, und der Oberst hatte schließlich gesagt, er sei aus Nicaragua.

»Wozu?«

»Um damit zu schießen.«

»Also, genau das will ich wissen. Wen sollen Sie denn in New Orleans erschießen?«

»Ich weiß nicht. Sie sagen es mir vorher nicht.«

Herrgott im Himmel. »Sie meinen, wenn der Oberst, dieser Godoy, Ihnen sagt, Sie sollen den oder den erschießen, dann tun Sie das?«

»Deswegen haben sie mir die Kanone gegeben. Damit ich sie benutze.«

»Klar, aber es ist ungesetzlich. Sie können nicht einfach jeden erschießen, den Sie wollen.«

Es schien, als müßte der Kerl erst einmal einen Moment lang darüber nachdenken. Schließlich sagte er: »Wenn man mir sagt, ich soll einen erschießen... Das ist doch nicht dasselbe, als wenn ich selber jemanden erschießen will. Nicht? Es wird doch befohlen.«

»Befohlen... Sie merken, daß es mir schwerfällt, Ihnen zu folgen. Worüber Sie reden.«

»Wieso?«

Eine einfache Frage. Der Kerl wartete auf eine Antwort.

»Also, ich nehme an, hier ist es anders als in Nicaragua.«

»Ziemlich anders, ja. Aber ich glaube, es gefällt mir hier.«

»Na, das ist ja schön.« Es sah so aus, als könnte man mit dem Kerl ganz leicht reden, aber so war das nicht. Es kam nichts Vernünftiges dabei heraus. Der Kerl sah ihn jetzt an und fing an zu nicken.

Er sagte: »Das waren Sie, gestern.«

»Meinen Sie?«

»Ja, in dem Personenwagen. Ich weiß, das waren Sie.«

Einfach nur eine simple Tatsachenfeststellung, weiter nichts, kein sonstiger Ausdruck in seinem Gesicht... Der Kreole sah ihn an, und dann ging er hinaus.

Jack wartete. Er sah zum Telefon, das auf dem Tischchen neben dem Sofa stand. Er ging hin, griff nach dem Hörer, hob ihn hoch. Ihm fiel niemand ein, der ihm helfen konnte. Er dachte an Leos Hohlnadeln im Schrank im Präparierraum. Gestern war er gut gewesen, ein ganz wacher Bursche. Aber heute war es eine Pleite. Langsam war er heute. Er konnte nicht denken. Er dachte, gut, am besten fängst du jetzt gleich an, ganz schnell. Und er fing an zu denken, pack sie dir. Nimm sie dir vor, verdammt noch mal, weiter nichts. Wenn du einen siehst, schlag ihn nieder. Nimm dir erst den mit der Kanone vor. Es sei denn, sie haben beide eine Kanone. Scheiße. Aber es muß sein, los doch... Es war ganz still, bis er aus dem Gang etwas hörte, eilige Schritte, die auf ihn zukamen...

Leo sagte: »He!« Er blieb wie angewurzelt stehen und hob die Hände, als er bei ihm im Zimmer stand. »Was ist mit dir los?«

»Wo sind sie?«

»Was hattest du vor? Wolltest du mich niederschlagen?«

»Leo, wo sind sie?«

»Sie hatten draußen ein Taxi, das auf sie wartete. Sie sind weg. Wie hieß er, dieser Oberst? Er schien ein ganz netter Bursche zu sein.«

8

»Ich glaube, sie beobachten das Haus«, hörte er Lucy sagen. »Wir sitzen fast den ganzen Tag am Fenster. Dolores wechselt sich mit mir ab. Gerade sitzt sie Wache und notiert, was draußen vor sich geht. Viele Leute sieht man hier nicht – die Straße führt nirgendwohin. Das Schwierige ist, daß sich alle Autos so gleich sehen, jedenfalls die neuen.«

»Der von gestern«, sagte Jack, »war mit ziemlicher Sicherheit ein Chrysler Fifth Avenue. Aber Sie haben recht, sie sehen sich alle ähnlich. Er war schwarz.«

»Sind Sie bei der Arbeit?«

»Das war ich. Ich rufe Sie jetzt aus dem Mandina's an. Ich wollte mich früher melden, aber Leo kam immer wieder herein. Sie kennen das Mandina's an der Canal Street?«

»Ich bin mal vorbeigekommen. Einen Augenblick, bitte.«

Er hörte Lucys Stimme, vom Telefon weggewandt. Sie rief nach Dolores, und dann waren Schritte auf dem Holzfußboden zu hören. Dolores hatte ihnen gestern abend die Tür geöffnet, als er Amelita gebracht hatte. Sie war eine schlanke Schwarze und hatte ein geblümtes Kleid und hochhackige Schuhe angehabt, gar nicht wie ein Hausmädchen. Als Lucy sie einander vorgestellt hatte, hatte sie »Jack Delaney, Dolores Wilson«, gesagt, und Dolores hatte ihm kurz zugenickt, die Augen geschlossen, und dann einen befremdeten Blick zu Lucy hinübergeworfen – Was geht hier vor? –, denn dies war ohne Zweifel das erste Mal gewesen, daß sie mit jemandem auf diese Weise bekannt gemacht worden war. Er hörte noch einmal Schritte und dann Lucys Stimme.

»Jack? Der schwarze Chrysler. Er ist zweimal vorbeigefahren und parkt jetzt weiter unten, auf der anderen Seite des Flusses.«

»Wie viele Leute sitzen drin?«

»Dolores glaubt, nur einer.«

»Sie können die Polizei anrufen.«

»Ich glaube nicht, daß das eine gute Idee ist. Wenn ich hier eine Szene heraufbeschwöre, dann kann ich nicht voraussehen, was alles passiert. Ich möchte nicht, daß der Kerl da im Wagen merkt, daß ich hinterm Fenster sitze, verstehen Sie? Was war bei Ihnen los? Ist irgendwer in Ihrem Institut aufgetaucht?«

»Nur der Oberst persönlich. Ein etwas kleines Bürschchen, nicht wahr?«

»War er tatsächlich da, Jack? Was haben Sie ihm erzählt?«

»Er war schon da, als ich mit einem Leichentransport ankam. Hören Sie, ich glaube, wir brauchen noch jemanden zur Unterstützung.«

»Jack...«

»Also, ich habe ihm gesagt, wir hätten keine Amelita Sosa. Meint er, was reden Sie denn da? Sie haben doch gestern ihre Leiche aus Carville abgeholt. Ich sagte, nein, das waren nicht wir. Muß ein anderes Bestattungsinstitut gewesen sein.«

»Aber haben Sie denn nicht diesen Vermerk in Ihre Unterlagen gesetzt?«

»Nein, wissen Sie, damit würden wir ja zugeben, daß sie bei uns ist oder war. Als nächstes wollen sie dann wissen, was wir mit ihrer Leiche gemacht haben. Sagen wir, wir haben sie verbrannt oder irgendwohin weitertransportiert, dann können sie das nachprüfen. Über alles muß es ja Aufzeichnungen geben. Ich habe mir deswegen gedacht, am besten ist, wir machen große Augen und stellen uns dumm. Haben von nichts eine Ahnung. Amelita Sosa? Nein, tut mir leid, da sind Sie bei uns falsch.«

»Aber wenn sie jetzt in Carville nachfragen...«

»Dann hat eine von den Schwestern eben das falsche Beerdigungsinstitut aufgeschrieben. Sind doch auch nur Menschen, nicht? Können sich ja mal irren. Ich bin zwar noch nie einer Schwester begegnet, der so etwas passiert wäre, aber es wäre ja möglich.«

»Was hat er gesagt, der Oberst?«

»Er hatte einen von diesen Kerlen bei sich. Erinnern Sie sich an den, der gestern da stand und nicht ein Wort sagte?«

»Er stand vor unserem Wagen.«

»Genau. Haben Sie ihn sich angeschaut?«

»Ich habe ihn gesehen, weiter nichts.«

»Er ist ein ziemlich komischer Typ. Haben Sie seine Haare gesehen? Als wäre ein farbiger Anteil dabei?«

Am Ende der Leitung entstand eine Pause. »Ja«, sagte Lucy dann, »ich habe es gemerkt. Er sah irgendwie anders aus.«

»Sein Name ist Franklin. Haben Sie jemals von einem Nicaraguaner gehört, daß er Franklin heißt?«

»Doch, das ist möglich.« Sie machte wieder eine Pause. »Oder er ist Indianer. Sie leben dort an der Küste, in der Nähe von Honduras.«

»Für mich sah er eher wie ein Schwarzer aus.«

»Also, es gibt in der Karibik auch Kreolen, die mit Indianern vermischt sind. Und von denen haben schon einige eher ungewöhnliche Namen, da haben Sie recht. Die haben sie von der Brüdergemeinde dort, den Missionaren. Im Hospital hatten wir einen Miskito, der hieß Armstrong Diego.« Dann meinte sie: »Aber als Sie mit dem Obersten redeten und sie war nicht da, was hat er da getan?«

»Also, er hat mir nicht geglaubt. Vor allem nachdem dieser Kerl, dieser Franklin, sagte, daß ich bei der Überführung dabei war, daß er mich gesehen hat. Aber der Oberst hat das auf sich beruhen lassen.«

»Wie meinen Sie das?«

»Ich sagte zu ihm, in Ordnung, schauen Sie sich um. Wir gehen hinauf, der Oberst sieht, wie Leo einen Leichnam präpariert, und darüber vergißt er einfach Amelita.«

»Der Anblick hat ihn nicht krank gemacht?«

»Nein, es hat ihm gefallen. Und nach ein paar Minuten war er verschwunden. Sagte zu Leo, er habe eine Verabredung. Als ich ankam, hatte Leo wirklich fast eine Herzattacke, jedenfalls sah er so aus. Er hatte vormittags mit Schwester Teresa Victor telefoniert, und dann haben wir beide uns darüber unterhalten, und er wußte einfach nicht, wie er damit umgehen sollte. Dann kommt der Oberst, und Leo kriegt eine Heidenangst. Hat sogar Angst, ihn nur anzuschauen. Der Oberst verschwindet wieder, und da kommt Leo und sagt: ›Scheint ein ganz netter Bursche zu sein.‹«

»Er fand ihn nicht...«

»Sie müssen das verstehen, jeder, der Leo beim Einbalsamieren mit Interesse zusieht, ist sein Freund fürs Leben.«

»Und das war alles? Sie sind einfach wieder gegangen?«

»Ich nehme an, er wurde irgendwo erwartet. Aber dieser Kerl, dieser Franklin... der war schon sonderbar.«

»Das muß ich noch lernen – zu lügen«, sagte Lucy.

»Sie müssen immer eine ganz dicke Lüge erzählen. Je dicker die Lüge, desto größer die Chance, daß man sie Ihnen glaubt.«

»Aber wenn sie glauben, daß sie am Leben ist und nicht bei Ihnen, dann muß sie doch bei mir sein. Bertie und seine Jungs. Ich kriege nicht so große Angst, wenn ich von ihm als Bertie rede. Ich habe herausbekommen, daß er im Saint Louis wohnt. Wissen Sie, wo das ist?«

»Es liegt im Französischen Viertel. Sehr nettes Hotel, klein.«

»Haben Sie dort jemals... ein Schmuckstück mitgenommen?«

Er sagte: »Ich glaube, damals war es noch gar kein Hotel«, und dabei hatte er zugleich das Bild von den Galerien in jedem Stockwerk vor Augen, von denen man in den Innenhof in der Mitte hinabschauen konnte. Warum wohnte der Kerl nicht auch im Roosevelt? »Sie haben mit Ihrem Vater geredet, ja?«

»Ich habe ihn heute morgen angerufen und mich entschuldigt. Das war wohl die schlimmste Falschheit, die ich mir je in meinem Leben geleistet habe.«

»Sicher, aber Sie haben ihn überzeugt?«

»Er sagte: ›Verschwende keinen Gedanken mehr daran, kleine Schwester.‹ Ich sagte: ›Wenn ich mich entschließe, mir eine von deinen Kanonen zu leihen und diesen Hurensohn niederzuschießen, wo finde ich ihn dann?‹ Er hielt das für komisch, wie seine Tochter, die Nonne, nun plötzlich auf die andere Seite wechselte, reaktionär wurde. Oder was immer ich jetzt bin, ich weiß nicht. Ich habe ihn niedergemacht, habe an seinen Geschäften, an der Politik, die er betreibt, kein gutes Haar gelassen, aber sein Geld habe ich genommen, um mir dieses Auto in León zu kaufen.«

»Darüber sollten Sie sich nicht den Kopf zerbrechen. Sie müssen ihm ja nicht ähnlich werden, nur weil er Ihr Vater ist.«

»Aber das tue ich. Er ist ein netter Kerl... Bis auf seine Wertvorstellungen, die sind alle total verdreht.«

»Warten Sie ab, bis Sie Roy Hicks kennenlernen.«

An Lucys Ende herrschte wieder Schweigen.

»Wenn Sie es sich überlegen wollen, habe ich Verständnis.«

»Nein, ich möchte ihn treffen.«

»Ich brauche noch einen Helfer. Das einzige Problem ist nur, daß er nicht weiß, wo er wohnen soll. Aber darüber können wir uns später unterhalten. Wenn der Kerl in dem Chrysler an Ihre Tür kommt, machen Sie ihm nicht auf.«

»Das werde ich nicht. Aber ich möchte Amelita gerne von hier fortschaffen, wenn möglich. Es gibt einen späten Flug nach L. A., mit einmal Umsteigen in Dallas. Aber dazu müßten wir um halb zehn weg.«

»Wir sehen zu, daß es klappt. Ich rufe Sie gegen acht an.«

Jack ging an die Bar zurück, aß ein paar Austern und Weißbrot, trank dazu Bier, redete mit Mario über dies und das und eigentlich nichts, und zwischendurch fiel ihm wieder der Bursche, dieser Franklin, mit seiner stahlblauen Automatik-Pistole ein. War das ein verdammt sonderbarer Vogel. Jack aß auf und fuhr in die Stadt.

Roy Hicks war dabei, eine Reihe pastellfarbener Stielgläser vor sich auf der Bartheke mit Kirschen, Orangenscheiben und winzigen Papierschirmchen zu bestücken.

Jack sah ihm vom anderen Ende der Bar dabei zu. Er saß nahe am Eingang zur International Lounge, in der laut Anschlag »Exotische Tänzerinnen aus aller Welt« auftraten.

Roy war so konzentriert bei seiner Arbeit und hatte dabei die Bakkenknochen so fest zusammengebissen, daß Jack nicht besonders überrascht gewesen wäre, wenn Roy nach getaner Arbeit die Drinks dann mit einem seiner behaarten Unterarme in einem Schwung wieder von der Bar gefegt hätte. Roy trug immer nur kurzärmelige Hemden, auch wenn er dazu ganz förmlich eine schwarze Schleife und die rote Weste aus Satin anhatte. Jimmy Linahan, der Besitzer des Clubs, hatte Roy gesagt, er solle lange Ärmel mit Manschetten anziehen, aber Roy tat das einfach nicht; er erschien stets weiter in seinen kurzärmeligen Hemden zur Arbeit. Jimmy Linahan hatte einmal zu ihm gesagt: »Ich möchte dich nicht noch einmal daran erinnern.« Und Roy hatte geantwortet: »Dann tu es auch nicht« und sich darangemacht, die Drinks vorzubereiten.

Jack fiel der Tag ein, an dem er auf demselben Hocker wie heute gesessen hatte und Jimmy Linahan sich deswegen an ihn um Rat gewandt hatte. Sie kannten einander, seit sie fünfzehn gewesen waren, sich im Audubon Park herumgetrieben und Kämpfe mit schwarzen oder italienischen Rivalen ausgetragen hatten, je nachdem, wer ihnen gerade über den Weg gelaufen war. Jimmy Linahan hatte gesagt: »Was ist mit diesem Burschen los?« Roy hatte nämlich bei seiner Einstellung Jacks Namen als Referenz angegeben.

Und Jack hatte Jimmy damals geantwortet: »Wenn ich du wäre, Jimmy, dann würde ich ihn im Suspensorium auftreten lassen, an dem ein paar Ziermünzen herumklappern. Wenn du es schon passend haben willst. In einem Laden wie diesem brauchst du Roy mehr als er dich. Und das meine ich nicht, weil er mal Cop war und weiß, wie man mit dem Schlagstock umgeht. Roy hat den Bogen heraus, wie man die Leute dazu bringt, sich mit einem zu vertragen.«

Jimmy Linahan lernte dann tatsächlich, Roy zu schätzen. Das lag schlicht daran, daß er nie zu Beschwerden Anlaß gab und niemals irgendwem Geld zurückgezahlt werden mußte. Roy konnte einen Drink mixen, von dem er bis dahin noch nie gehört hatte und ohne im schlauen Buch für Barkeeper nachzuschauen. Und wenn der Kunde dann sagte: »Das ist aber kein Green Hornet«, dann sah Roy dem Kunden ins Gesicht und sagte: »So mache ich ihn nun einmal, Kumpel. Trink ihn.« Und der Kunde sah Roys Augen und den dunklen, ausdruckslosen Blick darin, und sagte: »Mmm, er schmeckt zwar anders, aber gut.« Oder wenn der Kunde einer von diesen exotischen Tänzerinnen einen Champagner-Cocktail spendierte und dann einen Wirbel machte, wenn er eine Rechnung über fünfundsechzig Dollar hingeschoben kriegte; dann sah Roy den Kunden nur an und sagte: »Ich wette, Sie schaffen es, das Geld samt Trinkgeld aus der Hose zu holen, bevor ich über den Bartresen bin. Oder?«

Hinter sich hörte Jack ein paar Kongreßteilnehmer sich lachend unterhalten. Sie saßen an mehreren Tischen, lauter Männer und Frauen mittleren Alters mit Namensschildern an der Brust. Draußen, auf der Bourbon Street rannten noch ein paar Tausend von ihnen herum. Es war noch nicht acht Uhr. Roy hatte in dieser Woche Tagdienst und würde um acht Uhr Feierabend machen.

Eines von den internationalen Tanzmädchen setzte sich auf den Hocker neben Jack und sagte: »Hi, wie geht's?« Mit einem Akzent, dessen exotische Herkunft auf das östliche Texas schließen ließ. Sie sagte: »Ich heiße Darla. Suchst du was zum Fummeln?«

Roy stand an der Registrierkasse und tippte Zahlen ein. Er sah über seine Schulter und sagte: »He, Darla? Nimm die Hand von seinem Ding. Das ist mein Freund.« Er drückte noch ein paar Tasten, zog die Rechnung aus dem Schlitz und ging mit ihr zur Bedienungsausgabe.

»Ist ein süßer Junge, nicht?« Jack schenkte ihr dazu ein nettes Lächeln. Er hatte sie tanzen gesehen, oben auf der Bühne hinter der Bar: die exotische Darla, nackt bis auf ein kleines silbernes Dreieck zwischen den Beinen und rosa Plättchen auf ihren müden, langweiligen Brüsten, die älter aussahen als sie selbst. Ein Mädchen, das sich bemühte, seinen Lebensunterhalt zu verdienen. »Ich sage den Leuten immer«, sagte Jack zu ihr, »wenn ihr jemals hinter Roy an einer Ampel steht und sie springt um, und er fährt nicht gleich los, drückt nicht auf die Hupe.«

Die exotische Darla sagte: »So?« und wartete, daß er weiterredete.

Also sagte Jack: »Wir waren mal in einer 747 auf dem Weg nach Vegas, einem dieser Charterflüge, wo alles inklusive ist, Flug, Hotel... Wir nehmen einen Drink nach dem anderen, und nach ungefähr drei Stunden beschließt Roy, auf die Toilette zu gehen. Ich sitze am Gang, also beschließe ich, weil ich sowieso aufstehen muß, gut, kann ich genausogut gehen. Wir gehen nach hinten und sehen an allen Toilettentüren diese kleinen Schildchen BESETZT. Roy marschiert in den Vorderteil des Flugzeugs, wo es noch drei Toiletten gibt, aber die sind auch besetzt, also kommt er zurück. Ich stehe noch hinten und warte, und er weiß, diese drei sind also auch noch besetzt, er kann ja diese kleinen Schildchen sehen, aber er geht doch hin und rüttelt dauernd an den Klinken. So steht er da, ungefähr eine halbe Minute lang, und plötzlich tritt er gegen die Tür, vor der ich direkt stehe. Er tritt dagegen und sagt: ›Raus da, schnell!‹ Keine zehn Sekunden später geht die Tür auf. Dieser Kerl kommt heraus, ziemlich großes Exemplar, und wirft mir den dreckigsten Blick zu, den du jemals in deinem Leben gesehen hast. Nicht Roy, *mir,* weil ich ja da stehe. Der Kerl geht weg, den Gang hinunter, und Roy meint: ›Was ist los mit ihm?‹«

Die exotische Darla sagte: »Aha.«

»Das war die ganze Geschichte.«

»Und du willst mir keinen Drink spendieren?«

»Nein, das will ich nicht«, sagte Jack. »Willst du statt dessen noch eine Geschichte über Roy hören?«

Sie dachte einen Augenblick nach. Oder jedenfalls sah es so aus, als täte sie das, obwohl Jack sich nicht sicher war. Sie sagte: »Nein, danke«, schwenkte auf dem Hocker herum, sah sich in der Bar um, hob beide Arme, um den Halter zurechtzurücken, der ihre müden Brüste stützte, und ließ ihn allein.

Roy kam die Bartheke entlang und hielt eine Flasche Wodka am Hals in der Hand. Er goß Jack einen Schluck ein, schraubte eine neue Flasche auf, und Jack sagte: »Darla hat blaue Flecken an ihrem Arm. Hast du sie gesehen?«

»Ist wohl mit den falschen Kerlen zusammengestoßen. Das Mädchen ist einfach der letzte Dreck.«

»Ich habe in der Zeitung gelesen, daß in den Vereinigten Staaten, ich glaube, es war ausgerechnet in diesem Bundesstaat, alle achtzehn Sekunden eine Frau geschlagen oder körperlich mißbraucht wird.«

»Das brauchst du mir nicht zu erzählen«, sagte Roy.

»Irgendwer hat darüber eine Studie angefertigt.«

Roy sagte: »Du glaubst wohl, daß es gar nicht viele Frauen sind, die so aus der Art schlagen, wie?« Er ging ein paar Schritte weiter.

Jack sah Roy zu, wie er einen Drink zubereitete. Er fragte sich, wieso ihm diese kleine Meldung über die mißbrauchten Frauen in Erinnerung geblieben war, aber so gut wie nichts über Nicaragua.

Als Roy zu ihm zurückkam, sagte er: »Delaney, weißt du, was diese Weiber tun, wenn ihnen schlecht wird? Sie übergeben sich ohne Ausnahme ins Waschbecken. Sie übergeben sich nicht in die Toilette, wie du dir das vielleicht vorstellst.«

»Das ist interessant«, sagte Jack. »Und du meinst, deswegen werden sie verprügelt?«

»Wer weiß? Sie sind alle verschieden und doch alle gleich.«

»Du haßt die Frauen noch immer, wie?«

»Ich liebe die Frauen. Du darfst ihnen nur nicht trauen.«

»Ich habe eine kennengelernt, bei der kannst du das.«

»Ja? Wie gut für dich.«

»Und habe von ihr eine schlimme Geschichte gehört, die du mir niemals abnimmst.«

»Aber du erzählst sie mir auf jeden Fall.«

»Du wärst auch schwer gekränkt, wenn ich es nicht täte. Du würdest ein Schmollmündchen machen und wahrscheinlich nie mehr mit mir reden. Sie handelt von einer einmaligen Gelegenheit, von der Chance deines Lebens.«

»Geht es um Geld?«

»Um fünf Millionen, ein paar Dollar hin oder her.«

»Das ist ein Haufen Geld. Wo liegt es?«

»Damit bist du gleich beim besten Teil der Geschichte. Es gehört einem Typen, Roy, wenn du es dem wegnimmst, dann mußt du nicht nur keine Stunde mehr in deinem Leben arbeiten, sondern du tust auch noch etwas für die Menschheit. Es ist etwas, bei dem du hinterher nichts als ein gutes Gefühl hast.«

Roy sagte: »Da kann ich dir nur eines sagen. Ich stehe jeden Tag acht Stunden lang im Dienste der Menschheit, aber mein Selbstwertgefühl ist deswegen einen Scheißdreck gestiegen. Da kommt so ein Bursche herein und will einen Sazerac. Er hat keinen blassen Schimmer, was ein Sazerac ist, aber er ist ja in New Orleans. Ich stelle ihm einen Drink mit einer Menge Bitterstoffen drin hin. Kommt der nächste Bursche, sieht sich um, flüstert mir dann ins Ohr: ›Haben Sie Absinth da?‹ Er sagt: ›Im Old Absinthe House haben sie keinen. Sie sagen, es wäre gegen das Gesetz, wenn sie ihn ausschenkten.‹ Ich sage zu diesem kleinen Schleimscheißer, woher soll ich wissen, daß er kein Cop ist? Er zeigt mir seine Karte und daß er aus Fort Wayne, Indiana, ist. Ich werfe einen Blick quer durch die Bar, hole eine Flasche ohne Etikett hervor und erzähle ihm, da daß ein Pernod drin ist, dazu noch ein Zweig mit einer Raupe drauf, wie sie das in Mexiko machen. Dieser Arsch trinkt fünf davon zu fünf Dollar das Glas. Auch ein Dienst an der Menschheit: Ich serviere ihnen alles, was sie wollen.«

Jack sagte: »Das ist der Grund, warum ich gerade mit dir darüber rede, Roy. Du bist ein kluger und sensibler Mensch. Wenn dieser Kerl erst einmal seine fünf Millionen zusammen hat, dann hüpft er wahrscheinlich in irgendein Privatflugzeug und schafft das Geld ins Ausland. Wir kriegen die Hälfte und teilen sie durch drei.«

»Wer ist wir?«

»Du und ich und vielleicht Cullen.«

»Cullen, ist der denn draußen?«

»Aus gesundheitlichen Gründen, er kann also wieder einkassiert werden.«

»Wie lange hat er gesessen, fünfundzwanzig Jahre?«

»Siebenundzwanzig.«

»Himmel, da wäre ich schon mehrfach getürmt, und wenn sie mich von der Mauer heruntergeschossen hätten.«

»Also, er ist jedenfalls draußen und ziemlich gut beisammen.«

»Worüber reden wir eigentlich, um Himmels willen, über eine Bank?«

»Von nichts dergleichen.«

»Wozu brauchst du dann Cullen?«

»Ich denke mir, er hat Spaß daran. Warum nicht?«

»Du fühlst dich auch ganz schön obenauf, was?«

»Ich fühle mich wie neugeboren. Seit gestern sehe ich das Leben aus einer ganz neuen Perspektive.«

»Dieser Kerl geht also hin und sammelt fünf Milliönchen, mehr oder weniger... Reden wir über Bargeld, mit Banderolen von der Banak drumherum?«

»Von einer Geschichte wie dieser hast du noch niemals gehört, Roy. So etwas hat es noch nie zuvor gegeben.«

»Hängt es mit deinem Leichenbestatter-Geschäft zusammen?«

»Nicht eher, als bis jemand erschossen wird.«

»Das alles klingt so gar nicht nach dir, Delaney.«

»Ich habe es dir ja schon gesagt, ich bin ein neuer Mensch. Willst du wissen, worum es im einzelnen geht, oder denkst du noch nach?«

»Ich kenne jede Art Schwindel und jede Art, jemanden um sein Geld zu erleichtern, die ausgewachsene Männer ausprobiert haben, und sie sind dabei immer auf den Arsch gefallen.«

»Du kennst alle bis auf diese.«

»Kennst du den Kerl? Weißt du, wer er ist?«

»Ich habe ihn heute getroffen.«

»So?... Was macht er denn?«

»Er ist ein Oberst aus Nicaragua.«

Roy starrte Jack an. Dann drehte er sich weg, ging die Bar entlang, machte einen Drink, läutete der Bedienung und kam wieder.

»Du hast also eine Frau kennengelernt, von der du sagst, daß man ihr trauen kann, und sie hat dir eine wilde Geschichte erzählt, die ich dir nicht glauben werde. Wie man nämlich fünf Millionen einsteckt.«

»Ein paar Dollar mehr oder weniger eingerechnet.«

»Wie kommt es, daß sie die ganze Hälfte kriegt? Ist der Typ ihr Mann?«

Jack schüttelte den Kopf. »Sie braucht das Geld, um ein Leprakrankenhaus zu bauen.«

Roy dachte nach, dann nickte er. »Ein Leprakrankenhaus, klar, das ist eine gute Idee. Weißt du übrigens, warum Leprakranke niemals ein Kartenspiel beenden?«

»Weil ihnen die Hände mit abfallen, wenn sie ihr Blatt abwerfen«, sagte Jack. Er sah jetzt Roy mit dem gleichen ausdruckslosen Gesicht an, weil er wußte, er hatte ihn, und weil er wußte, daß sie beide dieses Spiel zu Ende spielen und dabei noch ein gutes Leben haben würden.

Er sagte: »Was ich jetzt erst einmal brauche, ist ein Polizist. Oder jemand, der es versteht, genauso übel und obszön daherzureden wie ein Polizist, wenn er es mit einem Missetäter zu tun hat.«

9

Roys Killerblick versagte vor Toilettentüren und auch im kriechenden Verkehr, und so mußte er zu anderen Mitteln greifen, gegen Türen treten oder mit der Faust gegen das Armaturenbrett von Jacks VW Scirocco trommeln. Es war ein brauner Scirocco, Baujahr '78, etwas verblichen, aber immer noch einigermaßen normal aussehend. Jack Delaney hatte ihn gebraucht gekauft, und er hatte jetzt 153 000 Meilen auf dem Tachometer. Er hatte keine Angst, daß Roy den Wagen mit seinen Fausthieben beschädigen könnte, aber er fuhr jedesmal hoch, wenn Roy losschrie: »Weiter, verdammt noch mal«, denn Roys Ungeduld brach immer ganz unvermittelt heraus, in Schüben sozusagen; danach gab er wieder eine Zeitlang Ruhe. Es gelang Jack, aus den engen Straßen des Französischen Viertels herauszukommen, die Canal Street zu kreuzen und den neuen Teil der Innenstadt hinter sich zu bringen, der aussah wie in jeder größeren Stadt. Dann ging es weiter stadtauswärts auf der St. Charles Avenue, bis sie wieder in einem alten Stück New Orleans waren und er Roy davon erzählte, in welchen Geschäften dieser Kerl unterwegs war und seine fünf Millionen Dollar einsammelte.

Roy warf hin und wieder ein: »Nun warte mal einen Augenblick«, und er stellte eine Frage. Dann antwortete Jack darauf, oder er sagte nur: »Weißt du eigentlich nicht, was vor sich geht, draußen in der Welt, Roy? Himmel, liest du denn nicht einmal die Zeitung? Hast du, um Himmels willen, noch nie von den Sandinisten gehört?« Lucy hatte Jack ein Buch gegeben, einen Fotoband mit dem Titel *Nicaragua*, und in dem waren all diese jungen Burschen zu sehen in ihren Sporthemden, mit Baseballmützen auf dem Kopf und Masken vor dem Gesicht, Kapuzen mit Löchern oder Halstücher, die sie sich um das Gesicht gebunden hatten, und bewaffnet mit allen diesen niedlichen Schußwaffen, Saturday Night Specials, .22er Gewehre... Ein zusammengewürfelter Haufen, der gegen gut ausgerüstete Truppen in Uniform und Helm kämpfte. Und diese Bilder hatten schon ihre suggestive Wirkung, mit diesen Burschen da in ihren bunten Sporthemden und mit den Masken vor den Gesichtern, die sie wie Banditen aussehen ließen. Jack konnte sich regelrecht vorstellen, wie auch er zu ihnen gehört haben würde, wenn er ein Nicaraguaner gewesen und damals, 1979, dabeigewesen wäre. Natürlich gab es auch Fotos von Toten, von Tod und Zerstörung, brennenden Häusern, von Flüchtlingen und Menschenmengen, die rot-schwarze Fahnen schwenkten. Es gab auch ein Bild von dem Mann, den sie haßten und den sie schließlich gestürzt und aus dem Land gejagt hatten, von Somoza also, wie er dastand in seinem weißen Anzug und der Schärpe darüber. Wenn er sich diesen Somoza ansah, dann konnte er sich vorstellen, was für ein Typ Mensch der gewesen war: einer, der seine Rolle spielte, ohne zu wissen, für wen.

Roy sagte, er habe einmal einen Spitzel gehabt, der sei Nicaraguaner gewesen. Das sei damals gewesen, als er in der Sonderkommission für Verbrechensbekämpfung gearbeitet und Zugang zu den Gangs gesucht habe. Er sagte, es gäbe eine Menge Nicaraguaner in New Orleans.

Jack sagte: »Sicher, und ich glaube, du wirst schon bald ein paar von ihnen wieder begegnen.«

Als sie jetzt, mit offenen Fenstern, an einer Straßenbahn auf der St. Charles Avenue vorbeifuhren, mußten sie bei dem Kreischen, das sie verursachte, ihr Gespräch unterbrechen. Das hier war seine Lieblingsstraße, von Eichen überwachsen und von allen möglichen Gebüschen gesäumt. In den Höfen der alten Häuser rechts und links, die mit Fensterläden versehen waren, wuchsen Palmen. Als er klein gewesen war, war er oft zum Spaß mit der Straßenbahn hier entlanggefahren und weiter zur Carrollton Avenue bis zu einer Stelle, wo der Fahrer hereinkam, die Rücklehnen umklappte, ans andere Ende des Straßenbahnwagens ging und wieder stadteinwärts zur Canal fuhr.

Roy sagte: »Ich hoffe, daß ein paar Burschen, die ich kenne, nicht spitzkriegen, was dieser Nicaraguaner da tut. Sonst tauchen die auf einmal auf und leeren ihm mal eben die Taschen. Ist das wirklich so ein schlimmer Kerl, wie du sagst?«

»Frag Lucy. Sie wird es dir erzählen.«

»Ich meine, daß er wirklich *schlecht* ist.«

»Das macht es ja zu einer guten Tat, ihm das Geld wegzunehmen.«

»Aber wenn er tatsächlich *schlecht* ist...«

»Ja?«

»Wie kommt es dann, daß er das Geld nicht für sich selbst behält? Ist er denn hier schlecht, anderswo nicht?«

»Das habe ich mich auch schon gefragt«, sagte Jack. »Vielleicht hat er schon genug Geld für sich selbst.«

»Aber wenn er zurückgeht, dann riskiert er dort doch sein Leben.«

»Warum bist du mal Cop gewesen?«

»Bestimmt nicht wegen des Geldes, darauf kannst du Gift nehmen.«

Jack sagte: »Na also.«

Er ließ den Scirocco im zweiten Gang die Audubon hinunterrollen, auch sie eine Straße mit Bäumen an beiden Seiten, dahinter ausgedehnte Anwesen mit hier und da beleuchteten Fenstern und hin und wieder einem Windlicht, das von einer Veranda zwischen den Hecken und Sträuchern durchschien. Er sagte: »Da vorne, links. Das ist Lucys Haus, das ihrer Mutter.«

Roy sagte: »Bring Lucy mal dazu, dir einen neuen Auspufftopf zu kaufen. Ich glaube, sie kann es sich leisten.«

»Da ist der Wagen. Was soll ich jetzt machen?«

»Einfach weiterfahren.«

»Es ist wieder derselbe, der Chrysler... Sieh mal, der Bursche hinterm Steuer, das ist der, der Franklin heißt. Dieser Farbige oder was er ist. Kreole, ich weiß nicht.«

»Fahr bis zum Ende der Straße und wende dann.«

»Der andere daneben, das ist, glaube ich, nicht der Oberst.« Jack mußte etwas sagen. »Aber Franklin, Himmel noch mal, das ist der Kerl, der bei ihm war und mir die Kanone unter die Nase gehalten hat.«

»Das ist etwas, das mir ganz besonders gefällt«, sagte Roy. »Los, jetzt wenden.«

»Erst soll ich doch bis zum Ende runterfahren, oder?«

Dort, wo die Straße am Flußufer endete, traten die Bäume zurück, und es öffnete sich ein Parkplatz entlang des Uferdamms, der eine dunkle, grasbewachsene Barriere gegen den nächtlichen Himmel bildete. Zwischen den jetzt leeren Parkarealen ragten ein paar Telegraphenstangen in die Höhe. Jack kurvte um eine Stange herum und ließ seine Scheinwerfer wieder zurück zwischen die Reihen der Bäume dringen.

Roy sagte: »Halt direkt hinter ihnen an.«

»Und ich steige auch aus, ja?«

»Du kommst von der Straßenseite. Bleib gleich neben ihrem Wagen, nur ein paar Schritte entfernt, so daß sie zwar merken, daß du da bist, dich aber nicht sehen können. Vielleicht bringt es sie noch einmal extra durcheinander. Was ist denn das für einer, ein Beerdigungsunternehmer oder ein Cop? Bevor du aussteigst, schreib die Zulassungsnummer auf.«

»Ich habe keinen Stift.«

Roy sagte: »Gott im Himmel«, zog einen Kugelschreiber aus der Innentasche seiner Cordjacke, danach ein Bündel zusammengefalteter Blätter, ging sie durch, reichte dann den Kugelschreiber und einen Umschlag mit dem Aufdruck *Die Interna-Lounge bietet exotische Tänzerinnen aus aller Welt* auf der Verschlußklappe an Jack weiter. »Von jetzt an hast du immer ein Notizbuch und einen Kugelschreiber bei der Hand. Und du trägst einen Anzug oder eine Sportjacke, solange wir diesen Kram mit uns herumzuschleppen haben.«

Jack sagte: »Was habe ich denn deiner Meinung nach an? Einen Pyjama?« Jack trug einen braunen Blazer aus Baumwolle und dazu Jeans.

»Du siehst aus wie ein getarnter FBI-Agent, der als Yuppie durchzugehen versucht. Also, ich lasse mir erst einmal ihre Führerscheine geben, und die gebe ich dir weiter. Du gehst zum Wagen zurück und tust so, als wolltest du dir per Funk durchgeben lassen, ob sie in der Verbrecherkartei stehen oder sonstwie gesucht werden, und du schreibst dir dabei die Namen auf. Morgen lasse ich sie dann überprüfen.«

»Hast wohl noch immer Freunde an der South Broad.«

»Habe auch noch auf der anderen Seite welche, wenn ich mal einen brauche, der für mich lange Finger macht.«

»Willst du diesen Kerlen irgendeine Ausweiskarte zeigen oder so etwas?«

»Wart mal ab und sieh zu, was passiert. Dann weißt du es. Also weiter, fahr ganz dicht hinter ihnen auf.«

»Soll ich sie ein wenig anstoßen?«

»Ja, gib ihnen einen Schubs, das macht sie kooperativer.«

Jack sah, wie die beiden da vorne sich umdrehten und in seine Scheinwerfer sahen. Er sagte: »Das Nummernschild ist aus Louisiana«, während er hinter dem schwarzglänzenden Kofferraum des Chryslers anhielt, und er schrieb eben die Nummer auf, als Roy sagte: »Es ist ein Leihwagen« und ausstieg. Als Jack neben ihm gleichzog, war Roy gerade dabei, den Fahrer, also den Kreolen, nach seinem Führerschein zu fragen. Der andere beugte sich hinüber und sagte zu Roy: »Er muß Ihnen seinen Führerschein überhaupt nicht zeigen. Wir dürfen das hier, offiziell. Wer, verdammt noch mal, sind Sie, daß Sie das nicht wissen?« Er war es ja auch schon gewesen, der an der Exxon-Tankstelle allein das Wort geführt hatte. Der Typ mit der Sonnenbrille, die er jetzt allerdings nicht aufhatte.

Jack hörte Roy sagen: »Vielleicht will er seine Angelegenheiten gerne selber regeln, Sir, und mir seinen Führerschein gerne ganz von sich aus zeigen. Jedenfalls werde ich ihn mir ansehen, so oder so. Wäre das soweit klar?«

Der kreolisch aussehende Bursche zog seine Brieftasche heraus und sagte etwas zu dem anderen, was Jack nicht verstehen konnte. Und dann sagte Roy zu dem anderen Burschen: »Ihren Ausweis auch, Sir, wenn es Ihnen nichts ausmacht. Ich würde zudem zu gerne wissen, wieso ihr Ärsche euch denkt, hier herumsitzen zu können, wann und wie ihr wollt.« Der Bursche auf der Beifahrerseite fing wieder an, davon zu reden, daß das erlaubt sei, was sie hier täten, ziemlich wütend jetzt. Jack bekam nicht alles mit. Jetzt redeten die beiden spanisch miteinander, und Roy wartete. Schließlich zog der Bursche auf der Beifahrerseite eine Brieftasche aus seiner Jacke, und Jack sah über die Straße zu Lucys Haus hinüber.

Sie hatten sich ausgedacht, daß Amelita von Lucy weggefahren werden sollte, während sie hier die beiden Typen aufhielten. Er hatte Lucy den Plan am Telefon erklärt, nachdem er ihn mit Roy besprochen hatte. Lucy hatte gesagt, spätestens halb zehn müßten sie losfahren. Jetzt war es ungefähr zwanzig nach neun.

Roy reichte ihm beide Führerscheine und die Leihwagenpapiere über das Dach des Chryslers hinweg, während der eine, der immer das Wort führte, jetzt davon redete, daß er beim Chef des zuständigen Polizeireviers anrufen werde, und dann würde man ja sehen.

Jack ging wieder zur Fahrerseite seines Wagens zurück, stieg ein, ließ aber die Tür offenstehen, um genug Licht zum Schreiben zu haben. Er notierte den Namen Crispin Antonio Reyna. Das war der andere, nicht der Fahrer. Er war zweiunddreißig und wohnte in Key Biscayne in Florida.

Auch etwas, worüber man sich mal Gedanken machen sollte, oder? Warum schleppte der Oberst diese Typen von Florida mit sich bis hierher?

Die Unterlagen der Autoverleih-Firma waren auch auf seinen Namen ausgestellt. Scheinbar war Crispin Antonio also der Boß. Das paßte ja auch dazu, daß er immer das Wort führte. Der Kreole hieß mit ganzem Namen Franklin de Dios – was war denn das, beim Teufel, für ein Name? –, zweiundvierzig. Seine Wohnung hatte er in Süd-Miami.

Jack stieg aus und ging wieder zu dem Chrysler hinüber. Er sah, wie Roy sich nach ihm umschaute, dann vom Seitenfenster des Wagens zurücktrat und nach hinten zum Kofferraum kam.

»Sie sind beide aus Florida«, sagte Jack.

Das schien Roy nicht zu überraschen. Er sagte: »Sie versuchen mir zu erzählen, daß sie für die Einwanderungsbehörde arbeiten und von der Polizei die Genehmigung haben, herumzusitzen, wo immer sie wollen.«

»Und du glaubst ihnen das?«

»Das stimmt natürlich vorne und hinten nicht. Gehen wir mal von der Annahme aus, daß sie nichts als blanke Scheiße reden. Sag kein Wort, wenn sie dich etwas fragen, tu so, als wäre ich hier der Dienstältere. Okay?«

Roy ging wieder zurück zur Tür an der Fahrerseite, während Jack auf die Straße hinausging und zu Lucys Haus hinüberschaute. Es war das dritte von dem Punkt aus, wo er stand, und lag hinter dichtem

Buschwerk. Kein Licht war zu sehen. Er hörte, wie Roy zu dem Fahrer sagte: »Sie reden ja einen mächtigen Scheiß daher. Ich glaube, Sie steigen besser mal aus.«

Roy sprach in diesem leicht gedehnten Tonfall, den die Cops an sich haben, und Jack entdeckte gleichzeitig einen Wagen, dessen Scheinwerfer plötzlich aufleuchteten. Er kam aus einer Auffahrt zwischen den Büschen, wo Lucys Haus war, ein dunkler Mercedes. Jack beobachtete, wie er in die Straße einbog und in Richtung St. Charles Street davonfuhr. Die roten Rücklichter wurden in der Dunkelheit zu kleinen Punkten und waren fast verschwunden, als Crispin Antonio Reyna etwas auf spanisch zu schreien begann. Jack drehte sich um und sah, wie Franklin de Dios aus Süd-Miami sich über das Lenkrad beugte und nach dem Zündschlüssel griff.

Sie wollten ohne Zweifel weg, und nichts stand ihnen im Weg, um sie daran zu hindern. Da sah Jack, wie Roy den Arm durch das Fenster streckte, den drahtigen Haarschopf packte und Franklin de Dios' Kopf auf die Fensterkante drückte. »Du willst doch wohl nicht abhauen?« sagte er und griff noch einmal, jetzt mit der linken Hand, hinein, kam mit einer Pistole in ihr wieder heraus und sagte: »Oho, was haben wir denn da?«

Jack ging nun auf den anderen, Crispin Reyna, auf dem Beifahrersitz zu. Er hörte Roy zu Franklin de Dios sagen, er könne freiwillig aus dem Wagen kommen, sonst werde er durch das Fenster gezogen, und sah gleichzeitig, wie Crispin Reynas Hand zum Handschuhfach wanderte und auf den Knopf drückte, um sie zu öffnen. Jack griff deswegen ebenfalls hinein, packte Crispin beim Haar und stieß ihn mit Wucht in den Sitz zurück. Dann wechselte er die Hände und fuhr mit der linken gegen das Gesicht von Crispin, um ihn nach hinten gedrückt zu halten, während er mit der anderen ins Handschuhfach griff. Mit einer dunkelblau schimmernden Automatik in der Hand trat er einen Schritt vom Wagen zurück. Er hielt sie locker und sah sich die stumpf glänzende Waffe im Licht der Straßenlampe an. Sie fühlte sich gut an. Dann trat er wieder vor, als er merkte, daß Crispin Reyna ihn anblickte, drückte ihm den Lauf hinter das rechte Ohr und zwang ihn, wieder geradeaus zu schauen.

Roy hatte mittlerweile Franklin de Dios dazu gebracht, aus dem Auto zu steigen, und sagte ihm jetzt, er solle sich gegen den Wagen lehnen und die Beine spreizen: »Los, auseinander mit ihnen!« Der Mann tat, was ihm gesagt wurde, ausdruckslos, das glatte Gesicht mit den hervortretenden Backenknochen wie aus Stein gemeißelt.

»Sollen wir diese Ärsche mit ins Staatsgefängnis nehmen und dann diesen ganzen Papierkram machen, oder was tun wir?«

Jack sagte: »Ich hasse Papierkram.«

Roy sagte: »Mich macht er auch verrückt. Was meinst du? Der Fluß ist gleich da vorne.«

Jack sah die ruhigen Augen von Franklin de Dios auf sich gerichtet. Er hatte den Ellbogen auf das Wagendach gestützt und seinen Kopf in die Hand gelegt. »Der gewaltige Mississippi, das ist eine Idee. Die Strömung wird sie hinunter bis nach Pilot Town tragen. Wenn sie schwimmen können.«

»Meinst du nicht, wir sollten ein paar Gewichte an sie hängen?«

»Ich dachte, wir sollten ihnen vielleicht eine Chance geben.«

Jetzt meldete sich Crispin Reyna zu Wort, sagte, sie seien zwei verdammt dämliche Cops und täten besser daran, jetzt gleich ihren nächsten Vorgesetzten anzurufen. »Ich sage euch, wir haben die offizielle Erlaubnis, hier zu stehen.«

»Andererseits wäre es zu bedenken«, sagte Jack, »ob man sie nicht in den Outlet Canal wirft. Dann wären sie vor Morgengrauen schon im Golf.« Er sah Roy, der Franklin de Dios überragte, nicken.

»Es sei denn, du ziehst es vor, sie auf den Friedhof für unbekannte Tote zu bringen.«

»Wo liegt denn der?«

»Im Sumpfgebiet, gehört zur Pfarrei Johannes der Täufer. Man sagt, wenn all die Leichen, die man dort versenkt hat, wieder auferstehen würden, Mann, das würde ein ganzes Stadion füllen.«

»Eine schwierige Entscheidung«, sagte Jack, »nicht wahr?«

Was sie aber auf keinen Fall tun konnten, war, sie jetzt einfach so laufen zu lassen. Lucy brauchte ungefähr eine Stunde Vorsprung, ohne sich Gedanken machen und immer nach rückwärts über die Schulter schauen zu müssen. Also steckten sie Franklin de Dios und Crispin Reyna kurzerhand in den Kofferraum ihres Chryslers. Crispin protestierte zweisprachig, aber schließlich lagen sie wie zwei Schwule aus dem Angola in Löffelstellung auf dem Boden des Kofferraums, und Roy sagte ihnen, sie sollten sich nicht grämen, er würde sie nach einer Weile schon wieder herauslassen.

Sie sahen sich eine Zeitlang die Waffen an, beides 9-Millimeter Berettas. Richtig schön, sagte Roy, im Vergleich zu den sechsschüssigen Smith-Schießeisen, die sie als Cops damals zu tragen hatten. Sie stopften die beiden Pistolen unter den Vordersitz in Jacks Wagen, und dann mußten sie sich darüber klarwerden, wo sie am besten den Chrysler abstellen sollten, mit dem Schlüssel im Zündschloß. Jack schlug den City Park im Westend vor. Roy meinte, weiter draußen, an der Chalmette Street, gäbe es eine Menge passender Stellen. Jack sagte, ganz recht, und niemand wird sie dort jemals finden. Roy sagte, also gut, und wohin gehen wir danach? Jack sagte, nun seien sie einmal dran, da könnten sie auch gleich am St. Louis Hotel anhalten, nachsehen, in welchem Zimmer der Spendensammler wohnt und wie die Lage dort ist. Roy sagte, gut, machen wir, und diese beiden Affen hier setzen wir unterwegs einfach an den Straßenrand.

So machten sie es. Roy fuhr den Chrysler, Jack folgte ihm, und sie ließen ihn auf der Tchoupitoulas auf Höhe der Calliope Street stehen, wo sie für die Weltausstellung Parkstreifen angelegt hatten. Als Roy in den Scirocco umstieg, grinste Jack ihn an und meinte: »Zu schade, daß wir nicht dableiben und zusehen können, was passiert. Bis irgendwer vorbeikommt und mit dem Chrysler abhaut. Losfährt und sich wundert, was da für ein verdammter Krach aus dem Kofferraum kommt. Als wenn jemand gegen den Deckel schlüge und heraus wollte. Oder er hört jemanden ganz aus der Ferne rufen: ›Hilfe, Señor, Hilfe.‹«

Roy sagte: »Delaney, du bist mir schon ein ganz besonderer Scheißer, weißt du?«

Jack sagte nichts mehr. Er fühlte sich prima, so wie die Dinge liefen.

10

Sie stellten ihren Wagen an einem Taxistand an der Bienville ab. Roy, der seine Cop-Vergangenheit nie ganz abschütteln konnte, sagte, das gehe schon in Ordnung; er kenne die Taxifahrer, und wenn es ihnen nicht gefalle, dann könnten sie ihn mal. Das St. Louis Hotel lag gerade gegenüber auf der anderen Straßenseite.

Jack setzte sich an einen Tisch in dem großen Innenhof und bestellte, als der Kellner endlich erschien, einen Wodka und einen Scotch. Außerdem fragte er ihn, ob das heute wohl ein langsamer Abend sei. Der Kellner sagte, so scheine es. Wo waren sie denn alle? Der Kellner sagte, es müsse wohl draußen etwas Besonderes los sein.

»Wo? Draußen, auf der Bourbon Street, wo sie ziellos in Haufen herumwanderten, einander anrempelten und wahrscheinlich dachten, so läufts? Auf der Hauptstraße der Nackt-Shows und sonstiger schäbiger Vergnügungen? Die armen Jungs da vor der Preservation Hall und den anderen Kneipen, wo sie diese abgestandenen Dixielands von der Sorte »When the Saints« immer wieder und wieder für die Touristen in den Eingängen herunternudelten. Es gab natürlich auch gute Musik hier, zum Beispiel, wenn Al Hirt in der Stadt war oder wenn man auf eine Band wie die von Bill Huntington an seinem Kontrabaß oder irgendwo auf Ellis Marsalis stieß. Sein Junge, Wynton, hatte die Stadt mit dem Horn unterm Arm verlassen und spielte nun überall in der Welt.

Doch wie auch immer, es gab noch genug zu sehen und überall einen Ort, an dem man essen konnte. Vielleicht lag es daran, daß er hier lebte, jedenfalls konnte er nicht verstehen, wie einer sich freiwillig in der Bourbon Street herumdrängeln konnte. Wenn er von irgendwoher in die Stadt kam, dann setzte er sich hierher, sah zu, wie sich die Lichter im Springbrunnen spiegelten, schlürfte an seinem Drink und entspannte sich im abendlichen Schatten der Magnolien und Kamelien, vom blaßorangefarbenen Licht umgeben, das den ganzen Innenhof erfüllte.

Wenn er draußen gewesen war und wieder in die Stadt zurückkam, dann saß er da, schaute hinauf zu den Galerien mit ihren weißen Geländern und den dunklen Fensterläden vor den Gästezimmern, unterbrochen von den Gängen, die offen in den Galerien mündeten. Dann saß er da, und es ging ihm durch den Kopf, daß man nicht unbedingt beobachtet werden würde, wenn man oben in eines der Zimmer eindrang; aber ein eigentümliches Gefühl mußte es schon sein, sich dort oben zu exponieren.

Der Spendensammler hatte ein Zimmer im obersten Stock, Nummer 501. Es war eine Suite mit einem Alkoven, gleich rechts vom Fahrstuhl. Nach Auskunft des Rezeptionisten war er außer Haus.

Roy sah sich um, ob er jemanden vom Personal kannte. Sollte das nicht der Fall sein, dann war dies aber das einzige Hotel im Viertel, auf das das zutraf. Roy sagte immer, es sei nur von Vorteil, wenn man eine

Menge Freunde habe. Vor allem, wenn sie bei einem in der Schuld standen. Er hatte zum Beispiel eine Freundin, die an der Bienville Street wohnte, gleich hinter Arnaud's, ein Callgirl namens Nola, von der sagte er, bei ihr gäbe es ein besseres Essen als in jedem Restaurant. Er sagte, sie sei ein niedliches Ding gewesen und so süß, wie man sich nur denken konnte, bis sie dann mit sich nicht mehr klarkam. Das war das Dumme mit den Mädchen. Einerseits waren sie die besten Zuträgerinnen, hervorragende Informationsquellen, vor allem als Huren. Andererseits bekamen sie dann plötzlich Gefühle und wußten nicht mehr, wann sie die Klappe zu halten hatten.

»Und jetzt, wo ich das weiß«, hatte Roy gesagt, »was fange ich mit diesem verdammten Wissen hier nun an?« Er hatte Jack die ganze Geschichte erzählt, nachdem sie einander im Angola kennengelernt hatten und Freunde geworden waren.

»Das war schon ein süßes Kind, von dem ich dir erzähle. Sah überhaupt nicht aus wie eine Hure. Sie wirkte richtig sittsam, hatte diese ganz kleine Stimme. ›O Roy, wenn ich dich nicht zum Freund hätte, dann wäre ich vierundzwanzig Stunden am Tag nur auf der Straße.‹«

»Das war alles, was ihr gewesen seid? Freunde?«

»Na hör mal, Freunde können ja auch miteinander ins Bett gehen, oder? Zwei Menschen, die zu Hause nicht das richtige Verständnis finden. Meine Alte, Rosemary, keifte immer nur herum, daß ich nie zu Hause sei. Wenn du sie sähest, wüßtest du, warum. Und Nola war mit so einem Arsch von Buchmacher verheiratet. Wahrscheinlich kennst du ihn, Dickie Duschene. Manchmal nennen sie ihn auch Dudu. Hatte sein Büro unterm Dach an der Dauphine. Er nahm seine Wetten an, und sie ging auf den Strich. Führten also nicht gerade das, was man ein häusliches Leben nennt. Es ging dann so, daß ich mal neben ihr anhielt, und Nola erzählte mir ihre Nöte oder jedenfalls etwas, von dem sie glaubte, es könnte mich interessieren. Du weißt ja, irgend so ein Quatsch, den sie auf der Straße aufgeschnappt hatte, und von Dickie. Heraus kam bei der Sache, daß ich mich von jetzt ab um sie kümmerte und dafür ihm nicht ins Handwerk pfuschte, sie also beide ihren jeweiligen Geschäften nachgehen ließ. Eines Tages komme ich vorbei, und sie zappelt nervös herum, als wäre sie mächtig unter Druck oder jemand wäre gestorben. Ich frage sie: ›Was ist passiert, mein Schatz?‹ Nola zieht einen Müllbeutel aus dem Klosett, und da drin hat sie dreißigtausend, alles in Fünfzigern und Hunderten. Ich sage zu ihr: ›Na, hast du deinen niedlichen kleinen Anteil ein bißchen auf die Seite geschafft?‹ Da sagt sie, daß Dickie es ihr gegeben hat, aber sie habe Angst, es in ihrer Wohnung aufzubewahren. Da braucht ja nur einmal ein Freier zu kommen und ein wenig in ihren Sachen zu wühlen, sagt sie. Und es gäbe Verrückte, die sie ohne weiteres für so etwas aufschlitzen würden, ob ich es also für sie aufbewahren könnte? Sie sagt, das Geld stammt von Dickies Buchmacherei und aus der Kneipe, wo sie Karten gespielt haben. Offenbar war sein Laden in der Dauphine Street hochgegangen. Ich sage, in Ordnung, aber irgendwie stinkt die Sache. Er läßt sie dreißig Riesen in einem Zimmer aufbewahren, wo die Kerle ein und aus gehen und die du gar nicht kennst? Ich sage also: ›He, Nola, das ist doch ein Beschiß, den du da mit mir treibst.‹ Sie sagt, nein, es ist von ihm, ehrlich. Aber dann rückt sie doch mit ein wenig mehr heraus. Sie hätte herausbekommen, daß Dickie auf ihre Kosten mit dieser Krankenschwester vom Charity-Hospital durch die Gegend zog, und da hätte sie einen Wutanfall gekriegt. Hätte angefangen, bei ihm alles mögliche zu zerdeppern, und da hätte er ihr die dreißig Riesen gegeben, um sie zu beruhigen. Nur hatte das genau den gegenteiligen Effekt, machte sie nämlich nervös.«

»Wenn er ihr dreißigtausend gegeben hat, dann muß der Kerl doch eine ganze Menge mehr gehabt haben.«

»Das stimmt. Und so eine Menge hat er natürlich nicht beim Buchmachen verdient. Aber ich nehme das Geld jedenfalls mit nach Hause und verstecke es an einem guten Platz. Denn jetzt kommt mir diese überwältigende Idee. Warum nicht das Geld in meinen ständigen Kampf gegen das Verbrechen stecken, wenn sich die Gelegenheit ergibt? So, wie man ja auch schon mal ein konfisziertes Auto für Überwachungsaufgaben benutzt. Ein bißchen von den Moneten abzweigen und damit diesen und jenen Informanten bezahlen. Diesen Arschlöchern ein Bein stellen, indem sie mir übereinander etwas erzählen.«

»Lügen die dich denn nicht an?«

»Natürlich tun sie das, das liegt in ihrer Natur. Du schnappst dir einen Dieb, stellst ihn mit dem Gesicht zur Wand. Der Bursche will nicht schon wieder, zum drittenmal, in den Knast und erzählt dir, wo sein Kumpel hin ist mit einem Haufen Geld in der Tasche. Aber dort ist er natürlich nicht. Also sagst du zu dem Burschen: ›Wenn ich das nächste Mal hingehe und ihn nicht antreffe, du Arsch, dann wird es für dich dreimal so teuer, und du wanderst gleich ins Angola.‹ Und jetzt spricht es sich draußen auf der Straße herum, daß ich bar bezahle, ach, du Scheiße, und stehen Schlange, als säße ich im Beichtstuhl. Glaub mir, ich kriege mitten in der Nacht Anrufe, und Rosemary nimmt sie alle an, obwohl sie ihren Schlaf braucht und entsprechend sauer ist. Und wenn dann noch irgendeine Braut am Telefon war, dann sah mich Rosemary eine Woche lang nicht einmal mehr an. Das meiste, was mir so zugetragen wurde, war ohnehin Quatsch, aber nicht alles.«

»Hast du Kinder, Roy?«

»Meine Kinder sind inzwischen erwachsen und aus dem Haus, zwei prima Mädchen, aber sie besuchen mich ab und zu.« Er meinte, im Angola.

»Erzähl weiter.«

»Wir waren bei Raub und Diebstahl, nicht? Also, da gab es einen Fall, an dem ich war, ein Überfall auf Wells Fargo in Jackson, Mississippi, und von dem dabei erbeuteten Geld tauchte einiges in New Orleans auf. Die Typen vom FBI haben schon ein Auge auf vier Figuren, zu denen sie eine Spur geführt hat. Aber die FBI-Typen haben null Erfahrung, was Polizeiarbeit vor Ort angeht. Sie benutzen ihre Computer, aber ein Computer ist einen Scheißdreck wert, wenn du draußen auf der Straße bist und Informationen brauchst. Du mußt mit diesen Ärschen runter in die Gosse gehen und mit ihnen reden, einzeln, von Mann zu Mann. Einer von meinen Spitzeninformanten erzählt mir also, daß im Charity einer liegt, der eine Schußwunde hat, angeblich ein Jagdunfall. Die FBI-Typen fragen ihn, ob er zufällig mit Schrot vom Kaliber 38 auf die Jagd geht, den er einzeln aus seinem Smith & Wesson-Dienstrevolver abschießt. Sie wissen nämlich, daß es einen bei dem Wells-Fargo-Überfall bei der Flucht erwischt hat. Dieser Bursche da im Krankenhaus hat einen glatten Durchschuß, aber das weiß er nicht. Jedenfalls haben sie nichts in der Hand, keine Revolverkugel und natürlich auch kein Schrotkorn. Sie versuchen nur, ihn aufs Kreuz zu legen. Als ich am anderen Morgen zum erstenmal das Krankenhaus betrete, um mir den Burschen anzusehen, bin ich schon zu spät dran. In der Nacht war nämlich irgendein Kerl in sein Zimmer marschiert, hatte ihm ein Kopfkissen aufs Gesicht gedrückt und fünfmal durch das Kissen abgefeuert. Läßt die Kanone liegen und marschiert wieder raus. Der Typ im Bett nebenan hat die ganze Geschichte beobachtet. Seitdem müssen sie, erzählt mir die Krankenschwester, jedesmal seine

Betttücher wechseln, wenn einer zu ihm hereinkommt, den er nicht kennt. Ich denke, hallo, das ist aber eine coole Braut. Ich fange an, mir über sie Gedanken zu machen, und ein paar Tage später treffe ich mich mit ihr auf einen Drink, da drüben an der Gravier, nachdem sie ihr Häubchen abgesetzt hat. Und jetzt wende ich an, was wir bei der Polizei die wissenschaftlich fundierte SIB-Methode nennen, also den Schuß ins Blaue. Wir hocken uns hin, bestellen Manhattans, die Drinks werden serviert, und ich sage: ›Sagen Sie mal, wie geht's eigentlich Ihrem Freund Dickie Duschene?‹ Sie erstickt fast an ihrer Kirsche, die sie gerade im Mund hat, und kann es verdammt einfach nicht glauben. Die coole Krankenschwester ist gar nicht mehr cool. Wir einigen uns auf ein Geschäft, und als sie ihren vierten Manhattan intus hat, hat sie mich darüber in Kenntnis gesetzt, daß der Kerl, den sie da im Krankenhaus umgelegt haben, das hat kommen sehen. Weil er sich aber inzwischen in die Krankenschwester verliebt hatte, hatte er ihr erzählt, wo er seine hundertfünfzig Riesen versteckt hatte, nämlich in einem Schließfach am Flughafen. Weil sie nun nicht wußte, was sie damit anfangen sollte, gab sie es ihrem Freund, dem Dickie, der es für sie aufbewahren sollte. Du merkst, was jetzt kommt? Bei Gott, so war es. Dickie gab Nola dreißig Riesen, um seinen Familienfrieden zu retten, und sie gibt es mir weiter. Womit ich also genau das Geld aus dem Überfall in der Hand habe, den ich eigentlich aufklären will.«

»Das ist schon eine tolle Geschichte.«

»Aber sie ist noch gar nicht fertig. Mir wird klar, wo ich stecke, nämlich mitten in der Scheiße, und aus der muß ich ganz schnell wieder raus. Aber diese coole Krankenschwester, die nun gar nicht mehr cool ist, rennt natürlich gleich zu den FBI-Typen, obwohl die ja schon mit ihr geredet hatten. Die Folge: Ich sitze noch tiefer in der Scheiße. Jetzt fängt nämlich auch noch Dickie an zu reden. Und Nola kreischt, sie hätte doch nichts getan, außer das Geld der Polizei abzuliefern, also *mir.* Die FBI-Typen und die Cops kommen zu mir und fragen, wo ist das Geld? Gebe ich irgend etwas zu, bin ich geliefert. Niemand wird mir abkaufen, daß ich mich dieses Geldes bedient habe, um meine Informanten zu bezahlen. Diese Bürokratenärsche wissen ja nicht, was so ein Zuträger wert ist. Und nachdem sie mir ohnehin an den Kragen wollten, weil ich nie damit herausgerückt bin, was ich gerade machte und wie weit ich war, was sie sich als Vorgesetzte natürlich nicht gefallen lassen dürfen, sagte ich nur: ›Was für Geld?‹«

»Hast dich dumm gestellt.«

»Klar. Aber weißt du, was sie taten? Sie nahmen Rosemary beiseite und fragten sie aus. Nachdem ich ihr kein Sterbenswort von dem Geld gesagt habe, denke ich mir, da wird nichts draus. Aber dann, Himmel noch mal, erzählen sie ihr etwas von meiner Beziehung zu Nola, diese dreckigen Hunde, und daß es Nola war, die mir das Geld gegeben hat. Rosemary sagt: ›Ach, wirklich?‹ Sie erzählen ihr, daß es dreißig Riesen waren. Es hätten auch nur dreißig Cents sein können, das hätte keinen Unterschied gemacht. Jedenfalls macht Rosemary ihr Nähkästchen auf und holt eine Handvoll Banderolen heraus, die *ich* von den Bündeln mit dem Zaster jedesmal heruntergerissen hatte, wenn ich einen meiner Spitzel bezahlen mußte, und die Banderolen hatte ich dann einfach in den nächsten Papierkorb geworfen. Und jedesmal, wenn ich das getan hatte, war Rosemary hingegangen und hatte sie wieder rausgeholt. Dann hatte sie abgewartet, um sie mir im passenden Moment unter die Nase zu halten. Die Sache mit Nola war dann der passende Moment. Die Banderolen führen sie zu dem Wells-Fargo-Raub zurück, ich werde wegen Beihilfe angeklagt, wegen Besitzes von gestohlenem Geld und diesem ganzen Scheiß, werde verurteilt und kriege zehn bis fünfundzwanzig Jahre. Als das Urteil verkündet wird, hat Rosemary Tränen in den Augen. Eine Reporterin von den TV-Nachrichten fragt sie, wie sie sich fühlt. Rosemary wischt sich die Augen und sagt: ›In dreizehn Jahren hat dieser Hurensohn kaum ein Wort mit mir geredet. Mal sehen, wie ihm das gefällt, wenn jetzt niemand mehr mit *ihm* spricht.‹ Sie meinte, hier drinnen, im Angola.« Roy sah Jack an. »So geht's mit einem Cop, wenn er versucht, ins Milieu hineinzukommen.«

Roy tauchte hinter dem beleuchteten Springbrunnen auf. Er setzte sich gegenüber von Jack an den Tisch, nahm einen Schluck von seinem Scotch, dann beugte er sich vor und legte die Arme auf die Tischplatte.

»Hast du einen Notschlüssel für den Laden hier?«

Jack schüttelte den Kopf in seinem bequemen Patio-Sessel. »Das war hier noch gar kein Hotel, als ich noch in der Branche arbeitete. Ich weiß gar nicht mehr, was es war. Ich glaube, sie haben es einfach umgebaut. Ist ganz nett, nicht? Gemütlich.«

»Wenn du keinen Schlüssel hast, wie willst du dann in das Zimmer von dem Mann kommen?«

»Vielleicht brauchen wir das gar nicht.«

»Wozu brauchen wir dann einen Einbruchsspezialisten?« sagte Roy. »Welche Rolle spielst du in diesem Spiel?«

»Fürchtest du, daß du alle Arbeit allein tun mußt?«

»Bis jetzt habe ich das ja getan.«

Meinte er das ernst? Jack war sich nicht sicher. Er holte eine Zigarette heraus und riß ein Hotelstreichholz an, mit dem er sie anzündete. Roys Tonfall veränderte sich nie, wenn er nicht gegen den Verkehr oder gegen verschlossene Toilettentüren anschimpfte, und deswegen war es schwer, es herauszukriegen. Meinte er es im Augenblick nun ernst oder nicht?

»Ich hänge mich an die Fersen von diesem Kerl«, sagte Jack, »um alles über ihn zu erfahren. Wo er sein Geld auf der Bank hat, wo er zu Abend ißt... Und wenn ich in sein Zimmer muß, dann finde ich auch einen Weg, mach dir da mal keine Sorgen. In Ordnung?«

Roy sagte: »Ich mache mir keine Sorgen. Ich habe schon den Weg für dich gefunden.« Er nippte an seinem Drink und wandte dabei seinen Blick nicht von Jack. Dann fing er an zu grinsen und sagte: »Na, nicht ein bißchen gespannt?«

Jetzt wußte Jack, daß Roy es vorhin tatsächlich ernst gemeint hatte, und nun drehte er den Spieß einfach um. Roy war das, was man einen Freund nannte, aber man mußte ihn mit Samthandschuhen anfassen, ganz vorsichtig.

Jack sagte: »Du hast jemanden gefunden, der hier arbeitet und den du kennst«, und dabei sah er, wie Roys Grinsen ein wenig breiter wurde.

»Rat mal, wen.«

»Mann oder Frau?«

»Mann.«

»Schwarz oder weiß?«

»Dunkelbraun. Ich geb dir einen Tip – ein großer, dicker Neger.«

»Kenne ich ihn?«

»Es gab mal eine Zeit, da hätte er dich vielleicht getötet, wenn ich nicht gewesen wäre.«

Roy wußte von seinem Einfluß und ließ es wissen. Jack sagte: »Es überrascht mich bis heute, daß ich dort überhaupt einen Fuß an die Erde bekommen habe, ehe ich dich kennenlernte, Roy, da oben im Knast. Laß mich nachdenken... Das war, als ich vor dem Fernseher saß und diese Schweine hereinkamen und auf einen anderen Kanal schalteten.« Er sah, wie Roy nickte. Es war eine seiner ersten Nächte im Big Stripe gewesen. In den Zellen gingen die Lichter um zehn Uhr dreißig aus, aber der Fernseher im Gemeinschaftsraum mit den Klappstühlen blieb bis zwölf an.

Es war am selben Tag gewesen, kurz vor sechs, wenn der Gefängnishof wieder verlassen werden muß. Da war dieser schwarze Kumpel auf ihn zugegangen, hatte einen Kußmund gemacht und geschmatzt: »He, Hurensöhnchen, ich glaube, du bist genau mein Typ.« Dann machte er dieses Kußgeräusch noch einmal, und Jack schlug ihm mit der Faust auf den gespitzten Mund. Der Schlag kam aus der halben Drehung, und er legte sein ganzes Körpergewicht dahinter. Es war ein Überraschungsangriff gewesen, und er hatte den Kerl genauso erwischt, wie er das früher gemacht hatte, als er fünfzehn, sechzehn gewesen war, unten am Fluß, nur im Spaß, nicht wie diesmal, wo es darum ging, nicht zu diesem Kerl in die Koje kriechen zu müssen, wenn das Licht ausging. Er hatte es schon gehört, wie zwei Kerle es auf diese Weise miteinander im Dunkeln trieben, Himmel, und er konnte es nicht glauben. Kaum hatte er den Kerl niedergeschlagen, und sie fingen an, einen Kreis um sie zu bilden, da war Roy angerückt und hatte gesagt: »Willst du dich mit allen schlagen, die dich mit deinem Hintern im Bett haben wollen?« Jack, noch ganz unter der Wirkung des Adrenalinstoßes: »Möchtest du das herausbekommen?« Roy hatte gesagt: »Mich brauchst du noch, Delaney.« Er wußte damals schon seinen Namen. »Sie sind einundsiebzig und wir nur achtzehn.« Er meinte Schwarze und Weiße in unserem Zellenblock. »Wenn du keinen Wert darauf legst, von einem nach dem anderen hergenommen zu werden, dann sag ihnen, du bist Roy Hicks' Junge. Du verstehst mich? Du gehörst zu mir, schon von früher her. Das bewahrt dich davor, daß sie dir einzeln die Finger brechen oder den Hals.«

Jetzt, am Tisch im Innenhof des Hotels, sagte Roy nur: »Du hast dir damals eben ›Das feine Leben der Reichen und Berühmten‹ angesehen, und die drei Flegel kamen herein und schalteten auf ›Bugs Bunny‹ oder einen ähnlichen Mist um.«

Jack sagte: »Nein, ›Das feine Leben der Reichen und Berühmten‹, das Traumprogramm aller Räuber und Diebe, gab es damals noch gar nicht als Serie. Ich habe mir einen Film angesehen, und ich sage dir auch, welchen. Es war *The Big Bounce*, ein abscheulicher Film, aber

Lee Grant spielte mit, und ich war damals gerade in sie verknallt. Die Frau hat eine wundervolle Nase. Und diese Flegel, die hereinkamen und umschalteten, die wollten ›Love Boat‹ sehen, das ich nun gar nicht ausstehen konnte. Also stand ich auf und habe wieder zurückgeschaltet.«

»Und in dem Augenblick kam ich herein«, sagte Roy. »Wer war es dann, der wieder auf ›Love Boat‹ umgeschaltet hat?«

»Der größte schwarze Kerl, der mir je begegnet ist. Goliath muß ein Zwerg dagegen gewesen sein. Und du meinst, mein kleiner Liebling arbeitet jetzt hier in diesem Hotel?«

»Als Kellner«, sagte Roy. »Ich habe ihn eben erst gesehen, wie er ein Tablett in den Küchenaufzug schob. Little One, so hieß er, der war es, der an diesem Abend den Fernseher umgeschaltet hat, und du wußtest nicht, was du nun tun solltest.«

»Wovon redest du? Ich hätte gleich wieder umgeschaltet, sobald Little One gesessen hätte. Aber da kommst du rein, guckst mich an. Sagst: ›Was schaust du dir denn da für einen Scheiß an?‹ Dabei *habe* ich mir das gar nicht angesehen, ich habe ja den Film angesehen.«

»Er hätte dich umgebracht.«

»Er hätte es vielleicht versucht.«

»Ich sagte zu ihm: ›Little One, setz dich.‹ Erinnerst du dich? Ich sagte zu ihm: ›Da bleibst du, sonst laß ich dich nicht in den Dale Carnegie Club.‹ Scheiß drauf, ich war Mitglied im Vorstand des Clubs, und Little One wußte das natürlich. Und er wollte um alles in der Welt in diesen Club aufgenommen werden, weil er, du weißt ja, so gerne mit einem schwätzte. Aber sie ließen ihn nicht rein, weil er so ein gemeines Arschloch war.«

»Ich erinnere mich, daß du mich für den Club gewinnen wolltest.«

»Du hättest hineingehen sollen. Der Dale Carnegie hat Little One's ganzes Leben verändert. Sie haben ihn dann sogar in den Angola Jaycees gelassen.«

»Hast du ihm gegenüber unseren Spendensammler erwähnt?«

»Klar hab ich das. Er kennt ihn. Sagt, der Mann schmeißt mit Geld um sich, daß man es nicht für möglich hält, gibt aber nicht das kleinste Trinkgeld.«

»Wann soll er denn zurückkommen?«

»Der Typ an der Rezeption hat wohl nur Scheiße im Kopf. Bertie ist nämlich gar nicht ausgegangen. Er sitzt drinnen in der Cocktail-

Lounge.« Roy nickte in die Richtung. »Die Tür da an der Ecke. Dann kommen der Speiseraum und die Bar.«

Jack bewegte sich nicht. »Hat Little One gesagt, daß er da drinnen ist?«

»Jedenfalls, als er ihn zuletzt sah.«

»Wolltest du mir das eigentlich erzählen, oder hattest du vor, es für dich zu behalten?«

»Ich habe es dir doch eben gesagt, oder?« Roy lehnte sich in seinem Sessel zurück. »Wenn nicht ein wenig Spaß dabei ist, Jack, dann lohnt sich das Ganze doch nicht. Ich dachte, wir wären da einer Meinung.«

Jetzt fühlte Jack sich aus dem Gleichgewicht gebracht. Ihm war unbehaglich zumute, aber er glaubte, man würde es nicht sehen. Er zog an seiner Zigarette, blies eine dünne Wolke Rauch aus und sagte: »Habe ich vergessen. Soll alles locker aussehen.«

»So wie wir mit den beiden Burschen in ihrem Wagen umgesprungen sind. Weiter nichts.«

»Er sitzt in der Bar, nicht?«

»Ich glaube, du solltest deinen Kopf da besser nicht hineinstecken und dich sehen lassen«, sagte Roy. »Das wäre dann vielleicht weniger spaßig, oder? Wir können uns ja noch etwas zu trinken bestellen und warten, bis er herauskommt. In diesem schummrigen Licht wird er dich auf keinen Fall erkennen. Trotzdem solltest du deinen Sessel noch ein wenig weiter nach hinten schieben, etwas mehr hinter den Baum da.«

Jack sagte: »Gute Idee.«

Roy grinste ihn an. »Ich dachte mir, daß es dir so gefällt.«

Vor ihnen standen die frischen Drinks. Jack sah, wie Roy aufschaute und so etwas wie Erwartung in seine Augen kam. Jack beugte sich so weit, wie es ging, mit dem Kopf nach hinten, als die schwarze Hose und die weiße Jacke neben ihm am Tisch auftauchten, und dann sagte er: »Na, Little One, bist du's wirklich?«

Little One sagte: »Mr. Jack Delaney, es ist mir ein Vergnügen, Sie hier zu sehen, aber das Händeschütteln übergehen wir lieber. Der Mann kommt jeden Augenblick heraus, und ich kenne euch Gentlemen besser nicht, wenn die Typen hier hereinkommen.« Er ging fort in Richtung Lobby.

Roy sagte: »Das muß er jetzt sein.«

Jack sah über die Schulter und war überrascht, zwei Typen zu sehen, die auftraten wie Mutt und Jeff: der Oberst wieder in seinem braunen Anzug mit schwarzer Krawatte und wieder mit diesem selbstbewußtlässigen Schritt. Er sprach mit lockeren Gesten, vor allem mit den Händen.

Jack sagte: »Der Kleinere ist es.«

Roy sagte: »Das dachte ich mir. Aber wer ist der Gringo?«

Also, der Kerl war um die fünfzig, trug einen dunklen Anzug, Frackhemd, Brille mit dunklem Gestell, dünnes sandfarbenes Haar. Little One hielt ihnen die Tür auf, warf einen Blick zurück und folgte ihnen in die Lobby.

Einen Augenblick herrschte Schweigen an ihrem Tisch, bis Jack schließlich sagte: »Vielleicht ist er einer von den Spendern, ein Öl-Mensch.«

Roy sagte: »Hm, das ist ein Gesetzeshüter. Ich weiß nicht, wohin er gehört, aber du kannst Gift darauf nehmen, daß er mit dem FBI zu tun hat.«

11

Am Dienstag mußte Jack einen Leichnam im Hotel Dieu abholen, eine fünfundachtzigjährige Frau, die ihre letzten Monate dort im Krankenhaus zugebracht hatte. Sie war leicht wie eine Feder, als er sie auf die Tragbahre hob. Wieder bei Mullen & Söhne angekommen, schob er die Bahre zum Fahrstuhl, drückte auf den Knopf und sah durch die Klappe im Dach der Kabine, wie der Fahrstuhl in den zweiten Stock hochfuhr. Jack rollte die Bahre wieder hinaus und in den Präparierraum, wo Leo soeben die Einbalsamierungsmaschine mit dem Permaglo nachfüllte.

»Irgendwer namens Tommy Cullen hat angerufen. Ich habe ihm gesagt, du wärst unterwegs.«

Jack sagte: »Ich möchte nachher gern mal mit dir reden. Ich möchte nämlich eine Zeitlang weg.«

»Wie lange? Ein paar Tage, eine Woche?«

»Ich denke daran, ganz von hier wegzugehen.«

Leo hob die Leiche auf den Präpariertisch. Er sah aus seiner vorgebeugten Stellung hoch, hatte die alte Dame dabei noch auf den Armen. »Was redest du da? Du willst kündigen?«

»Leo, es gibt jede Menge junge Burschen, die ganz scharf darauf sind, als Leichenbestatter zu arbeiten. Du kriegst ganz leicht Ersatz.«

»Und das, nachdem ich dich aus dem Gefängnis geholt habe?«

»Du hast mir geholfen, und ich wußte das sehr zu schätzen. Aber genaugenommen warst du es nicht, der mich herausgeholt hat. Ich bin jetzt drei Jahre bei dir, und du weißt, daß ich nie vorhatte, ewig zu bleiben.«

»Was hast du vor?«

»Ich sehe mich mal um.«

Er hörte ein Telefon klingeln. Es war das in seinem Zimmer, nicht das Geschäftstelefon.

Leo sagte: »Du reitest dich doch wieder in irgendwas hinein, oder?«

Jack brauchte darauf nicht mehr zu antworten. Er eilte in sein Apartment, setzte sich auf ein Sofa, das dreißig Jahre als Sitzmöbel in einem der Besuchszimmer gedient hatte, ehe es hier abgestellt worden war, und nahm den Hörer ab.

Er hörte Cullens Stimme: »Jack, sie haben vor, mich hier rauszuwerfen, sie sagen, ich müsse gehen. Sobald sie Kontakt mit Tommy Junior aufgenommen haben, der herkommen und mich holen soll. Sie haben Mary Jo angerufen, und sie hat ihnen gesagt, sie sollen sich ans Gefängnis wenden, jedenfalls wollen sie mich nicht mehr in ihrem Haus haben.«

»Was hast du jetzt vor?«

»Ich habe nicht die leiseste Ahnung. Ich weiß gar nicht, was hier eigentlich vorgeht.«

»Was haben sie gesagt?«

»So ein Typ, einer vom Pflegepersonal, kommt heute morgen zu mir herein und sagt mir, ich soll packen, ich verlasse sie. Ich habe gesagt: ›Was reden Sie da, daß ich Sie verlasse?‹ Er sagt, Miss Hollenbeck hätte ihn geschickt, es mir zu sagen. Das ist dieses Mädchen, das unseren Laden hier führt. Ich gehe in ihr Büro, will wissen, was los ist. Sie springt auf, sagt: ›Hier können Sie nicht rein. Bleiben Sie, wo Sie sind.‹ Und zu ihrer Sekretärin sagt sie: ›Evelyn, rufen Sie Cedric.‹ Das ist der Bursche, der mir erzählt hatte, ich solle packen. Einer von den Farbigen, die hier die Dreckarbeit machen. Ich sage: ›Was hat das zu bedeuten? Haben Sie den monatlichen Scheck für Unterkunft und Pflege nicht bekommen?‹ Miss Hollenbeck sieht mich an, als fürchte sie, daß ich mich auf sie stürze, und sagt, ich solle stehenbleiben und mich ja nicht bewegen.«

Jack sagte: »Hat das irgend etwas mit Anna Marie zu tun?«

»Also, irgendwie schon, ja. Aber sieh mal, in diesem Augenblick sagt sie nur, daß Tommy Junior einen Vertrag mit ihnen unterschrieben hat, nachdem ich das Haus verlassen muß, wenn ich mich irgendwie ungehörig benehme, und sie seien jetzt gerade dabei, Tommy Junior ausfindig zu machen. Du weißt, er ist Maler und Anstreicher und deswegen immer unterwegs. Nur, dazu kommt noch, daß er Probleme mit dem Alkohol hat und deswegen oft gar nicht dort ist, wo er angeblich sein wollte. Wahrscheinlich liegt es an den Dünsten aus den Farben und daran, daß er mit Mary Jo verheiratet ist, oder irgendwo dazwischen.«

Jack sagte: »Was hast du mit Anna Marie angestellt?«

Es dauerte etwas, ehe Cullen antwortete. »Wie meinst du das, was ich mit ihr angestellt habe? Ich habe nichts getan, was sie nicht wollte.«

»Wann war das, letzte Nacht?« Er hörte von draußen den Summer. Jemand war also in ihr Institut gekommen.

»Ich hatte den Farbigen da, diesen Cedric, gebeten, mir eine Flasche Portwein zu besorgen, feines Zeug, kostet vier Dollar, und dazu habe ich Cedric noch einen Dollar Trinkgeld gegeben. Zwei passende Gläser hatte ich in meinem Zimmer, und etwas später bin ich dann an Anna Maries Zimmer vorbeigekommen und habe sie gefragt, ob sie vielleicht ein Gläschen mag.«

Jack zündete sich eine Zigarette mit den Hotelstreichhölzern an, die er mitgenommen hatte, hörte zu und betrachtete dabei einen gerahmten Druck an der Wand über dem Kühlschrank; er zeigte zwei junge Mädchen zwischen Bäumen im Frühling, beide auf einer Schaukel. Aus welcher Zeit es stammte, wußte er nicht zu sagen. In diesem Zimmer gehörte ihm überhaupt nichts. Er brauchte nur einen Beutel anzustopfen und war in fünf Minuten weg von Mullen & Söhne.

»Ich habe dir ja schon gesagt, daß sie ein sehr nettes Zimmer hier ganz für sich allein hat. Anna Marie sagt, gut, wenn ich meine, dann soll es ihr recht sein, sieht den Gang rauf und runter, und ich gehe hinein. Kaum bin ich dabei, die Gläser vollzugießen, hat sie auch schon ihr Album herausgeholt. Das hier ist Robby, und das ist Rusty und dort Laurie und Timmy, sie zeigt mir ihre Kinder, ihre Enkel, ihre Urenkel, und von jedem nennt sie mir den Namen. Ich sage zu ihr: ›Anna Marie, so alt können Sie doch gar nicht sein, daß Sie schon Enkel haben, oder? Na, kommen Sie.«

Jack sagte: »Cully, ich weiß nicht, ob ich mir das jetzt noch anhören soll.«

»Ich habe es so gemeint. Sie sieht jünger aus, als sie ist. Sie sieht höchstens wie siebzig aus... vielleicht zweiundsiebzig. Zum Teufel, ich bin fünfundsechzig. Wo ist da der Unterschied? Ich sagte also zu ihr: ›Anna Marie, das ist ja eine richtig toll aussehende Familie, und Sie sind eine gutaussehende Frau.‹ Wir setzen uns nebeneinander in diese zusammengeschobenen Sessel da, und ich merke, wie ihr das gefällt, was ich zu ihr sage. Also beuge ich mich hinüber und gebe ihr einen kleinen Kuß aufs Ohr. Sie springt auf, guckt mächtig verschreckt und läßt einen Schrei raus. Und was war passiert? Ich hatte ihr auf ihr Hörgerät geküßt. Ich sage: ›Anna Marie, so ein Ding brauchen Sie doch nicht, nehmen Sie es heraus.‹ Das tut sie. Ich gebe ihr noch einen Kuß und sage zu ihr, meine Güte, sind Sie eine gutaussehende Frau, und diesen ganzen Scheiß, du kennst das ja, und ich sage: ›Komm, laß uns da hinübergehen und es uns auf dem Bett ein bißchen bequemer machen.‹ Alles, was sie darauf sagt, ist: ›Was? Was?‹ Ich legte meinen Arm um sie, ziehe sie hoch, führe sie hinüber zum Bett. Wir setzen uns auf die Bettkante, und sie macht keine Bewegung, sagt kein Wort. Ich meine, sie hat sich nicht ein einziges Mal gewehrt gegen das, was ich machte.«

Jack wollte gar nicht fragen, aber irgendwie kam es ihm doch heraus. »Zum Beispiel?«

»Zum Beispiel, daß ich sie küßte. Du weißt ja, lege meinen Arm um sie... Ziehe ihr den Morgenmantel aus. Darunter hat sie ein Nachthemd aus Flanell an. Ich küsse sie noch einmal. Sie sitzt nur da. Ich denke, Himmel, es ist wohl so lange her, daß sie sich nicht mehr erinnert. was sie jetzt tun soll. Aber ich habe es nicht eilig. Wenn du siebenundzwanzig Jahre lang nichts anderes mehr gehabt hast als ab und zu eine billige Nutte für ein paar Minuten, Jack, was macht es dann aus? Stimmt's? Aber, ich weiß nicht, entweder war es zu lange für sie her oder, denke ich mir, sie ist frigide. Ich schiebe meine Hand unter ihr Gewand...«

Jack war jetzt echt gespannt.

»Ich berühre eine ihrer Titten. Nein, erst einmal mußte ich sie finden. Sie war nicht da, wo sie normalerweise ist. Ich lege jedenfalls meine Hand darauf, und Anna Marie ist wie zu Stein erstarrt, die Augen weit aufgerissen und mit starrem Blick geradeaus. Also sagte ich schließlich, zum Teufel auch, das scheint hier nicht gerade meine Nacht zu sein.«

Jack spürte, wie er sich wieder entspannte.

»Du hast ihr also nichts getan.«

»Das ist es, was ich dir erklären wollte.«

»Warum wollen sie dich dann aus dem Haus haben?« Er sah Leo in der Tür stehen, mit dem gleichen Gesicht, wie er es sich bei Anna Marie vorgestellt hatte, als sie zu Stein erstarrt war, und sagte: »Cully, einen Augenblick mal, bleib am Apparat.«

Leo sagte: »Unten ist ein Mann, der fragt nach dem Transport, den du am Sonntag von Carville aus gemacht hast.«

»Wer ist es?«

»Ich weiß nicht, wer es ist, ich habe ihm nur gesagt, daß ich am Sonntag weg war, mich aber darum kümmern werde. Ich wußte nicht, was ich sagen sollte.«

»Wie sieht er aus?«

»Er sieht aus wie – ich weiß nicht, wie er aussieht. Ein ganz normaler Mensch.«

»Keine Sorge, Leo. Ist er Amerikaner oder ein Latino?«

»Er ist Amerikaner.« Leo schien verwundert.

»Hat er sich ausgewiesen?«

»Ich habe ihn nicht darum gebeten.«

»In Ordnung, ich kümmere mich darum.«

»Er ist im Empfangsraum… Willst du mit ihm reden?«

»Ja, sobald ich hiermit fertig bin.« Jack blieb sitzen, die Hand über der Sprechmuschel. Er sah, wie Leo den Kopf schüttelte, bevor er ging. Jack hob den Hörer wieder hoch. »Cully? Wo waren wir stehengeblieben? Richtig, warum sie dich raushaben wollen.«

»Erinnerst du dich, daß ich ihr sagte, sie solle ihr Hörgerät herausnehmen?«

»Ja, und?«

»Ich habe es in meine Jacke gesteckt, als wir da nebeneinander saßen. Als ich wegging, habe ich vergessen, es ihr wiederzugeben, und heute morgen war sie bei Miss Hollenbeck und hat ihr erzählt, ich hätte das verdammte Ding gestohlen.«

»Das ist alles?«

»Das habe ich auch zu Miss Hollenbeck gesagt. Meinen Sie das ernst? Was sollte ich denn mit so einem verdammten Hörgerät anfangen? Ich höre ja noch besser als Sie, und dabei bin ich doppelt so alt. Aber das wollte sie gar nicht hören.«

»Hast du gepackt?«

»Noch nicht.«

»Also, dann sieh zu, daß du fertig bist. Ich hole dich ab.«

»Jack? Ich glaube, hier ist nicht mehr viel zu machen.«

»Nein, das glaube ich auch nicht.«

»Jack? Ich möchte aber nicht gern in einem Beerdigungsinstitut wohnen.«

Jack sagte: »Wer will das schon?«

Der Mann, der im Empfangsraum und Raucherzimmer von Mullen & Söhne wartete, war derselbe, der mit Dagoberto Godoy zusammen das Hotel verlassen hatte. Jack erkannte ihn, als er durch den Gang auf das Zimmer zuging und ihn aus derselben Entfernung sah wie gestern abend, dieselbe Brille mit breitem Gestell, derselbe dunkle Anzug, aber diesmal mit Schlips. Aus der Nähe sah der Mann wirklich ganz normal und alltäglich aus, wie Leo gesagt hatte; nicht ganz so groß wie Jack, sondern drei oder fünf Zentimeter kleiner, dafür aber fünfundzwanzig Pfund schwerer.

Jack sagte: »Was kann ich für Sie tun?«

Der Mann legte den Kopf etwas schief, taxierte ihn, setzte dazu ein freundliches Grinsen auf, aber durch seine Brillengläser sah er ihn sehr fest an. Er sagte: »Fragen Sie mich, ob Sie wirklich etwas für mich tun *können?* Ich glaube, das können Sie, Jack. Vielleicht darf ich hinzufügen, daß es in Ihrem eigenen Interesse liegt, wenn Sie es tun.«

Jack hielt seinen Kopf genauso schief wie sein Gegenüber und starrte ihn ebenfalls mit einem etwas schwächeren Grinsen an. Roy hatte wohl recht, dachte er, der Kerl hatte etwas Amtliches an sich, nicht aus der Stadt, irgendwo aus der Regierung; die Cops aus New Orleans mochten einen zwar auch aufs Kreuz legen, aber so schlau wie der hier traten sie nie auf. Aber Jack glaubte, er würde es auch bei diesem Typ hier schaffen, ihn kommen zu lassen, und damit hatte er recht.

Der Typ streckte seine Hand aus und sagte: »Wally Scales, ich bin von der Einwanderungsbehörde.«

Jack reichte ihm schlaff die Hand und richtete einen fragenden Blick auf ihn. »Ich bin nie von irgendwoher eingewandert. Ich wohne hier schon mein ganzes Leben.«

»Bis auf die drei Jahre, die Sie gesessen haben.« Wally Scales hatte seinen Kopf jetzt wieder gerade gerichtet, aber er grinste noch immer. »Stimmt's, Jack?«

»Sie meinen wohl die Zeit«, sagte Jack, »die ich ein wenig weiter nördlich verbracht habe.«

»Weiter nördlich, das ist gut gesagt. Im übrigen scheinen Sie sich ja einer erfolgreichen Resozialisation erfreut zu haben.«

Jack setzte ein besonders blödes Grinsen auf und ließ etwas von dem Akzent da droben in seine Antwort einfließen. »Na ja, erfreulich kann ich das gerade nicht nennen, aber ich komme zurecht, Sir.«

»Sie haben einen guten Job? Mögen Sie ihn?«

»Klar, tue ich. Ich arbeite für meinen Schwager.«

»Ich habe mit ihm gesprochen« – Wally Scales runzelte leicht die Stirn – »und ihn über einen Transport gefragt, den Sie letzten Sonntag unternommen haben, von Carville aus. Er schien über die Frage einigermaßen besorgt zu sein. Wieso wohl?«

»Wie kam er Ihnen vor?«

»Ängstlich... nervös.«

»Also, so ist er immer. Leo ist von Natur aus nervös.«

»Aber wenn er hier seinen Dienst macht, dann weiß er doch Bescheid, wenn es einen Leichentransport gibt.«

»Klar, das weiß er.«

»Es sei denn, die Anforderung kommt an einem Sonntagmorgen, als er eben nicht da ist, und Sie haben die Sache übernommen und ihm nichts davon erzählt.«

Jack wartete ab. Das war keine Frage, die eine Antwort brauchte.

»Ist das so gewesen?«

»Was gewesen?«

»Es gab einen Anruf, und dann sind Sie nach Carville gefahren?«

»Angerufen hat keiner. Das ist das Neueste, was ich höre.«

»Sie haben aber gesagt, daß sie es getan haben.«

»Na ja, da muß ich wohl auf der Toilette gewesen sein oder sonstwo, jedenfalls habe ich kein Telefon läuten gehört.«

»Sie sagen, daß Sie nach Carville gekommen und den Leichnam einer gewissen Amelita Sosa abgeholt haben, die dort gestorben ist.«

Jack schüttelte den Kopf. »Nein, Sir, nicht ich. Das muß ein anderes Beerdigungsinstitut gewesen sein, und Sie haben die Namen verwechselt. Ich war den ganzen Sonntag über hier. Ich habe den Leichenwagen gewaschen. He, das war es vielleicht. Ich war eine Zeitlang außer Haus.«

Wally Scales legte seinen Kopf wieder schief, diesmal ohne zu grinsen. – »Wir könnten mal zusammen dorthin fahren, Jack. Und die Schwester fragen, ob Sie es gewesen sind oder nicht.«

Jack sagte: »Also, wenn Leo einverstanden ist, meinetwegen. Ich war immer wieder da, als ich noch für meinen Uncle Brother und Emile und ihre Orgelfirma arbeitete. Ich mußte da immer herumklettern, wissen Sie, oben auf der Empore, wenn sie die Pfeifen stimmten.«

Wally Scales sagte: »Jack, darf ich Sie mal was fragen? Ich möchte, daß Sie mir eine ehrliche und direkte Antwort geben. In Ordnung? Weil ich nämlich nicht will, daß Sie Schwierigkeiten bekommen und wieder weiter nördlich wohnen müssen.« Wally Scales machte eine Pause. »Konnten Sie mir folgen?«

Jack runzelte die Stirn, dann schüttelte er den Kopf. »Nein, Sir.«

»Sie schwören also, daß Sie nicht nach Carville gefahren sind.«

»Doch, das bin ich, mit meinem Uncle Brother und Emile.«

»Ich meine, am *Sonntag.*«

»Nein, Sir, da war ich nur hier.«

Jack machte etwas größere Augen, so daß Wally Scales, der ihn fest ansah, die Wahrheit in ihnen besser erkennen konnte. Es war gar nicht so einfach, diesen Arsch nicht anzugrinsen, aber Jack gelang es.

Wally Scales sah an ihm vorbei den Gang hinunter. Er ging einen Schritt weg, drehte sich langsam um, warf einen Blick durch das Fenster auf den leeren Parkplatz und kam wieder zurück.

»Wer befindet sich noch hier, außer Ihnen und Ihrem Schwager, Jack?«

»Eine tote Frau, im oberen Stock.«

»So? Wie heißt sie?«

»Ich weiß nicht, wie sie heißt. Irgendeine alte Frau.«

»Zeigen Sie sie mir?«

Jack hatte den Eindruck, daß jetzt wieder ein Grinsen fällig war, lächelte den Kerl also verschlagen an und sagte: »Sie wollen sie sich also ansehen, ja? Am besten ganz nackig, wie? Gut, Leo ist oben bei ihr und spritzt sie gerade ab. Wenn Sie zuschauen wollen, dann kommen Sie mit.«

Wally Scales sah ihn noch immer mit ziemlich gleichem starrem Blick an. Nur um seine Nase und an den Mundwinkeln war die Haut ein wenig gespannter, als ob er eben in eine grüne Dattelpflaume gebissen hätte. Er sagte: »Warum soll ich Ihnen eigentlich nicht glauben, Jack?«

»Sie ist da oben, ich zeige sie Ihnen.«

»Vielleicht sollte ich noch einmal mit Ihrem Schwager ein Wörtchen reden.«

Wollte er ihm angst machen? »Natürlich, kommen Sie.«

»Oder ich könnte mich mit Lucy Nichols unterhalten.«

Das war ziemlich heimtückisch, aber es war keine direkte Frage an ihn, also sah Jack ihn nur mit seinem hauchdünnen Grinsen an und wartete. Aber dann kam die Frage.

»Sie kennen sie, nicht wahr?«

»Wer ist das?«

»Sie wollen sich wohl weiterhin dumm stellen, wie? Bis ich weg bin.«

»Wollen Sie denn die tote Frau nicht sehen?«

Er sah, wie der Mann den Kopf schüttelte und aufgab; vielleicht machte es ihm nicht einmal viel aus, versuchte es eben auf anderem Weg. Jedenfalls hatte Jack das Gefühl, daß es so war. Und daneben war er erleichtert.

Er führte Wally Scales zur Tür und rief Roy in seiner Bar an.

»Du hast es den Cops durchgegeben?«

»Klar, aber ich kann es mir auch noch anders überlegen«, sagte Roy. »Hängt davon ab, wieviel der Bursche tatsächlich auf der Bank hat.«

»Was ist mit Crispin Reyna und Franklin von Gott?«

»Mit wem?«

»Franklin de Dios. Hast du etwas herausbekommen?«

»Sie sollen von der Einwanderungsbehörde sein und nach illegal hereingekommenen Mexikanern Ausschau halten. Ist tatsächlich so. Die Funkstreife hat den Chrysler überprüft. Er parkte auf der Audubon. Also, laß es auf sich beruhen.«

»Aber die beiden Knaben sind aus Florida.«

»So? Wenn sie für die Bundesbehörden tätig sind, dann können sie gehen, wohin sie wollen.«

»Sicher, aber sie würden sich doch keinen Leihwagen nehmen. Sie würden einen hier von irgendeiner Amtsstelle bekommen. Oder etwa nicht?«

»Wäre wahrscheinlicher, ja.«

»Kannst du das mal nachprüfen?«

»Ich könnte es.«

»Ich will dich natürlich nicht belästigen, Roy, wenn du gerade dabei bist, einen Dienst an der Menschheit zu verrichten.«

»Leck mich.«

»Aber wenn wir mit diesen Burschen weiter zu tun haben, dann sollten wir besser genau Bescheid wissen, ihre Namen, Kennummern und selbst wieviel sie wiegen. Ich möchte nicht halbblind in die Sache hineintappen, Roy. Ich will sehen, was auf mich zukommt. Und ich würde zu gerne wissen, warum unser Spendensammler zwei solche Typen aus Florida mit sich schleppt, die auch noch bewaffnet sind. Geht es dir anders?«

»Mach dir mal keine Sorgen darum.«

»Wie meinst du das?«

»Daß ich mich kümmere.«

»Du hast mir noch gar nichts weiter erzählt.«

»Ich überprüfe sie, Himmel noch mal.«

»Du bist in einer ziemlich beschissenen Stimmung, Roy.«

»Was gibt es sonst noch Neues?«

»Versuch auch noch, etwas über einen Kerl namens Wally Scales herauszubekommen. Soll auch mit der Einwanderungsbehörde zu tun haben. Er kam bei uns vorbei und war auf der Suche nach Amelita. Und weißt du, wer er war? Derselbe, der gestern abend mit dem Spendensammler zusammengewesen ist.«

»Der kann von der Einwanderung sein oder auch von der Steuerfahndung«, sagte Roy, »oder vom Finanzministerium.«

»Kannst du das wohl herausbekommen? Ruf mich bei Lucy an. Ich hole jetzt Cullen ab und nehme ihn mit zu ihr.«

»Ich sage dir jetzt, wohin du heute abend mußt«, sagte Roy. »Damit es weitergeht, marschierst du heute noch in das Zimmer von diesem Kerl.«

»Fühlst du dich nicht wohl, Roy? Hast du deine Periode nicht gekriegt, oder was ist los?«

»Ich muß aus dieser verdammten Bar hier heraus.«

»Na, jetzt erfahre ich endlich, was los ist.«

Er rief Lucy an und fragte sie, ob es recht wäre, wenn er mit Cullen vorbeikäme. Sie meinte, gerne, jederzeit. Er fragte sie, ob ein Mensch namens Wally Scales ihr einen Besuch abgestattet hätte.

»Er hat heute morgen angerufen, sich vorgestellt und gesagt: ›Wie ich höre, waren Sie am Sonntag in Carville, um dort den Leichnam einer verstorbenen Freundin zu übernehmen.‹ Ich sagte zu ihm, nein, das stimmt nicht.«

»Ihre erste Lüge.«

»Jedenfalls von Bedeutung. Ich habe ihn gefragt, woher er das wissen will.«

»Was hat er gesagt?«

»Er sagte, das sei egal, und er bedauere, mich belästigt zu haben.«

»Gut. Er war auch bei mir, aber ich hatte den Eindruck, er macht nur seine Routine. Sein Herz ist sozusagen nicht dabei.«

»Aber dann hat er gesagt: ›Wenn Sie Ihren Vater sehen, sagen Sie ihm meine besten Grüße.‹«

12

»Ich versuche mal, es Ihnen zu erklären«, sagte Lucy, »aber ich habe es früher schon mal versucht, und wenn ich mich reden höre, also, dann ist es niemals genau das, was ich eigentlich sagen möchte. Ich glaube, das kommt daher, weil es so ein Gefühl aus dem Bauch ist, das dich am Ende dazu bringt, es zu tun. Du triffst eine Wahl. Tust du es nicht, dann kannst du eine Menge Gründe anführen, warum nicht. Alle möglichen Gründe. Du kannst auch sagen: ›Bin ich denn verrückt?‹ Aber wenn du dich positiv entscheidest, wenn du es *tust*... das ist einfach etwas anderes.«

Sie saßen in der Glasveranda des Hauses von Lucys Mutter, in dem Raum mit den Bananenbäumen. Es fing an zu dämmern, und draußen regnete es. Lucy hatte am Fenster gestanden und in den grauen Nachmittag geschaut. Jetzt wandte sie sich um und setzte sich Jack und Cullen gegenüber, die beide auf dem Sofa saßen.

»Ich wurde Nonne aufgrund einer Liebesgeschichte, die vor acht Jahrhunderten stattgefunden hat. Wegen eines Mannes, der die Liebe hatte, und wegen eines siebzehn Jahre alten Mädchens namens Clare, das – davon bin ich überzeugt – in ihn verliebt war. Und ich wiederum verliebte mich in die ganze Vorstellung. Ich war neunzehn, und das war ein Alter, in dem ich mich so richtig in sie einfühlen konnte, das arme reiche Mädchen, unglücklich, ohne zu wissen, warum. Ihre Mutter und ihr Vater arrangierten für sie die Hochzeit, planten ihr Leben. Ich war... also, mich hat es so gepackt, es war für mich eine geradezu mystische Erfahrung. Ich glaubte sogar, ich hätte, wenn ich im Jahre 1210 gelebt hätte, genau dieses Mädchen sein können. Ich sah mich in der Messe in der Kathedrale von San Rufino und hörte einen Mann namens Franziskus in seiner ruhigen und zugleich leidenschaftlichen Art über die Liebe Gottes zu uns reden, und das hat mein Leben verändert. Ich war ganz und gar dort, konnte die Kerzen und den Weihrauch riechen, stellte mir vor, wie ich mich in diesen Mann in der braunen Franziskanerkutte verliebte.«

Cullen saß auf der Sofakante, die Hände über den Knien gefaltet und den Rücken zu einem Buckel gekrümmt. Jack hörte ihn neben sich atmen. Sie waren beide von der Stimmung gefangen, vom ruhigen Klang ihrer Stimme und wie sie so dasaß in Sweater und Jeans, im grauen Licht, das von hinten auf sie fiel, und wie sie von einer mystischen Erfahrung berichtete.

»Fünf und sechs Jahre früher hätte ich mich statt dessen vielleicht einer Kommune angeschlossen.« Sie sah Jack an. »Aber als ich soweit war, mein Leben selbst in die Hand zu nehmen, da waren die Blumenkinder schon wieder nach Hause zurückgekehrt. Ich bin froh darüber, denn ich war ja dabei, eher vor etwas weg als irgendwohin zu laufen. Was Clare unter dem Einfluß von Franziskus und getrieben von einer romantischen und allumfassenden Liebe tat, das machte sich selbständig und ging in einem Orden auf, dem der Armen Klarissinnen. Und es war der heilige Franz selber, der die Tonsur an ihr vornahm und ihr das ganze blonde Haar abschnitt. Er hatte vorher mit ihr über alles geredet, hatte ihr Ratschläge gegeben, aber sie waren niemals allein gewesen. Ich glaube, weil Clare überwältigend, oder wie es heißt, unglaublich schön gewesen ist, und ganz bestimmt deswegen, weil er in ihren Augen mehr als nur die Liebe zu Gott entdeckt hatte. Seine Biographen sagen, o nein, er war niemals in Versuchung. Aber er hatte noch eine andere Freundin, in Rom, sie hieß Jacqueline de Sottesoli, und die hat er immer besucht, wenn er zum Papst reiste, und es hat niemals den leisesten Hinweis auf irgend etwas Anstößiges in der Beziehung zu Jackie gegeben. Ich glaube, weil sie unweiblich war, vielleicht sogar wenig anziehend, und deshalb gab es keine Probleme. Er hat sie sogar mit Bruder Jacqueline angeredet. Aber mit Clare war es etwas anderes. Ich spüre, wie sie einander anschauen und dabei etwas in ihren Augen ist – ohne daß sie ein Wort sprechen müßten.«

Angefangen hatte ihr Gespräch damit, daß er Cullen Lucy vorgestellt hatte, und dann hatte Cullen, weil er wußte, daß er sich mit einer ehemaligen Nonne unterhielt, eher beiläufig davon erzählt, daß er mit vierzehn daran gedacht habe, auf ein Priesterseminar zu gehen, da oben an der Carrollton Avenue, und dann hatte Jack gesagt, er sei einmal drinnen gewesen; sie hätten gleich gegenüber gewohnt, und bei einem Wirbelsturmalarm sei er mit seiner Mutter und seiner Schwester hinübergegangen. Damals sei er zwei Jahre alt gewesen. Und dann war Cullen damit herausgerückt und hatte sie gefragt: »Wie kommt es nur, daß so ein gut aussehendes Mädchen wie Sie...«

»Sie wissen vielleicht, daß er nicht von Anfang an dieser sanfte Franziskus mit den Vögeln um sich herum gewesen ist. Das ist das Bild von ihm, wie es später entstanden ist. Er stammte aber aus einer ziemlich reichen Familie, immer modisch herausgeputzt und mit Gleichgesinnten unterwegs. Aber als er dieses Leben dann aufgab, tat er es ganz. Mitten auf dem Marktplatz zog er sich aus und gab alle seine Kleider den Bettlern. Das war in Assisi. Alle dachten, er sei verrückt geworden. Sie nannten ihn einen *pazzo*, einen Irren, und haben Steine nach ihm geworfen. Aber er hatte ihre Aufmerksamkeit gewonnen. Vielleicht war er in einem gewissen metaphysischen Rausch, einer göttlichen Trunkenheit, aber ich glaube, das hat keine Bedeutung. Er predigte die bedingungslose Liebe, die Liebe Gottes durch den Menschen, Liebe ohne Grenzen, ohne die hohe Sprache der Theologie. Er ging zu den Leuten, berührte sie... Er küßte die Wunden auf ihren leprösen Gesichtern.«

Cullen sagte. »Gott im Himmel.«

»Das stimmt«, sagte Lucy, »er tat es in seinem Namen.« Sie sah Jack an und schien für einen Augenblick zu lächeln. »Er nahm sich Geld aus Erträgen, die die Geschäfte seines Vaters abwarfen. Sie können meinetwegen auch sagen, er hat es gestohlen. Er tat es, weil eine innere Stimme zu ihm sagte: ›Franziskus, bestelle mein Haus.‹ Er bot das Geld einem Priester an, der mit ihm seine Kirche wieder instand setzen sollte, denn sie war schon im Verfallen. Aber der Priester hat es nicht angenommen. Vielleicht, weil er sich vor dem Vater fürchtete. Also hat Franziskus das Geld wieder zurückgegeben. Aber die Kirche, San Damiano, gehörte dann zum ersten Kloster, das die Klarissinnen erbauten.«

Cullen sagte: »Er hat die Leprakranken wirklich geküßt?«

»Er hat einen Leprakranken, der auf Gott geflucht hatte, gebadet, hat ihn getadelt, weil er sich so unsauber hielt, und der Mann war geheilt.«

»Und das glauben Sie?«

Lucy sah ihn an. »Warum nicht? Er hat gesagt, er könne den Anblick der Leprakranken nicht aushalten. Aber Gott habe ihn zu ihnen geführt. ›Und was mir bitter erschienen war, wurde mir süß.‹« Sie machte eine Pause. »›Und dann, bald darauf, ließ ich die Welt hinter mir.‹«

Im Raum herrschte Schweigen.

Jack fühlte ein Kribbeln im Nacken. Er sah, wie sie die Beine kreuzte und wie die eine Sandale lose von ihrer Zehe hing. Sie schien nicht im mindesten befangen. Sie saß einfach da im Haus ihrer Mutter und redete über eine mystische Erfahrung, wie sie acht Jahrhunderte zurück bis ins Mittelalter gegangen war und sich dort wie zu Hause fühlte, und wie sie wußte, was es bedeutete... Er sah, wie sie jetzt Cullen anschaute.

»Er hat einen Leprakranken gewaschen. Aber wissen Sie, worüber sich die Experten streiten? Ob der heilige Franz das getan hat, bevor er stigmatisiert war, oder nachher. Eigentlich, meinen sie, müsse es nachher gewesen sein. Aber wie konnte er dann, fragen sie, den Kranken waschen und den Schorf von ihm kratzen, wo er doch blutige und verbundene Hände hatte?«

Cullen sagte: »Sie haben mich nicht verstanden.«

»Das ist es«, sagte Lucy. »Wir verstehen nicht, was für eine Liebestat das an sich war, und lassen uns durch Fragen nach irgendwelchen Einzelheiten ablenken. Sie sagen, er hätte die Wundmale Christi auch an seinen Händen, den Füßen und an der Seite gehabt. Aber ob er sie nun gehabt und ob er daraus geblutet hat, was soll es? Würde es so oder so einen anderen aus ihm machen? Er brauchte seine Hände nicht, um die Leute anzurühren.«

Cullen sagte: »Er hat Sie angerührt, und Sie sind zu den Nonnen gegangen.«

»Ich bin aus mir herausgegangen, aus der Rolle des kleinen reichen Mädchens, um mich selbst zu finden. So kommt es, wenn man angerührt wird; man rührt die anderen an.«

Jack sagte: »Das ist wirklich *gut.*« Seine Augen wurden eng, und er nickte. Sie sollte merken, daß er sie verstand. Vielleicht tat sie das auch. Da gab es diesen Jack Delaney hier, und es gab den Jack Delaney, der als Model gearbeitet hatte, posiert... Weiter kam er nicht, überrascht von der Klarheit, mit der er da in sein Inneres schaute. Statt dessen kam er mit einem neuen Gedanken. »Letztes Mal erwähnten Sie, daß er auch einige Zeit im Gefängnis verbracht hat.«

Cullen richtete sich auf. »Tatsächlich?«

»Da war er noch keine zwanzig«, sagte Lucy. »Assisi führte damals Krieg gegen eine andere Stadt. Es gab eine Schlacht – also, mehr ein Scharmützel –, und Franz wurde gefangengenommen und hat ein Jahr im Kerker verbracht.«

»Gefangensein«, sagte Jack. »Ich habe mehr als einen wieder herauskommen gesehen in seinem weißen Overall, gerettet und wiedergeboren.«

»Also hat sich bis heute nicht viel geändert«, sagte Lucy. »Körperlich war er zwar für den Rest seines Lebens krank. Knochentuberkulose, Malaria, Bindehautentzündung, Wassersucht. Aber so heißt das heute nicht mehr. Doch was bedeutete das schon? Seine schlechte Gesundheit, sie machte ihm nichts aus, denn sie war außerhalb, hatte nichts mit seinem Selbst zu tun.«

Sie brach ab, und Jack sah, wie sie sich konzentrierte, wie sie sich bemühte, von diesem Mann, der ihr Leben verändert hatte, so zu erzählen, daß sie sie auch verstünden.

»Er war wie ein Kind. Vor allem junge Menschen zog er an, weil er nie anmaßend war oder wie ein Theologe predigte. Er nahm die Menschen so an, wie sie waren, sogar die Reichen, und er übte nie Kritik... Was übrigens etwas ist, woran ich für mich noch zu arbeiten habe. Er sagte immer: ›Wenn du nichts brauchst, dann hast du alles...‹«

Cullen rückte hin und her und fuhr sich mit der Hand über das Gesicht.

»Der erste Schritt zur Selbstfindung ist, daß man nicht mehr an den *Dingen* hängt. Und als ich neunzehn war, da erschien mir das alles auch ganz einfach.«

Cullen sagte: »Entschuldigen Sie bitte, könnte ich wohl einmal Ihre Toilette benutzen?«

Jack sagte: »Hört sich gar nicht mehr an, als hättest du siebenundzwanzig Jahre ganz woanders verbracht.« Er wartete, während Lucy mit Cullen in den Flur hinausging und ihm den Weg zeigte. Als sie zurückkam, sagte er: »Wie ging es mit Clare weiter? Hat er sie jemals wiedergesehen?«

»Sie hat ihn nach San Damiano eingeladen, aber das hat er immer abgelehnt, bis kurz vor seinem Tod.«

»Hat sich selber nicht getraut?«

»Er hat seinen Franziskanern immer gepredigt, wenn sie mal von fleischlichen Gelüsten heimgesucht würden, sollten sie schnell nach einem eiskalten Fluß suchen und hineinspringen.«

»Was machten sie dann im Sommer?«

Lucy lächelte. »Ich weiß nicht... Ich habe mir immer vorgestellt, wie so ein Haufen Kerle in braunen Kutten durch den Schnee rennt und in den Fluß taucht...«

Jack sagte: »Clare ist ihren Weg gegangen und eine Heilige geworden. Aber Sie haben sich entschieden, diesen Weg nicht bis zu Ende zu gehen, oder?«

Sie sagte: »Wenn du das Bewußtsein hast, Jack, daß es nicht dafürsteht, dann hast du von vornherein keine Chance.«

»Ich habe mir nur einen Scherz erlaubt.«

Sie sagte: »Haben Sie das?« und sah ihn weiter unverwandt an.

Jetzt wußte er nicht mehr, was er sagen sollte, und strengte seinen Kopf an. »Wie lange waren Sie dabei, neun Jahre?«

»Elf, alles in allem.«

Dann war sie dreißig. »Also, irgendeinen Entschluß müssen Sie ja gefaßt haben. Schließlich sind Sie wieder herausgekommen.«

»Hinaus in die Welt. Und die war jetzt anders.«

»Ja, aber Sie sind gleich voll in sie zurückgekehrt. Sie wissen doch besser als die meisten Damen, was man als Dame so anhat.«

»Das ist doch ganz leicht, man erfährt es aus den Magazinen. Aber diese Kleidung ist nur ein Schutz, Jack, solange ich dabei bin, mich in jemand anderen zu verwandeln.«

»Auf die Kleider kommt es also gar nicht an?«

»Nein, es ist eher, als bekäme ich eine neue Haut, eine neue Identität.«

»Reden wir jetzt über eine neue mystische Erfahrung?«

»Ich weiß nicht.«

»Und in wen verwandeln Sie sich Ihrer Meinung nach?«

»Das weiß ich auch nicht.«

Sie sah ihn weiter ununterbrochen an, aber mit einem fremderen Gesichtsausdruck. Vielleicht war es auch nur die Stimmung, in der sie sich befanden, waren es die Ruhe, der Regen, das schwache Licht, das durch die Fenster drang. Aber irgendeine Veränderung spürte er.

»Sie sind jedesmal eine andere, wenn ich Sie sehe.«

Sie sagte: »Und Sie auch.«

»Warum sind Sie gegangen?«

»Ich war ausgebrannt.«

»Was meinen Sie damit?«

»Ich faßte die Menschen an, aber ich tat es ohne Gefühl.«

»Sie haben sich um die Menschen gekümmert, die Sie brauchten.«

»Es gibt überall Menschen, die einen brauchen. Überall, wohin Sie schauen.«

»Ich dachte, Sie wären wegen Amelita gegangen.«

»Das war der Anlaß gewesen. Aber die Zeit war reif... Ich hatte ein Leben beendet, als ich eine Schwester des heiligen Franziskus geworden war, und beendete dieses Leben, als ich Nicaragua verließ.«

»Sind Sie da sicher?«

Sie nickte. »Ich muß gebraucht werden.«

Er wußte, was sie als nächstes sagen würde.

»Ich brauche etwas, in das ich mich verlieren kann.«

»Und Sie glauben, daß das, was wir hier vorhaben, nämlich mit fünf Millionen davonzumarschieren, keinerlei Konzentration braucht?«

»Doch, natürlich. Aber was ist meine Rolle dabei? Ich tue ja überhaupt nichts.«

»Sie sind der Kopf.«

Ihre Reaktion kam langsam, ein mild-erstaunter Blick. »Sie betrachten das Ganze als ein Spiel.«

»Es ist ja nicht gerade wie der tägliche Weg ins Büro.«

»Für die Idee dahinter haben Sie nur ein Achselzucken übrig. Aber Sie wollen es machen. Warum?«

»Das Geld.«

»Nein, Sie waren schon dabei, bevor Sie erfuhren, daß wir das Geld für uns behalten wollen. Erinnern Sie sich? Sie sagten, wir täten etwas für die Menschheit. Haben Sie das nicht ernstgemeint?«

»Ich weiß nicht…«

»Nehmen Sie überhaupt etwas ernst?«

»Sicher, doch. Es ist nur so, daß ich nicht auf allzuviele Dinge treffe, die es verdient haben, ernstgenommen zu werden.«

Sie fing an zu lächeln, sah ihn über den Kaffeetisch hinweg im dämmerigen Nachmittagslicht an, und dieses Lächeln überraschte ihn. Sie sagte. »Jack, ich mag Sie. Wissen Sie, warum?«

Er spürte wieder dieses Kribbeln im Nacken.

»Sie erinnern mich an jemanden.«

Das Kribbeln hörte auf.

»Was wir tun, unsere Motive, das ist alles ernst. Aber wie wir damit umgehen, das ist eine andere Sache, nicht? Wie wir die Sache betrachten, unsere Haltung.«

»Wie wir zum Beispiel in einem Jahr darüber reden werden«, sagte Jack, »und es im Rückblick ganz schön komisch finden. Für den Fall, daß es klappt und wir diesen Rückblick nicht aus dem Knast anstellen müssen. Man muß Optimist sein und sich vorstellen, daß man es schafft. Und man muß sich denken, daß es ein Spiel ist, weil man dann nicht solche Angst hat.«

Er konnte erkennen, wie ein Leuchten in ihre Augen kam, ihre Lippen öffneten sich, und Lucy schenkte ihm wieder ihr Lächeln. Er wollte sie fragen, an wen er sie denn erinnere, aber da kam Cullen zurück, gefolgt von dem Hausmädchen.

Dolores sagte: »Telefon für Mr. Delaney.«

Er hörte Roys Stimme: »Crispin Antonio Reyna wurde 1982 in Florida verurteilt, weil er faule Schecks in Umlauf gebracht hatte. Er hat neun Monate im South Dade FCI gesessen.«

»Wie geht so etwas?«

»Es ist so ähnlich wie Scheckfälschen, nur eine Klasse höher. Man gibt zum Beispiel wertlose Schecks aus, die auf ein nicht existentes Konto lauten. Er kam noch einmal vor Gericht, und zwar in einer

Sache, wo es um Handel mit Waffen ging. Das war auch in Dade County. Er hatte versucht, fünf Dutzend Berettas, Modell 92, für – wie er behauptete – einen Schießsportverein zu kaufen. Die Anklage wurde aber fallengelassen. Das FBI hat versucht, ihn für den Transport von Drogen von Florida nach Baton Rouge dranzukriegen und ihm vorgeworfen, er hätte das Zeug dort an Studenten verkauft. Aber das konnten sie ihm auch nicht anhängen. Crispin Antonio kommt eigentlich aus Kuba. Seine Familie ist '59 nach Nicaragua gezogen. Er war dort Offizier bei der Nationalgarde und ist dann 1979 nach Miami gekommen. Franklin de Dios ist Miskito-Indianer und in Musawas in Nicaragua geboren. Ist vor einem Jahr nach Miami gekommen und Hauptverdächtiger in einem Dreifach-Mord gewesen, wurde aber nie vor Gericht gestellt.«

»Klingt nicht gerade so, als hätten sie mit der Einwanderungsbehörde zu tun«, sagte Jack.

»Außer daß man den Streifen im Zweiten Distrikt gesagt hat, sie sollten sie gewähren lassen. Man hielt sie für Beauftragte von Bundesbehörden.«

»Und welcher Art?«

»Ruf Wally Scales an und frag ihn. Seine Nummer lautet 226-5989.«

»Roy, zu wem gehört der denn?«

»Er ist ein verdammter CIA-Mann, Jack. Und ich möchte jetzt gerne wissen, zu wem sie uns zählen, zu den Guten oder zu den Bösen.«

13

Little One war niemals zu übersehen, auch nicht in der Nacht, wie er da aus dem Hotel die Bienville herunterkam bis zur Ecke Royal, an der Jack auf ihn wartete. Little One streckte die Hand aus und schob Jack den Zimmerschlüssel zu. Er sagte: »Dieser verdammte Roy. Aber okay, jetzt sind wir quitt. Sag ihm das.«

»Wir wissen deinen Einsatz zu würdigen.«

»Paß lieber auf. Laß den Schlüssel drinnen unter das Nachtschränkchen fallen, damit das Zimmermädchen ihn dort findet. Der Mann hat meistens etwas getrunken und läßt es sich gutgehen. Er wird es gar nicht merken.«

»Ich muß aber vielleicht noch einmal hinein.«

»Komm, Jack.« Little One drehte den Kopf und sah ihn geschmerzt an. »Weißt du, wie weit ich mich schon vorgewagt habe?«

»Ich nehme nichts mit. Der Kerl wird gar nicht merken, daß ich bei ihm drin war. Rein und wieder raus, dazu brauche ich ganze zehn Minuten.«

»Ja, du Schlaumeier, du hältst dich wie alle diese coolen Typen im Gola für einen ganz besonderen Könner. Ich erinnere mich doch richtig, Jack, es war da oben, wo wir einander kennengelernt haben, nicht?«

»Ich hab mich da einmal ziemlich dumm angestellt«, sagte Jack. »Ich hätte es eigentlich besser wissen müssen. Aber das hier, das ist etwas anderes. Und eine ganz neue Chance.«

»Ah ja, genau wie der Graf, der sagte: ›Noch einmal, weil's so schön war.‹ Aber das war in ›April in Paris‹, und wir haben hier April in N'Awlins, Mann, da wird es heiß und stickig.«

»Ich bin nicht wieder in meinem alten Gewerbe tätig, nicht mal so etwas Ähnliches.«

»Willst nur den Mann mal überprüfen.«

»Genau. Mich umschauen bei ihm, das ist alles.«

»Bei dem Mann mit der Haut wie ein Kubaner und mit den Fünfhundert-Dollar-Anzügen, ja? Mal kurz sein Zimmer durchfilzen, ob dir irgendwas auffällt oder ob irgendwo Wanzen angebracht sind, und dann erst im nächsten Durchgang deinen Job dort machen.«

»Nichts dergleichen.«

»Jack, wenn du wieder in den Knast wanderst, bestell Smoke schöne Grüße von mir, und grüß mir auch Too Good und Minne Mo, diesen niedlichen kleinen Schurken, wenn er noch da ist. Warte mal, wen könnte ich denn noch...«

Jack ging durch die leere Lobby und durch den Innenhof zur Cocktail-Lounge, die in sanftem cremefarbigem Licht lag, sehr elegant, aber ebenfalls ganz leer. Der Barkeeper, der orientalischer Abstammung war, erwachte zum Leben und goß Jack einen Wodka ein.

Wäre er in seinen alten Geschäften unterwegs gewesen, dann hätte er nur einmal hineingeschaut und gleich wieder abgedreht in Richtung Innenstadt, um sich dort ein Hotel herauszusuchen, in dem Betrieb war, Lärm, Touristengewimmel und Leute mit Namensschildern an der Brust, die in der Bar saßen und sich amüsierten. Dann wäre er wieder ein ganz anderer Mensch geworden, hätte innerlich zu glühen begonnen, den Duft der Mädchen in ihren Cocktailkleidern in sich eingesogen, jener Mädchen, die dort das Terrain erkundeten, während er selber nach Damen Ausschau hielt, die ansehnliche Diamanten mit sich herumschleppten, und nach Ehemännern, die dicke Brieftaschen aus ihren Jacken zogen oder ganze Notenbündel, die sie mit silbernen Clips zusammenhielten. Er brauchte nur wenige Tage, bis er sich die Richtigen heraussortiert hatte, und dann fuhr er mit einem vielversprechenden Pärchen im Aufzug hinauf, stieg einen Stock unter dem aus, den die anderen gedrückt hatten, und lief die Treppe hinauf, um sie dabei zu beobachten, wenn sie in ihre Suite gingen. Eine Stunde später probierte er dann ihre Tür aus und prüfte, ob sie die Kette vorgelegt hatten. Am nächsten Tag schlich er in ihr Zimmer, während sie draußen auf dem Jackson Square ihre Fotos schossen. Er durchsuchte die Schubladen, Koffer und Kulturtaschen, sah in ihre Schuhe, tastete die Kleider ab, die im Schrank hingen. Dann sah er sich die Türkette an. Wenn sie sie in der Nacht vorgelegt hatten, montierte er sie ab und schraubte eine andere dafür an, die er bei sich trug und die ein paar Kettenglieder mehr hatte. Das Pärchen würde nachts die Kette einschnappen lassen und den Unterschied gar nicht merken. Später kam er dann wieder, öffnete mit dem Notschlüssel die Tür und konnte nun durch den Spalt greifen und die Kette lösen. Wenn er wieder hinausschlich, und er hatte eine überdurchschnittliche Beute gemacht und fühlte sich entsprechend gut, dann konnte es passieren, daß er die Kette schön wieder einhakte. Manchmal schnitt er sie aber auch, wenn er einbrach, mit einer Stahlschere durch.

So lief das, und dann verschwand er mit seiner Beute, und er konnte niemandem davon erzählen.

Da hörte er diese Geschäftsleute, wenn sie den Mädchen etwas vormachten und Eindruck zu schinden versuchten mit den Massen von Computern, die sie verkauft hatten, und er saß an der Bar herum und mußte sich Sprüche einfallen lassen, wie: »Haben wir beide letztes Jahr nicht mal zusammen Modefotos gemacht?« Oder er erzählte ihnen, daß er gerade Englisch lerne, und machte dazu so einen scheißfranzösischen Akzent.

Das erste Mal hatte er die Tour bei Helene versucht, als er sie in der Bar an der Roosevelt entdeckte, überwältigt von ihrem Profil und den nackten Beinen, die sie übereinandergeschlagen hatte und die aus einem kurzen grünen Rock herausschauten. Er hatte ihr erzählt, daß er aus Par*ee* komme, und Helene hatte gesagt. »Ist das nicht irgendwo in der Nähe von Morgan City?«

Sie hatte ihm dann gesagt, daß das gar keine schlechte Tour gewesen sei, mal was anderes, aber wie lange könne er das wohl durchhalten? Oder führte er ein so langweiliges Leben, daß er sich für jemand anderen ausgeben mußte?

Er hatte ihr darauf – und diesmal ohne französischen Akzent – geantwortet, daß sie die schönste Nase und die schönsten braunen Augen – das mit den Augen war nur eine Zugabe – habe, die er je gesehen habe, und daß sein Leben alles andere als langweilig sei.

»Was machen Sie denn?«

»Was glauben Sie?«

»Leben Sie hier?«

»Ja.«

»Haben Sie viel Geld?«

»Genug.«

»Sie verkaufen Drogen.«

»Ich verkaufe gar nichts.«

»Sie kaufen also Sachen.«

»Nein.«

»Also stehlen Sie Sachen.«

»Stimmt.«

Sie zögerte. »Was stehlen Sie?«

»Raten Sie.«

»Wagen?«

»Nein.«

»Juwelen?«

»Stimmt.«

Sie sagte: »Natürlich tun Sie das.« Und dann: »Wirklich? Kommen Sie.« Und dann: »Was machen Sie damit, mit diesen Juwelen?«

»Ich gebe sie einem Hehler weiter, und zwar für ein Viertel des eigentlichen Wertes.«

Sie sagte: »Ich weiß nicht, ob ich Ihnen das glauben soll oder nicht.« Diesmal in einem etwas anderen Ton, leiser, zögernd.

Jack drehte sich auf seinem Hocker halb herum, sah durch den Raum, wandte sich dann wieder an Helene. »Was haben Sie morgen vor?«

»Ich gehe zur Arbeit. Ich bin bei einem Anwalt.«

»Dann kommen Sie doch zum Lunch hier vorbei. Ich wohne in Nummer 610.«

»Was ist, wenn ich keinen Hunger habe?«

»Sehen Sie die Lady da in dem blauen Musselinkleid?«

»Das ist Chiffon.«

»Der Kerl neben ihr hat jedenfalls einen Smoking an.«

»Was ist mit ihr?«

»Sehen Sie den Ring, den sie trägt?«

Es war ungefähr viertel nach eins am nächsten Mittag, und in seinem Zimmer war es still bis auf die schwachen Geräusche, die von der Straße heraufdrangen, als Helene ihren Kopf auf dem Kissen zu ihm drehte und sagte: »Jacques, ich glaube, ich bin dabei, mich in dich zu verlieben.«

Buddy Jeannette hatte ihm beigebracht: »Du mußt immer nett aussehen und immer Fahrstuhl fahren. Wenn du mal auf der Treppe in einen hineinrennst, dann wird er sich an dich erinnern, denn wann ist schon mal einer auf der Treppe? Aber im Aufzug, Mann, da stehst du so eng mit den Leuten zusammen, daß sie dich gar nicht sehen.«

Also fuhr Jack in einem, diesmal allerdings leeren Fahrstuhl in den fünften Stock des St. Louis Hotels hinauf. Er hatte seinen marineblauen Monteursanzug an, stieg aus und stand vor Nummer 501. Die Tür lag noch so in der Aufzugsnische, daß man sie von unten aus dem Innenhof nicht sehen konnte. Er trat zur Tür, klopfte dreimal, wartete und ließ dem Mann, falls er drinnen war, genügend Zeit, ehe er zum Schlüssel griff und in die Suite eindrang.

Der Spendensammler hatte die Lichter angelassen, sogar die Lampe im Badezimmer. Little One hatte Roy gesagt, daß er um sieben Uhr zur Probe bei dem Mann angerufen hatte, ob er den Serviertisch abholen könne, aber es hatte niemand abgehoben. Um halb sechs waren er und zwei weitere Latinos jedenfalls dagewesen, denn da hatte Little One ihnen Champagner, Schnaps und Snacks gebracht, und als er eben drinnen war, seien ein paar weiße Mädchen hereingekommen, die hätten wie Huren ausgesehen.

Die Reste von der Party lagen noch herum, Flaschen und Gläser und ein Tablett mit ein paar Schnittchen darauf, winzige Sandwiches, scharf gewürztes Rührei, eine Schüssel mit kleingehacktem Eis und Krebsschwänzen. Einige Krebsschwänze lagen in den Aschenbechern, Servietten waren über den Fußboden verstreut, und der rote Teppich hatte nasse Flecken... Auf dem Schreibtisch mehrere Briefumschläge, adressiert an Oberst Dagoberto Godoy, c/o St. Louis Hotel, aufgegeben in Tegucigalpa in Honduras. Die Briefe waren auf spanisch geschrieben. Als er zum Telefon am anderen Ende des Tisches ging, konnte Jack sich im Spiegel über dem Sofa sehen. Ihm fielen Briefe ein, die ebenfalls Briefmarken aus Honduras getragen hatten; sie waren von seinem Vater gewesen. Er hatte die Briefmarken von den Umschlägen gelöst und in Alben gesammelt. Neben dem Telefon fand er nichts, außer ein paar Krebsschwänzen.

Das hier war nicht mehr als der nachmittägliche Erkundungstrip. Was fehlte, war dieses besondere Gefühl, wenn man eindrang und wußte, da liegen jetzt diese Leute im Dunkeln, man hört sie atmen und mal diesen, mal jenen Schnarchton, von denen es mehr Varianten gab, als man sich sonst so vorstellte.

Zu Helene hatte er gesagt: »Wußtest du, daß Frauen genausoviel schnarchen wie Männer? Ich habe das genau studiert. Frauen schnarchen zwar nicht so laut wie Männer, aber dafür viel einfallsreicher. Bei einigen geht es ›tsch...tsch‹; es hört sich fast wie ein leises Niesen an. Andere machen ›pisssss‹, wenn sie ausatmen.« Helene hatte gesagt: »Du bist faszinierend« und hatte ihm mit ihren leuchtenden braunen Augen angesehen, das Kinn in die Hand gestützt, an der auch dieser blaue Stein steckte, der Saphir. Er hatte ihr erzählt, daß sie, außer Buddy Jeannette, der einzige Mensch auf der Welt war, der wußte, was er tat. Das gefiel ihr; sie zog den Kopf zwischen die Schultern. Er sagte ihr, er habe es gleich gewußt, daß er es ihr erzählen würde; gleich an dem Abend, als sie angefangen hätten, sich zu unterhalten, da habe er es gewußt. Sie sagte, sie hätte auch gleich gewußt, daß an ihm etwas Besonderes sei, etwas Mysteriöses. Sie sagte: »Man kriegt es ganz schön mit der Angst, wenn man es tut. Oder?« Und er sagte, manchmal schon, wenn es ganz still im Zimmer war und er sich vorstellte, daß der Mann und die Frau jetzt da lagen und lauschten, und das machte einem dann schon Angst. Sie sagte: »Deswegen tust du es, nicht? Weil es so schön schaurig ist.« Er sagte, er würde nicht allzusehr darüber nachdenken, warum er es tat. Aber hin und wieder ginge ihm durch den Kopf, daß er, wenn er vielleicht nach Vietnam gegangen wäre, das hier dann nicht mehr tun würde. Befremdlich? Bei der Musterung hatte man ihn abgelehnt, wegen Farbenblindheit; und danach hatte er nie mehr etwas von den Militärbehörden gehört. Er erzählte ihr, manchmal sei er draußen, wenn er mit seinem Beutel über der Schulter dastand und auf den Aufzug wartete, ängstlicher gewesen als drinnen im Zimmer. Am schönsten war es natürlich, wenn er wieder in seinem eigenen Zimmer war und die Tür hinter sich zumachen konnte oder wenn er das Hotel verließ, falls er dort kein Zimmer hatte. Himmel, diese Erleichterung. Helene sagte: »Das klingt so, als wäre es gar nicht so wichtig, daß die Leute dabei auch noch bestohlen werden.« Er sagte, also, da müsse in einem schon etwas anderes mitbewegt werden. Klar. Man riskiert nicht seinen Arsch allein deswegen, weil es so schön aufregend ist. Aber es gehörte doch dazu. Es einfach *zu tun.* Weil es für ihn niemals nur darum gegangen war, Beute zu machen, einfach zu klauen. Gab das einen Sinn? Helene sagte: »Ich möchte einmal dabeisein. Ein einziges Mal, sonst nichts. Bitte.«

Es dauerte ein paar Wochen, bis sie ihn überredet hatte. Und dann hatte er fünfunddreißig Monate lang Zeit, sich zu fragen, wieso er so saudumm gewesen sein konnte. Als er es Roy erzählte, hatte der gesagt: »Himmel, du hast verdient, daß du hier bist. Allein diese Blödheit ist schon strafbar.«

Sie waren nachts um drei in eine Suite eingestiegen und waren noch nicht durch das Zimmer, als Helene auch schon gegen etwas stieß und mit spitzem Schrei »Gott im Himmel« rief; und schon hörten sie aus dem Schlafzimmer nebenan jemanden fragen: »Wer ist da?« Dann ging ein Licht an, und sie rannten los, über die Treppen, vom fünfzehnten Stock, diesmal nicht im Fahrstuhl, und unten wartete schon der Hoteldetektiv.

Jack machte ganz große Augen und fragte ihn: »Was geht hier vor?« Und setzte eine verwirrte Miene auf, als er zur Antwort bekam: »Sie sind hier auf der falschen Party.« Setzte seine saure Miene auf und sagte: »Wir *wohnen* hier in diesem Hotel.« Der Kerl im Bademantel sagte: »Ja, ich bin ganz sicher, das sind sie.« Jack erzählte dem Hoteldetektiv, sie würden von seinem Anwalt hören. Aber sie hörten nur von einem Anwalt, und das war der von Helene, bei dem sie arbeitete, ein Rechtsanwalt, der auf Scheidungen spezialisiert war und einen Dreck davon wußte, wie man vor Gericht in Diebstahlsachen plädiert. Aber er mutete es sich zu, steckte seine Nase hinein und bot ihnen einen Handel an, als es noch gar nicht nötig war: Strafverschonung für Helene, wenn sie es so arrangierten, daß sie Delaney in diesem Hotelzimmer überrascht hatte, und die Cops und der Staatsanwalt könnten sich seiner dann annehmen. Sie machten aber auch eine Hausdurchsuchung bei ihm und fanden den Notschlüssel und einen Diplomatenkoffer aus Krokodilleder mit den Initialen RDB, den er vor Monaten einmal mitgehen lassen, in seinen Wandschrank gestellt und dort vergessen hatte. Sie versuchten, ihm noch dreißig weitere Einbrüche aus den beiden vergangenen Jahren anzuhängen. Worauf Jack und sein Advokat von der Broad Street ihren eigenen Handel mit der Justiz abschlossen. In Ordnung, die dreißig gab er zu, dann konnten sie wenigstens die Akten schließen, und dafür wurde ihm das unerlaubte Eindringen in das Hotelzimmer nicht angerechnet. Am Ende bekam er fünf Jahre, bei guter Führung war er nach drei Jahren wieder heraus. Helene sagte: »Jack? Es tut mir wirklich furchtbar leid.«

Im Badezimmer lagen nasse Handtücher auf dem Fußboden herum, dazwischen zwei knallrote Jockey-Unterhosen. Im Rasierzeug des Spendensammlers fand er fünf 100-Dollar-Noten, ganz eng zusammengerollt, und einen Behälter für einen 35-mm-Film, in dem Kokain versteckt war. Sein Bett war ungemacht, Kissen und Tücher lagen am Boden verstreut. Im Kleiderschrank lag noch zumindest ein Dutzend von den roten Unterhosen gestapelt. Und hinter den Hemden hatte er eine Beretta Automatik verstaut.

Die wichtigeren Dinge lagen auf dem Schreibtisch im Schlafzimmer neben dem Telefon. Bankeinzahlungs-Belege, ein ganzer Stapel in den verschiedensten Pastell-Farbtönen... Augenblick. Einige waren auch Auszahlungsscheine. Auf dem einen Beleg stand eine Summe als eingezahlt, dann wieder auf dem nächsten als abgehoben, wieder unter anderem Datum eingezahlt... Insgesamt waren vier oder fünf Filialen der Whitney- und der Hibernia-Bank daran beteiligt. Der Kerl zahlte also nicht alles auf ein einziges Konto ein. Jack schrieb die Zahlen aus den Soll- und Haben-Spalten auf ein Blatt Hotelpapier.

Auf einem anderen Blatt standen ein Name und eine Telefonnummer. *Alvin Cromwell (601) 682-2423*. Auch die schrieb Jack ab, wobei er sich über die Vorwahl wunderte: Raum Mississippi. In einem Aktendeckel lagen ungefähr ein Dutzend Blätter, auf denen die Namen von Privatpersonen und von Gesellschaften aufgelistet waren, vor allem aus New Orleans, Lafayette und Morgan City. R. W. Nichols, Nichols Enterprises, war eine der Adressen, die schon mit einem Haken abgezeichnet waren... Und dann fiel ihm noch ein Briefbogen in dem Aktendeckel auf, den er mit besonderem Interesse zu lesen anfing, weil im Briefkopf stand: *The White House, Washington, D.C.*

Es war ein Brief an den Spendensammler, und von wem...? Gott im Himmel, von Ronald Reagan. Darin stand:

> Lieber Oberst Godoy,
> damit auch alle meine guten Freunde in Louisiana Ihre Botschaft von der Freiheit erhalten, habe ich jedem von ihnen persönlich geschrieben und versichert, daß Sie ein wahrer Vertreter des Volkes von Nicaragua sind und daß man Sie in Ihrer Absicht helfen und bestärken soll, für die Demokratie einen großen Sieg zu erringen. Nachdem ich weiß, daß Sie aus dem »Stoff« sind, aus dem man Helden macht, kann ich mir vorstellen, daß die Bescheidenheit Ihnen nicht erlaubt, selber von der unerhört wichtigen Rolle zu sprechen, die Sie in diesem Kampf auf Leben und Tod gegen die Marxisten führen, die jetzt Ihre geliebte Heimat in ihrem Würgegriff halten.
>
> Ich habe meine Freunde im Pelican State gebeten, sie mögen Ihnen großzügig unter die Arme greifen, damit Ihnen ein großer Schritt auf dem Weg zum Sieg über den Kommunismus gelingt. Ich habe sie gebeten, diesen Kampf durch ihre Hilfeleistungen zu fördern und sich die Überzeugungen zueigen zu machen: *no es pesado, es mí hermano.*«

Unten stand dann tatsächlich, nach dem »Hochachtungsvoll«, die Unterschrift des Präsidenten.

Erstaunlich. Er schrieb tatsächlich genauso, wie er sprach. Oder er sprach mit den Worten eines seiner Gehilfen, der das alles auch noch glaubte oder dem das alles nur so von der Zunge oder aus der Hand floß. Sie hörten sich alle gleich an, diese Präsidenten. Präsidenten von diesem oder jenem. Und war das seine echte Unterschrift? Jack befeuchtete einen Finger mit der Zunge, tippte damit auf das »Ronald

Reagan« und sah, wie sich die Tinte verschmierte, wenn auch nicht sehr.

Er las den Brief noch einmal, über den Schreibtisch gebeugt, und war gerade bei »einen großen Sieg für die Demokratie zu erringen«, als er hörte, wie nebenan im Wohnraum der Fernseher eingeschaltet wurde.

Stimmen. Ein Mann und eine Frau, die fast gleichzeitig redeten, sich dauernd ganz kurze Sätze zuwarfen, schnell, ohne Luft zu holen, die Stimmen überschlugen sich, klangen gereizt. Was war los? Ein Mann und ein Mädchen, die als Privatdetektive...

Er stellte sich den Wohnraum vor. Die Tür vom Schlafzimmer in den Wohnraum befand sich ganz links, drei Meter von ihm entfernt. Der Fernsehapparat mußte drinnen rechts stehen, in der Ecke hinter dem Schreibtisch. Er lauschte. Es waren keine Stimmen zu hören, außer denen, die nonstop aus dem Fernseher kamen. Vielleicht war es das Stubenmädchen. Ließ den Fernseher laufen, während sie saubermachte. Sicher, sagte sich Jack, es ist das Stubenmädchen. Und ging um das Bett zur Tür und sah in den Wohnraum.

Es war nicht das Stubenmädchen.

Es war auch kein Nicaraguaner. Er sah im Profil einen Mann mit glatt zurückgekämmten, dunklen Haaren. Er wirkte heruntergekommen in seinem alten grauen Tweed-Sportmantel, der Jack an Lucys Suppenküche und ihre Kunden erinnerte. Der Kerl gehörte einfach nicht hierher. Er stand wenige Schritte vom Fernseher entfernt und sah von oben der Privatdetektivin und ihrem Partner zu, wie sie sich verrückt aufführten und einander anknurrten. Stand da in seinem Fischgrätenmustermantel, gluckste vor sich hin und rieb sich ein Auge.

In dem Augenblick hätte Jack zehn Scheine darauf gewettet, daß der Kerl schon einmal gesessen hatte; und zwanzig darauf, daß er nicht zu den Nicaraguanern gehörte. Außer daß er genau zu wissen schien, wo er sich befand.

Also ging Jack zum Schrank des Spendensammlers und holte die Pistole hinter den Hemden hervor. Es war eine Beretta vom gleichen Modell wie gestern abend. Er prüfte gar nicht nach, ob sie geladen war; er hatte nämlich nicht vor, auf den Kerl zu schießen. Den Fernseher hätte er bei dem scheußlichen Krach, den er von sich gab, nicht ungern ausgepustet, aber nicht den Mann. Irgendwie tat er ihm leid. Jack ging wieder zur Tür und blieb im Türrahmen stehen, die Beretta nach unten gerichtet. Der Mann schien in den Vierzigern zu sein; stand da in seinem schäbigen Mantel und schwarzer Hose, die über die ausgelatschten braunen Schuhe bis auf den Fußboden hingen. Als eine Werbeeinblendung kam, sah er sich um.

Stockte und sagte: »O je, ich bin wohl im falschen Zimmer gelandet, wie?«

Buddy Jeanette hätte jetzt an seiner Stelle gesagt, er möchte *wetten*, daß er das falsche Zimmer erwischt hätte. Aber wie dieser Kerl es sagte, klang es doch ganz ähnlich, und sein sicheres Auftreten war schon eindrucksvoll. »O je, ich bin wohl im falschen Zimmer gelandet...« Jetzt durchquerte er in seiner zerlumpten Aufmachung das Zimmer und versuchte, die Tür aufzuziehen. Sieht sie sich an. Zögert, die Hand am Türknopf, schaut dann über die Schulter zurück, mit gerunzelter Stirn und einer Frage im Blick.

Er sagte: »Oder nicht? Oder sind wir beide im falschen Zimmer?« Er hatte einen britisch klingenden Akzent.

Was für einer war das? Irisch?

Jack sagte: »Treten Sie von der Tür zurück und drehen Sie sich um.«

Der Mann breitete die Arme aus und zeigte ihm einen runden Bauch unter einer scheußlichen Krawatte. »Wie Sie wünschen. Aber Sie können mir glauben, ich laufe nicht bewaffnet in Ihrer Stadt herum.«

Das war Irisch. Jack sagte: »Ziehen Sie Ihren Mantel aus.«

»Ich bin glücklich, Ihren Wünschen folgen zu dürfen.« Er zog ihn aus und stand nun in einem schmutzigen und zerknitterten, ehemals weißen Hemd da und einer rot-grau gemusterten Krawatte. Er ließ den Mantel auf den Boden fallen und drehte sich dann wieder zu Jack um. »Bitte sehr. Und jetzt sagen Sie bitte nur, daß Sie ein Cop sind. Das ist alles, wonach ich frage.«

»Sehe ich aus wie ein Cop?« Er sah, wie sich das Gesicht des Mannes entspannte. Er fing an zu lächeln.

»Im Augenblick nicht, nein. Sie haben so einen spielerischen Zug an sich, auch im Klang Ihrer Stimme. Sie ist weich, Sie wirken auf mich wie ein Mann, der seinen Verstand zu gebrauchen weiß. Sie sind keiner, der alles mit Gewalt macht, weil er zu allem anderen zu dumm ist. Ich sage das aus Erfahrung. Der letzte Bulle, mit dem ich geredet habe, lief mir in Belfast über den Weg. Er war ein Royal Ulster Constable, so ein britischer Halsabschneider. Er fragte mich nach meinem Namen, und ich habe ihm auf irisch geantwortet. Der Scheißkerl sagt zu mir:

›Sprechen Sie Queen's English‹ und zieht mir seinen Schlagstock über. Ich zeige Ihnen die Narben.«

Jack sagte: »Wie heißen Sie?«

Und erntete ein Lächeln. »Sie sagen es anders als er. Erst hat er mich geschlagen, dann wurde ich wegen ungebührlichen Benehmens festgenommen. Mein Name ist Jerry Boylan. Und wie heißen Sie?«

Jack zögerte. Von dem Augenblick an, als der Mann seinen Mund geöffnet hatte, fühlte Jack, daß zwischen ihnen etwas war. Der Mann war ihm irgendwie vertraut. Nicht wie einer, den er kannte, sondern wie einer, der aus einer alten Fotografie zum Leben erweckt worden war: aus einem Schnappschuß von einem Familien-Picknick in den Zwanzigern in Bayou Barataria, als er noch gar nicht auf der Welt war; die Frauen trugen Strohhüte, unter deren Krempen die Gesichter hervorlugten, und Kleider, die wie Unterröcke aussahen; aber jetzt waren es die Männer, an die er sich erinnerte, die Männer mit ihrem glatt nach hinten gekämmten Haar, wie es auch Jerry Boylan trug, die Männer, wie sie an einem sonnigen Tag vor der Kamera posierten in ihren weißen Hemden ohne Kragen und dazu ihr irisches Grinsen aufgesetzt hatten; und seines Vaters Vater oder ein Onkel hielt sich ein Stück Moos vor das Gesicht, um einen Bart vorzutäuschen. Der hier, Jerry Boylan, hätte einer von ihnen sein können, wieder zum Leben erweckt und dem St. Louis Hotel einen Besuch abstattend.

Er sagte: »Jack Delaney.«

Und sah dieses vertraute schmallippige Grinsen, wie er es von den Fotos kannte. Aus den Augen blitzte es kurz, dann ließ der Mann den Blick wieder sinken und sagte. »Was für ein Delaney sind Sie? Woher stammen Sie?«

»Ich glaube, aus Kilkenny. Daher kam jedenfalls der Großvater meines Vaters.«

»Natürlich stammen Sie daher«, sagte Boylan. »Aus Castlecomer in North Kilkenny. Da gab es einen Ben Delaney, der in der Castlecomer Brass Band das Horn blies... Oder, einen Augenblick mal, es könnte auch Ballylinan sein. Klar. Michael Delaney kam von dort, mein Gott, stellvertretender Kommandant der North Kilkenny Brigade in der IRA von 1918 bis '21, vor dem Waffenstillstand, als sie der Krone noch die Hölle heiß machten. Haben aus Bratpfannen Tellerminen gemacht, mit Sprengstoff aus Gelatinedynamit. Bevor es diese Plastik- und

Rohrbomben gegeben hat« – jetzt mit gezogener Stimme – »und diese Raketenwerfer, die man unter dem Mantel verstecken kann...«

»Woher wissen Sie das alles?«

»Ich bin von dort. Aus Swan, kleiner Ort, wenn Sie schon davon gehört haben.«

»Ich meine, was so lange her ist. Woher wissen Sie von diesem und jenem Delaney und dieser IRA-Geschichte?«

»Woher ich das *weiß?* Das ist mein verdammtes *Leben*. Fragen Sie mich, wo ich den letzten Monat gewesen bin, denn vorher bin ich noch von britischen Streifen gejagt worden und habe von diesen dreckigen Bullen den Schlagstock übergezogen bekommen.« Boylan runzelte die Stirn. »Sie wissen, wovon ich rede? Von den Belfaster Bullen, Jack, von der Royal Ulster Constabulary. Ihre Methode besteht darin, uns immer einzeln in die Mangel zu nehmen, so wie mich. Aber Sie sagen, diese IRA-Geschichte liege lange zurück. Dann wissen Sie wenig Bescheid. Es *gibt* sie noch, Jack, mehr als je zuvor. Mein Gott, lesen Sie keine Zeitungen?«

Der Mann spielte mit seiner Stimme wie auf einer Hifi-Anlage, drehte mal Höhen hinein, ließ dann wieder den Baß grollen. Jetzt machte er Pause, und sein Blick wanderte zum Kaffeetisch, zu den Flaschen und Gläsern und dem Tablett mit den ausgesuchten Brötchen. Jack sah ihm zu, wie er durch das Zimmer ging, sich über das Tablett beugte und in den Leckerbissen herumstocherte, bis er das richtige Stück gefunden hatte.

Erstaunlich.

Ganz unbeschwert war er, drehte sich jetzt zum Fernseher um, als die Stimmen dort noch etwas schriller wurden, steckte sich das Brötchen in den Mund, leckte die Finger und wischte sie am Mantel ab.

Der Kerl dachte wohl, sie wären jetzt Kumpel, so als wären sie noch letzten Monat zusammen bei der Parade zum Saint Patricks Day mitmarschiert. Es war für Jack das eine, eine Art Bindung zu spüren, weil er ihn an die Delaneys von früher erinnert hatte, aber es war etwas anderes, was dieser Bursche daraus schloß. Das war ein bißchen zuviel. Jack ging zum Fernseher, aus dem immer noch diese schrecklichen Stimmen zu hören waren, und schaltete sie weg.

Boylan, der sich wieder über das Tablett gebeugt hatte, sah auf. »Was machen Sie da?«

»Setzen Sie sich, dort auf das Sofa.«

Boylan hatte eben ein halbes Ei im Mund. »Wenn ich das tue, schlafe ich garantiert sofort ein. Es ist halb neun, und der Mann kann jeden Augenblick zurückkommen.«

Jack ging auf ihn zu, hob die Beretta und hielt ihm die Mündung ins Gesicht. Boylan neigte den Kopf zur Seite, immer noch über das Tablett gebeugt, und sah ihn von unten an. Jack sah das halbe Ei in seinem Mund, als er aufhörte zu kauen und ihn anstarrte.

»Klar, Jack, tue ich ja gern.«

Er ließ die Waffe wieder sinken und spürte sie jetzt an seinem Bein. »Du hast auch gesessen, nicht?« Er sah zu, wie der Mann um den Kaffeetisch herumging und sich vorsichtig auf das chintzbezogene Sofa setzte.

Boylan seufzte. »Im Long Kesh. Wo wir unsere Scheiße an die Wände geschmiert haben und die Kumpel aus dem H-Block den Hungerstreik gemacht haben, auf den die ganze Welt aufmerksam wurde. Ein verdammtes Loch war das.«

»Wofür warst drin?«

»Wegen Redens in der Kirche«, sagte Boylan. »Mit so einem Scheißkerl, der mir Pferdewetten verkaufen wollte. Sie kamen, wie üblich, nachts, schlugen meiner Alten die Zähne aus, als sie die Tür aufbrachen, fanden einen Revolver in der Schmutzwäsche, und da war ich dran. Ich bekam fünf Ave Maria und fünf Jahre im Kesh.« Boylan beugte sich wieder vor und suchte umständlich ein neues Brötchen aus. »Wie ist es mit dir, Jack? Was hast du verbrochen? Erzähl mir nur nicht, du wärst nichts als ein normaler Dieb. Kommst hier herein, schön herausgeputzt, und riechst von oben bis unten nach Lavendel. Was wolltest du mitgehen lassen? Seine Hemden? Er hat ja genug davon.«

»Du warst also schon mal hier«, sagte Jack.

»Hin und wieder.« Boylan rutschte etwas vor und legte die Hände auf die Knie. »Wir kommen so schön ins Reden. Sollten wir nicht hinuntergehen und irgendwo ein paar nackten Damen beim Tanz zusehen? Einen kleinen Stoß machen? Wie wär's?«

»Du bist ganz schön weit weg von zu Hause, nicht?«

»Du ziehst es also vor, meine Nerven zu strapazieren. Nagelst mich fest, bis ich dir erzähle, was ich vorhabe. Willst herausbekommen, wer von uns beiden den längeren Atem hat, bevor dieser ekelhafte Oberst zurückkommt. Ach Jack, ich wüßte zu gern, welches Spiel du spielst, bevor ich von mir rede.« Er kniff die Augen zusammen und nickte. »Ich würde zu gerne glauben, daß das, was wir beide vorhaben, so ziemlich das gleiche ist...« Und nun wurden seine Augen wieder hoffnungsfroh und größer. »Hast du mich früher schon einmal gesehen, Jack? Mich reden gehört beim Namenstagsfrühstück zu Ehren des hl. Patrick?«

Jack sagte: »Hältst du mal die Klappe und sagst mir, was du hier suchst?«

Boylan ließ einen Seufzer hören. »In Ordnung, ich riskiere es und sage es offen heraus. Der Mann aus Nicaragua ist hier, um sich Waffen zu besorgen. Das weißt du?«

Jack nickte.

»Und genau deswegen bin ich auch hier.«

Jack sagte: »Nur mit dem Unterschied, daß er dabei ist, sie sich zu *kaufen.*« Er sah, wie der Ire ein listiges Lächeln aufsetzte.

Mit sanfter Stimme sagte Boylan: »Aber wir denken in dieselbe Richtung, nicht wahr, Jack?«

14

Sie saßen oben im Speisezimmer an der Glaswand, von der man in den Palmengarten hinunterschauen konnte. Die Palmwedel wurden von Scheinwerfern angeleuchtet. Dick Nichols sagte: »Als wäre das ganze Jahr über Weihnachten, nicht?« Dann wandte er sich wieder seinen Dinnergästen zu, dem Obersten und seinem schweigsamen Freund aus Miami.

Dagoberto Godoy sagte: *»Feliz Navidad«*, aber seine flache Stimme klang nicht allzu glücklich. »Die nächsten Weihnachten möchte ich in Managua verbringen, aber ich fürchte, es wird so schnell nicht gehen.«

Dick Nichols sah Crispin Reyna an, der ihm gegenüber saß. Zwischen ihnen eine Ansammlung von Schüsseln und Gläsern aus Kristall. Ob er ihn wohl einmal zum Reden brachte? »Wie das? Seid ihr Jungs nicht gut genug?« Der Bursche aus Miami zuckte mit den Schultern, aber sein kühl-säuerlicher Gesichtsausdruck blieb derselbe, und er sagte kein Wort. Was bedeuten konnte, daß er es entweder nicht wußte, oder es war ihm schnuppe. Also wandte Dick Nichols sich an den Oberst. »Wo steckt das Problem, Dagaberta? Ich dachte, euer Krieg ist so gut wie gewonnen.«

»In den Zeitungen können Sie lesen, daß wir siebzehntausend Freiheitskämpfer haben«, sagte Dagoberto. »In Wirklichkeit haben wir vielleicht vierzehntausend. Die Kommunisten haben sechzigtausend und noch einmal soviel in Reserve, und dazu all diese *chico plasticos* in Managua, diese Burschen, die keine Arbeit haben und nichts zu tun. Die können sie einziehen, wenn es ihnen gerade paßt. Sie verfügen über Kampfhubschrauber vom Typ Mi-24, die ihnen die Sowjets liefern. Wir brauchen Boden-Luft-Raketen, diese SA-7, und zwar massenhaft. Aber was wir am allermeisten brauchen, das sind auch solche fliegenden Monster von Kampfhubschraubern.«

Dick Nichols sagte: »Jetzt sind wir bei den teuren Sachen angekommen.« Er sah auf, hätte fast den Blick einer gutaussehenden Frau am Nachbartisch aufgefangen, wenn der Oberkellner nicht auf dem Weg zu ihnen dazwischengetreten wäre. Dick Nichols sagte zu ihm: »He, Robert, ich glaube, wir können noch drei davon vertragen. Wissen Sie was? Machen Sie sie gleich doppelt, dann ersparen wir Ihnen einen Weg. Ja? Einverstanden?«

»Chivas, Mr. Nichols?«

»Aber sicher, Robert. Hören Sie mal, wie wär's, könnten Sie nicht alle zwölfeinhalb Minuten vorbeikommen und nachsehen, wie weit wir sind?« Er verzog dabei keine Minute und wartete auf Roberts hochmütiges Oberkellnerlächeln. »Ist das ein Vorschlag?«

Robert sagte: »Ja, Sir, Mr. Nichols, ist mir ein Vergnügen.« Und schenkte ihm dazu den Anflug eines Lächelns. Die Nicaraguaner sah er nicht an.

Dick Nichols trank Scotch mit ihnen, weil sie den zu bevorzugen schienen. In Geschäften trank er mit den Leuten Scotch oder Bourbon, mit den Bootsführern beim Angeln trank er Bier, und mit den Bohrleuten drüben in Morgan City trank er abwechselnd Whisky und Bier. Man machte es, wie man es gelernt hatte. Trinken und grinsen, dem Affen Zucker geben, zuhören. Er erzählte Dagoberto und seinem Begleiter aus Miami, den er zu gerne Crispy genannt hätte, daß das Geldsammeln für die Anschaffung eines Hubschraubers das eine, so eine Kiste in Schuß zu halten aber etwas anderes war. Eine gut überholte Maschine lief ihre hundertfünfundzwanzigtausend und mehr. Aber verdammt, da braucht man nur einen Treffer ins Kraftstoff-Kontrollsystem zu bekommen, so eine Art Vergaser, und man muß lockere fünfundvierzig Riesen hinlegen, um es ausgetauscht zu kriegen. Und das für das Viersitzer-Modell. Dagoberto müsse sich klar darüber sein, daß man eine Menge Scheine brauchte, um sich eine Hubschrauberflotte zu halten. Kriegte er denn nun genug Geld zusammen, um einen richtigen Krieg zu finanzieren, oder nicht?

Dagoberto sagte: »Soll ich Ihnen erzählen, was ein Krieg kostet? Daß wir erst einmal jedem Freiheitskämpfer dreiundzwanzig Dollar im Monat zu bezahlen haben, ehe wir die nächste Kugel kaufen können? Ein sehr wohlhabender Freund von Ihnen, ungeheuer reich, gibt mir einen Scheck über fünftausend. Ich sehe ihn mir an... Wissen Sie, was ich dafür kriege? Den nötigen Reis für ein paar Wochen und vielleicht zwanzigtausend Schuß AK-47-Munition. Soll ich Ihnen erzählen, was es bedeutet, bei den Israelis einzukaufen? Wie man ein Streckengeschäft nach Honduras arrangiert und alle zu bezahlen hat, die da als Zwischenhändler auftreten?«

Dick Nichols sagte: »Das müssen Sie nicht, wenn es Sie depressiv macht, Dagaberta.« Diese Frau da am Nachbartisch hatte ein hübsches Gesicht, aber sie stocherte in ihrem Essen herum und schien auch nicht gerade viel Alkoholisches intus zu haben: war eher der Typ, der sich danach zu einem Club-Treffen verzog, als sich auf eine Nachmittags-Extrarunde durch sein Bett zu begeben. Er sagte: »He, Jungs, werdet ihr schlapp?« und sah ihnen zu, wie sie sich wieder über ihre Drinks hermachten. Diese Bananenpflücker. »Ich hatte einmal einen Geologen bei mir, der sich ein Stück Land von mir ansah und dann sagte: ›Mr. Nichols, wenn Sie hier Öl herausholen, dann trinke ich es.‹ Dieser kurzsichtige Hurensohn hat nicht tief genug nachgeschaut.« Dick Nichols' Blick wanderte zum Obersten hinüber, der geistesabwesend sein silbernes Tafelgeschirr zurechtrückte. »Aber ich habe nie einen Menschen genötigt, etwas zu trinken, was er nicht mochte.« Er sah zum Oberkellner hoch und sagte: »Robert, Sie sind pünktlich auf die Sekunde.« Wartete, bis er serviert hatte und wieder verschwand, dann drehte er sich dem Obersten zu und sagte: »Dagaberta, mein kleines Mädchen sagte mir, daß Sie gerne Menschen töten. Stimmt das?«

Der Oberst hörte auf, sein Geschirr herumzuschieben, und bemühte sich, Dick Nichols einen ruhigen und festen Blick zuzuwerfen. »Ihre Tochter hat den Krieg aus der Sicht eines Zivilisten betrachtet.

Natürlich hat sie ihn nicht verstanden. Im Krieg ist es der Zweck, den Feind zu töten.«

»Sie sagt, Sie hätten Frauen und Kinder getötet.«

»Und das haben Sie nicht getan, als Sie in Ihren Kriegen die Städte bombardierten? So etwas passiert.«

»Ich wußte nicht, daß es bei Ihnen eine Luftwaffe gibt.«

»Ich meine, es ist das gleiche. Im Guerillakrieg schlägt man zu, verschwindet wieder, schlägt zu, verschwindet. Ohne feste Gefängnisse macht man eben keine Gefangenen. Aber laufen lassen kann man sie auch nicht, oder? Sonst drehen sie morgen den Spieß um und versuchen, diesmal *dich* zu töten.«

Dick Nichols sagte: »Man tötet, und man begeht einen kaltblütigen Mord. Das sind zwei verschiedene Dinge.«

»Und es gibt eine Art zu töten, gerade im Krieg, da ist die Grenze sehr schmal«, sagte Dagoberto. »Hören Sie sich doch nur Ihre eigene Regierung und die CIA an. Sie unterrichten uns darin, wie man Gewalt selektiv anwendet, um die Leute zu neutralisieren, die gegen uns sind. Was heißt das, neutralisieren? Ihr eigener Präsident Reagan erzählt uns, es bedeutet: ›Also, ihr sagt einfach zu dem Kerl da in seinem Büro, daß er dort nichts mehr zu suchen hat.‹ Ist das nicht niedlich, wie einfach er sich das vorstellt? Ich wünschte, Ihr Präsident wäre bei uns gewesen, als wir in Ocotal waren. Da sehe ich, wie einer von meinen Männern solche Angst hat, daß er keinen Schritt mehr macht, sich in die Hosen scheißt, sich an eine Wand drückt und nicht bewegt. Ich sage zu ihm: ›Los, Mann, weiter!‹ Aber er rührt sich nicht von der Stelle. Hinter uns sind ein paar andere Männer, die uns beobachten. Ich nehme sein Gewehr, das Magazin ist noch voll. ›Mann‹, schreie ich ihn an, ›du hast noch keinen einzigen Schuß abgefeuert!‹ Herrgott, was gibt dieser Mann für ein Beispiel ab? Ich habe ihn also mit seiner eigenen Waffe neutralisiert, und dann habe ich noch ein paar von unseren Feinden neutralisiert, nachdem wir die Sandinistenflagge heruntergeholt und angezündet hatten. Was ich Ihnen damit sagen will, Dick: Das einzig Neutrale ist ein Gewehr. Es kümmert sich nicht darum, wen es tötet.«

»Wie alt war der Mann, den Sie niedergeschossen haben?«

»Alt genug, um für die Freiheit zu sterben.«

»Wessen Freiheit?« sagte Dick Nichols. »Meine Tochter sagt, wir stehen in Nicaragua auf der falschen Seite, und das seit fünfundsiebzig Jahren.«

Dagoberto sagte: »Es war am einundzwanzigsten Juni 1979, als ein Reporter der ABC in Managua von einem Nationalgardisten erschossen wurde, und alle Welt hat diese verdammte Szene auf Film gesehen. Das hätte nie passieren dürfen, aber es ist nun mal passiert, und das ist der Grund, warum uns manche Leute nicht leiden können. Am neunten Juli haben die Sandinisten León eingenommen. Estelí am sechzehnten Juli. Am selben Tag haben sie die Garnison von Jinotepe überrannt. Ich habe die Mündung eines M-16 direkt vor meiner Nase gehabt, aber ich habe mich geweigert, die Augen zuzumachen. Somoza hat sich per Flugzeug zusammen mit seiner Familie, seinen Stabschef und den Särgen seines Vaters und seines Bruders nach Miami abgesetzt. Uns hat er dort gelassen, damit wir für ihn sterben.«

Dick Nichols sah, wie der Nicaraguaner seinem Freund aus Miami einen Blick zuwarf.

»Genauso, wie er auch die Familie von Crispin opferte. Sie starben auf ihrer Kaffeepflanzung, nachdem er die Natioanalgarde von dort abgezogen hatte. Anastasio Somoza Debayle, der Oberste Herrscher und Befehlshaber der Nationalgarde, Erleuchteter und Erhabener Führer, Hüter der Republik... Wollen Sie noch ein paar Titel von ihm hören? Was halten Sie von so einem Hurensohn, der sich einfach absetzt und uns ans Messer liefert?«

Dick Nichols sah ihn an.

Junge, was so ein kleiner Chivas doch aus dem Mann herausholen konnte. Dick Nichols sah ihm zu, wie er seinen Drink zum Mund führte, den Kopf nach hinten warf, einen mächtig männlichen Schluck nahm und ein paar leere Weingläser umwarf, als er sein Glas zurückstellte. Sein Begleiter zeigte keine Regung. Vielleicht war er schon total abgefüllt. Aber jetzt gehörte dieser teilnahmslose Gesichtsausdruck einem Crispin, der eine Geschichte hatte: Er kam aus dem Kaffeegeschäft, hatte dem Kaffee alles zu verdanken, und Dick Nichols war bereit, zu wetten, daß er einiges beiseite geschafft hatte, mit dem er jetzt in Miami spekulierte. Ein interessanter Aspekt.

Es wurde noch interessanter, als Dagoberto sagte: »Ich bin nach Nicaragua zurückgegangen, um zu kämpfen. Aber ich will Ihnen etwas sagen, Dick, das Sie verstehen können. Sie sagen, Amerikas Geschäft ist es, Geschäfte zu machen...«

»Habe ich das gesagt?«

»Sie wissen es, wenn Sie es auch nicht sagen. Also, bei mir ist es dasselbe. Was ich tue, das tue ich nicht um unseres Landes willen oder weil ich ein Anhänger Somozas wäre, der doch schon ein toter Mann ist. Was ich tue, hat auch nur wirtschaftliche Gründe. Ich will, was Sie auch wollen. Und was gut ist für Sie, Dick, das ist gut für mich.«

Wally Scales folgte Dagoberto auf die Herrentoilette und sah sich den Oberst an, wie er vor dem Becken stand und sich mit einer Hand an der Wand halten mußte, um gerade zu stehen. Wally Scales stellte sich ganz nah hinter ihn und sagte: »Spüren Sie meinen Atem in Ihrem Nakken?... He, passen Sie auf, wohin Sie zielen.«

»Was wollen Sie von mir?«

»Ich habe eine Nachricht von größtem Gewicht für Sie.« Wally Scales ging zum Becken nebenan. Der glasige Blick des Obersten gefiel ihm nicht. »Sind Sie in Ordnung?«

»Wenn ich das hier hinter mir habe, fühle ich mich besser. O Mann.« Der Oberst schüttelte sich und zuckte mit den Schultern.

»Haben Sie etwas über Ihr Mädchen herausgekriegt?«

»Soll sie doch bleiben, wo der Pfeffer wächst. Ich habe nicht vor, wegen dieser Lepra in Panik zu geraten.«

»Würde ich auch nicht. Ich würde mir eher Sorgen um die Krankheiten machen, die man sich bei den Huren aus dem Französischen Viertel holt. Oder ich würde mir Gedanken über einen Kerl machen, der mir seinen Bushmill-Atem in den Nacken bläst. Das trinken sie nämlich drüben in Irland. Das mögen sie, Schnaps und Guinness-Porterbier, dieses dunkle Zeug. Wenn Sie eines von beiden in Ihrem Zimmer riechen, dann wissen Sie, daß er bei Ihnen drinnen war. Wir waren übrigens auch in seinem Zimmer. Er wohnt in Ihrem Hotel. Haben sein Einbrecher-Werkzeug gefunden, aber keine Waffe – es sei denn, er trägt sie bei sich. Obwohl ich das bezweifle, denn er tritt hier als Tourist mit einem unechten Paß auf. Da muß er aufpassen. Sie wissen nicht, von wem ich rede, oder? Ja, schütteln Sie ihn nur kräftig ab, aber nicht abreißen. He, Sie pinkeln sich ja auf die Schuhe... Das wär's. Jetzt waschen Sie sich die Hände.«

Der kleine Mann aus Nicaragua mit dem glasigen Blick und dem Gigolo-Schnurrbart zog den Reißverschluß hoch, drückte sich von der Wand ab und ging zum Waschbecken.

Wally Scales sagte: »Was Sie nämlich nicht wissen: Sie haben einen IRA-Agenten an Ihrem Arsch hängen, einen Provisional, der in demselben Hotel abgestiegen ist wie Sie. Er ist von Shannon über Managua nach New Orleans eingeflogen. Das ist die große Rundflugroute, die die IRA-Provisionals derzeit bevorzugen; machen Zwischenstation, um ihren Waffenbrüdern einen Besuch abzustatten. Die Micks gehen jetzt nämlich mit den Latino-Marxisten ins Bett. Warum auch nicht? Jerry Boylan würde sich sogar Ghaddafi an den Hals werfen, wenn er dafür einen Raketenwerfer bekäme. Hat fünf Jahre im Long Kesh gesessen, das ist der Knast von Ulster, fliegt dann hinunter in die Tropen, um dort nach dem Rechten zu sehen, und jetzt taucht er hier in New Orleans auf. Wenn Sie ihn fragen, erzählt er Ihnen, er ist dabei, bei dieser und jener frommen Gesellschaft ein paar Pfund für die Sinn Fein zu sammeln und für die Vereinigung von diesem verdammten Irland. Aber in Wirklichkeit ist er Ihnen auf den Fersen und marschiert sogar in Ihr Zimmer, wenn Sie zum Essen sind. Also, was will er wohl von Ihnen, abgesehen von all diesen Dollars für die Freiheit, die Sie sammeln?«

Dagoberto spritzte sich Wasser ins Gesicht, rieb es kräftig mit dem Handtuch ab, sah aber immer noch nicht viel besser aus als vorher.

»Der Kerl ist also *irlandés?*«

»*Irlandés negro* – ein ganz hinterhältiger Ire und ein Scheißkerl. Sie können ihn in der Bar herumtönen hören, wenn er den Barkeepern Geschichten erzählt. Dahinter versteckt er sich. Kein Mensch kommt ja auf die Idee, daß einer, der sein Maul so weit aufreißt, ein Agent sein könnte.«

»Was haben Sie mit ihm vor?«

Wally Scales sagte: »Was *ich* mit ihm vorhabe? Das ist die falsche Frage. Ich habe nämlich vor, mich in den nächsten drei Wochen aus dieser verdammten feuchten Luft zu verabschieden und Urlaub zu machen, nichts weiter zu tun, als stolz darauf zu sein, was für eine lebenswichtige Rolle ich für die Geschicke meines Landes spiele. Drücke ich mich deutlich aus? Ich habe in praktisch jeder Situation einen Spielraum, den ich ausnutzen kann – bis zu einem gewissen Punkt. Aber eine Sache wie diese, die fällt unter Ihren bewaffneten Kampf gegen ein Unterdrückungsregime und seine Agenten. Ich habe dabei nichts weiter zu verlieren als ein bißchen Selbstachtung, wenn Sie bei draufgehen. Aber damit werde ich fertig, es ist ein vorübergehender Verlust. Bei Ihnen geht es aber um Ihre ganze Mission. Sie können alles verlieren.«

Dagoberto hörte ihm zu, blinzelte. Dann warf er das Handtuch ins Waschbecken, und seine blutunterlaufenen Augen fingen an zu glänzen.

»Verdammt, wenn Sie mir etwas zu sagen haben, dann sagen Sie es!«

»Er heißt Gerald Boylan und wohnt in Zimmer 305.«

»Und Sie wollen, daß ich ihn neutralisiere?«

Wally Scales legte eine Hand auf Dagobertos Schulter. »Haben Sie das von mir? Nein, so etwas kann ich gar nicht gesagt haben. Sie müssen es von jemand anderem gehört haben.«

Clovis, der Fahrer von Dick Nichols, verließ seine überlange weiße Speziallimousine und ging auf den Burschen in dem dunklen Anzug zu, der auf der anderen Straßenseite am Rand des Friedhofs stand. Der Bursche hatte neben dem schwarzen Chrysler vom Typ Fifth Avenue gestanden, ohne sich zu bewegen, nicht weit von dem Restaurant entfernt. Im Stehen ohne jede Bewegung war er gut. Clovis sagte: »Wie geht's?«

Der Bursche nickte ihm zu. Es war der Anflug eines Nickens. Aus der Nähe sah er aus wie ein hellhäutiger Schwarzer mit einem leichten chinesischen Einschlag oder so etwas. Sah irgendwie fremd aus, ein Chink mit Kräuselhaar.

»Ermüdender Job, was?«

Der Bursche sagte nichts dazu, stand nur da wie eine Friedhofsstatue. Clovis wandte sich zu dem Restaurant, einem großen alten Gemäuer mit gestreiften Markisen an der Vorderfront und Neonbeleuchtung rund um die Dachkante.

»Sieht aus wie ein Schiff, nicht? Oder? Doch, für mich sieht es wie ein Segelschiff aus, genau.« Clovis drehte sich wieder zu dem Burschen um und sagte: »Mein Name ist Clovis. Ich glaube, der Mann, für den Sie arbeiten – einer von den beiden, die aus dem Chrysler dort gestiegen sind –, ist gerade bei dem Mann, für den ich arbeite.« Clovis wartete einen Augenblick und sah den Burschen an, der stocksteif wie ein Toter vor dem vergitterten Eingang stand, hinter dem die Toten lagen. »Sprechen Sie Englisch? Wenn nicht, in Ordnung. Aber wenn Sie Englisch sprechen, dann wüßte ich gern, aus welchem beschissenen Grund Sie Ihren verdammten Mund nicht aufmachen. Haben Sie verstanden, was ich Ihnen gesagt habe?«

Franklin de Dios lächelte.

Clovis sagte: »He, Klasse. Der Mann wird lebendig.«

Franklin de Dios nickte und sagte: »Ich hab schon von klein auf Englisch gelernt, aber ich habe es selten benutzt oder auch nur gehört bis voriges Jahr. Und die Leute, für die ich arbeite, benutzen es auch nicht.«

»Sie sind aus Nicaragua.«

»Ja. Ich habe Spanisch gelernt, aber zuerst habe ich Englisch gelernt, zu Hause und auch in der Schule.«

»Moment mal! Sie erzählen mir, daß Sie von da unten stammen, aber Sie haben nicht gleich Spanisch gelernt, als Baby?«

»Nein, sie wollen, daß wir es lernen. Ich bin ein Miskito. Verstehen Sie? Indianer. Die Sandinisten haben dafür gesorgt, daß wir Spanisch lernen, aber als erstes habe ich Englisch gelernt.«

»Nein, tatsächlich, Sie sind Indianer?«

»Tatsächlich.«

»Sagen Sie mal etwas auf Indianisch.«

»N'ksaa.«

»Was heißt das?«

»Wie geht's?«

»Tatsächlich.« Clovis grinste. »Ohne Beschiß, Sie sind ein richtiger Indianer?«

»Ohne Beschiß.«

»Aber, Mann, warum haben Sie kein Wort gesagt, als ich Sie ansprach und all diesen Quatsch geredet habe?«

»Ich weiß ja nicht, wer Sie sind.«

»Das habe ich Ihnen sehr wohl gesagt. Bißchen schüchtern, was? Mann, als ich Sie mir näher ansah, habe ich geglaubt, Sie wären ein Bruder. Sie verstehen mich? Ich dachte, Sie wären schwarz.«

»Bin ich auch, zum Teil. Der Rest ist Miskito.«

»Was ist mit dem Mann, für den Sie arbeiten? Auch Indianer?«

»Nein, er stammt aus Kuba, aber jetzt ist er Nicaraguaner. Der andere ist auch aus Nicaragua, der Oberst. Wir haben gegen die Sandinisten gekämpft, aber nicht zusammen. Ich weiß nicht, warum er sie nicht mag. Ich jedenfalls mag sie nicht, weil sie bei uns eingedrungen sind, nach Musawas, einige von uns getötet haben, auch Tiere, Kühe, mit Maschinengewehren, und sie haben uns gezwungen, daß wir von dort weggingen. Sie haben alle Miskito-Dörfer in Brand gesteckt und uns gezwungen, in diese *asentamientos* zu gehen – in diese Konzentrationslager, wie sie auch heißen.«

»Mann, das ist schlimm.«

»Deswegen sind einige von uns nach Honduras hinübergegangen – Sie kennen Rus Rus?«

»Nein, ich glaube nicht.«

»Aber da kann man auch nicht leben. Deswegen bin ich in den Krieg gegangen. Sie kennen die CIA?«

»Klar, die CIA, sicher.«

»Sie haben uns Waffen gegeben und uns gezeigt, wie wir gegen die Sandinisten kämpfen sollen. Nette Gewehre, schießen gut. Aber im Krieg hat es mir nicht gefallen, und deswegen bin ich nach Florida gegangen, nach Miami.«

»Klar doch, wenn du den Krieg nicht magst. Wie sind Sie hergekommen?«

»Du kommst mit dem Flugzeug, erzählst den Behörden, daß du wieder zurückfliegst, aber das tust du nicht.«

Clovis sagte: »Hm.« Aber wie konnte ein Indianer aus Nicaragua so genau wissen, wie das vor sich geht?

»Doch als ich in Miami war, hat es mir gar nicht so besonders gefallen. Sie führen da nämlich auch Krieg, nur einen anderen. Einmal haben sie mich festgenommen und wollten mich abschieben.«

Ein Wagen fuhr in Richtung auf das Restaurant, und Clovis sah einen Augenblick lang das Gesicht des Indianers im Scheinwerferlicht. Dann war es wieder dunkel vor dem Friedhof, aber er hatte von ihm genug gesehen, um zu wissen, daß der Mann geradeheraus redete und ihm nicht den coolen Typ vorzumachen versuchte.

»Sie haben also versucht, Sie abzuschieben.«

»Ja, aber der Mann, für den ich arbeite, hat mit jemandem gesprochen – ich weiß nicht, mit wem. Jedenfalls hieß es dann, die Sache wäre in Ordnung, und dann sind wir hierher gekommen ... Hier gefällt es mir. Irgendwie ist es hier wie in der Stadt in Honduras, wo sie den Flughafen haben. Nicht wie in Miami. Hier könnte ich leben. Aber dazu brauchst du Geld. Das Essen kostet.«

»Geld brauchst du überall«, sagte Clovis. »Was ich gern wüßte: Haben Sie jemanden getötet, dort im Krieg?«

»Mehrere.«

»Tatsächlich? so aus der Nähe, daß Sie sie sehen konnten?«

»Einige auch aus der Nähe.«

»Mit dem Gewehr?«

»Ja, natürlich, mit einem Gewehr.«

»Die Erfahrung fehlt mir noch.« Clovis schaute zum Restaurant hinüber. »Und jetzt sind Sie also der Fahrer dieses Mannes?«

Franklin de Dios zögerte.

»Oder sind Sie so das Mädchen für alles? Sie verstehen, was ich meine? Garage sauberhalten, die Kinder herumkutschieren, all diese Dinge.«

»Er hat keine Garage und auch keine Kinder. Er hat Frauen.«

»Ich weiß, was Sie meinen. Aber was auch immer, Sie fahren jedenfalls, und Sie warten, nicht? Warten, und dann wieder etwas fahren.«

Franklin de Dios sagte: »Ich fahre, aber gewartet wird nicht soviel. Ich bin mit ihm unterwegs, und manchmal bin ich allein unterwegs.«

Einen Moment lang herrschte Schweigen. Dabei wußte Clovis schon, was er noch zu fragen hatte. Wohin, allein unterwegs? Was hatte das zu bedeuten?

Aber dann sagte der Indianer: »Sie mögen den Mann, für den Sie arbeiten?«

Clovis sagte: »Er ist in Ordnung. Er ist zwar ein Scheißkerl, aber dafür kann er nichts. Der Mann hat so viel Geld, daß einfach keiner nein zu ihm sagen kann.«

Und da war er, kam wie gerufen, winkte nach ihm, und das Gespräch mit dem Indianer war zu Ende.

Mr. Nichols saß meistens vorne auf dem Beifahrersitz. Der hintere Teil seiner Stretch-Limousine blieb leer, es sei denn, er arbeitete und telefonierte.

Clovis sagte: »Der Fahrer von einem der Männer, mit denen Sie eben zusammen waren, ist ein Indianer. Ein Miskita. Ich wollte mit ihm reden, er sagte aber kein Wort. Als wäre er eine indianische Holzfigur. Aber dann tut er es doch, wird richtig freundlich. Ich sage zu ihm: ›Wieso haben Sie vorhin kein Wort gesagt, als ich Sie anredete?‹ da sagte er, also, er hätte mich ja nicht gekannt, das wäre der Grund gewesen. Nein, was er genau sagte, war: ›Ich wußte nicht, wer Sie sind.‹ Ich sagte darauf: ›Mann, ich habe Ihnen sehr wohl gesagt, wer ich bin.‹ Verstehen Sie, was ich meine, Mr. Nichols? Wieso auf einmal seine Sinnesänderung?«

»Er sagte, daß er dich nicht kannte.«

»Das stimmt. ›Ich weiß nicht, wer Sie sind.‹«

»Das hört sich für mich an, als wollte er höflich Abstand halten«, sagte Dick Nichols. »Er wollte nicht, daß *du* erfährst, wer *er* war.«

»Ja, aber er hat mir alles über sich erzählt.«

»Zum Beispiel?«

»Zum Beispiel, daß er im Krieg war und Feinde getötet hat. Zum Beispiel, daß er nach Miami gegangen ist...«

»Was macht er jetzt?«

»Er fährt einen dieser Burschen aus Nicaragua.«

»Und was macht dieser Bursche aus Nicaragua hier?«

»Das hat er mir nicht gesagt.«

»Was hast du also schon wirklich erfahren?«

Clovis hielt den Mund und hielt das Lenkrad fest. Schon bald würde der Kopf des Mannes neben ihm nach vorne nicken, und er würde wohl schlafen, bis sie in Lafayette ankamen, und davon träumen, was für ein schlauer Kerl er doch sei. Der Mann sah die Dinge von weiter oben herab, von der Chef-Ebene, zu weit entfernt, um noch erfühlen zu können, was unten auf dem Boden irgendwie nicht richtig lief.

Es war eine Zeitlang ruhig im Wagen, und sie rollten die Interstate im hellen Licht der Scheinwerfer entlang.

Aus der Dunkelheit neben sich hörte er die Stimme von Mr. Nichols. »Wie ist der Indianer nach Miami gekommen?«

Clovis grinste. Der Mann war doch immer wieder für eine Überraschung gut. Er sagte: »Mr. Nichols, das ist jetzt mal eine gute Frage.«

15

Es war ein Uhr mittags. Jack und Lucy wanderten durch das Französische Viertel auf der Toulouse in Richtung Fluß. Während sie die Touristengruppen umrundeten, versuchte Jack zu erklären, was es mit diesem Jerry Boylan auf sich hatte. »Ich wußte dann nicht, was ich mit ihm anfangen sollte. Wir mußten dort hinaus, und so habe ich ihn in Roys Bar gebracht.«

»Damit er sich auch eine Meinung über ihn bildete«, sagte Lucy.

»Gestern war Roys letzter Tag dort. Ich wollte mich mit ihm in jedem Fall treffen, wenn ich mir das Zimmer des Obersten angesehen hatte... Heute morgen habe ich Cullen getroffen und ihm all diese Zahlen gegeben.«

»Er hat gesagt, er will Sie treffen. Irgendwelche Bankkonten überprüfen.«

»Genau. Zahlt jeweils zehn Dollar ein, um zu sehen, ob sie noch offen sind. Oder was sonst noch dabei herauszubekommen ist. Cullen war ein bißchen nervös. Ist ja siebenundzwanzig Jahre her. Haben Sie irgendwelche Probleme mit ihm gehabt?«

»Er sitzt die meiste Zeit bei Dolores in der Küche. Er hatte nicht eine einzige anständige Mahlzeit in all den Jahren.«

»Das ist nicht das einzige, was er nicht gehabt hat. Sagen Sie Dolores, eine falsche Bewegung, und sie soll ihm die Bratpfanne überziehen.«

»Ich mag ihn. Ich glaube, er ist nett.«

»Sie mögen alle.« Er lächelte sie an.

Aber sie sah sich in einem schwach beleuchteten Schaufenster eine Gipsplastik an, die die Gottesmutter mit dem Kind auf dem Arm zeigte und dem Fuß auf dem Kopf der Schlange, daneben eine Herz-Jesu-Figur. Die Statuen waren fleckig und von einer Staubschicht bedeckt. Im Vorbeigehen sagte sie: »All dies hat es einem leichter gemacht, zu glauben, nicht wahr? Man war in den Ritualen gefangen, in Feierlichkeiten.«

Er sagte: »Irgendwann werde ich Ihnen erzählen, wie ich das sehe.«

Und jetzt sah er sie lächeln: ruhig und gelassen, Schwester Lucy, an diesem Nachmittag in einer einfachen blauen Baumwollbluse und einem Khakirock, auf dem Weg zu einem Treff mit Jerry Boylan, sie, eine Nonne aus Nicaragua. Und von alldem wollte er sich nicht durch eine andere Geschichte ablenken lassen. Jerry hatte Jack erzählt, er sei im vergangenen Monat in Managua gewesen. Lucy wollte sehen.

»Also habe ich Boylan ins International geschleppt – Sie wissen, das ist eine Bar mit Nacktshows. Exotische Tänzerinnen aus aller Welt, aus Shreveport und East Texas. Wir gingen hinein. Roy stand mit Jimmy Linahan zusammen, dem Burschen, dem der Laden gehört. Roy trinkt, Jimmy gießt ihm ein und versucht, ihn zu halten. Er bietet ihm mehr Geld an, eine Beteiligung am Geschäft... Wir kommen an den Tisch, da sagt Jimmy soeben zu Roy, er sei wie geschaffen für diese Art

Job. Er sagt, Gott habe ihm eine spezielle Gabe mitgegeben, wie man mit Touristen und Betrunkenen umzugehen hat.«

»Wann werde ich ihn mal sehen?«

»Später, vielleicht heute abend. Wir setzen uns zu ihnen. Man konnte gleich sehen, wie Boylan und Jimmy Linahan einander verstanden. Linahan ist so etwas wie ein Berufs-Ire, wissen Sie, und schon lief es. Er hing an jedem Wort, das aus Boylans Mund kam, sog es in sich auf. Boylan fing an, von den weltberühmten Pubs von Dublin zu reden, und Roy unterbrach ihn. ›Berühmt für was? Für die Betrunkenen?‹ Roy war schon ziemlich in Fahrt, hatte einen richtig gemeinen Blick dabei. Boylan sagt: ›Aus welchem Grund geht man denn hinein, außer sich einen zu kippen?‹ Er nannte einen Pub, an dessen Namen ich mich noch erinnere, Mulligan's, und noch einen, der hieß Bailey, und er sagte, sie wären durch Joyce weltberühmt geworden. Vieleicht weiß Roy ja tatsächlich, wer James Joyce war, ich bin da nicht sicher, aber es ist auch egal. Du mußt gegenüber Roy nur von Büchern reden, dann meint er gleich, du willst dich aufspielen. Kaum hatte Boylan angefangen zu reden, da konnte man beobachten, wie Roy sich auf ihn einschoß. Roy sieht mich an und sagt: ›Ich haue ab von hier, bevor ich diese neue Sorte AIDS kriege.‹ Sagt Boylan: ›Was ist das für eine Sorte?‹ Und Roy sagt: ›Ohren-AIDS. Man kriegt sie, wenn man Arschlöchern zuhört.‹«

Lucy sagte: »Ihm direkt ins Gesicht?«

»Direkt. Dann sieht er mich an. ›Wo hast du diesen Kerl aufgetrieben?‹ Ich sagte: ›Roy, du wirst es mir nicht glauben, wenn ich es dir erzähle.‹ Meint Roy: ›Im Augenblick glaube ich überhaupt nichts, was ihn betrifft, inklusive diesen scheißirischen Akzent, den er uns hier vormacht.‹«

»Was hat Boylan dazu gesagt?«

»Mit so etwas kann er umgehen. Und was er erzählt, das walzt er aus. Er erzählt dir was von den Pubs in Dublin, gut, glaub es. Aber sonst, ich weiß nicht, vielleicht die Hälfte. Außer, daß er, wie er selber sagt, gesessen hat. Das wußte ich gleich, als ich ihn sah.«

»Wieso?«

»Es ist etwas, das weiß man, wenn man drin war.« Sie kamen am Eingang zum Ralph & Kacoo's an. Jack stockte, griff nach Lucys Arm. »Er weiß nicht, was wir vorhaben, aber er wird um uns herumschleichen und versuchen, es herauszukriegen.«

»Ich gebe mich ganz süß und unschuldig«, sagte Lucy.
»Die Frage ist, kann er uns nützen? Achten Sie mal darauf.«

Jerry Boylan aß seine Austern mit Zitrone. Er hatte das Fleisch abgelöst, führte nun die Schale zum Mund, schlürfte die Auster aus, und während er noch kaute, schob er einen Cracker dazu und spülte einen Schluck Bier nach. Jack und Lucy sahen ihm dabei zu. Sie hatten ihre Austern schon aufgegessen und auch das Krabbenbrot. Lucy rührte in ihrem Eistee. Sie waren beide fasziniert von dem Eßritual ihres Tischnachbarn: Zwei Dutzend Austern brachte er unter, kaute, trank, redete und ließ dazu dauernd seine Zunge im Mund herumwandern... Zu Lucy sagte er: »Sie taxieren mich, nicht wahr, Schwester? Wollen wissen, warum ich nach Nicaragua gegangen bin, trauen sich aber nicht, zu fragen. Ich hatte mal eine Cousine, die zu den Nonnen gegangen ist und den Namen Virginella angenommen hat. Ich habe zu ihr gesagt« – Boylan runzelte die Stirn – »›Warum um alles in der Welt willst du denn als *kleine* Jungfrau herumlaufen? Mädchen‹, sagte ich, ›wenn du schon eine Jungfrau sein und bleiben willst, dann betrachte dich als eine ganz tolle, als eine Jungfrau von Weltklasse.‹

Aber sehen Sie den Widerspruch, Schwester? Der eine Schwur ist dem anderen im Weg. Die Bescheidenheit und die Demut hindern sie daran, ihre Jungfräulichkeit an die große Glocke zu hängen.« Ein Stück französisches Weißbrot verschwand mit einem Stück Butter in seinem Mund.

Jack sagte: »Darf ich Sie etwas fragen?«

»Bitte.«

»Was haben Sie in Managua gemacht?«

»Direkt zur Sache kommen, wie? Klar, Jack, ich erzähle es Ihnen.« Boylan lehnte sich mit seinem Bierglas in der Hand zurück. »Es ist kaum einen Monat her, und es war Ostersonntag, da habe ich den Friedhof von Milltown besucht. Er liegt an der Falls Road, auf dem Wege von Belfast nach Antrim.« Er sah von Jack zu Lucy. »Ich war dort wegen der Siebzig-Jahr-Feier des Aufstandes von 1916. Stand da in Regen und beißender Kälte, um unsere Toten zu ehren...«

Jack sagte: »Und das war es, was Sie in Managua gemacht haben?«

»Fragen Sie, was Sie wollen, Sie haben aber diesmal keine Pistole in der Hand«, sagte Boylan und lächelte. »Sie mögen ja ein schlaues Kerlchen sein, Jack, aber Sie haben auch Ihre Fehler. Zum Beispiel die Ungeduld, wenn ich das richtig sehe. Wissen nicht mehr weiter mit ihr und wie Sie mit der Situation jetzt fertig werden sollen, und deswegen bringen Sie diese niedliche Schwester mit, damit sie einen Blick auf mich werfen kann, wie? Aber da kommt Ihnen Ihre Unsicherheit wieder dazwischen, und Sie unterbrechen mich, ausgerechnet dann, wenn ich eben davon erzählen will, wie ich auf die Nicaraguaner gestoßen bin.« Er wandte sich wieder an Lucy. »Es mag ja den Anschein haben, Schwester, daß ich ziemlich weit aushole und große Reden schwinge, wie das viele Revolutionäre nur zu gerne tun; aber ich werde Sie schon mit Phrasen verschonen. Was Sie jetzt nämlich erfahren werden, ist, was denn die Sandinisten an einem kalten Ostersonntag in Irland zu suchen haben.«

»Und auch sonst«, sagte Lucy.

»Wenn es heißt, wir machten gemeinsame Sache mit Terroristen, dann ist das eine Lüge. Diese Gruppe, die aus Nicaragua zu uns kam, bestand aus Musikern. Sie hatte sich den Namen ›Helden und Märtyrer‹ gegeben: Revolutionäre, die ihre Schlachten geführt und *gewonnen* hatten und nun gekommen waren, uns das in ihren Liedern und Balladen zu erzählen. Also, ein Mann, der für seine eigene Sache kämpft, der wird durch so etwas inspiriert, es bewegt ihn. Ich wollte mehr von ihnen wissen. Deshalb schaffte ich es, mit den ›Helden und Märtyrern‹ zusammen nach Nicaragua zurückzureisen. Bei dieser Gelegenheit konnte ich auch gleich einen älteren Bruder besuchen, den ich fast zehn Jahre nicht mehr gesehen hatte. Ein ärmlicher Jesuitenpater, der seine Herde in diesem Dorf, in León, hütet.«

Jack hing mit seinem Blick an Boylan, der von seinem Bier trank und sich dann mit dem Handrücken über den Mund wischte. Diesem Burschen war nicht so leicht beizukommen. Überall hatte er etwas in petto. Zuerst diese Cousine, die eine Nonne war, und jetzt einen Bruder, der ein Priester war.

Aber dann sagte Lucy: »Ich würde León ja nicht gerade ein Dorf nennen.«

Jack hakte ein. »Und ich bin noch nie einem Jesuiten begegnet, der besonders arm gewesen wäre.«

Es war nur eine kurze Genugtuung. Boylan sagte nämlich unbewegt: »Alles ist relativ. Die Städte, der Klerus, sogar die Revolutionäre – es hängt von dem Blickwinkel ab, aus dem man sie betrachtet. Jetzt sind dort zum Beispiel die *Contras* die Rebellen, und manchmal denke ich mir, ist das nicht ein niedlicher Name für diese Verbrecher, diese blutigen Mörder von unschuldigen Leuten? Und dann erfahre ich, daß das nur Leute gewesen sein sollen, die gut und behaglich gelebt haben, aber jetzt für die Scheußlichkeiten, die sie begangen hätten, büßen müßten.«

Er trug dieselbe unförmige Jacke mit Fischgrätenmuster, denselben rot-grau gemusterten Schlips, wahrscheinlich auch immer noch dasselbe Hemd... Er sah jetzt Jack an, und in seinem straff zurückgekämmten Haar spiegelten sich die Deckenlampen.

»Haben Sie einmal dabei zugesehen, wenn unschuldige Menschen gemordet werden, Jack? So wie die Schwester und ich? Wissen Sie, wie das ist?« Boylan lehnte sich zurück, während er sich wieder an Lucy wandte. »Das erste Mal, Schwester, das ist nächsten Monat genau zwölf Jahre her. Ich saß im Mulligan's vor einem Bier, da hörte ich die Bombe explodieren, dieses laute Krachen, vor dem es keine Rettung mehr gibt... Ich erinnere mich, als wäre es gestern erst gewesen, und ich sehe fast zu lebendig vor mir, was dort in der Talbot Street los war. Ich rannte um die Ecke und hörte die Schreie in all dem Rauch, der alles wie ein blutiger Nebel einhüllte.«

Jacks Blick wich vor Boylans leidenschaftlichem Ausbruch zurück. Er sah ihn erst wieder an, als der Mann weiterredete, wich erneut zurück... und blieb schließlich an ihm hängen.

»Und noch etwas gab es, das war der Geruch, und den habe ich heute noch und für immer in meiner Nase. Nicht der Geruch des Todes, von dem man manchmal reden hört, sondern der Gestank von den Eingeweiden der Menschen, die dort auf dem Gehsteig lagen. Ich sah eine Frau, die saß angelehnt an einen Laternenpfahl und starrte mich an oder ins Leere; ihr waren beide Beine abgerissen.«

Jack stand vom Tisch auf.

»Na, schlägt es Ihnen auf den Magen, Jack?«

»Ich bin sofort zurück.«

»Man muß es gesehen haben. So wie ich und die Schwester hier... Stimmt's, Schwester?«

Jack ging den Gang zwischen all den Leuten entlang, die an ihren Tischen saßen, mit ihrem Lunch beschäftigt und eifrig nach den Kellnern nickend, bis er am hinteren Ende des Raumes vor einem Tisch stehen blieb.

Helene saß dort vor einer Tasse Kaffee, das Eßgeschirr war schon abserviert, und sie hielt den Kopf über ein offenes Buch gebeugt. Ihr von der Dauerwelle gekräuseltes Haar deckte ihr Gesicht an beiden Seiten ab.

»Was liest du da?«

Ihre braunen Augen schauten zu ihm auf. Das Licht spiegelte sich in ihnen, und dann war da noch diese Nase, die ihn faszinierte, diese zarten, feinen Nasenflügel. Helene steckte einen Finger in das Buch und schlug es zu, warf einen Blick auf den Umschlag und sah dann wieder zu ihm auf, jetzt mit einem anderen Gesichtsausdruck, fast verschlagen, ein Mädchen mit einem Geheimnis.

»Self-Love and Sexuality.«

»Ist es gut?«

»Nicht schlecht. Sie schreiben, wenn man sich nicht selber liebt, dann hat man auch keinen Spaß im Bett. Oder anders: daß man sich erst selber lieben muß, bevor man jemand anderen lieben kann.«

»Wenn man sich nicht selber liebt... Warum sollte man denn nicht? Ich meine, wo man doch alles ist, was man hat.«

»Ich weiß nicht, Jack. Es muß Leute geben, die es nicht tun.«

»Und du meinst, diese Armleuchter merken das? Nein, bestimmt nicht, die finden sich ganz in Ordnung. Aber nehmen wir mal an, es ist überhaupt möglich, daß man sich selber nicht mag, und man geht mit jemandem ins Bett – ja was machst du denn da, analysierst du dich selbst?«

»Ich bin froh, daß du das mal klargestellt hast«, sagte Helene. »Was treibst du gerade?«

»Ich arbeite nicht mehr im Beerdigungsinstitut.« Helene wartete, und er sagte: »Ich werde schon irgend etwas anderes finden.«

Ihre Augen ruhten weiter auf ihm. Sie wartete. Im Ausschnitt ihrer Bluse konnte er die Sommersprossen sehen, die ihm immer dazu gedient hatten, Sternbilder zu entwerfen, indem er mit dem Finger von einer zur anderen fuhr und sie verband, bis er dann bei ihren Zwillingssonnen ankam und von dort aus weiter bis ins Zentrum des Universums. Da war also etwas zwischen zwei Menschen, die sich selber mochten und sich vielleicht auch gegenseitig geliebt hatten und sich jetzt daran erinnerten – er selber und auch sie, wenn er dem Blick in ihren Augen glauben konnte.

»Du bist da mit einem hübschen Mädchen unterwegs.«

»Ich wußte nicht, daß du uns gesehen hast.«

»Als ich hereinkam.«

»Sie war mal eine Nonne.«

»Wirklich? Und was ist sie jetzt?«

»Sie sieht sich um.«

»Ich glaube, das tut jeder. Ich bringe mein halbes Leben lang damit zu, mir einen Job nach dem anderen zu suchen, und mich dabei über mich ausfragen zu lassen. Und ich werde schließlich als eine enden, die die Notizen für irgendeinen Schlappschwanz abtippt, von dem ich nicht einmal weiß, was er eigentlich tut. Die Büros sind voll von Leuten, die mit so etwas ihr Leben verbringen, und wenn sie es nicht täten, würde es auch keinen Unterschied machen. Oder denk an die Firmen, die irgendeinen Quatsch produzieren, den niemand braucht, und dabei tun sie so, als erwiesen sie der Menschheit einen Dienst, diese besseren Menschen.« Sie holte Luft. »Ich denke über dich nach, seit wir einander das erste Mal begegnet sind, Jack. Nein, eigentlich schon vorher... Du fehlst mir.«

Und die Begleitmusik dazu in ihren braunen Augen – erst sprühend, dann traurig, dann wieder mit so einem seelenvollen Leuchten, eins nach dem anderen. Ihre Augen ließen ihn nicht los, und ihr Blick machte ihn weich.

»Aber du gibst mir immer noch die Schuld, nicht?«

»Das habe ich nie getan. Es war dieser Windmacher von einem Anwalt, für den du damals gearbeitet hast.«

»Das *sagst* du jetzt so. Aber wie dem auch sei, Jack, du bist ein höflicher Mensch.« Sie behielt das seelenvolle Leuchten auf etwas kleinerer Flamme in ihren Augen, als sie sagte: »Rufst du mich mal an?«

Er lächelte. Er fand es ganz gut, sich mal ein wenig weich werden zu sehen, solange – ihr Lächeln sagte es ihm – sie sich darüber klar war, daß er wußte, was sie da machte. Helene war eine amüsante Frau. Er sagte, ja, er würde sie anrufen.

Und ging wieder zurück zu seinem Tisch.

Lucy sah auf. Boylan redete noch immer, erzählte ihr soeben, daß eine Revolution mehr sei als der Sturm auf den Palast, die Stiefel auf den königlichen Eßtisch zu legen und den königlichen Wein zu trinken. Er stockte und sah Jack an, als er sich hinsetzte. »Sie sind in Ordnung?«

»Mir geht's gut.«

Dann wandte er sich wieder zu Lucy und sagte: »Das ist der ruhmreiche Teil. Aber dann kommt die Arbeit, kommt das Verändern der festgefahrenen, in Traditionen verwurzelten Einstellungen. Mit Verlaub, Schwester, denken Sie mal an ein Volk, das in der Meinung aufwächst, es sei schon in Ordnung, wenn einer Frau um der höheren Sache willen die Beine abgerissen werden, aber daß es eine Todsünde ist, wenn sie sie einfach breit macht.«

Lucy sagte: »Sie haben aber den Palast noch nicht erstürmt.«

Boylan lehnte sich zurück und schien zum erstenmal etwas müde. »Es wird geschehen.«

»Sie werden es weiter versuchen.«

»Es ist ein Spiel, das schon zu einem Ritual geworden ist, Schwester. Entweder spiele ich es mit oder... Oder ich kehre die Straßen und leere die Mülleimer.« Ein paar Augenblicke lang starrte er auf den Tisch vor sich, schwieg dazu, sah dann schließlich auf und sagte: »Jack, ich werde mal dem Klo einen Besuch abstatten, wenn Sie mir sagen, wo es lang geht.«

»Vorne am Eingang.«

Er sah, wie Boylan sich mit einiger Anstrengung erhob und losmarschierte. Dann wandte er sich zu Lucy, sah ihren ruhigen Blick. Sie sah ihn fest an, und das überraschte ihn.

»Nun, was denken Sie?«

»Sie hatten gestern abend eine Waffe. Jedenfalls sagte Boylan: ›Diesmal haben Sie keine Pistole in der Hand.‹«

»Nun ja, ich mußte doch erst einmal wissen, wer er war.«

»Sie hatten eine Waffe bei sich?«

»Nein, es war die Pistole des Obersten. Ich habe sie wieder zurückgelegt.« Jack holte Luft. »Aber wenn wir tun, was wir vorhaben, dann können wir nicht einfach hingehen und den Kerl um sein Geld bitten, und schon händigt er es uns aus. Verstehen Sie? Wir müssen bewaffnet sein. Es gibt keine andere Wahl.«

Sie schien darüber nachzudenken, bevor sie sehr schnell sagte: »Nein, die gibt es nicht, oder?«

Franklin de Dios stand innen am Eingang des Restaurants und beobachtete, wie Boylan die Tür aufdrückte und zur Herrentoilette strebte.

Er war Boylan vom Hotel hierher gefolgt, hatte ihn beobachtet, wie er sich an einen Tisch gesetzt hatte, und er hatte sich auch den Mann und die Frau angesehen, die hereingekommen waren und sich zu Boylan an den Tisch gesetzt hatten. Er erinnerte sich an sie: Es waren die aus dem Leichenwagen an der Tankstelle von St. Gabriel. Dem Mann im dunklen Anzug war er noch einmal begegnet, und zwar in dem Beerdigungsinstitut, wo er ihm ein Bier angeboten hatte. Er hatte sich gefragt, ob er wohl auch derselbe war, der sie an diesem Abend zusammen mit einem zweiten Polizisten in den Kofferraum ihres Wagens gesteckt hatte, bis dann wieder zwei Polizisten, diesmal in Uniform, sie wieder herausgelassen, geduldig Crispins Schilderung von dem Vorfall gelauscht und ihnen dann einen schönen Abend gewünscht hatten. Aber wieso konnte dieser Mann hier an dem betreffenden Abend plötzlich ein Polizist gewesen sein? Nein – außer er war so einer, wie er sie auch schon in Miami erlebt hatte. Oder, wie Crispin jetzt eher glaubte, die beiden, die sie in den Kofferraum gesteckt hatten, waren gar keine Polizisten gewesen. Dann konnte der hier tatsächlich der Mann aus dem Beerdigungsinstitut sein. Zu Crispin hatte er gesagt, daß er damit gar nicht klarkam, wer nun wer sei. Aber Crispin hatte zu ihm gesagt: »Du brauchst weder zu denken noch etwas zu wissen. Tu nur, was dir gesagt wird.«

In Ordnung. Aber er würde sich weiter Gedanken machen.

Franklin de Dios knöpfte seine Jacke auf und marschierte in die Herrentoilette von Ralph & Kackoo's.

Lucy stützte ihre Arme auf den Tisch. Sie sagte: »Wenn Sie Hotelzimmer ausraubten, haben Sie da eine Waffe bei sich gehabt?«

Jack war eben im Begriff, aufzustehen, und hielt sich schon an der Tischplatte. »Nein, niemals. Glauben Sie etwa, wenn einer plötzlich aufwachte, daß ich dann auf ihn schießen würde?«

Sie nickte nachdenklich. »Aber das hier ist etwas anderes. Wir brauchen Waffen.«

»Ein bewaffneter Raubüberfall wird als weit schwereres Verbrechen bestraft. Wenn man es einmal unter dem Aspekt sieht. Darf ich mich jetzt für einen Augenblick entschuldigen, ich möchte auf die Toilette.«

Er sah ihren überraschten Gesichtsausdruck, als er aufstand.

Sie sagte: »Wir planen aber keinen Raubüberfall, Jack.« Echte Überraschung klang aus ihrer Stimme.

»Wie nennen Sie es denn?«

»Wir sind keine Banditen.«

»Dann sagen Sie mir, was wir sind. Wenn ich zurück bin.«

Franklin de Dios stellte sich hinter Jerry Boylan, der vor dem Urinbekken stand. Er zielte mit seiner Beretta direkt auf die graue Fischgrätenjacke und stieß ihm den Lauf in den Rücken, bis er das Rückgrat spürte. Boylan drehte den Kopf und sah ihn über die Schulter an. Er sagte: »Was ist...?« Franklin de Dios schoß. Als Boylans Körper aufzuckte, dann schlaff wurde und gegen das Urinbecken sank, legte Franklin de Dios die Pistole an den Hinterkopf des Mannes, hielt die Mündung genau in die Kuhle über seinem Nacken, schoß noch einmal, trat zurück und drehte sich um. Er hatte nicht das Bedürfnis, sein Opfer tot zu Boden fallen und die rote Schmierspur an der Wand zu sehen.

Franklin de Dios steckte die Beretta in den Gürtel seiner Hose, ganz nah an der linken Hüfte, knöpfte die Jacke zu und zog sie glatt herunter. Es klingelte in seinen Ohren, aber von außerhalb aus dem Restaurant hörte er nichts. Im Krieg hatten sie die Erschossenen immer durchsucht, wenn Zeit dazu war; fanden ein paar Cordobas, wenn sie Glück hatten. Der hier konnte Geld bei sich haben oder auch nicht. So, wie er da lag, war das schwer zu erkennen. Aber er hatte keine Zeit. Crispin hatte zu ihm gesagt, er solle ihn töten, weil »er Geld stehlen will, das für deine Leute bestimmt ist, für die *Contras*«. Franklin de Dios hatte gesagt: »Es sind nicht meine Leute.« Und Crispin hatte gesagt: »Tu es, oder wir schicken dich wieder zurück.« Nirgends eine Möglichkeit, dem Krieg zu entfliehen.

Dann sagte er zu sich selbst: Also los.

Er zog die Tür auf. Er trat aus der Toilette. Er sah den Mann im dunklen Anzug aus dem Bestattungsinstitut auf sich zukommen. Seine Augen fixierten ihn. Er knöpfte die Jacke auf, und der Mann aus dem Bestattungsinstitut blieb zwei Schritte vor ihm stehen.

Franklin de Dios sagte: »Wie geht's?« Der Mann antwortete nicht, bewegte sich auch nicht. Also marschierte Franklin de Dios los, an dem Mann vorbei und aus dem Restaurant. Er mischte sich unter die Touristen, die zum Jackson Square zogen, zur Cabildo und zur St. Louis Cathedral.

16

Jack machte Roy Hicks mit Lucy bekannt. Er wartete auf eine Reaktion von ihr, schließlich war er der Mann, auf den sie so neugierig war. Aber sie hielt sich offenbar zurück, vorsichtig, stiller als zuvor. Eine andere Lucy an diesem Abend – nach dem Tod Boylans am Nachmittag. Boylan hatte sie berührt.

Alle vier waren sie zu Anfang still.

Jack sah zu, wie Roy sich mit einem Drink in der Hand niedersetzte und schwieg, sich ohne Kommentar in dem Sonnenzimmer umschaute. Seine Bemerkungen sparte er sich für später auf. Cullen machte es sich in einem tiefgepolsterten Sessel bequem, legte die Füße auf eine dazu passende Ottomane und griff nach einem Magazin. *Vogue.* Er hatte Jack erzählt, daß das Mädchen außer Haus war. Nein, nicht seinetwegen. Für den Rest der Woche nach Algiers gereist, ihre Schwester besuchen.

Jack stellte seinen Drink auf den Kaffeetisch und daneben einen Sherry für Lucy. Dann setzte er sich zu ihr auf das Sofa. Er legte seine Hand auf ihre und fragte sie, ob sie in Ordnung sei. Er spürte, wie Roy sie beide beobachtete. Sie nickte. Sie rauchte eine Zigarette und war in sich versunken. Er spürte, wie Roy darauf wartete, seine Aufgabe anpacken zu können, Fragen zu stellen, wieder den Cop zu spielen und Zeugen auszufragen.

Jack sagte: »Ich habe nur hineingeschaut, weiter nichts. Ich habe keinen Schritt hineingemacht.«

»Aber du warst der erste.«

»Ich stand da und hielt die Tür offen, und ein Kellner ging an mir vorbei und hinein. Er warf einen Blick auf den Mann und kam wieder zurück.«

»Hat er etwas zu dir gesagt?«

»Nicht zu mir. Aber es kamen Leute dazu, und ich hörte ihn sagen: ›Gehen Sie da nicht hinein. Ein Mann ist getötet worden.‹«

»Wie konnte er wissen, daß Boylan tot war, wenn er nur kurz hineinging und sich gleich wieder umgedreht hat?«

»Ich nehme an, wegen des vielen Bluts.«

»Was hat er sonst noch gesagt?«

»Ich habe mich da nicht weiter herumgetrieben. Wir sind gegangen.«

»Hast du mit jemandem darüber gesprochen?«

»Kein Sterbenswörtchen.«

»Kennt der Kellner dich?«

»Glaub' ich nicht, jedenfalls nicht der.«

»Du hoffst, daß er dich nicht kennt.«

»Kein Mensch hat sich für *mich* interessiert, das kannst du dir doch vorstellen.« Jack griff nach seinem Drink. In ungefähr zweieinhalb Minuten würde er einen neuen brauchen.

Roy saß ihnen beiden an der anderen Seite des Tisches gegenüber. Auf dem Tisch vor Lucy lagen ein paar aus Nachrichtenmagazinen herausgerissene Blätter, ein Stapel Schreibpapier, ein Stift, mehrere Briefe in Umschlägen, und daneben stand unberührt ihr Sherry. Roy sagte zu Lucy: »Haben Sie die Schüsse gehört?«

Sie schüttelte den Kopf.

Jack hörte, wie sie nein sagte; es war fast nur ein Flüstern. Er sagte zu Roy: »Als ich zum Tisch zurückging, standen die Leute soeben alle auf und sahen nach vorn. Wir standen auch auf und gingen hinaus. Niemand hat uns beachtet.«

Roy sagte: »Und du hast den Kerl erkannt, als er dort aufkreuzte? Diesen Nicaraguaner?«

»Ich habe dir erzählt, wer es war. Franklin de Dios, der ein Indianer sein soll, aber aussieht wie ein Farbiger.«

»Worauf ich hinaus will«, sagte Roy, »ist, daß er dich auch erkannt hat. Oder etwa nicht? Ihr wart doch nahe zusammen.«

»Natürlich konnte er mich erkennen. Er *kennt* mich ja schließlich. Wir haben im Bestattungsinstitut miteinander gesprochen. Ich hatte ihn gefragt, wozu er die Waffe mit sich herumtrüge. Na, jetzt weiß ich es. Er hat gesagt, um sie zu gebrauchen, und der Kerl machte keine Scherze. Dich hätte er auch erkannt, Roy, von dem anderen Abend, als du ihn aus dem Wagen gezogen hast. Man, ich kann dir sagen, dieser Bursche... Er kam aus der Toilette, und kaum sah er mich, da machte er eine Handbewegung, als wollte er seine Hand in die Jacke stecken. Wir standen einander gegenüber... Und weißt du, was er zu mir sagte? Er sagte: ›Wie geht's?‹«

Cullen sah von seinem Magazin hoch. »Das hat er gesagt? Du nimmst uns nicht auf den Arm?«

»Dann marschierte er hinaus. Als wir draußen waren, war er verschwunden. Nicht, daß wir nach ihm gesucht hätten.«

Roy sagte: »Er ist in das Restaurant gegangen, um sich Boylan vorzunehmen. Also muß er euch drei zuvor an eurem Tisch gesehen haben. Hast du darüber nachgedacht, daß der Kerl in dem Fall, daß Boylan nicht auf den Topf gegangen wäre, zu euch an den Tisch gekommen wäre?« Roy sagte: »Ich möchte wissen, ob du vorhast, den Kerl bei der Polizei anzuzeigen und zu identifizieren. Um dich zu schützen. Aber wenn du erst mal der große Hauptzeuge bist, dann können wir unseren Job hier vergessen. Verstehst du? Die Mordkommission nimmt dich unter ihre Fittiche, und mit Lucy geschieht dasselbe.« Roy sah jetzt Lucy an. Als sie immer noch keinen Ton sagte, fragte er sie direkt: »Sind Sie der Meinung, Sie sollten zur Polizei gehen?«

Lucy sagte: »Nein, das bin ich nicht.«

»Weil Sie Boylan kannten? Weil Sie diesen schwarzen Indianer kennen und der schwarze Indianer dich kennt?«

Lucy zündete sich eine neue Zigarette an. Sie sah ihn an, schüttelte dann den Kopf.

Roy sah zurück, und Jack sagte zu ihm: »Was hast du vor, Roy?«

»Da mach dir mal keine Sorgen, was ich tue«, sagte Roy. »Aber wie ging es dem Indianer? Ist er gelaufen? Ich glaube nicht. Er muß auch gar nicht weggelaufen sein, ist vielleicht da geblieben, nicht gerade mit der rauchenden Kanone in der Hand. Er könnte sagen, daß Boylan schon da lag, als er hineinging, und daß gleichzeitig ein Kerl hinausgerannt ist, den niemand außer ihm gesehen hat. Gut, sie haben sich Boylan vorgeknöpft, weil sie wußten, wer er war und wohinter er her war. Sie haben keine Ahnung, daß du hinter demselben her bist. Aber du bist ihnen in die Quere gekommen, und vielleicht wollen sie euch jetzt auch beseitigen. Verstehst du? Und jetzt wüßte ich gern, ob ihr das Kopfschmerzen bereitet. Tut es das, dann können wir die ganze Sache vergessen.«

Lucy sagte: »Sie wollen wissen, ob mir das Probleme macht?«

Das Telefon läutete. Lucy hatte den Apparat mit hereingebracht und an der Wand gegenüber eingestöpselt. Sie stand auf und ging um das Sofa herum.

Jack setzte sich so, daß er jetzt über den Kaffeetisch gebeugt war, und sah Roy an. Er wartete, bis sie abgehoben und das Läuten aufgehört hatte.

»Roy?... Als ich zu dem Tisch zurückkam, um sie abzuholen... Cully, hör mal zu. Ich sagte jedenfalls zu ihr: ›Wir müssen raus hier.‹ Mehr nicht. Sie sagte kein Wort. Alles schaute in Richtung Herrentoilette und wollte wissen, was los war. Sie stand auf, sagte kein Wort, bis wir draußen waren, genauer, bis wir die Chartres hinauf in Richtung Canal Street gingen und ich erzählte, was passiert war. Sie sagte: ›Wer war es?‹ Und dann sagte sie nichts mehr, bis wir im Wagen saßen. Du willst wissen, ob sie damit fertig wird? Roy, sie hat mehr erschossene und umgebrachte Leute gesehen als du – Leute in ihrem Hospital, die man mit Macheten zerhackt hatte. Es waren ihre Patienten gewesen, um die sie sich gekümmert hatte...«

Er sah, wie Roy aufschaute. Lucy kam wieder um das Sofa herum und setzte sich.

»Das war meine Mutter. Sie kann sich nicht entscheiden, ob sie mit Claude Montana oder mit de la Renta reisen soll. Ich habe zu ihr gesagt: ›Das ist eine schwere Frage, Mom. Laß mich darüber nachdenken und dich dann zurückrufen.‹«

Jack sah Roy weiter an. Hast du's jetzt kapiert, du Schlaumeier? Siehst du es? Man sah Roy an, daß er etwas sagen wollte, daß er sich beherrschte und sich nicht von einem Mädchen, das ausgerechnet auch noch eine Nonne gewesen war, auspunkten lassen wollte. Roy nahm einen kräftigen Schluck von seinem Drink, schüttelte das Eis, goß sich einen neuen ein und ließ sich Zeit dabei. Jack sagte zu Lucy: »Ich nehme an, jeder hat so seine Probleme, nicht?« Und dann sah er wieder Roy an. »Was ist mit dir, Roy?«

Roy sagte: »Du meinst, außer dem Problem, wie wir die ganze Sache aufziehen? Außer dem Problem, daß sie wissen, wer du bist, ich aber immer noch nicht weiß, wer zum Teufel *sie* denn sind und auf welcher Seite wir eigentlich stehen?«

Lucy beugte sich über den Kaffeetisch und fing an, in ihren Papieren und Ausschnitten zu blättern, als Cullen sagte: »Dem Geld ist es egal, auf welcher Seite es landet, Roy. Willst du wissen, wie weit der Oberst bisher gekommen ist?«

Roy sagte: »Ich möchte, rein zur Information, wissen, wer hier die Guten in dem Spiel sind und wer die Bösewichte.«

Lucy schob den Stapel mit Ausschnitten, die sie aus den Magazinen gerissen hatte, zu Roy hinüber. »Lesen Sie, was der oberste Militärstratege der *Contras*, Enrique Bermúdez, gesagt hat. ›Wir haben schmerzlich erfahren müssen, daß es nicht die Guten sind, die Kriege gewinnen.‹ Alfonso, ebenfalls einer ihrer Anführer, sagt, nun ja, im Bürgerkrieg passieren immer diese Scheußlichkeiten. Sehen Sie sich das Foto hier an. Da liegt ein Mann lebendig im Grab, er hat die Augen offen, und ein *Contra* stößt ihm ein Messer in die Kehle. Da, sehen Sie.« Dann holte sie einen Brief heraus und öffnete ihn. »Von einer Schwester, mit der ich in Nicaragua zusammengearbeitet habe. Hören Sie.« Ihre Augen senkten sich auf das Papier. »›Die *Contras* hatten einen Hinterhalt für einen Lastwagen gelegt, der dreißig Männer und Frauen zur Kaffee-Ernte fuhr. Diejenigen, die nicht gleich von den Granaten getötet wurden, wurden erschossen oder verbrannten lebendigen Leibes auf dem Lastwagen. Auch ein fünfjähriger Junge gehörte zu den Opfern und vier Frauen... Und wir sollen uns noch bei ihnen bedanken, weil sie für die Freiheit kämpfen, weil sie gegen Kommunisten, die Feinde der Religion kämpfen... Sie töten Kaffeepflücker, Telegrafenmonteure, Bauern in den Genossenschaften. Wer bezahlt sie? Sie bekommen das Geld von unserer Regierung. Und jetzt erfahre ich, daß auch private Gesellschaften in den Vereinigten Staaten für sie Geld aufbringen. Überall herrscht der Tod. Soviel Tod und Vernichtung habe ich in meinem ganzen Leben nicht gesehen.‹« Lucy las leise weiter. Als sie von dem Brief hochsah, sagte sie zu Roy: »Wollen Sie noch mehr hören? Concepcion Sanchez war im vierten Monat schwanger. Sie haben ihr eine Pistole in den Mund gesteckt und sie erschossen, und dann haben sie ihr mit einem Bajonett den Bauch aufgeschlitzt. Paco Sevilla wurde vor den Augen seiner Frau und seiner sieben Kinder gefoltert. Sie haben ihm Ohren und Zunge abgeschnitten und ihn gezwungen, sie aufzuessen. Sie haben ihm den Penis abgeschnitten und ihn dann endlich getötet... Noch mehr?«

Roy sagte: »Wenn diese Kerle so sind, die gegen die Kommunisten kämpfen, dann gibt es überhaupt keine Guten. Dann sind sie beide dreckig.«

»Wenn Sie damit zufrieden sind«, sagte Lucy, »gut. Dann zählen wir Sie am besten dazu.«

Sie zündete sich eben eine Zigarette an, als das Telefon läutete.

Roy wartete, bis Lucy aufstand und den Hörer abnahm. »Ich will euch mal was sagen, ich sehe nicht, wie ihr das ohne mich schaffen könntet. Du meine Güte, ein Hoteldieb und ein alter Bankräuber.« Er drückte sich aus dem Sessel hoch und sah zur Bar hinüber. »Am besten bediene ich mich selbst, wie?«

»Nachdem du den Laden schmeißt«, sagte Jack, »denke ich, kannst du auch tun, was du willst.«

Roy sagte: »Wenn ich es nicht täte, wer dann? Du?« Er ging zur Bar.

Cullen sagte: »Himmel, sie schneiden dem Kerl das Ding ab.« Er sah durch den Raum zu Lucy hinüber, die am Telefon stand, dann hielt er die *Vogue* aufgeschlagen hoch und sagte: »He, Jack.«

Er drehte sich zu ihm und hielt dabei den Blick auf die fünf Modelle einer Anzeige für Bademoden gerichtet, alles in Farbe, wie sie lächelnd aus der Brandung steigen und sich ganz wunderbar fühlen.

»Welche würdest du nehmen?«

»Wozu?«

»Wozu? Um mit ihr ins Bett zu gehen.«

»Cully, du bist draußen, du brauchst diese Fotos jetzt nicht mehr.«

»Ich glaube, ich nähme die Dunkelhaarige da. Himmel.«

Roy sagte: »Laß sehen.« Cullen drehte das Magazin zu ihm. Roy sagte: »Keine von denen. Haben nicht genug Titten, um es richtig zu bringen.« Roy setzte sich mit seinem Drink wieder hin. »Aber der alte Cully, der würde jetzt sogar ein Huhn ficken, wenn es zum Fenster hereingeflogen käme.«

Jack warf Lucy einen Blick über die Schulter zu. Als er sich wieder umdrehte, sah Roy ihn an.

»Nervös, Jack? Sie kann mich nicht hören... Willst du sie nach oben und ins Bett kriegen, ihr zeigen, was ihr bisher gefehlt hat?... Kein Kommentar? Du willst sie haben, und ich habe nicht vor, mich dazwischenzuwerfen. Sie ist nicht mein Typ.«

Jack sagte: »Danke sehr, Roy«, stand auf und ging ebenfalls an die Bar. Lucy stand ungefähr sechs Meter entfernt, lehnte in ihren Jeans und dem schwarzen Pullover an der Wand, rauchte ihre Zigarette, konzentriert, sagte ein paar Worte ins Telefon, Lucy im Profil vor den grünen Bananenblättern. Jack sah, wie sie mit der Hand durch ihr kurzes, schwarzes Haar fuhr.

Roy wartete, bis er mit seinem Drink zurückkam. »Ich habe mit der Mordkommission gesprochen, habe ihnen erzählt, daß ich davon gehört hätte. Sie hätten ein Mordopfer, dem man das Rückgrat durchschossen habe und den Hinterkopf, und das praktisch vor den Augen von siebenunddreißig Menschen, die eben ihren Lunch einnahmen, und herausbekommen hätten sie noch verdammt gar nichts. He, aber ich habe etwas für dich.« Roy zog ein Notizbuch aus der Innentasche seiner Cordjacke. Er blätterte mit dem Daumen durch die Seiten und sagte: »Alvin Cromwell.«

Jack nahm sich eine von Lucys Zigaretten, die erste an diesem Abend. Alvin Cromwell war der Name, den er sich von dem Notizblock des Spendensammlers in dessen Schlafzimmer abgeschrieben hatte. Telefonnummer aus dem Mississippi-Bezirk.

»Hier haben wir es. Cromwell, Mode für den Mann und Sportausrüstungen. Gulfport. Nun sag mir mal einer, warum ein Nicaraguaner ausgerechnet nach Gulfport fahren sollte, um sich seine Sachen zu kaufen.«

Jack sagte: »Warum sollte überhaupt jemand?«

»Genau. Also, ich habe dir den Namen besorgt, und du gehst jetzt los und kriegst heraus, wo der Kerl steckt.«

»Vielleicht verkauft unser Alvin auch Waffen.«

»Das könnte sein.«

»Oder er hat eine Menge Geld und haßt den Kommunismus.«

Jack wandte sich halb um, als Lucy zurückkam. Er sah ihr zu, wie sie nach dem Sherry griff und einen kräftigen Schluck nahm. »Das war mein Vater. Er war mit dem Oberst gestern abend zum Dinner.« Sie nahm noch einen Schluck, setzte sich auf die Sofakante und stellte das Glas auf den Kaffeetisch.

Jack sah ihr zu. Gelassen, in sich ruhend, kaum zu erreichen. Er sagte: »Was ist passiert?«

»Noch nichts. Es geht um das, was passieren könnte. Mein Vater sagte, wenn er die Auszahlung seines Schecks verhindern könnte, dann würde er das wahrscheinlich tun. Er hält es für durchaus möglich, daß der Oberst mit dem ganzen Geld durchbrennt. Und dann sagte er – und das ist Spitze –: ›Natürlich ist es noch immer eine Steuererleichterung.‹ Er sagte, wenn es auch nur so ein Gefühl sei, so wolle er doch seinen Freunden, die noch nichts gespendet haben, den Rat geben, lieber zweimal darüber nachzudenken. Er sagte, es sei nur so eine Ahnung... Aber mein Vater ist damit reich geworden, daß er seinen Ahnungen gefolgt ist.«

Jack sagte: »Hat er Sie deswegen angerufen?«

»Er wollte mir sagen, daß ich wahrscheinlich recht hätte, was den Kerl angeht, und er hätte ihm kein Zehn-Cent-Stück geben sollen.

Dann zieht er den Kopf wieder ein und sagt, der Oberst habe schließlich Empfehlungen vorgewiesen, einen Brief vom Präsidenten und die offizielle Genehmigung, für seinen Fonds zu sammeln. Sie hätten ein Konto bei der Hibernia.«

»Bei Hibernia & Whitney«, sagte Cullen, »mit vier Niederlassungen bisher.«

Roy sagte: »Süße, wieviel hat Ihr Vater diesem Kerl denn gegeben?«

»Fünfundsechzigtausend.«

Roy sagte: »Gott im Himmel, ich muß zwei Jahre lang arbeiten, um so viel zusammenzukriegen.«

Oder sogar drei, dachte Jack, als Lucy sagte: »Als der Oberst mit dem Sammeln anfing, dachte er an mindestens hunderttausend. Als er dann hier auftauchte, konnte er immerhin von einer Frau in Austin, Texas, erzählen, die fünfundsechzigtausend gespendet hat, und sie haben einen Hubschrauber nach ihr benannt. Lady Ellen. Und da kann natürlich ein Ölmagnat aus Louisiana nicht nachstehen, zumindest.«

Jack sagte: »Das ist, als spielte man Blackjack mit einem Mädchenhändler. Wir sollten darüber mal nachdenken. Aber wenn er die Wahrheit sagt, ist es womöglich sogar besser. Wieso? Wenn er ehrlich spielt, dann wird die CIA oder sogar die Luftwaffe unserem Bertie das Geld hinunterfliegen. Wenn er aber mit dem Geld durchgeht, dann ist das etwas anderes. Dann ist er auf sich gestellt. Oder, soweit wir wissen, auf sich und die beiden anderen Burschen.« Er dachte einen Augenblick lang nach. »Das würde sogar einen Sinn geben, warum er diesen Burschen aus Miami mitgebracht hat, wie heißt er noch? Crispin Antonio Reyna, falls ihr merkt, worauf ich hinaus will. Der Bursche hat doch gesessen. Er sah Roy an. »Was war es noch? Scheckbetrug?«

»Faule Schecks in Umlauf bringen«, sagte Roy. »Hat neun Monate gekriegt. Dann war er noch einmal angeklagt wegen Rauschgifthandels. Er hat Dope von Florida nach hier transportiert. Aber die Anklage wurde fallengelassen.«

»Und der Bursche, der Boylan getötet hat«, sagte Jack, »Franklin de Dios, der gar nicht aussah wie ein Gotteskind, sage ich euch, als er da aus der Herrentoilette herauskam? Der war mal in einer Mordgeschichte verwickelt, dreifach.«

»Er war einer der Hauptverdächtigen, wurde aber nie vor Gericht gestellt«, sagte Roy. »Da hast du also deinen Dealer und deinen Killer.«

»Hast du es heraus? sagte Jack. »Wohin das Geld wandern könnte, wenn solche Kerle daran hängen? Direkt nach Miami, per Flugzeug oder Auto, egal. Wenn man es so betrachtet« – er wandte sich jetzt an Lucy –, »dann hat es mit den Ahnungen Ihres Vaters schon einiges auf sich.«

Roy sagte: »Ich prüfe besser mal nach, ob es über Alvin Cromwell auch ein Dossier bei der Kriminalpolizei gibt.«

»Oder ob er ein Flugzeug hat«, sagte Jack, »oder ein Boot.«

Lucy sah ihn an. »Sie wissen, wer er ist?«

»Alvin hat ein Herrenmoden-Geschäft in Gulfport. Ich fahre hin«, sagte er zu Roy, »wenn du alles über ihn herausgekriegt hast.«

Cullen sagte: »Jack, du mußt auch noch einmal in das Zimmer von diesem Kerl gehen.«

»Warum?«

»Warum hat er das Geld in vier verschiedenen Filialen? Darüber denke ich die ganze Zeit nach«, sagte Cullen. »Klar, ein Vorteil dabei ist, daß er es schneller wieder abgehoben kriegt, wenn es keine zu großen Summen sind. Das paßt zu dem, was du über ihre Pläne sagst. Nehmen wir also an, er will à tempo verschwinden. Was du herausfinden mußt, Jack, ist die Frage, ob er das Geld weiter umverlagert, ob er irgendwelche neue Empfangsbestätigungen hat.«

»Was macht das für einen Unterschied, wenn er von Hibernia zu Whitney transportiert?« Die Idee, noch einmal dort einzudringen, gefiel ihm nicht.

»Du bist es, der diese Geschichte mit Miami aufgebracht hat«, sagte Cullen. »Was ist, wenn sie den Zaster nicht in einem Koffer mitschleppen, sondern ihn von Bank zu Bank dorthin überwiesen haben?«

»Das tun sie nicht, wenn sie ein krummes Ding mit dem Geld vorhaben.«

»Jack, diesen Kerlen gehören ganze Banken – diesen Typen im Rauschgiftgeschäft. Du mußt noch einmal zu ihm hinein und nachsehen. Auch die Liste noch einmal nachprüfen, wie viele Namen schon abgehakt sind. Wenn Lucys Vater seinen Freunden erzählt, daß sie besser nichts springen lassen sollen, dann war es das vielleicht. Was der Kerl bisher gesammelt hat, das hat er, und weiter kommt nichts mehr.«

»Morgen«, sagte Jack. Die Idee gefiel ihm überhaupt nicht.

»Was ich nicht verstehe«, sagte Cullen. »Wir sitzen hier und planen einen Coup... Das ist das erste Mal, daß ich etwas in dieser Art unternehme, und niemand hat bisher die große Frage gestellt, die wichtigste von allen.«

»Wieviel er hat?« sagte Lucy.

»Getroffen!« Cullen schenkte ihr ein Lächeln. »Ich sage es geradeheraus, so, wie es jetzt läuft, wird der Kerl niemals seine fünf Millionen zusammenbekommen.«

Roy sagte: »Das habe ich auch nie erwartet.«

»Nicht einmal annähernd«, sagte Cullen. »Ich rede nämlich davon, daß er im Moment genau 2,2 Millionen hat.«

Einen Moment war es still, dann sagte Roy: »Und was ist daran schlimm?«

Jack sagte: »Überhaupt nichts«, und sah zu Lucy hinüber.

Lucy sagte nichts.

Sie griff mit der Hand unter den Lampenschirm, um das Licht auszumachen, doch dann stockte sie und sah Jack auf dem Sofa an. »Ich warte besser, bis sie zurückkommen.«

»Wenn Sie hinaufgehen wollen, tun Sie es. Ich lasse sie herein.«

Roy und Cullen waren hinausgegangen, um sich etwas zu essen zu holen, Cullen mit einem Heißhunger auf Shrimps, in Fett getränkt, nach siebenundzwanzig Jahren Hering und Makrelen. Sie würden ein offenes Lokal an der Magazine Street finden und gleich zurückkommen, nur kurz über die Straße und einen Rundgang um das Haus. Es war Roys Idee gewesen. Er hatte gesagt, sie blieben besser alle drei hier zusammen. Aufpassen auf die Nicaraguaner und einen schwarzen Indianer, ob sie um das Haus schlichen.

»Aber wo wollen Sie schlafen?«

»Ich kann mich gleich hier ausstrecken, das geht prima.«

»Im ersten Stock haben wir sieben Schlafzimmer«, sagte Lucy, »die Zimmer für das Personal nicht mitgerechnet. Es ist ein so riesiges Haus. Meine Mutter denkt aber nicht daran, umzuziehen. Sie hat eine Putzfrau, die täglich kommt, und der Gärtner kommt zweimal die Woche. Ich habe Dolores einmal gefragt, was sie eigentlich die ganze Woche macht. Sie sagt: ›Meistens kümmere ich mich um das Haus.‹ Ich habe gesagt: ›Und was macht meine Mutter?‹ Sie sagt: ›Ihre Mutter macht sich fertig zum Ausgehen.‹«

Er sah ihr zu, wie sie ihr Glas vom Tisch nahm und zur Bar ging, schlank in ihren Calvin-Jeans und dem schwarzen Sweater. Eine andere Lucy. Aber was war an ihr anders? Irgend etwas in ihren Augen. Oder etwas, was in ihren Augen fehlte.

»Wie ist es mit Ihnen?«

»Ich habe genug«, sagte Jack. »Danke.«

Sie goß sich Sherry ein. »Haben sie die Bilder draußen in der Eingangshalle bemerkt? Das ist meine Mutter.«

»Sie sieht furchtbar jung aus, um Ihre Mutter zu sein.«

»Ballkleider ändern sich über die Jahre nicht allzusehr.« Lucy drehte sich mit ihrem Sherryglas zu ihm um. »Diese Bilder sind über dreißig Jahre alt. Mutter war damals die Königin von Comus, und darüber ist sie nie hinweggekommen. Sie putzt sich heraus und geht aus, um gesehen zu werden. Mein Vater macht Geld und häuft Besitztümer um sich auf. Eine Fünfhunderttausend-Dollar-Eiche hat es ihm angetan. Er hat auch einmal meine Mutter besessen.«

Die neue Lucy stand mit der Hüfte gegen die Hausbar gelehnt. Schwarzer Kaschmirpullover und Calvins. Er könnte sie fragen, wieviel sie dafür bezahlt hatte...

»Kommen Sie, setzten Sie sich und sagen Sie mir, was nicht in Ordnung ist.«

Sie brauchte ein wenig Zeit dazu. Setzte sich auf die Sofakante, nippte an ihrem Wein und stellte ihn auf den Tisch ab, bevor sie sich zurücklehnte. Sie saß jetzt nah neben ihm, sah aber in die Ferne. Das ging in Ordnung, konnte er doch so ihr Profil sehen, die Nase und die dunklen Wimpern, die Unterlippe, in die er so gerne hineingebissen hätte, und er fragte sich immer noch, ob sie wohl jemals mit irgendwem ins Bett gegangen war... Kein Lippenstift, keine Spur von Make-up an diesem Abend.

Sie sagte: »Ich mag Ihren Freund Roy nicht.«

»Und das macht Ihnen Kummer?«

»Nein, es hat nichts zu bedeuten. Aber ich frage mich wirklich, wie er Ihr Freund sein kann.«

»Ich weiß nicht... Ich glaube schon, daß er eben kein besonders liebenswerter Mensch ist...« Jack stockte. *Liebens*werter Mensch – der Kerl stammt doch aus der Steinzeit. »Man kommt schwer mit ihm klar, er ist eher engstirnig und hat einen fürchterlichen Charakter... Nein, ich weiß nicht, jetzt, da Sie es erwähnen.«

»So wie Sie über ihn reden, klingt es, als seien Sie stolz auf ihn.«

»Nein, ich glaube, es ist eher, daß ich immer wieder erstaunt über ihn bin. Wissen Sie, er ist nun einmal so, wie er ist. Weiter mache ich mir keine besonderen Gedanken über ihn.«

»Aber Sie mögen ihn.«

»Ich würde nicht so weit gehen, daß ich sagte, ich *mag* ihn. Ich akzeptiere ihn. Und von Ihnen erwartet man doch auch nichts anderes, oder?«

Sie drehte sich zu ihm und sah ihn an.

»Ich will ihn gar nicht entschuldigen«, sagte Jack. »Aber ich kritisiere ihn auch nicht. Das würde ich nicht wagen.«

Sie sagte: »Trauen Sie ihm?«

Jack dachte einen Augenblick lang nach. »Roy sagt, wenn er etwas in die Hand nimmt, dann kann man auf ihn setzen. Er ist die Art Kumpel, den man gerne zur Seite hat, gleich, ob man ihn mag oder nicht.«

Sie sagte: »Weil es dieselbe Art Kumpel auch auf der anderen Seite gibt. Da existieren keine Unterschiede, nicht?«

Er legte seine Hand auf ihren Arm, spürte ihn unter der weichen Wolle. Er sagte: »Ich bin ein Ex-Sträfling, das wissen Sie. Roy ist ein Ex-Sträfling. Davor war er Cop. Er ist ein gemeiner und miserabler Typ, aber er hat mir drei Jahre lang da drinnen geholfen, sauber zu bleiben. Cullen ist auch ein Ex-Sträfling. Er war vorher Bankräuber. Und was sind Sie? Jetzt, in diesem Augenblick. Was sind Sie?«

Sie sah ihm ins Gesicht, und ihre Augen hielten seinem Blick stand. Aber sie antwortete nicht.

»Stecken Sie noch immer in dieser anderen Haut?«

Er ließ ihr Zeit, kam ihr nur langsam näher und schloß die Augen, als er sie küßte. Und sie erwiderte, hob ihren Mund gegen seinen, und sie wußte, was sie tat. Er sah ihre Augen unter den dunklen Wimpern, sah, wie die Lider sich hoben und sah ihre Lippen, die sich leicht öffneten.

»Du bist keine Nonne mehr.«

»Nein.«

Er küßte sie noch einmal wie zuvor, sanft und zart.

»Du bist eine andere geworden.«

Sie sagte: »Eine neue Identität«, und fast schien sie dazu zu lächeln. Sie sah ihn noch immer an. Sie sagte: »Ich möchte dir etwas zeigen« und ging aus dem Zimmer.

Er zündete sich eine ihrer Zigaretten an.

Sie war eine andere... Oder hatte sich vielleicht wieder zurückverwandelt. Denn wenn er jetzt darüber nachdachte, dann schien sie wieder eher die zu sein, die ihm als Schwester Lucy in Erinnerung war, wie sie mit ihm letzten Sonntag in dem Leichenwagen gefahren war und ihm über Nicaragua berichtet hatte, es ihm nahegebracht hatte, ihn mitfühlen ließ. Oder wie sie an dem Abend gewesen war, als er gemerkt hatte, daß sie ihn vereinnahmt hatte und ihm das auch noch gefiel – ach was, er war ganz *begeistert* –, und er gesagt hatte: »Sie fragen sich wohl, ob ich Ihnen helfen kann?«, und sie hatte ihn mit diesen ruhigen Augen angeschaut und gesagt: »Es ging mir durch den Kopf.« Sie war jetzt wieder wie diese Lucy. Einer Sache hingegeben, mit Gefühl.

Aber sie ließ es *ihn* nicht fühlen. Nicht jetzt jedenfalls.

Er dachte, vielleicht bin ich es selbst, der anders geworden ist, irgendwie anders. Und sie ist dasselbe Mädchen, das sich aufmachte, den Leprakranken zu helfen.

Er glaubte, nun noch einen Wodka trinken zu müssen, einen einzigen, und dann bereit zu sein, zu was auch immer. Aber dann hörte er sie hinter sich, sah sich um, und da stand sie und hielt sich etwas gegen das Bein. Fast direkt vor ihm ging sie in die Knie, die Augen auf ihn gerichtet, und legte einen vernickelten Revolver auf den Kaffeetisch.

Sie sagte: »Jetzt gehöre ich dazu.«

Er blieb still, sah auf die Waffe. Sie gehörte wohl ihrem Vater. Ein .38er mit einem Fünf-Zentimeter-Lauf. Er fragte sich, ob er wohl geladen war. Er sah Lucy an.

Sie sah zurück.

Sie sagte: »Ich habe etwas von Jerry Boylan gelernt. Oder irgend etwas von ihm blieb an mir hängen. Nichts, das er gesagt hätte, nur die Tatsache, was für ein Mann er war, und die Tatsache, wie er gestorben ist.«

»Hast du ihn gemocht?«

Sie überlegte einen Augenblick. »Ja, ich habe ihn gemocht.«

»Hast du ihm getraut?«

»Nein, aber das gehört dazu. Warum sollte er uns helfen wollen? Er diente seiner eigenen Sache, und das ist es, was ich von ihm gelernt habe. Man muß sich auf eine Seite stellen, Jack. Du kannst dich nicht heraushalten und dir das nehmen, was du willst. Du mußt dich auf etwas festlegen. Du und ich, wir haben darüber gesprochen, was wir sind. Erinnerst du dich? In dem Restaurant. Während Jerry Boylan ermordet wurde für das, was er war.«

»Willst du wissen, weshalb er starb?« sagte Jack. »Weil er nicht hinter sich geschaut hat. Das ist die Tatsache. Er war nicht vorsichtig genug.«

»Aber er war hier, weil er an eine Sache geglaubt hat. Und es war nicht nur das Geld.«

»Was hat er uns denn erzählt? Wenn er das hier nicht täte, dann würde er die Straßen fegen. Und wenn ich das hier nicht täte, dann würde ich weiter Leichen transportieren. Du würdest deinen Leprakranken ihre Medizin geben, und Roy würde den Touristen ihre Drinks mixen... Aber wenn wir es nicht auf diesen Coup abgesehen haben, was dann? Wie siehst du uns denn?«

»Wir brauchen kein Etikett, Jack, keine drei Buchstaben wie die IRA.« Sie setzte sich zurück auf ihre Fersen und sah zu ihm hoch. »Oder FDN, *Contras*... Es reicht, wenn wir sagen, wir sind gegen das, für das sie stehen.«

Er sah auf den Revolver. »Und stecken uns eine Kanone ein.«

Sie sagte: »Das ist ein großer Unterschied, ob man sich selber eine Waffe einsteckt oder ob man für einen Fall von politischer und konterrevolutionärer Kriegführung Waffen aufbringt, und das sind nicht nur Worte, die ich da mache, das ist so.« Sie machte eine Pause und sagte: »Was ist denn damit, daß man etwas für die Menschheit tun muß? Erinnerst du dich? Du hast es selbst gesagt. Und das ist es, worum es geht.«

»Es klingt jedenfalls gut.«

»Es ist *wahr.*«

»Aber würdest du dafür auch töten, Lucy?«

17

Little One kam aus der Hotelküche in den hinteren Teil der Halle, wo Jack an einem der Münztelefone stand. Little One sagte zu ihm, er habe ein Hühnchen mit ihm zu rupfen, denn man habe seine gutmütige Natur wieder einmal ausgenutzt. Jack hob abwehrend die Hand, die

Innenfläche nach außen gedreht, während er in die Sprechmuschel sagte: »Wenn du gleich kommen könntest, dann wäre ich dir sehr dankbar.«

Helenes Stimme sagte: »So, du wärst *dankbar?* Du redest also nicht nur von einem gemeinsamen Drink. Oder?«

»Wir können nachher auch zu Abend essen, wenn du noch nicht gegessen hast.«

»Wonach? Du rufst mich um – wie spät ist es? – fast halb neun am Abend an und fragst mich, ob ich schon gegessen habe?«

»Hast du?«

»Ich habe keinen Hunger. Ich habe einen riesigen Lunch hinter mir.«

»Ich wollte dich auch eher anrufen, aber ich mußte heute erst noch nach Gulfport fahren.«

»Dieser Kerl hat mich zu Arnaud's geschleppt«, hörte er Helene sagen, »um mit mir über einen Job zu reden. Als wir beim Kaffee sind, erzählt er mir, wie wichtig es ist, daß man sich gut verträgt, und deswegen wollte er nachher mit mir im Royal Sonesta absteigen und unser Gespräch in einer entspannten Atmosphäre fortsetzen. Was soviel hieß, wie: Geh mit mir ins Bett, dann kriegst du ein Büro mit Vorhängen, Teppich und einem Textverarbeiter. Ich sagte ihm, Himmel, das ist es, was ich mir schon immer gewünscht habe, einen Textverarbeiter.«

»Hast du den Job bekommen?«

»Also, ich war in Versuchung. Ich muß mein Apartment innerhalb der nächsten Tage verlassen, es sei denn, ich kaufe es; sie wandeln das Haus in eine Anlage mit Eigentumswohnungen um. Ich bin zweiunddreißig Jahre alt und habe weder einen Job noch einen Platz, wo ich leben kann.«

Er hatte Mitleid mit mir, daß sie solches Mitleid mit sich selber hatte, das arme Mädchen. Sie war keine zweiunddreißig, sondern wenigstens fünfunddreißig, war bereits einmal verheiratet gewesen, bevor er sie kennengelernt hatte, und war dann noch einmal ungefähr ein Jahr lang verheiratet gewesen, als er im Gefängnis saß. Was hatten sie beide inzwischen dazugelernt?

»Wir treffen uns in der Bar. Und trag ein Kleid, ja? … Helene?«

»Du hörst dich so anders an. Du bist es zwar, aber irgend etwas, ich weiß nicht, was, ist anders.«

»Es ist lange her«, sagte Jack. Er sagte ihr, sie solle sich beeilen, und hängte ein.

Little One, der neben ihm gewartet hatte, sagte: »Alsdann.«

»Ich habe den Schlüssel nicht dort gelassen, weil ich ihn noch einmal brauche. Ich habe dir gesagt, daß das vielleicht so kommen könnte. Erinnerst du dich?«

»Und ich habe dir gesagt, wir wären jetzt quitt, ich schulde Roy nichts mehr, und ich kann auf weitere unerwartete Querschüsse in meinem jetzigen Leben gern verzichten.«

»Es wird nichts passieren. Gar nichts, das verspreche ich.«

Little One sagte: »Da ist gar nichts zu machen, daß du in das Zimmer von dem Mann gehst, solange er drin ist.«

»Ich muß an der Sache dranbleiben ... Hast du ihm sein Dinner hinaufgeschickt?«

»Flasche kalten Wein, mehr nicht. Ein paar Shrimps. Der Mann liebt seine Shrimps. Sagt, er wartet auf seinen Wagen.«

»Wird er abgeholt?«

»Nein, der Mann hat sich einen neuen Wagen gekauft, einen brandneuen Mercedes. Hat mir erzählt, er würde bar bezahlen, wenn sie ihn heute abend noch lieferten, sonst würde nichts aus dem Geschäft. Der Mann redet gerne so über sich selbst.«

»Sagt er, daß er abreist?«

»Das nicht, aber es sieht so aus.«

»Was ist mit den beiden anderen Burschen?«

»Hab sie nicht gesehen. Sie wohnen nicht hier, kommen immer nur vorbei.«

»Kannst du herausbekommen, ob der Oberst seine Rechnung verlangt hat?«

»Glaubst du nicht, daß sie mich etwas schief angucken an der Rezeption, wenn ich damit ankomme? Weshalb ich danach frage?«

Jack sagte: »Ich kann mir nicht denken, daß einer mit einem Dale-Carnegie-Abschluß überhaupt irgendwo Schwierigkeiten hat.«

Little One brachte ihnen die Drinks im Innenhof des Hotels. Er betrachtete Helenes Erscheinung in ihrem schwarzen Kleid mit den dünnen Trägern, warf dann Jack einen Blick zu, sagte aber nichts. Er ging wieder davon.

Und Helene sagte: »Du bist mit deinen Gedanken woanders.«

Ihm ging durch den Kopf, daß dies hier der richtige Ort wäre, einen gemeinsamen Abend zu beginnen, wobei die sanfte Beleuchtung, das Plätschern des Brunnens und ein paar Drinks für die richtige Stimmung sorgen würden... Aber er sagte: »Alles, worum ich dich bitten möchte, ist, daß du ihn für zehn Minuten aus seinem Zimmer lockst.«

»Was soll ich tun? Ihn an den Haaren herausziehen?«

»Das könntest du sogar, er ist ein kleiner Kerl.«

»Die kleinen Kerle sind die schlimmsten; sie sind trainierter.«

»Du gehst hinauf zum Zimmer 501.« Jack sah nach oben. »Das oberste Geländer, das ist der fünfte Stock. Siehst du den Alkoven gleich neben dem Aufzug? Das ist seine Suite. Du klopfst an. Er öffnet dir. Du sagst: ›O je, das tut mir leid. Das ist das falsche Zimmer.‹«

Helene sagte: »›O je, das tut mir leid.‹«

»›Das ist das falsche Zimmer.‹«

»Du bist ja fast schon in dem Baum hinter dir verschwunden. Kannst du nicht ein wenig nach vorn rücken, damit ich dich sehen kann?«

»Ich sitze gut so.«

Sie sagte: »Du versteckst dich, nicht wahr?« Sie nahm ihren Scotch mit Wasser vom Tisch und sah ihn weiter unverwandt an. »Was hast du vor, Jack?«

»Das erzähl' ich dir später.«

»Du sagst, du hast gekündigt.«

»Das habe ich. Das hier ist etwas anderes. Also, du sagst: ›Tut mir leid‹, drehst dich um und gehst wieder.‹

»Eines will ich dir sagen: Aus Spaß inszenierst du das alles nicht.«

»Du gehst los, ein paar Stufen, dann drehst du dich um...«

»Ich drehe mich um.«

»Du sagst: ›Ach, wenn hier noch ein anderes Mädchen auftaucht, das ist meine Freundin. Ich habe ihr gesagt, daß wir einander hier treffen, aber ich glaube, ich habe ihr die falsche Zimmernummer gesagt.‹ Verstehst du? Dann sagst du: ›Ich halte unten nach ihr Ausschau. Aber wenn ich sie zufällig verpasse, würden Sie ihr sagen, daß ich unten im Innenhof bin? Und wenn nicht, dann bin ich in der Bar.‹«

»Muß ich das so Wort für Wort sagen, Jack, oder darf ich es improvisieren?«

»Wie immer du willst, solange du weißt, was du zu tun hast. Du kannst nicht einfach weggehen. Du mußt dafür sorgen, daß er weiß, wo du bist, dann kommt er nämlich herunter und schaut nach dir.«

»Was ist, wenn er es nicht tut?«

»Er wird.«

»Aber was, wenn nicht?«

»Du sorgst dafür, daß er es will. Die Art, wie du ihn ansiehst... Ich meine, du mußt nicht mit den Augen rollen oder so etwas.«

»Die Zunge zwischen die Lippen stecken?«

»Du weißt, was du zu tun hast. So hast du die Kerle doch immer angelockt.«

»Aber ich tue doch gar nichts.«

»Ach komm, du könntest beim Film sein, mit all den verschiedenen Blicken, die du auf Lager hast.«

»Der Kerl ist ein Latino?«

»Aus Nicaragua.«

»Ist er nett?«

»Er ist ganz süß, sieht aus wie ein Kellner bei Antoine's... und trägt rote Jockey-Unterhosen.«

»Woher weißt du das?«

»Er kommt also herunter, und du sitzt an diesem Tisch. Er bietet dir einen Drink an, und du sagst: ›Oh, nein, danke.‹«

»Warum soll ich das sagen?«

»*Warum?* Du kennst diesen Kerl doch gar nicht! Aber er hängt sich an, und schließlich sagst du, in Ordnung, einen. Du schwätzt mit ihm über dies und das, wie es zugeht in Nicaragua... Ja, und versuch mal, ob du mit ihm über Autos ins Gespräch kommst. Sieh, ob du herausbekommst, daß er soeben einen Mercedes gekauft hat, und wie lange er hierbleibt, wann er das Hotel wieder verläßt. Erwähne auch mal Miami, wenn es geht, und hör zu, was er sagt.«

»Ich dachte, ich sollte ihn nur ein wenig beschäftigen.«

Klar, du sollst nur mit dem Kerl reden.«

»Ich könnte ja ein wenig zu heulen anfangen. Hier am Tisch.«

»Ich brauche nur zehn, fünfzehn Minuten. Oder bis du mich oben wieder siehst. Ich bleibe einen Augenblick am Geländer stehen. Dann sagst du zu dem Typen, du mußt gehen oder auf den Topf oder was immer, und wir treffen einander dann gegenüber in der Bar vom Sonesta... In Ordnung?«

»Aber was passiert, wenn er nicht herunterkommt?«

»Ich kann gar nicht glauben, daß du das bist, die so etwas sagt«, sagte Jack. »Mit deinen Blicken, diesen großen braunen Augen...«

»Und meiner Nase. Meine Nase hat dir immer gefallen.«

»Ich liebe sie, ich liebe deine Nase.«

»Magst du meine Haare so wie jetzt?«

»Es paßt zu dir.« Das tat es auch. Ihr rotes Kräuselhaar fing an, ihm richtig zu gefallen. »Helene, es fällt mir nichts ein, was diesen Typ davon abhalten sollte, hinter dir herzusteigen.«

Sie sagte: »Ja, das glaube ich auch.«

Oberst Dagoberto öffnete in seinen roten Jockey-Unterhosen und mit einem grimmigen Blick die Tür. Doch der Blick wurde sofort anders.

Helene sagte: »Oh, das tut mir leid. Meine Güte, das ist das falsche Zimmer«, und dabei drehte sie sich um.

Der Oberst langte nach ihr, hielt sie mit einem festen Griff am Arm, der sie überraschte, und zog sie herum, so daß sie ihn wieder ansehen mußte. »Das ist nicht das falsche Zimmer. Das ist das Zimmer, wo sie hineinwollten. Sie sind doch gekommen, um sich mit einem Mann zu treffen, nicht?«

Helene sagte: »Ich wohne zufällig in diesem Hotel.« Kühl, aber nicht direkt hochmütig. »Ich merke jetzt, daß ich im falschen Stockwerk aus dem Aufzug gestiegen bin. Wenn Sie so freundlich sind, meinen Arm loszulassen und sich anständig zu benehmen, dann werde ich davon absehen, den Geschäftsführer dieses Hauses zu verständigen.«

Sie hätte ihn am liebsten mit dem Knie an seiner empfindlichsten Stelle getroffen. Diesem arroganten kleinen Arschloch eine Abreibung verpaßt. Aber so würde sie ja zu keinem Drink kommen, nicht wahr?

Also ließ sie den Oberst erklären: »Oh, bitte, Sie müssen mir verzeihen. Lassen Sie mich Ihnen beweisen, was für ein netter Kerl ich in Wirklichkeit bin...«

Jack ging vom Aufzug zum Geländer und schaute in den Innenhof hinab. Helene saß wieder an ihrem Tisch. Der Oberst stand über sie gebeugt und redete, bückte sich, nahm ihre Hand, küßte sie – Gott im Himmel –, hielt ihre Hand weiter fest, als er sich setzte und wie ein Wasserfall redete.

Er drehte sich um und ging am Aufzug vorbei zur 501, lauschte an der Tür und steckte dann den Schlüssel ins Schloß.

Auf dem Tisch die Flasche Wein, die Little One serviert hatte. Sie stand geöffnet in einem silbernen Kühler. Daneben eine Schüssel mit gehacktem Eis und Krebsschwänzen. Krebsschwanzreste in den Aschenbechern. Briefe auf dem Schreibtisch neben dem Fernseher, dieselben, die er schon das letzte Mal gesehen hatte.

Zwei Pakete mit sauberer Wäsche auf dem Bett. Das konnte etwas zu bedeuten haben. Das Licht im Badezimmer eingeschaltet. Handtücher auf dem Fußboden. Eine offene Flasche Kölnisch-Wasser auf dem Waschbeckenrand. Gleich daneben ein Fön. Der Stecker steckte. Jack wußte, daß er eigentlich nicht hier drinnen sein wollte.

Das hatte er den anderen Abend auch nicht gewollt. Aber diesmal war das Verlangen, es eilig hinter sich zu bringen und wieder hinauszukommen, stärker. Und stärker war auch das Gefühl, daß das, was er hier tat, ziemlich verrückt war. Er war zu alt zu so etwas. Er war nicht mehr derselbe wie früher. Das spürte er, als er zum Schrank hinüberging. Sein Körper sagte ihm, daß er nicht hier sein sollte. Er ließ ihn spüren, daß er langsam war. Er hatte sich immer obenauf gefühlt, wenn er in all diese anderen Zimmer eingedrungen war und mit Erfolg abgeräumt hatte. Aber es war auch einfach der Kitzel gewesen, es eben zu *tun,* hineinzugehen, ein Auge auf die Schlafenden zu werfen, wieder mit der Beute zu verschwinden. Aber das hier brachte jetzt keinen Sinn.

Er brauchte das für sich selber, daß er es nur dann konnte, wenn er wußte, es waren Menschen im Zimmer, die schliefen.

Er zog die Hemdenschublade des Obersten auf, schob die Hand durch den Stapel von Seidenhemden und spürte die Pistole und zwei zusätzliche Magazine. Er zog sie heraus, schloß die Hand um den Griff der Beretta und bemerkte, wie solide sie ihm mit ihrem Gewicht in der Hand lag. Er ging zum Schreibtisch hinüber. Die rosafarbene Kopie eines Autohändlerauftrages lag neben Einzahlungsbelegen für die Bank und den Kontoauszügen.

Helene mußte ihren Scotch mit Wasser mit der Linken zur Hand nehmen. Der Oberst stand noch immer in seinem schwarzen Seidenjackett über den Tisch gebeugt und ließ ihre rechte Hand nicht los. Er hielt sie jetzt mit beiden Händen, von denen eine mit einem Diamanten geschmückt war. Er wirkte wie einer dieser Gangster im Kino. Oder wie ein Schallplattenpromoter für harte Rockmusik. Außer, wenn er sprach.

»Ich darf Ihnen aus meiner langen Erfahrung eines sagen. Ich habe noch nie in meinem Leben eine so attraktive Frau gesehen wie Sie.«

»Oh, das glaube ich Ihnen nicht«, sagte Helene. »Sie übertreiben, nicht wahr?«

»Ich war schon mit sehr schönen Frauen zusammen. Eine von ihnen war sogar auf dem Weg, Senorita Universo zu werden. Davon wissen Sie ja, nicht wahr? Wie die schönste Frau der Welt gewählt wird. Aber sie ist krank geworden.«

»In meinem letzten Schuljahr war ich die Homecoming-Königin«, sagte Helene. »Wahrscheinlich hätte ich gleichzeitig auch noch die Sugar Bowl Queen werden können, aber ich habe mich nicht allzusehr darum bemüht. Wissen Sie, was mich gestört hat? Man macht da bei diesen großen Umzügen mit, aber da ist alles manipuliert. Da muß man mit jemandem ins Bett, wissen Sie, und so ein Typ bin ich nicht. Dazu habe ich ein zu hohes Selbstwertgefühl.«

»Natürlich, alles Machenschaften. Ich diene mein Leben lang der Regierung meines Landes. Ja, ich war auch in Washington, ich kenne Ihren Präsidenten sehr gut. Er hat mir einen Brief geschrieben, den ich Ihnen gerne zeigen würde. Er hat ihn mit *Ronald Reagan, Präsident* unterschrieben. Warten Sie, ich hole ihn und zeige ihn Ihnen.«

»Nein, ist schon recht so, Dagoberto. Wie lassen Sie sich am liebsten nennen? Dago?«

»Nein, ich ziehe es vor, wenn meine Freunde mich Bertie nennen.«

»Das ist niedlich. Das gefällt mir, Birdy.«

»Nein, nicht Birdy, wie Vogel. Bertie. Ber-tie.«

»Das ist auch niedlich.«

»Ich glaube, die Niedliche sind Sie. Sagen Sie, sind Sie zu Besuch hier? Von wo?«

»Miami.«

»Nein, tatsächlich? Sie kommen aus Miami?«

»Sind Sie schon einmal dort gewesen?«

»Sicher, das bin ich. Ich fahre auch wieder hin, sehr bald.«

»So? Wann denn?«

»Sie sind also aus Miami. Wissen Sie, was das war, als Sie an meine Zimmertür kamen und wir einander begegnet sind? Das war Schicksal. Es mußte passieren, wir wußten nichts voneinander. Und wir können nichts dagegen unternehmen.«

»Es ist schon unheimlich«, sagte Helene. »Wann reisen Sie ab?«

»Sie müssen mir Ihre Adresse und Ihre Telefonnummer geben, damit ich Sie dort dann erreiche.«

»Warum geben Sie mir nicht statt dessen Ihre Nummer?«

»Ich kenne sie noch nicht.« Er sah auf, streckte sich und ließ ihre Hand los. »Ach, ich kann sie Ihnen aber gleich besorgen, ja?« Und er rief: »Crispin!«

Helene wandte sich so weit um, daß sie zwei Männer aus der Lobby auf sie zukommen sah, beide Latinos in modisch geschnittenen Anzügen mit betonten Schultern. Sie gingen hintereinander, beide die Hände in den Taschen, beide mit Sonnenbrillen. Jetzt sagte der Colonel: »Crispin, diese wunderschöne Lady ist aus Miami. Helene, das ist Crispin, mein Teilhaber. Er kommt auch von dort. Crispin, setz dich zu uns, laß uns zusammen etwas trinken.«

Helene sagte: »Hören Sie, meine Herren, in zwei Minuten muß ich hinein.«

Jetzt schüttelte der Oberst den Kopf und sagte, das komme gar nicht in Frage. Sie sah, wie er einmal mit den Fingern zu dem anderen Latino hinüberschnippte. Der Oberst sagte etwas auf Spanisch zu ihm, und er kam mit ausgestreckten Händen auf sie zu. Was der Oberst zu ihm sagte, klang wie ein Befehl, und dann warf er dem Burschen den Zimmerschlüssel zu, den dieser auffing. Da, bitte. Dann drehte Bertie sich ihr wieder mit einem Lächeln zu.

»Er geht hinauf und holt den Brief von Präsident Reagan, dann kann ich ihn Ihnen zeigen.«

»Das sollten Sie nicht tun«, sagte Helene. »Ich wünsche wirklich nicht, daß Sie es tun.«

Aber der Oberst schnippte jetzt nach dem riesigen schwarzen Kellner, und der mit dem Namen Crispin richtete seine Sonnenbrille auf sie und fragte: »Wo wohnen Sie denn in Miami?«

Jack blätterte die Bankauszüge und Belege durch, entdeckte aber nichts, das auf einen Transfer auf eine Bank in Miami hinwies; dafür aber ein neu eröffnetes Konto. Er schrieb wieder alle Zahlen auf, nur um sicherzugehen. Ein paar Namen mehr waren auf der Liste des Obersten abgehakt, andere durchgestrichen. Dann fiel ihm wieder der Brief aus dem Weißen Haus in die Hand, und er las ihn noch einmal, um sich ein paar besondere Passagen einzuprägen. Die eine war die, wo der Präsident dem Oberst versicherte, ihm helfen zu wollen, »für die Demokratie einen großen Sieg zu erringen«, und die andere war die, wo er »meine Freunde im Pelican State« erwähnt. Gott im Himmel,

»Pelican State«. Den Schluß auf Spanisch hatte er sich nur soweit zusammengereimt: »Er ist nicht schwer, er ist...«

In der gespannten Stille hörte er die Geräusche, die aus dem anderen Zimmer kamen. Den Schlüssel im Schloß. Jemand kam herein, jedenfalls versuchte er es, aber er stieß nur gegen die Tür, bekam sie nicht auf. Versuchte es noch einmal.

Jack griff nach der Beretta, die er auf den Schreibtisch gelegt hatte. Er ging auf die andere Seite des Betts und ließ sich neben dem Fenster an der Wand hinab, bis er hinter dem Kopfbrett und einem Stapel Kissen verborgen war. Aber es gefiel ihm nicht, so in die Ecke gedrängt zu sein. Besser war es, nicht zu hocken, sondern zu stehen, und ihm fiel der Wandschrank mit seinen Gleittüren ein, die jetzt geschlossen waren. Wenn er sie aufstieße, würde man das hören. Außerdem mußte er erst an der Tür zwischen Vorder- und Schlafzimmer vorbei, um den Wandschrank zu erreichen. Er mußte sich beeilen. Aber bewegen wollte er sich jetzt auch nicht.

Dann tat er plötzlich alles auf einmal. Erhob sich, kroch los in Richtung Wandschrank, sah durch die Tür ins Wohnzimmer und beobachtete, wie der Türknopf sich bewegte, dann gedreht wurde. Er ging weiter am Wandschrank vorbei ins Badezimmer, knipste das Licht aus, schob die Tür halb zu und trat hinter sie, lehnte sich an die gekachelte Wand. Er hielt die Beretta hoch, berührte mit ihr fast sein Gesicht und lauschte.

Jetzt war es still.

Bis auf einen Lichtschimmer, der durch den Türspalt drang, war es dunkel um ihn. Er wartete. Er hörte nichts, bis sich die Tür bewegte.

Die Tür ging auf, und das Licht im Badezimmer wurde eingeschaltet. Dann ging die Tür zu, und er sah einen Mann, über das Waschbecken gebeugt. Über den modisch wattierten Schultern sah er einen Kopf mit dickem Kräuselhaar. Und über dem Kopf des Mannes sah er sich selbst im Spiegel. Er sah sich zu, wie er den Arm mit der Beretta vom Gesicht nach vorn ausstreckte, bis er den Mann, der sich jetzt Kölnischwasser in die Hände spritzte, fast berührte. Der Indianer aus Nicaragua mit dem ulkigen Namen rieb die Hände ein, hob sie zum Gesicht, und zugleich hob er den Kopf. Jetzt waren sie zusammen im Spiegel, Franklin de Dios, dieser Indianer, der wie ein Kreole aussah, und Jack. Franklin de Dios starrte in den Spiegel, die Finger gegen die Backenknochen gepreßt, und auf das halbe Gesicht direkt über dem eigenen. Er ließ die Hände fallen und wollte sich umdrehen.

Jack schob den Lauf der Beretta in die Furche unter dem Hinterkopf des Indianers. Die Haare hingen ihm in den Nacken. So war er gezwungen, weiter direkt in den Spiegel zu sehen.

Zuerst versuchte Jack noch, mit leicht gebeugten Knien genau hinter dem Indianer zu stehen und sich so vor seinem Blick zu verbergen. Aber, verdammt, er hatte die Augen des Indianers gesehen. Der Indianer wußte, wer er war. Also richtete er sich auf, ging die Sache direkt an und hatte dabei keine Ahnung, was er sonst tun sollte, außer ihm etwas vorzumachen und diesem Kerl, der Boylan getötet hatte, mehr Angst einzujagen, als er selber hatte. Scheiße. Aber selbst jetzt, wo er die Pistole genau gegen den Kopf des Indianers hielt, hatte er die Lage keineswegs unter Kontrolle. Er war sich nicht sicher, ob der Kerl auch tun würde, was man ihm sagte.

»Die Hände gegen den Spiegel.«

Der Indianer gehorchte, beugte sich über das Waschbecken und legte seine Handflächen gegen den Spiegel. Er sah wieder hinein, so daß er Jack im Auge hatte, und er schien sich zu fügen. Jack griff um ihn herum und tastete den Gürtel des Indianers ab, dann den Körper rechts und links bis zu den Achseln, aber er spürte nur den Schweiß des Mannes, keine Waffe. Er griff in seine Jackentasche. Dann ging er langsam in die Hocke und fuhr mit der Hand das eine Bein hinab. Er wollte eben bei dem zweiten beginnen, als der Indianer sich bewegte und versuchte, sich umzudrehen. Jack rammte ihm die Beretta zwischen die Pobacken, hörte ein Grunzen, während der Kerl mit dem Unterleib mit einem Ruck gegen das Waschbecken stieß, und klopfte ihn weiter bis zu den Zehen ab. Die Kontrolle zu behalten, war offenbar doch nicht so schwer, wie es aussah.

Der Indianer hatte am rechten Bein ein Halfter, und in dem steckte ein .38er Revolver mit einem fünf Zentimeter langen Lauf. Jack ließ ihn in seine Tasche gleiten, als er wieder hochkam. Jetzt sahen sie sich wieder gegenseitig im Spiegel an. Starrten sich an: beide, Jack und der Indianer, und der nur mit einem Ausdruck von leichter Neugier im Gesicht, mehr nicht. Nichts, was Jacks Frage beantwortet hätte, was er mit dem Kerl jetzt tun sollte, damit er hier wieder herauskam. Leichter wäre es, ihn niederzuschießen, statt ihm die zwei Pfund Metall über den Kopf zu ziehen. Wie kräftig mußte er wohl zuschlagen? Verdammt, so etwas kann zu einem Schädelbruch führen, kann den Indianer mit dem ulkigen Namen umbringen. Jack hatte schon früher Schläge ausgeteilt, ehe er selber welche einstecken mußte; aber das war aus der Situation entstanden. Da konnte er wütend werden, in Sekundenbruchteilen auf den Gegner losgehen, plötzlich diesen Wunsch, diesen Drang haben anzugreifen und zuzuschlagen, und er hörte sich dann selbst, wenn er loslegte und zuschlug; es kam dann ein Ton aus ihm heraus, der nach gebündelter Energie klang, mehr als ein bloßes Grunzen. Aber jetzt? Er konnte den Kerl natürlich zu sich herdrehen, ihn zusammenschlagen und ihm die verdammte Hand brechen. Aber er hatte seit mindestens fünf Jahren niemanden zusammengeschlagen.

Franklin de Dios sagte: »Wie geht's?«

Jack hörte es. Der ulkige Indianer stand vor ihm und sagte es in den Spiegel. Jack konnte es ihn sagen sehen. Er sagte es genauso wie in dem Augenblick, als er aus der Herrentoilette in dem Restaurant gekommen war.

Aber Jack sagte: »Wie bitte?«

»Ich frage mich, ob Sie wirklich ein Cop sind.«

Jack sah ihn weiter an.

»Aber ich glaube, Sie sind keiner. Und jetzt weiß ich überhaupt nicht, wer Sie sind, Mann. Sie haben diesen Wagen gefahren... Verraten Sie mir mal was? Das Mädchen war drin, nicht?«

Jack gab keine Antwort. Der Kerl hatte einen Akzent, aber er sprach ruhig und ohne jede Gefühlsregung. Es hörte sich an, als sei er tatsächlich auf die Antwort neugierig. Was sollte das hier?

»Also, Sie haben mir nie gesagt, was mit dem Mädchen los war, warum Sie sie haben wollten... Wenn Sie es mir nun nicht sagen wollen, macht es auch nichts. Sie wollen mich erschießen, ja?«

»Sie tun immer nur das, was man Ihnen sagt, ohne zu fragen. Nicht wahr?«

»Sie sagen, man kriegt seine Befehle und führt sie aus.«

»Damit scheinen Sie keine Probleme zu haben. Schießen Boylan in den Rücken, was soll's...«

»Wer ist Boy-lon?«

»Wollen Sie damit sagen, daß Sie einen Mann töten, ohne auch nur seinen Namen zu kennen?«

Jetzt stand für einen Moment so etwas wie Überraschung im Gesicht des Indianers, ein kurzes Zucken, dann war es wieder vorbei.

»Nachher, vielleicht, ja, da kann man erfahren, wen man getötet hat. Wenn man genug Zeit hat, die Taschen des Mannes nach Nahrung und Geld zu untersuchen.«

»Nach *Nahrung?*«

»Ja, und manchmal erfährt man dann auch seinen Namen. Jedenfalls bei denen, die ihre Militärplakette bei sich tragen. Aber was macht das für einen Unterschied? Er hat dich ja auch nicht gekannt. Und wenn du Pech hast, dann ist er es, der in deine Taschen schaut, irgendwann.«

»Wovon sprechen Sie?«

»Sie wollen mich töten – kennen Sie meinen Namen?«

Jack sagte: »Sie sind schon ein verdammt ulkiger Vogel, Franklin«, und er sah, wie wieder diese Überraschung im Gesicht des Indianers aufzuckte. »Ziehen Sie sich aus und steigen Sie in die Duschkabine.«

Franklin de Dios nickte und ging auf die Kabine zu, während er seine Jacke auszog. »Schießen, Dusche an, dann sieht man kein Blut.« Er stieg aus der Hose, und sie sahen einander jetzt zum erstenmal direkt an.

»Wir binden ihnen die Hände auf dem Rücken zusammen und lassen sie hinknien. Die Sandinisten machen das auch so. Ich glaube, sie machen es alle so.«

»Sie sprechen vom *Krieg.* Vom Töten der Gefangenen.«

»Ja, natürlich. Und so machen Sie es auch.« Der Indianer zog sein Hemd aus und zeigte einen muskulösen Körper. Er hatte grüngestreifte Boxershorts an. Er sah ihn wieder an. »Sagen Sie mir, woher Sie meinen Namen kennen.«

Jack sagte: »Ich muß mal einen Augenblick hinaus. Drehen Sie das Wasser auf und steigen Sie hinein. Ich bin sofort wieder zurück.«

»Ich muß erst noch meine Schuhe ausziehen.«

»Und wenn sie naß werden, was macht das für einen Unterschied?«

»Ja, Sie haben recht. Wir lassen sie immer die Schuhe ausziehen. Aber hier gibt es niemanden, der diese Schuhe gebrauchen kann. Es sei denn, Sie wollen sie.«

»Gehen Sie jetzt in diese verdammte Dusche?«

Jack verließ das Badezimmer, schloß die Tür und wartete. Nach ein paar Augenblicken hörte er, wie die Dusche anging. Er stellte sich Franklin de Dios dort in seiner grünen Unterhose vor, wie er an den Hähnen drehte, nicht zu heiß, nicht zu kalt... Himmel, der Kerl nahm das einfach hin, wartete darauf, zu sterben.

Die nächsten zehn Sekunden verbrachte er vor dem Kleiderschrank, zog die Schublade auf, schob die Beretta und die Zusatzmagazine unter die Hemden, schloß die Schublade wieder, ging los, wandte sich wieder dem Kleiderschrank zu – es hatte schließlich keinen Sinn, die Waffe zurückzulegen, der Typ würde ja erfahren, daß er hier gewesen war –, und so brauchte er noch einmal zehn Sekunden zum Überlegen, Himmel, während er hinter der Tür die Dusche hörte. Er sagte zu sich, gewiß die verdammte Kanone, marschierte erneut los, hielt an, ließ den Schlüssel auf den Fußboden fallen und beförderte ihn mit einem Fußtritt unter das Bett.

Nie wieder würde er in ein Hotelzimmer eindringen, nie wieder.

18

»Ich konnte nur noch eines denken: Raus hier, das reicht jetzt. Ich habe über das Geländer gesehen, und du warst noch da.«

»Ja, ich saß noch bei diesen Kerlen fest. Dieser Ekel da fragte mich über Miami aus. Ob ich jemals im Mutiny gewesen bin und in Neon Leon's. Er wollte wissen, in welche Bars ich gegangen und ob ich mal nach Key Biscayne hinübergefahren bin. Wo liegt denn dieses Kay Biscayne? Ich bin nur einmal in meinem Leben in Miami gewesen, und da war ich achtzehn.«

Sie saßen in Jacks Scirocco unten an der Toulouse. Hinter der Kaimauer floß im Dunkeln der Mississippi, und drüben ragte die Silhouette eines Krans in den nächtlichen Himmel.

»Das war das letzte Mal. Für immer«, sagte Jack. »Ich weiß nicht einmal, ob ich jemals wieder in einem Hotel übernachten werde.« Er startete den Motor. »Wir fahren am besten zu dir.«

»Nein. Das deprimiert mich zu sehr... Es ist alles so durcheinander.«

»Was hat der Kerl gesagt, als er zurückkam?«

»Er hat überhaupt nichts gesagt. Und deswegen habe ich angenommen, daß sie dich nicht geschnappt haben. Du warst entweder schon weg, als er hereinkam, oder du hast dich unter dem Bett oder im Wandschrank versteckt...«

»Du hast mich nicht gesehen, als ich herauskam?«

»Wie sollte ich? Sie sahen mich ja direkt an.«

»Der Kerl muß doch *irgend etwas* gesagt haben. Der Indianer. Er ist nämlich Miskito-Indianer.«

»Er gab Bertie den Brief, und Bertie fing an, ihn auf Spanisch anzuschreien, wahrscheinlich weil er so lange gebraucht hatte.«

»Was für einen Brief?«

»Von Präsident Reagan. Erst hat er ihn laut vorgelesen, und dann mußte ich ihn noch einmal lesen... In der letzten Zeile konnte ich etwas nicht lesen. Es war auf Spanisch.«

»Als dieser Kerl wieder zu euch runterkam, sah er da naß aus?«

»Naß? Warum sollte er naß gewesen sein?«

»Und er hat überhaupt nichts gesagt?«

»Nichts, nicht ein Wort. Er stand einfach nur da. Bertie schrie ihn an, und dann legte der andere Kerl auch noch los.«

»Crispin?«

»Cris*peen*. Diese kleinen hochnäsigen Burschen schreien zu gern. Ich habe nach oben in den obersten Stock gesehen, als sie herumschrien. Ich wußte, daß dir nichts passiert war, aber wo warst du? Der Oberst fing dann an, mich anzufassen, fuhr mir mit der Hand über den Arm und erzählte mir, was für wunderschöne Stunden wir jetzt vor uns hätten. Ich mußte da raus, Jack. Ich sagte: ›Tut mir leid, Bertie, aber ich kann nicht bei Ihnen bleiben.‹ Er sagte: ›Aber warum denn?‹ Ich sagte: ›Weil Sie mir einfach verdammt zu klein sind.‹ Und dann ging ich.«

Als er von seinem Parkplatz in die Fahrbahn einbog und in Richtung Canal Street losfuhr, sagte Jack: »Hatte der Kerl denn wenigstens nasse Haare?«

Sie setzten sich auf einen Drink ins Madina's, und er erzählte ihr, wie Franklin de Dios, der Indianer, ins Zimmer gekommen war. Dann mußte er ihr von den Sammelaktionen des Obersten erzählen, in großen Zügen. Den Rest würde er ihr dann an einem ruhigeren Ort erzählen. Sie ließen den Wagen vor der Bar stehen und gingen zu Fuß. Sie fragte ihn, wohin sie gingen; er sagte, warte ein wenig.

Als sie bei Mullen & Söhne ankamen, sagte Helene: »Oh, nein, nein. Ich gehe da doch nachts nicht hinein. Du machst wohl Witze.« Sie betrachtete die graue Fassade mit den Türmchen am Giebel und sagte:

»Es war auch mal ein richtiges Haus, in dem man wohnen konnte, nicht?«

Sie blieb im erleuchteten Flur stehen und bewegte sich nicht. Jack warf einen Blick in die Besuchsräume. Er kam zurück, schüttelte den Kopf und nahm sie am Arm. Als sie auf die Treppe zugingen, sagte sie noch einmal: »Oh, nein, nein.«

»Wenn ich nicht da bin, und wir haben eine Leiche, dann holt sich Leo jemanden, der aufpaßt. Du weißt, was ich meine? Er ruft einen Sicherheitsdienst an, und der schickt dann jemanden.«

»Jack, ich möchte keinen Toten sehen.«

Sie waren jetzt im Flur des ersten Stocks. »Es gibt keine. Ich zeige es dir.« Er steckte seinen Arm durch eine Türöffnung und knipste das Licht an. »Das hier ist der Einbalsamierungsraum. Wenn es hier eine Leiche gäbe, dann läge sie dort auf dem Tisch.«

»Oh, mein Gott«, sagte Helene. Sie machte keine Bewegung.

»Das ist die Einbalsamierungsmaschine.«

»*Porti-Boy?* Oh, mein Gott... Wie funktioniert das?«

»Komm weiter.« Er drehte das Licht aus und führte sie zu seinem Apartment.

»Was ist das hier?«

»Hier habe ich die letzten drei Jahre gelebt.«

»Huch, niedlich, Jack. Wer hat es dir eingerichtet?«

Er sagte: »Helene, ich war mit einem Kerl zusammen in einem Badezimmer, und er hat geglaubt, ich wollte ihn töten. Versuch einmal, dir das vorzustellen. Er hat nicht gejammert, hat nicht gesagt, bitte tun Sie's nicht... Es war derselbe Kerl wie gestern in dem Restaurant. Du warst *dabei.*«

»Ich muß vorher gegangen sein.«

»Also, es war jedenfalls derselbe Kerl. Steht da im Badezimmer, glaubt, ich will ihn erschießen, und er fragt mich, ob ich seine Schuhe haben möchte. Kannst du mir sagen, was das für ein Typ ist, der in so einer Situation so etwas sagt?«

Helene gab keine Antwort. Sie sah zu, wie er eine Flasche Wodka aus dem Kühlschrank nahm, einem der wenigen Möbel in diesem Zimmer. Sie setzte sich zu ihm auf das Sofa, das früher unten gestanden hatte, und sagte nichts, kein Wort, bis er ihr alles erzählt hatte, was passiert war seit der Fahrt am Sonntag nach Carville bis zu diesem Dienstagabend im St. Louis Hotel.

Sie sagte: »Ich glaube, du hast ein paar Dinge ausgelassen.«

»Vielleicht, ich weiß nicht.«

Helene saß, die Beine unter den Leib geschoben, auf dem Sofa und sah ihn an. »Du hast gestern die Nacht bei ihr zugebracht?«

»Wir drei zusammen.«

»Aha...«

»Ich habe dir gesagt, der Kerl in dem Restaurant hatte uns gesehen, und er weiß, wo sie wohnt. Wir dachten, er würde dort vielleicht aufkreuzen.«

»Aber das tat er nicht.«

»Nein. Dann bin ich ihm aber wieder begegnet, heute abend. Er weiß, wer ich bin. Er hat mich jetzt schon zum dritten- oder viertenmal gesehen, wir kennen einander schon richtig. Aber dem Obersten hat er nichts erzählt, auch nicht Crispin, Cris*peen.* Er hätte ihnen später erzählen können, daß er mich in dem Zimmer geschnappt hat und ich dann... Nein, verdammt, er hätte es ihnen so oder so erzählen müssen. Aber er hat es nicht getan... Warum?«

»Wo hast du geschlafen?«

»Wie bitte?«

»Letzte Nacht, in ihrem Haus. Wo hast du geschlafen?«

»In einem Bett, oder was denkst du? In dem Haus, da gibt es oben neun oder zehn Schlafzimmer.«

»Mit wem?«

»Roy und Cullen hatten ein Zimmer, und ich hatte ein Zimmer... Ach, glaubst du, ich hätte mich während der Nacht in ihr Zimmer geschlichen?«

»Sie hätte ja auch zu dir kommen können.«

Jack ließ sich Zeit. »Das ist sie tatsächlich. Sie wollte reden.«

»Sie ist mit dir ins Bett gegangen?«

»Sie hat auf der Kante gesessen. So, auf der Seite.«

»Ach, Jack. Red nicht so ein dummes Zeug.«

»Es ist nicht so, wie du denkst. Sie hat sich ganz ihrer Aufgabe gewidmet.«

»Und du meinst, Leute, die sich ganz ihrer Aufgabe widmen, machen so etwas nicht?«

»Ich meine, ich weiß wirklich nicht. Ich habe das erste Mal mit einem Menschen zu tun, der einen Dreck auf alles Äußerliche gibt.«

»Wahrscheinlich nennt sie das ›ganz mit sich übereinstimmen‹.«

»Helene, sie ist nicht wie so eine Nonne, die Drittkläßler unterrichtet. Sie hat neun Jahre lang Leprakranke gepflegt. Jetzt hat sie sich eine Kanone besorgt. Ich habe sie gefragt, ob sie auch vorhat, sie zu benutzen. Sie hat gesagt, so etwas könne man nicht planen. Aber wenn sie eine Waffe gehabt hätte, als der Oberst die Leprakranken umbringen ließ, dann hätte sie, da gab es für sie keinen Zweifel, versucht, auch ihn zu töten. Auch wenn sie wußte, daß seine Männer sie dann ebenfalls umgelegt hätten.«

»Mag sein«, sagte Helene, »daß sie eine Märtyrerin sein will. Ich meine, eine richtige, die geradewegs in den Himmel kommt.«

»Du willst dich wohl lustig machen. Als ob es ihr darum ginge.«

»Ich mache mich nicht lustig.«

»Aber sie ist nicht fanatisch. Sie mag sich manchmal etwas seltsam anhören, aber sie weiß, wie die Dinge laufen, sie ist eine sehr wache und bewußte Person. Sie sagt, man muß sich für eine Seite entscheiden, sich engagieren, und dann, ich weiß nicht, was dann passiert, passiert es eben. Nimm den Kerl da im Badezimmer, diesen Indianer. Er ist auf der anderen Seite. Er ist bereit, zu töten, aber er ist auch bereit, für etwas zu sterben, an das er glaubt. Er läßt es auf sich zukommen und akzeptiert es. Himmel, er hat sich nicht gewehrt, hat nicht geschrien oder was immer.«

Helene reichte ihm ihr leeres Glas. »Warum erzählst du mir das alles, Jack? Warum hast du nicht Lucy angerufen oder einen von deinen Kumpeln?«

»Die treffe ich alle morgen.«

»Ich glaube, du möchtest dich nur selber hören«, sagte Helene. »Hören, wie es klingt, wenn man es laut ausspricht.«

»Vielleicht.«

»Du erzählst es nicht, um mir zu imponieren. Wie beim erstenmal, als wir einander begegneten und du alles darum gabst, jemandem von deinem geheimen Leben zu erzählen. Das hier ist etwas ganz anderes.«

»Darauf kannst du wetten. Das sind ganz ausgeschlafene Burschen.«

»Aber du machst es nicht nur wegen des Geldes oder aus Nervenkitzel.«

»Ich weiß nicht…« Jack stand auf, ging zum Kühlschrank, füllte ihre beiden Gläser mit eiskaltem Wodka nach, und dann stand er da, die Gläser in der Hand. »In den Abendnachrichten von heute habe ich gehört, wie Tom Brokaw ausgerechnet Richard Nixon fragt, was er davon hält, daß wir den *Contras* hundert Millionen Dollar zukommen lassen. Fragt diesen Nixon, der diese Einbrecherbande für sich arbeiten ließ und dafür nicht einmal einen verdammten Tag gesessen hat. Brokaw sagt, das könne aber doch dazu führen, daß wir da unten militärisch in die Sache verwickelt werden. Nixon sagt, nein, das bewahrt uns nur davor, später unsere eigenen Jungs da hinunterschicken zu müssen. Und Brokaw sagt: ›Danke, Mr. President.‹ Er sagte nicht zu ihm: ›Sind Sie völlig verrückt geworden? Warum sollten wir *unsere Jungs* dorthin schicken? Wenn Sie sich in Marsch setzen wollen, bitte sehr. Und nehmen Sie all diese Arschlöcher von Beratern aus dem Weißen Haus gleich mit.‹ Aber nein, Brokaw sagt: ›Danke, Mr. President.‹«

»Was hätte er sonst sagen sollen?«

»Ich weiß, aber ich bin hochgegangen. Fragt diesen verdammten Schuft nach seiner Meinung. Das ist ja schlimmer, als in einem Abfalleimer zu stöbern.«

Helene sagte: »Weißt du, was ich glaube?«

»Was denn?«

»Du hast deine Seite gewählt.«

Jack öffnete die Augen und sah etwas, das ihn, wenn er es sich als Häftling ausgemalt hätte, durch den Tag und bis in die Nacht nicht mehr losgelassen hätte: Helene kam aus dem Badezimmer und hatte nichts an außer ihrem winzig kleinen Höschen. Er sagte zu ihr, sie sollte besser schnell ins Bett zurückkommen, bevor sie sich erkältete.

»Du mußt jemanden um zehn Uhr abholen?«

»Cullen. Wir fahren nach Gulfport.«

»Ich dachte, ihr wärt gestern gefahren.«

»Sind wir auch, aber der Kerl war nicht da. Hier.« Er hob die Bettdecke.

»Es ist zwanzig vor.« Sie setzte sich und schwang sich mit einer Drehung herum, die Füße von sich gestreckt, die Hände auf den Hüften, und landete mit den Brüsten knapp neben seiner Schulter. »Ist dir aufgefallen, daß wir einander gar nicht geliebt haben? Einfach eingeschlafen? Ich kann es gar nicht glauben. Ich glaube, du wirst alt, Jack.«

»Ich bin bereit – du bist es, die aufgestanden ist.«

»Weißt du, daß dies das erste Mal ist, wo wir zusammen schlafen und es nicht getan haben?«

»Ich glaube, du hast recht.«

»Wir könnten genausogut verheiratet sein.«

»Den Gang hinunter gibt es eine Kochnische, gleich neben dem Einbalsamierungsraum...«

»O Gott, gerade da.«

»Wenn du uns einen Kaffee aufsetzt?«

Jack ging unter die Dusche, zog sich ein Arbeitshemd und eine Baumwollhose an, griff nach seiner Jacke und ging den Gang hinunter. In der Kochnische war es dunkel. Er sah, daß die Tür zum Präparierraum offenstand und Licht darin an war, und dann entdeckte er Helene, die der Stimme von Leo lauschte.

»Nein, das geht durch die Arterien, es heißt Permaglo und ersetzt das Blut. Durch diese Hohlnadel injiziere ich die Flüssigkeit in die Adern. Es ist ein Präparat, das ich auch für die Organe verwende, damit sie fest werden.«

Auf dem Tisch vor Leo lag eine Leiche. Soweit er erkennen konnte, ein Mann. Helene stand in ihrem schwarzen Kleid am oberen Ende des Tisches und sah zu.

»Man füllt auch etwas davon in die Mundhöhle, dann fallen die Bakken nicht so zusammen.«

»Faszinierend«, sagte Helene.

»Sehen Sie das hier? Diesen Aufsatz?«

»Oh, ja, damit füllen Sie die Löcher aus.«

»Genau, dann braucht man nämlich Risse und Schnitte nicht mehr extra zu nähen. Das Ganze wird zum Schluß noch mit einem speziellen Wachs abgedeckt.«

Jack sagte: »Ich nehme an, daß noch niemand Kaffee gemacht hat.«

»Aha, da ist er ja«, sagte Leo. »Ich zeige deiner Freundin gerade, wie wir die Verblichenen präparieren.«

»Leo, das ist Helene.«

»Ja, wir haben einander schon bekannt gemacht.«

»Kaffee hat also keiner gemacht«, sagte Jack, »und ich muß jetzt gehen.«

Helene sagte: »Ach, wie dumm. Ich wollte so gerne sehen, wie Sie sie kosmetisch bearbeiten.«

»Bleiben Sie nur hier«, sagte Leo. »Ich kann Sie später irgendwo absetzen. Bestimmt kein Problem.«

»Ich fahre nach Gulfport«, sagte Jack. Er marschierte davon. Helene fragte eben, was denn das da sei? Und Leo erzählte ihr, es seien Augendeckel, die man unter die Lider schiebe.

Die Leute benahmen sich schon sonderbar. Alle, denen er begegnete.

Oder es liegt an dir selber, dachte Jack. An der Art, wie du sie betrachtest.

Franklin de Dios beobachtete Lucys Haus und sah den alten Wagen herankommen: ein hell lackiertes Auto, das wie ein Volkswagen aussah und dringend einer Reparatur bedurfte, damit es nicht mehr einen solchen Krach machte. Er wußte, wem der Wagen gehörte.

Er bog in die Auffahrt ein. Fünfunddreißig Minuten vergingen. Dann kam die dunkelblaue Mercedes-Limousine wieder aus der Einfahrt und bog in Richtung auf die St. Charles ab. Drinnen saßen zwei Leute. Franklin de Dios parkte mit seinem Wagen in einer wunderschönen Straße mit dem Namen Prytania, nicht weit von ihrer Einmündung in die Audubon Street. Er ließ dem Mercedes einen Block Vorsprung, bevor er sich an ihn hängte: die Claiborne Avenue hinauf und dann zur Interstate Nr. 10 in östlicher Richtung... Es ging weit hinaus aus der Stadt und auf die andere Seite des Sees. Es war ein schöner Tag, und er folgte dem Mercedes in seinem schwarzen Mietwagen vom Typ Chrysler Fifth Avenue. Wenn er sich jemals einen Wagen kaufen würde, dann wäre es wohl einer wie dieser. Oder wie der Cadillac, den er für Crispin Reyna in Florida gefahren hatte. Am Steuer eines Mercedes hatte er noch nie gesessen. Er hatte einen Laster gefahren und einen gepanzerten Mannschaftswagen, nachdem er 1981 das Fahren gelernt hatte. Beigebracht hatte es ihm ein Mann, der für Mr. Wally Scales in Honduras arbeitete und der in Gegenwart von Mr. Wally Scales gesagt hatte, er sei ein Naturtalent und habe das nötige Gefühl für Motor und Getriebe, nicht so wie die anderen, die ganz verrückt würden, wenn sie hinter dem Lenkrad säßen und jeden Wagen, der ihnen in die Finger komme, ruinierten.

Mr. Wally Scales hatte gesagt, sie sollten Lucy Nichols am besten vergessen, aber der Oberst war dabei geblieben. Beobachte ihr Haus. Wenn ihr Wagen hinausfährt, folge ihm.

Jetzt überquerten sie die Grenze nach Mississippi.

Franklin hatte sein Vertrauen in Mr. Wally Scales' Fähigkeit, in die Menschen hineinzuschauen, verloren; aber sonst vertraute er ihm, und er konnte mit ihm reden. Mit Oberst Godoy oder Crispin Reyna konnte er nicht reden. Der Grund war einfach. Sie hörten ihm nicht zu, wenn er etwas sagte. Er hatte nicht ihren gesellschaftlichen Status, war weit darunter mit seinem schwarz und indianisch gemischten Blut.

Aber Mr. Wally Scales war es gewesen, der ihn nach Miami mitgenommen hatte; sie beide waren in gewisser Weise Freunde oder könnten doch welche sein. Mr. Wally Scales hörte ihm zu, wenn er etwas sagte. Er hatte ihm auch heute morgen zugehört, als Franklin de Dios ihm erzählte, daß er dem, was der Oberst oder was Crispin Reyna sagte, nicht mehr traue. Und Mr. Wally Scales sagte: »Wieso, Franklin?«

»Sie reden nur noch über Miami und Florida, aber nie mehr über den Krieg.«

»Ach, tatsächlich?« Mr. Wally Scales hatte versucht, einen besorgten Eindruck zu machen. »Also, dann ist es besser, du behältst sie im Auge.«

Na bitte. Er war freundlich und hörte ihm zu, aber er hatte kein Gespür mehr für die Leute und was sie dachten. Oder es war ihm gleich.

Als Franklin de Dios wissen wollte, was der CIA-Mann über Lucy Nichols dachte, da hatte er gesagt: »Ach, das ist so eine Friedensbewegte. Eine von diesen Typen mit dem blutenden Herzen. Hat es auf den Oberst abgesehen und ihm wahrscheinlich die Freundin entführt. Nichts Besonderes.«

Als er ihn nach dem Burschen aus dem Bestattungsunternehmen fragte, hatte Wally Scales gesagt: »Jack Delaney? Sie muß ihn eingewickelt haben, das ist alles. Hat ihn benutzt. Ex-Sträfling, hinterm Geld her, aber ohne Hirn.«

An der Stelle wurde Franklin de Dios klar, daß er dem CIA-Mann wie einem Freund trauen konnte, sich aber nicht genauso auf sein Urteilsvermögen verlassen durfte. Er beschloß, keine weiteren Fragen mehr zu stellen oder Wally von den fünf Begegnungen zu erzählen, die er mit diesem Kerl ohne Hirn in der letzten Woche gehabt hatte.

Vielleicht stand die sechste Begegnung schon bevor.

Dieser Jack Delaney und noch ein anderer Mann saßen in dem Wagen vor ihm, dem dunkelblauen Mercedes, der jetzt den Highway verließ und dem Schild nach Gulfport folgte.

Alles, was er noch herausbekommen wollte, mußte er nun den Kerl aus dem Bestattungsinstitut selbst fragen.

Ihn fragen, warum er dich nicht getötet hat.

Ihn fragen, was er vorhat.

Ihn fragen, auf welcher Seite er steht.

Er folgte dem Mercedes weitere fünf Meilen. Als die Straße, auf der sie fuhren, zur örtlichen Hauptstraße wurde, Twentyfifth Avenue, vierspurig, mit einem hohen Gebäude, das weiter voraus in den Himmel ragte, war Franklin de Dios bei der Frage angekommen, ob das mit den zwei Seiten so stimmte. Vielleicht gab es noch mehr als zwei Seiten. Und er fragte sich, ob er tatsächlich auf der Seite war, die er meinte, oder auf einer anderen. In ihm stieg mehr und mehr das Gefühl hoch, daß er allein war.

19

Auf dem Schild, das auf den Gehsteig hinausragte, stand in vertikaler Schrift CROMWELL'S, und darunter an der Wand:

Herrenmoden · Sportartikel · Militaria, neu und gebraucht.

Als Jack und Cullen sich im Geschäft umschauten, sagte Alvin Cromwell zu ihnen: »Brauchen die Herren etwas zum Anziehen? Aus Militärbeständen? Sagen Sie mir, womit ich Sie ausstatten kann.«

Jack sah sich weiter um, während sie in den hinteren Teil des Ladens wanderten. Es schien, als seien sie die einzigen Kunden. Um irgend etwas zu sagen, fragte er, ob sie auch Hollandia Sportswear führten, diese Sachen mit den kleinen Tulpen darauf.

Alvin Cromwell blieb stehen und dachte nach. »Ich habe diese Hemden mit verschiedenen kleinen Tieren darauf. Lassen Sie mich nachsehen...« Er trug einen Bart und sah in seinem schwarzen T-Shirt wie ein Gewichtheber aus. Auf dem Hemd stand in weißen Buchstaben *Keine Angst vor dem Hund, hüten Sie sich vor dem Besitzer*. Trotzdem schien er ein netter Bursche zu sein. Er sagte zu Jack: »Nein, ich glaube, mit Tulpen habe ich keine.«

»Aber sicher haben Sie Waffen. Das nehme ich doch an.«

»Sie kennen sich mit Waffen aus?«

Cullen sagte: »Ich gehe jede Wette ein, daß ich Ihnen ein M-1-Gewehr im Dunkeln auseinandernehme und wieder zusammensetze.«

Das überraschte Jack zwar, aber er richtete seinen Blick nun auf die Waffen, die in den Gestellen aus knorrigem Fichtenholz im rückwärtigen Teil des Ladens ausgelegt waren: Gewehre, Schrotflinten und Handfeuerwaffen, die wie Maschinenpistolen aussahen. An allen hingen rote Zettel.

Auf dem Weg dorthin mußten sie an Pfeifenregalen vorbeigehen, die zur Tarnung dienten, und an Ständern mit Drillichjacken und -hosen: AUSVERKAUF! *Reduziert von* $29.95 *auf* $24.95. Es gab neue und gebrauchte Original US-Flieger-Jacken. Ranger-Jacken, *gutaussehend und funktionell.* T-Shirts für Kinder als weitere Ablenkung, dann wieder Ausbildermützen mit diesen steifen Schirmen, Rangermützen und -helme, Halfter, Ferngläser, Feldflaschen, Messer und Bajonette mit gezackten Schneiden...

Als sie bei den Fichtenholzgestellen und -regalen ankamen, sagte Alvin Cromwell: »Wenn Sie beide im Krieg waren oder über Sturmwaffen Bescheid wissen, dann müßten Sie hiervon eigentlich begeistert sein.«

»Ich war in dem großen Krieg bei der Ersten Kavallerie«, sagte Cullen, »im Zweiten Weltkrieg. Das war das erste Mal damals, daß die Erste von den Pferden stieg und mit den Marinetruppen eine Insel erobert hat. Los Negros.«

Jack sah ihn an. Für ihn war es das erste Mal, daß er von Cullens Dienst in der Army hörte. Alvin Cromwell nahm Cullens Hand und schüttelte sie. Da sagte Jack: »Ich wollte mit allen Mitteln nach Vietnam, aber, verdammt, sie haben mich abgelehnt.« Alvin Cromwell nickte, schüttelte ihm aber nicht die Hand. Er sagte: »Seid ihr beiden es, die gestern schon hier gewesen sind und mich sprechen wollten?«

»Rein zufällig«, sagte Jack. »Aber mein Freund hier hat seinen Autoschlüssel verlegt. Deswegen haben wir noch einmal bei Ihnen vorbeigeschaut. Vielleicht liegt er ja hier.«

Alvin Cromwell sagte: »Das erlebe ich doch dauernd bei den Typen vom Dezernat für Diebe und Hehler. Verlieren etwas und kommen herein und schauen sich bei mir um. Denen sage ich dann klipp und klar, daß ich nur Waffen für Sport und Spiel verkaufe, am besten halbautomatische.«

Jack sagte: »Wenn Sie glauben, wir wären von der Polizei, dann marschieren wir sofort hinaus und zeigen Sie wegen übler Nachrede an. Wir gucken uns hier nur um, weiter nichts, und wissen nicht einmal, wonach wir suchen.«

Alvin Cromwell sagte: »Das ist alles ganz harmlos hier. Sehen Sie mal, von links nach rechts... Da gibt es die Ruger Mini-14, dann eine Uzi und eine Tech-9. Daneben ein H- und ein K 91-Gewehr, daneben eine Winchester. Erkennen Sie die Thompson? Etwas für die Typen, die noch den Zweiten Weltkrieg miterlebt haben und dafür ihren Preis zu bezahlen bereit sind. Daneben die niedliche kleine AR-15 Amalite. Mit der Zusatzausstattung können Sie sie in ein M-16-Gewehr verwandeln, wenn Sie wollen. Ich will Ihnen sagen, für den Zermürbungskrieg in Vietnam war das genau das richtige. Alle dachten, damit würden wir sie schaffen. Mann, die ist vollautomatisch. Nur verdreckte sie schnelle, und dann funktionierte der Mechanismus nicht mehr. Also blieb uns nichts anderes übrig, als einen Vietkong abzuknallen und uns sein AK-47 zu besorgen, Mann, das ist eine Knarre, der kommt nur noch das FN-FAL nahe, das die Belgier herstellen. Ich weiß nicht, woher die wissen, wie man das macht, aber es ist verdammt gut, dieses FN-FAL. Die Briten benutzen es auch, und fast jeder kann es sich besorgen, zum Beispiel auch diese verrückten Armleuchter im Libanon. Auch für die *Contras* haben wir ein paar besorgt, aber nicht viele.«

»Da unten in Nicaragua?« sagte Jack.

»Ja, verdammt. Mann, die brauchen jede Hilfe, die sie kriegen können. Die *Contras* bringen es aber nicht, Mann, wir müssen da selber hin.«

»Meinen Sie?«

»Ich war schon dort«, sagte Alvin Cromwell. »Ich will Ihnen sagen, warum. Wenn ich an Vietnam denke, dann könnte ich heulen vor Scham, wie diese kleinen Scheißer uns geschafft haben. Als ich zurückkam, wußte ich nicht, woran ich mich halten sollte. Ich habe mich an den Klan gewendet, aber das ist ein Haufen negativ eingestellter Leute, weiter nichts. Du mußt sie nur aufzählen, Nigger, Juden, Katholiken, und sie sind dagegen. Ich habe ihnen gesagt: ›Wißt ihr denn nicht, welches das einzige Übel auf der Welt ist, das wir an seiner Ausbreitung zu hindern haben? Das ist der Kommunismus.‹ Ich hasse die Kommunisten, ich habe sie immer gehaßt. Aber der Haß nutzt dir überhaupt nichts, wenn du nicht weißt, worauf du ihn konkret lenken sollst und mit wem. Es war bei einem Treffen von Waffenfreunden, da habe ich mich dem CVP, dem Civilian Volunteer Program, angeschlossen, und damit hat für mich ein neues Leben begonnen. Unsere Aufgabe ist es, den Freiheitskämpfern dort unten zu helfen. Ihnen Nahrungsmittel und Geräte zu liefern und sie in Kampftaktiken zu unterstützen. In Vietnam war ich Richtschütze auf einer Cobra – wurde während der Tet-Offensive vom Himmel geschossen und war sechs Monate im Lazarett, um meine Beine wieder in Ordnung zu bringen. Also, ich bin jedenfalls auch dort unten gewesen... Hören Sie, es hat mich über 2500 Dollar von meinem eigenen Geld gekostet, den Miskito-Indianern zu zeigen, wie man mit einem M-60-Maschinengewehr umgeht, eine beschissene Waffe, aber alles, was wir hatten. Ich habe sie über Honduras nach Nicaragua schaffen lassen. Wir nennen das, in Anführungszeichen, angewandte Beratung, falls Sie verstehen, was ich meine. Aber sagen Sie nie, das hätten Sie von mir gehört. So, wie ich in dieser Sache auch nie die CIA erwähnt habe, nicht wahr? Also, in den sieben Wochen bei den Miskitos habe ich dreißig Pfund verloren, weil Bohnen und Reis das einzige waren, was sie hatten. Aber, Mann, wie ich mich gefühlt habe, als ich nach Hause kam! Ich weiß jetzt, was da unten läuft und was es uns kosten wird, dort zu gewinnen. Jedenfalls ist es ganz anders als drüben in Vietnam. Hier sind es die Bösen, die über die nötigen Waffen verfügen und diese verdammten Kampfhubschrauber haben.«

Jack sagte: »Sie waren also bei den Indianern.«

»Ja, Sir, und ich habe gemerkt, daß ich keine einundzwanzig mehr war. Diese Menschen da unten haben ein schlimmes Leben, und daran sind die Sandinisten schuld.«

»Sind die Miskitos einem nicht irgendwie fremd?«

»Es sind *gute* Leute. Haben sich um ihre eigenen Dinge selber gekümmert, schon seit der Zeit vor Kolumbus, bis dann die Sandinisten angekommen sind und sie fertiggemacht haben. Wissen Sie, woran die Kommunisten mich erinnern? Engstirnig, wie sie sind, nicht fähig, über den Tellerrand zu gucken? An den Klan. Ich finde, sie sind beide gleich mies.«

»Gehen Sie noch mal hinunter?«

Alvin Cromwell sah nach vorne in seinen leeren Laden. »Meine Frau will es nicht. Ich habe ihr gesagt, Liebling, da kann ich mehr tun als hier. Ich habe zwei Verkäuferinnen und einen Verkäufer, die für mich arbeiten, obwohl ich sie eigentlich gar nicht brauche. Sie sind jetzt beim Lunch. Ich habe ihnen gesagt, solange ihr wollt. Geht danach nach Hause und macht ein Schläfchen. So hat es mein Vater auch immer gemacht, ist mittags zum Essen gegangen und hat sich dann ein wenig hingelegt. Aber die Zeiten ändern sich, nicht wahr?« Er sah wieder nach vorne, dann sah er Cullen an und danach Jack. »Ich erzähle Ihnen mal was, wenn Sie kein Wort darüber verlieren. Ich habe die Gelegenheit, an diesem Wochenende hinunterzukommen, und, verdammt, ich werde sie ergreifen. Irgend etwas Gutes tun auf dieser Welt.«

Jack zögerte: »Sie fliegen?«

»Zu teuer. Wir haben eine Menge Geräte und Verpflegung hinunterzuschaffen, und dafür gibt es eine ganze Flotte Bananentransporter, die hier bei uns anlegen. Die nehmen jede Ladung mit, ehe sie leer zurückdampfen.«

Jack sagte: »Es hört sich an, als führten Sie ein aufregendes Leben.«

Alvin Cromwell sagte: »Das tue ich, wenn ich nicht hier bin.«

Als sie wieder draußen in der grellen Sonne waren, sagte Jack mit zusammengekniffenen Augen: »Gott im Himmel, kann man dem Kerl glauben?«

Cullens Antwort überraschte ihn. »Jack, du warst nicht im Krieg, also sag besser gar nichts dazu, in Ordnung?«

»Was hat das denn damit zu tun?«

»Wenn du dir nicht vorstellen kannst, daß es solche Leute wie Alvin Cromwell auf dieser Welt gibt, dann bist du einfach dumm. Das ist der Typ Mensch, der zum Militär geht und dann auch da ist, wenn es zum Krieg kommt. Das sind die, die sich hinstellen und deinen Arsch beschützen.«

»Was macht dich so wütend?«

»Weil du dir so schlau vorkommst. Du hältst einen Kerl wie den doch für beschränkt, weil er an sein Land glaubt und auch bereit ist, sein Leben dafür zu geben. Wo warst du während des Vietnam-Kriegs?«

»Das habe ich dir gesagt, ich habe mich bemüht, hinzukommen.«

»Ach, scheiß drauf.«

»Ich bin nicht nach Kanada gegangen oder habe meinen Einberufungsbefehl verbrannt. Ich habe mich bei ihnen gemeldet, und sie haben mich abgewiesen.«

»Und du warst froh.«

»Klar, natürlich war ich das. Cully, was ist los mit dir? Ich habe doch nur gefragt, ob man ihm glauben kann.«

»Ich weiß, was du gesagt hast.«

Sie kamen zu dem Mercedes, den sie am Straßenrand geparkt hatten, öffneten die Türen und blieben einen Augenblick stehen, um frische Luft hineinziehen zu lassen. Jack sah über das Dach, über dem die Luft in der Sonne flimmerte, zu Cullen hinüber.

»Ich habe nicht gewußt, daß du in der Army warst. Du hast es früher nie erwähnt.«

Cullen sagte nichts. Er sah sich die Gebäude auf der anderen Seite der Straße an.

»Warst du die ganze Zeit dabei?«

»Dreieinhalb Jahre«, sagte Cullen. Er sah jetzt die Straße hinauf zu der Reihe von Autos, die schräg vor den Geschäftsfassaden in ihren Buchten parkten. Dann wandte er den Kopf und betrachtete die Hafenanlagen, wo kleinere Schiffe und Fischerboote an den Piers anlegen konnten. Mit Verwunderung in der Stimme sagte er: »Himmel noch mal.«

»Was ist los?«

»Die erste Bank in meinem Leben, in die ich hineinmarschiert bin, um sie auszurauben, war ausgerechnet hier in Gulfport.«

»Tatsächlich?«

»Aber es gibt sie nicht mehr. Ich sehe sie nicht.«

»Das große neue Gebäude, an dem wir vorbeigefahren sind, als wir hereinkamen, ist eine Bank.«

»Nein, meine Bank war in einem alten Haus.«

Jack zeigte über die Straße und hielt sich die andere Hand schützend über die Augen. »Sieh mal dort, Cully, auf der Seite von dem Gebäude. Die Hancock Bank.«

Cullen ging zum hinteren Ende des Wagens. Er sagte: »Oh, mein Gott, das ist sie. Wir sind genau an ihr vorbeigefahren.«

Jack wandte sich wieder zu ihrem Wagen um und ließ dabei seinen Blick über die breite Twenty-fifth Avenue schweifen. Er hielt an und wanderte den Weg noch einmal ab, bis zu dem Mann, der etwa fünfzehn Meter entfernt auf derselben Seite der Straße stand wie sie und sich gegen den Kofferraum eines schwarzen Wagens lehnte. Jack brauchte einen Moment, dann wußte er, daß es der kreolisch aussehende Indianer war, der zu ihnen herüberstarrte.

»Genau, das ist sie«, sagte Cullen. »Ich erinnere mich an diese Säulen davor.«

Franklin de Dios hatte einen schwarzen Anzug an und dazu ein weißes Hemd. Die Jacke trug er offen. Er stand da, ohne sich zu bewegen.

Jack sagte: »Laß uns losfahren, Cullen.«

Sie stiegen in den Wagen und setzten ihn zurück. Jetzt konnten sie ihn durch die Windschutzscheibe sehen. Der Kerl hatte keine Bewegung gemacht. Als sie an ihm vorbeifuhren, drehte er sich mit und sah ihnen nach. Auch aus dem Rückspiegel konnte man sehen, wie er sie beobachtete.

Jack sagte: »Cully?«

Cullen sagte: »Wenn ich so zurückdenke, die beste Zeit in meinem Leben war der Militärdienst.«

Sie fuhren in den Hafenbereich, bogen dann nach rechts ab und sahen die leeren Sattelschlepper, die im Hof eines Bananenlieferanten abgestellt waren. Sie fuhren am Pier der Standard Fruit vorbei und dann am Hafenbecken für die kleinen Schiffe und die Fischerboote der Krebsfänger. Bald danach sahen sie schon den sauberen weißen Sand des Strandes am Golf von Mexiko, und Jack widmete sich jetzt seinem Rückspiegel: einen Blick in den Spiegel, dann einen auf den Windsurfer, der mit seinem orangeblauen Segel auf dem Wasser entlangglitt, und wieder einen in den Spiegel.

Cullen sagte: »Ich habe mit angesehen, wie Kameraden von mir, Kumpels, auf dieser Insel da getötet wurden. Verdammt, sie war nur sieben Meilen lang, und ich weiß nicht, wozu wir sie überhaupt brauchten, diese beschissene kleine Insel. Aber wir gehörten alle zusammen in diesem Krieg. Es war ein Gefühl, wie ich es nie mehr wieder erlebt habe, einfach weil wir wußten, daß wir da etwas *taten,* ich meine, etwas, das wichtig war. Da war es egal, wie groß diese verfluchte Insel am Ende nun war, ganz egal.«

»Aber jetzt tun wir auch etwas«, sagte Jack.

»Ich habe meine Zweifel, ob es überhaupt klappt. Aber weißt du was? Ich glaube sogar, das kümmert mich nicht einmal.«

»Ich meine, wir müssen uns jetzt gleich etwas ausdenken. Wir werden verfolgt.«

»Von einem Cop? Du hast doch nichts angestellt.«

»Nicht von einem Cop, von dem Indianer. Dieser... du kennst ihn doch.«

Cullen sagte: »Ja?« Aber er schien nicht mal so interessiert, daß er sich umgedreht und nachgesehen hätte. Trotzdem fragte er: »Was hast du jetzt vor?«

»Wir müssen bloß auf die andere Seite vom Pass Christian...« Jack stockte und sah wieder in den Spiegel.

»Diese großen Wohnhäuser da drüben haben mir immer schon gut gefallen«, sagte Cullen. »Ich habe mir gedacht, ja, Junge, da könntest du leben.«

»Und dann drücke ich auf die Tube«, sagte Jack, »ziehe ihn auf hundertzwanzig Meilen die Stunde hoch...«

»Um die Kurve da?« sagte Cullen. »Es gibt da eine mächtige Kurve, bevor du zur Bucht kommst.«

»Mist«, sagte Jack, »du hast recht. Gut, dann nehme ich die Kurve und gebe hinterher Gas. Wir flitzen über die Brücke, und dann geht es schnell nach rechts auf die North Beach. So hängen wir ihn ab.«

Das war es, was sie taten.

20

Jack fuhr die leere Küstenstraße entlang, an der jetzt Bäume standen und ihre Schatten warfen: alte Holzhäuser unter bemoosten Eichen auf der einen, wackelige Stege und ausgetretene Deichstufen auf der anderen Seite. Hinter den Deichen hingen Krebsfangnetze im seichten Wasser. Dann sah er den langen Steg, der in die Bucht hinausragte. Sie näherten sich dem Haus, das schon die Wirbelstürme der letzten hundert Jahre überstanden hatte. »Ein Sturm mit dem schönen Namen Camille hat die Veranda weggerissen«, erzählte er Cullen, »und drinnen stand der Schlamm fast anderthalb Meter hoch.« Er bog in die Zufahrtstraße ein – wobei er zum erstenmal ihren Namen las, Leopold Street – und parkte auf der Rückseite des Hauses gleich hinter Raejeannes Chevette und einem leuchtendblauen Wagen, brandneu, auf dem kein Namenszug stand, sondern nur ein paar Zahlen und dazu die Bezeichnung *Turbo.* Hinter den Vorhängen der rückwärtigen Veranda stand eine Frau und beobachtete sie. Dann tauchte eine andere Frau auf, eine größere Gestalt, soweit hinter den Gardinen erkennbar, ging an ihr vorbei und stieß die Tür auf. Seine Schwester Raejeanne. Sie sagte: »Wer da? Freund oder Feind?« Und während er aus dem Wagen stieg, hörte er, wie sie sagte: »Mama, es ist Jack.«

Auf der Veranda blieben sie an einem Tisch stehen, der für fünf Personen gedeckt war, und Jack stellte Cullen vor, dann nahm er seine Mutter in den Arm. Sie war schmaler und zerbrechlicher geworden, und sie sagte mit ruhiger Stimme zu ihm: »Wie geht es meinem lieben großen Jungen?«, während er sie tätschelte und sie mit fast heftigem Ton in der Stimme fragte, wie es ihr gehe. »Ganz prima.« Alles war prima mit ihr und ihren fünfundsiebzig Jahren. Ihr Haar hatte sie in blondgrauen Wellen frisiert, in ihrer Brille spiegelte sich das Licht, und sie trug weiße Ohrringe, die zu ihren Perlen um den Hals paßten. Aber sie war eine altmodische Fünfundsiebzigerin und schien jetzt ein wenig erschrocken. Er fragte sie, ob etwas nicht in Ordnung sei. Sie sagte: »Wir haben nicht genügend Plätze am Tisch.« Er sagte, he, erzähl mir lieber, was du so gemacht hast in letzter Zeit. Seine Mutter sagte: »Mir ist es gut gegangen, bis zur letzten Woche. Dann mußte ich eine Weile das Bett hüten wegen meiner Artha-ritis.« Jack fragte sie: »Wer ist Arthur Ritis?« Sie lächelte und bemühte sich zugleich, nichts von ihrem künstlichen Gebiß zu zeigen. Sie sagte, er höre sich genauso an wie sein Vater, der Ire. Neben sich hörte er Cullen schnauben und schmatzen, während Raejeanne sagte, sie hätten einen Haufen Shrimps im Topf, und eine Suppe aus Gumboschoten sei auch noch übrig. Sie sagte: »Wir haben Besuch. Rate mal, wer es ist, Jack.« Er wußte gleich Bescheid, wenn sie ihn so fragte. Seine Mutter hätte es ihm gar nicht mehr zu sagen brauchen, als sie ihn mit einem traurigen Blick ansah und meinte: »Maureen und ihr Mann.« Raejeanne sagte: »Machen wir uns alle einen Drink und gehen wir ein wenig nach vorn.« Seine Mutter sagte: »Maureen hat nach dir gefragt. Ich habe ihr erzählt, daß du wie immer viel zu tun hast bei Leo. Maureen hat gesagt, ach, das ist aber nett. Ihr Mann ist auch mit, dieser Doktor.« Jack sagte, Harby. Seine Mutter sagte: »Sie ist so ein süßes Mädchen...« Raejeanne sagte, Leo wolle sich bemühen, früh wegzukommen. Zu Jack sagte sie: »Leo hat erwähnt, daß dir Helene über den Weg gelaufen ist. Triffst du dich wieder mit ihr?«

»Er erzählt dir wohl alles, was er weiß?«

»Das hoffe ich«, sagte Raejeanne.

Seine Mutter sagte: »Ist dir jemand vors Auto gelaufen?«

Sie gingen durch einen mit Linoleum ausgelegten Flur in die vordere Veranda. Maureen und Harby Soulé erhoben sich aus ihren Sesseln, und Maureen lächelte, als sie Jack ihre Hand entgegenstreckte. »Ich weiß nicht, warum, aber ich habe es gewußt, daß du das warst in dem hübschen Wagen.« Er hielt ihr freundschaftlich die Hand und küßte sie auf die Wangen. Harby stand daneben in seinem steifen Leinenanzug, der kleinen Schleife um den Hals und dem dünnen Schnurrbart, und Jack dachte bei sich, daß ihm jetzt nur noch die Speisekarte unterm Arm fehle – mein Gott, und dabei sah er auch noch dem Obersten ähnlich. Jack fühlte sich obenauf, war froh, hier zu sein, hatte ein Gefühl von Zuversichtlichkeit. Da gab es einen kreolischen Indianer, der Leute umbrachte, und der kurvte jetzt in den Straßen von Bay St. Louis herum und suchte ihn, während Raejeanne ihm einen Wodka mit einer Kirsche darin reichte und seine Mutter ihn fragte, ob er auch die Brise spüre. Sie sagte, immer am Nachmittag komme so eine nette Brise auf. Sie sagte: »Erinnerst du dich, wie gern du und Maureen damals immer segeln gegangen seid? Das Boot gibt es jetzt nicht mehr. Raejeanne, was ist mit dem Segelboot passiert, das Jack und Maureen so sehr geliebt haben?«

»Es ist gesunken, Mama.«

Maureen sagte: »Wie steht es mit der Arbeit, Jack?«

Er sah ihren schlanken Körper in dem hübschen blauen Sonnenkleid, ihre schlanken Arme, ihre schlanken Beine, die sie übereinandergeschlagen hatte, und ihre kräftigen Hände, mit denen sie ihr Glas im Schoß hielt; diese Hand oder die andere, die dann früher oder später nach seiner gegriffen hatte, wenn sie zusammen in der Hängematte lagen, die jetzt noch hinter ihm zusammengefaltet an der Wand hing, und dann hatte er seine Hand wieder aus ihren Kleidern ziehen müssen.

»Immer dasselbe. Es ändert sich nichts.«

Harby sagte: »Zumindest brauchst du dir für deine Arbeit keine Kunstfehlerversicherung zuzulegen.«

Jack sagte: »Stimmt, mit Beschwerden haben wir nichts zu tun.« Er sagte hier Dinge, die er sonst nirgendwo gesagt hätte – und Maureen sah ihn an und wußte es. Wenn er dann einmal seine Hand nicht aus ihren Kleidern genommen und sie einander geliebt hatten ... Er konnte sich nicht vorstellen, wie sie sich mit Harby Soulé liebte.

Harby sagte, zwei Monate im Jahr arbeite er nur für diese verdammte Versicherung und ihre Policen. Cullen fragte ihn nach seinem Beruf. Harby sagte, er sei Urologe. Cullen runzelte die Stirn, und Raejeanne sagte, er untersucht Ihnen Ihr Pipimännchen. Cullen sagte, oh, tatsächlich? Er sagte, da hätte er ja gleich eine Frage, aber die behielte er wohl besser für sich. Oder?

Wenn sie einander geliebt hatten... Sie könnten jetzt hier genauso sitzen, nur daß Harby und Cullen nicht dabei wären, und es würde nicht so ein kreolischer Indianer um sie herumkurven und keine sonstigen Nicaraguaner... Nur, da war Lucy Nichols.

»Hast du jemals von den Schwestern vom hl. Franziskus gehört?«

»Ich bin nicht sicher«, sagte Maureen. »Warum?«

»Ich bin einer begegnet. Sie kümmern sich um die Leprakranken.«

Maureen sagte: »Oh«, und nickte.

»Könntest du dir vorstellen, daß du so etwas tust?«

»Das bezweifle ich. Wo hast du sie getroffen?«

»In Carville. Warst du jemals dort?« Er fühlte sich bedrückt und war sich nicht sicher, warum.

»Ich habe nie den Wunsch verspürt, dorthin zu gehen.«

»Es ist nur eine Reihe von Gebäuden. Sieht eher wie ein College-Campus aus als wie ein Krankenhaus.«

»Harby, du warst doch einmal da, nicht wahr?«

»Wo?«

»In Carville.«

»Nein, da bin ich nie gewesen. Aber ein paar von meinen Kollegen. Warum?«

Kollegen, dachte Jack. Harby Soulé, der Urologe, hatte Kollegen...

»Jack hat nur gefragt.«

»Ja, falls er dorthin fahren will«, sagte Harby. »Ich kann mir zwar nicht vorstellen, warum, aber ich glaube, ich könnte das arrangieren.«

Das Telefon läutete drinnen im Haus. Raejeanne stand auf und verließ die Veranda.

»Ich glaube, Jack ist da bereits gewesen«, sagte Maureen. »Mußtest du eine Leiche abholen?«

Jack sagte: »Ja, letzten Samstag.« Und er wollte ihnen sagen: *Aber sie war lebendig.* Wißt ihr, da gibt es einen Kerl aus Nicaragua, der möchte sie umbringen, also haben wir sie im Leichenwagen hinausgeschmuggelt, wurden aber von einem anderen Nicaraguaner angehalten, der in Wirklichkeit aus Kuba ist, und von einem Miskito-Indianer, der dann später diesen Kerl erschossen hat, von dem ihr vielleicht gelesen habt, es war im Ralph & Kacoo's, weil er denkt, er kämpft hier oben auch den Krieg, für den die anderen das Geld sammeln, damit er weitergehen kann, und wir versuchen nun, dieses Geld zu stehlen. Gott im Himmel. Wenigstens ein bißchen sollte ich ihnen davon erzählen, nur den Anfang...

Seine Mutter sagte: »Ich kann mich nicht erinnern, daß das Boot mal gesunken ist. Es war ein so hübsches Boot. Ihr seid mit ihm durch die ganze Bucht gesegelt, nicht wahr? Du und Maureen.«

Raejeanne tauchte im Türrahmen auf. »Das war Leo. Er hat gesagt, wir sollen schon mal essen. Er schafft es erst etwas später.« Sie sagte: »Mama, hilfst du mir wohl in der Küche?«

Maureen rutschte auf ihrem Stuhl hin und her und wollte aufstehen. »Kann ich auch etwas tun?«

Jack sah, wie sie seine Mutter am Arm nahm, und dann gingen alle drei in die Küche.

»Raejeanne, was hat Leo gesagt?«

Sie drehte sich zu ihm um. »Ich habe es euch soeben gesagt. Ich nehme an, er hat eine Leiche geliefert bekommen«.

»Er hat heute früh eine bekommen.«

»Nun ja, ich nehme an, es war noch eine. Ich sage es zwar nicht gerne, aber ich hoffe es. Wir brauchen dringend neue Vorhänge.« Sie wandte sich wieder weg und blickte ihn noch einmal über die Schulter an. »He, wie kommt es überhaupt, daß du ihm nicht hilfst?«

»Ich habe meinen freien Tag.«

Sie sagte im Hinausgehen: »Armer Leo, allein mit seinen Toten, während wir uns hier vergnügen.«

Jack stand auf. Er spürte plötzlich ein Verlangen, aufzubrechen, und sah Cullen an.

Cullen saß, die Arme auf die Knie gestützt, Harby Soulé gegenüber. »So oft treffen Sie bei Ihrer Arbeit wohl nicht auf den Wickelstrang, oder?«

Harby sagte: »Auf den was?«

»Den Wickelstrang. Das ist, wenn einem der Schwanz aufgerollt ist, in einen Knoten. Es heißt, daß es nur eine Methode gibt, ihn wieder locker zu kriegen. Hat mir ein Bursche erzählt, der ihn mal gehabt hatte. Er sagte, das Beste, was du tun kannst, ist, deinen Schwanz auf eine Fensterbank zu legen, die Augen zu schließen und das gottverdammte Schiebefenster draufknallen zu lassen. Der Bursche sagte, es tut abscheulich weh, aber es ist die einzige Methode, ihn wieder aufzuknacken, wenn man den Wickelstrang erst mal hat.«

Harby sagte: »Von so etwas habe ich noch nie ein Wort gehört.«

Cullen sagte: »Nein, aber es ist eine Tatsache, wenn man auch nicht gerade oft mehr davon hört. Der Bursche, der mir das erzählt hat, also das war bei der Army im Zweiten Weltkrieg. Aber ich weiß nicht genau, im Angola hatte es irgendwer. Da waren ja eine Menge Leute. Ich glaube, sie behandeln das jetzt mit Medikamenten. Es gibt heutzutage schließlich für fast alles ein Medikament, sie müssen also auch eines für den Wickelstrang haben. Ich frage mich, ob – nein, das geht nicht. Also, mir ist durch den Kopf gegangen, ob Frauen so etwas auch in irgendeiner Form haben. Sie behandeln doch auch Frauen, nicht wahr?«

Harby sagte: »Ja, natürlich.«

»Junge, da müssen Sie ja jede Menge Pussys sehen, wie? Sie werden es mir nicht glauben, aber ich habe dieses Haargewuschel seit siebenundzwanzig Jahren nicht mehr gesehen. Ich wäre ja bereit, nur – ich denke mir, Sie kennen den Spruch, wer rastet, der rostet?«

Harby kam Jack vor wie einer, den sie einbalsamiert und dabei vergessen hatten, ihm die Augen zuzudrücken und den Mund zu schließen und zu fixieren.

Cullen redete weiter und meinte, er sei dabei, jetzt wieder aktiv zu werden nach all den Jahren, eine Freundin werde es ihm schon besorgen; aber jetzt habe er Probleme mit der Prostata, und ob es nicht möglich wäre, daß der Doktor ihn einmal untersuche, bevor sie sich zum Dinner setzten...

Jack ging mit dem Glas in der Hand ins Haus und hörte Cullen sagen: »... mit der guten alten Fingerprobe«, aber er bekam nicht mehr mit, wie Harby darüber dachte. Jack ging jetzt durch den Flur, der das Haus in zwei gleiche Hälften teilte. Als Maureen aus einem der Schlafzimmer kam, blieb er stehen. Maureen sah zu ihm auf, während sie ihre weiße Handtasche zuschnappen ließ. Es war still und dämmrig in dem Gang.

»Wie ist es dir ergangen, Maureen?«

»Gut.« Sie reckte selbstbewußt den Kopf und warf die Schultern zurück. Sie hatte ihr Make-up erneuert und die Augen nachgemalt.

»Du siehst großartig aus.«

»Danke.«

»Du hast dich nicht ein bißchen verändert.«

»Wirklich? Also, ich muß zugeben, daß wir auch etwas dafür tun. Harby und ich joggen jeden Morgen vier Meilen, bei Sonne und Regen, und dann fährt er zu Oschner.«

»Du und Harby?...«

»Und wir achten genau auf das, was wir essen. Diese dicken Saucen zum Beispiel, die rühren wir nicht an. Es ist schon ein Ding, ich mußte praktisch das Kochen noch einmal lernen. Einbrennsaucen wage ich nicht mehr zu machen. Falls du dir das bei einem Mädchen aus New Orleans überhaupt vorstellen kannst.«

»Es muß hart sein.«

»Und wir wagen auch nicht, den kleinsten Bissen rotes Fleisch zu essen. Nichts Gegrilltes mehr, keine Spaghetti oder Fleischklöße...« Sie schenkte ihm ein schwaches Lächeln. »Du siehst gut aus, Jack. Dein Leben sagt dir zu?«

Er zögerte. »Doch, ich glaube schon.« Ihm schoß ein Bild durch den Kopf, Maureen und Harby zusammen im Bett, ernst und gefaßt, und sie machten es streng nach Plan, eins, zwei, eins, zwei...

Maureen kräuselte die Nase und sah ihn an. »Worüber lächelst du?«

»Ich weiß nicht. Ich glaube, es ist nur so ein Gefühl.«

»Du hast dich nicht ein bißchen verändert, oder? Du scheinst mir immer noch irgendwie, wie soll ich sagen, *anders*. Wenn das das richtige Wort dafür ist.«

Er sagte: »Es ist so gut wie jedes andere«, und lächelte dazu.

Sie hatten die Abendsonne noch in den Augen, als sie von der Straße hereinkamen. Cullen sagte: »Die Tage werden länger, aber ich werde kein bißchen jünger. Ich hoffe doch sehr, daß Roy mir etwas besorgt hat.«

Jack sagte: »Du weißt, welche Art Frauen er kennt?«

»Darauf kannst du Gift nehmen.«

»Du könntest dir was Schlimmes holen.«

»Wen kümmert das?«

»Dann mußt du zu Harby marschieren. Hat er deine Prostata abgetastet?«

»Er hat gesagt, ich soll in seine Praxis kommen, mit fünfunddreißig Dollar in der Tasche.«

»Warte ein wenig, dann kannst du ihn gleich beides untersuchen lassen.«

»Willst du mir mit meinen fünfundsechzig Jahren sagen, auf was ich aufzupassen habe«, sagte Cullen, »und auf was nicht?«

Lucy war aus dem Empfangszimmer bis zum Rand des mit Steinplatten ausgelegten Patios gekommen. Heute trug sie wieder Schwarz. Ihre neue Tracht, dachte Jack, die neue revolutionäre Lucy in ihrer neuen Rolle. Sein Blick ruhte auf ihrer schlanken Figur. Die Hände hatte sie flach in die Gesäßtaschen ihrer Jeans geschoben. Er folgte Cullen auf einem mit Ziegelsteinen ausgelegten Weg durch den Garten hinter dem Haus, zwischen Büschen und Blumen hindurch, die im warmen Frühlingsregen üppig hochgeschossen waren. Im Schatten der hohen Bäume verschwammen die Einzelheiten des Innenhofs, und Lucys Gesicht erschien blaß in dem schwächer werdenden Licht. Ruhig und gelassen.

Sie sagte: »Roy hat angerufen, zweimal. Sie sind heute im Lauf des Tages in fünf Banken gewesen, und aus jeder sind sie mit einem Segeltuchsack herausgekommen.«

Cullen gab einen Ton von sich, der wie ein Stöhnen klang.

Jack hörte es, sah aber immer noch Lucy an, während sie die Stufen zum Patio erreichten. Er sah, wie gespannt sie war und sich zusammenriß; die Hände in den Hosentaschen waren nichts als Pose.

»Wo sind sie jetzt?«

»Sie sind ins Hotel zurückgefahren. Er hat eben vor ein paar Minuten das zweite Mal angerufen. Er sagte, sie hätten den Wagen gegenüber in der Garage vom Royal Sonesta abgestellt...«

»Den neuen?«

»Ja, sie haben ihn. Eine cremefarbene Mercedes-Limousine. Einen 560 SEL, das Spitzenmodell.«

»Ich glaube, sie können es sich leisten.«

»Roy sagte, sie hätten die Geldsäcke mit hinauf in ihr Zimmer 501 genommen, Champagner bestellt, und seitdem sind sie drinnen. Er ruft in ungefähr einer Stunde wieder an. Er sagte: ›Um Meldung zu machen.‹«

»Wo ist er?«

»Er ist *da*. Er hat ein Zimmer genommen, im selben Hotel, im selben Stock wie der Oberst... Wie hat er das wohl hingekriegt?«

»Ich weiß nicht«, sagte Jack. »Vielleicht war es reines Glück. Bei

Roy weiß man nie, wie er es anfaßt. Das ist der Grund, warum wir ihn bei uns haben – und ganz fest in unsere Herzen geschlossen.«

Lucys Gesichtsausdruck blieb der gleiche, und sie sagte nichts. Schließlich drehte sie sich um, und sie folgten ihr ins Haus.

21

Dagoberto Godoy und Crispin Reyna aßen Shrimps zum Champagner und unterhielten sich auf Spanisch. Auf Wally Scales, den CIA-Mann, nahmen sie keine Rücksicht. Sie gaben ihre Kommentare zu den Filmen ab, die die Fernsehnachrichten über Ferdinand Marcos in seinem trauten Heim brachten. Ein Streifen war bei einer Party aufgenommen worden. Imelda, seine Frau, sang dem Diktator »Feelings« vor, während der in ein Stück Pizza biß. »Er hört nicht einmal auf zu essen«, sagte Dagoberto, »während diese Kuh singt. Ich habe gehört, daß sie Tausende von Kleidern und Schuhen zurückgelassen hat...«

Crispin sagte: »Er hat Milliarden von Dollars gestohlen, wenn nicht noch mehr.« Dagoberto sagte: »Hör mal zu. Sie hat so viele Paar Schuhe gehabt, daß sie acht Jahre lang jeden Tag andere hätte tragen können, ohne eines zweimal anzuziehen. Sie hat fünfhundert Büstenhalter gehabt, die ihre großen Brüste zu stützen hatten, die meisten schwarz. Schau«, sagte er dann, »das ist Bong Bong, der Sohn von Marcos, der dort, der jetzt singt. Ich glaube, er ist schwul.« Crispin sagte: »Das ist George Hamilton, der da singt.« Und Dagoberto sagte: »Nein, nicht der. Der andere, der mit dem angemalten Gesicht, der Schwule.« Crispin sagte: »Für so einen kleinen Asiaten hatte der Marcos ganz schön dicke Eier.« Dagoberto sagte: »Er wußte, wie man lebt. Man sagt, er hatte mehr Frauen als Somoza. Klar, wenn man mit so einer Kuh verheiratet ist. Aber, Mann, er wußte, wie man lebt. Sieh dir das an.« Crispin sagte: »Na ja, aber jetzt sitzt er in der Scheiße.« Dagoberto sagte: »Manchmal muß man am Ende dafür bezahlen. Was passiert, das passiert nun einmal. Aber bis dahin... Mann, er wußte, wie man lebt.« Dagoberto goß einen Schluck Champagner auf die Shrimps, die er noch im Mund hatte, dann sah er sich um und sagte: »Bitte, Wally, essen Sie einen Happen mit uns, es ist unser letzter Abend.«

Wally Scales stand und sah auf den Fernsehschirm. Er drehte sich um, schüttelte den Kopf und rückte seine Brille zurecht, während er zu dem Tischchen ging, das der Zimmerservice hereingeschoben hatte. Er nahm ein Shrimp, das zwischen dem gehackten Eis auf der Servierplatte lag.

»Wir hätten Ferdinands Arsch wahrscheinlich retten können, aber die Zeit war für den Mann vorbei. Sogar der Präsident mußte es herunterschlucken und zugeben, daß es so war. Aber wie man lebt, das wußte dieser verdammte Kerl wirklich.«

»Ich habe eben zu Crispin gesagt«, sagte Dagoberto, »jawohl, es ist gut, wenn du dir einen Spaß im Leben machst, solange deine Leute nicht hungern. Aber sich all das zu nehmen, wie er es getan hat, all das Geld, und es hier in dieses Land zu schaffen, das ist schon eine Schande. Hier...« Er holte eine Flasche aus dem Kühler neben seinem Sessel und goß Wally Scales' Glas voll. »Wenn ich mir diese Tafel hier anschaue, dann denke ich mir, jawohl, ich mache mir auch meinen Spaß im Leben. Nur, da gibt es einen Unterschied. Für mich könnte es das letzte Mahl dieser Art sein. In ein paar Tagen bin ich wieder in den Bergen und esse meine zugeteilten Rationen, kämpfe für die Freiheit.« Er hob sein Glas. »Wer weiß, vielleicht ist dies der letzte Champagner, den ich in meinem Leben trinke.«

»Dann sollten Sie besser noch ein paar Gläser trinken«, sagte Wally Scales. »Lassen Sie es sich gutgehen in dieser letzten Nacht. Aber vergessen Sie am Ende nicht, Ihre Rechnung zu bezahlen.« Er warf einen Blick auf die fünf Säcke auf dem Sofa. Drei waren voll, zwei lagen leer und zusammengefaltet. »Wieviel war es doch, was Sie zusammengebracht haben? Zweieinhalb Millionen?«

»Nein, Wally, es sind genau eine Million einhundertvierundsechzigtausend«, sagte Dagoberto. »Das reicht vielleicht, um einen Kampfhubschrauber zu kaufen. Es sei denn, wir kriegen einen zum halben Preis. Sie wissen, wir haben den Sandino-Piloten eine Million Dollar geboten, wenn Sie auf unsere Seite wechseln und einen Mi-24 mitbringen.«

»Und es ist Ihnen klar, warum noch keiner euer Angebot angenommen hat, nicht? Sie wissen, daß sie mit einem Kopfschuß erledigt werden.«

»Nein, nein, so etwas tun wir nicht, Wally.«

»Ich weiß, woher ihr einen billigen M-16 für eine halbe Million bekommen könnt. Von der Army der Philippinen. Die haben alle möglichen Waffensysteme und dieses ganze Zeug.« Wally trank sein Glas aus und sah wieder zu den Geldsäcken hinüber. »Glauben Sie, die sind hier über Nacht sicher genug?«

»Wir bewachen sie natürlich«, sagte Dagoberto, »mit unserem Leben.« Er hob die Champagnerflasche und bot an.

Wally Scales stellte sein Glas auf den Tisch. »Leider, ich muß gehen. Aber Sie rufen mich morgen von Gulfport aus an, ja? Bevor Sie Ihr Boot besteigen. Rufen Sie mich über meine Geheimnummer an, und dann essen Sie den Zettel, auf dem sie steht, auf.« Wally Scales bemerkte, wie das Gesicht des Obersten einen reichlich blöden Ausdruck annahm, und sagte: »Das war ein Scherz, Bertie. Unsere Art Humor. Sie wissen ja alle, was wir hier machen. Und ein paar Leute aus Nicaragua, darf ich hinzufügen, sind ganz schön sauer, daß Sie sie nicht gebeten haben, Ihnen herauszuhelfen.«

Dagoberto nickte zu Crispin hinüber. »Ich halte mich an die, denen ich trauen kann. Klar, ich kenne meine Landsleute hier bei euch, aber die Menschen besinnen sich auch mal anders. Crispin kenne ich, ich kenne seine Familie, er ist loyal.«

»Trauen Sie auch Franklin?«

»Ja, natürlich. Er tut, was wir ihm sagen.«

»Na, so ganz sicher scheint er sich nicht zu sein über das, was ihr hier tut.«

»Wieso? Hat er mit Ihnen darüber geredet?«

»Er hat gesagt, ihr redet immer nur über Miami, und das ist für ihn eine große Stadt voll blonder Huren.«

»Das hat Franklin gesagt?«

»Ich will euch beiden mal was erzählen. Erstens, ihr habt da jemanden, der auf euch aufpaßt, einen Jungen, für den ich mich äußerst interessiere und der mich mag, mich als seinen weißen Bruder betrachtet. Sie verstehen, worauf das hinausläuft? Der Junge glaubt an seine Sache, nimmt hin, was ihm zugemutet wird, beklagt sich nie. Zweitens, ihr solltet bedenken, daß Franklin sich einsam fühlt. Ich glaube, er hat nur deswegen etwas gegen euch, weil ihr nicht genug mit ihm redet. Kapiert? Holt ihn zu euch herein, gebt ihm, verdammt noch mal, ein paar Drinks, es ist ja nicht euer Geld. Was meint ihr dazu?«

Dagoberto zuckte mit den Schultern. »Natürlich, warum nicht?«

Wally Scales wandte sich zum Gehen, warf noch einen Blick in den

Fernseher und hielt wieder an. »Wissen Sie, was für mich das Interessanteste an dieser ganzen Philippinen-Kiste ist? Ich meine, wie sie den Marcos rausgeworfen haben? Mir ging das durch den Kopf, als ich gestern von der Sache mit diesem Jerry Boylan gelesen habe, den sie in der Herrentoilette umgelegt – ich meine: ermordet haben; Entschuldigung. Als dessen Leute damals, die Irish Republican Army, 1916 gegen die Briten rebellierten – selber nennen sie es die ›Erhebung‹ –, da haben sie das Postamt von Dublin gestürmt und besetzt. Und was haben die Filipinos gemacht, als sie gegen Marcos revoltierten? Sie haben den verdammten Fernsehsender eingenommen. Die Zeiten haben sich geändert, meine Herren. Wir leben in einem Zeitalter schnellster elektronischer Nachrichtenvermittlung. Und wenn die Videokamera Sie nicht erwischt, dann auf jeden Fall der Computer.«

Jetzt sprachen der nicaraguanische Oberst und der kubanische Nicaraguaner aus Miami wieder Spanisch und spülten ihre Shrimps weiter mit Champagner hinunter. Dagoberto sah mit einem Stirnrunzeln auf den Fernsehschirm. Einen Augenblick lang dachte er, sie sendeten noch weitere Bilder aus dem Malacanang-Palast, aber was er jetzt sah, war »Wheel of Fortune«.

Crispin sagte: »Glaubst du, Franklin erzählt ihm dies und jenes?«

»Ich glaube, Wally hat sich das so zurechtgelegt«, sagte Dagoberto, »damit wir glauben, die CIA überwache uns genau. Ich hätte ihm sagen sollen, daß das eine Kränkung war. Ich hätte beleidigt sein, vielleicht in Wut geraten sollen.«

»Vergiß es«, sagte Crispin. »Heute hat in der Zeitung ein Artikel gestanden, in dem wurde gefragt, ob die Hilfe für die *Contras* wirklich an die Patrioten im Kampf gegen den Kommunismus geht oder auf Bankkonten in Miami landet. Ich würde sagen, protestiere gar nicht, sondern biete ihm etwas, worüber er nachdenken kann.«

»Morgen, und dann sage ich ihm, daß ich gekränkt war.«

»Morgen mußt du Wally nur eines erzählen, nämlich: ›Ich bin beraubt worden!‹ Mit großer Geste. Üb es mal. ›Dieser Hurensohn hat mir das ganze Geld abgenommen!‹ So ungefähr.«

Dagoberto dachte nach und starrte hinüber zu einem Fenster des Royal Sonesta mit einem Balkon davor, drüben auf der anderen Straßenseite. »Morgen holt Nacio am Flughafen ein Ticket ab, das auf den Namen Franklin de Dios ausgestellt ist.« Er dachte jetzt laut. »Er nimmt die Maschine um 9.10 Uhr nach Atlanta. Dort steigt er um und fliegt weiter nach Miami.«

»Nacio sieht Franklin nicht gerade ähnlich.«

»Das geht schon in Ordnung. Nacio ruft uns aus Atlanta an, wenn er sicher ist, daß die Maschine nach Miami auch startet. Kurz vorher.«

»Soweit du ihm vertrauen kannst.«

»Nacio war bei der Nationalgarde und bis 1979 mein Adjutant. Dann ging er nach Amerika. Er stellt keine Fragen... Es geht in Ordnung. Franklin fährt morgen zur gleichen Zeit zum Flughafen und gibt den Leihwagen wieder ab...«

»Er kennt Nacio nicht«, sagte Crispin. »Ob er ihn gesehen hat?«

»Die beiden können einander unmöglich kennen. Nacio stammt aus Managua. Also, Franklin kommt mit dem Taxi zum Hotel zurück, und wir fahren in dem neuen Mercedes los. Ja«, sagte Dagoberto, »genau, bevor Franklin zum Flughafen hinausfährt, könnte ich Wally anrufen und ihm erzählen, daß er mich beleidigt hat.«

»Du bist verrückt, wenn du es nicht vergißt«, sagte Crispin. Er saß entspannt da, ein Bein über die Sessellehne gelegt. »Hör mal, das einzige, was du ihm erzählst, ist, daß Franklin hier in diesem Raum das Geld bewacht hat, während wir unten gefrühstückt haben. Wir kamen wieder zurück, und das Geld war weg. Und auch der Wagen, der Chrysler.«

»Ich erzähle ihm aber nicht, daß Franklin den Wagen wieder an die Autovermietung am Flughafen zurückgegeben hat.«

»Heilige Mutter Gottes«, sagte Crispin. »Den Flughafen darfst du natürlich nicht erwähnen, du sagst nur, er hat das Geld genommen und den Chrysler, dieser Freund und Vertraute des CIA-Mannes, es ist kaum zu begreifen, und wir machen uns jetzt auf die Suche.«

»Wally wird mich fragen, wo wir nach ihm suchen.«

»Das weißt du nicht genau – du bist außer dir, Mann, und erregt. Da hast du dann die Wut, die du brauchst. Du sagst zu Wally, daß du ihn anrufst und auf dem laufenden hältst.«

»Was ist, wenn er die Polizei alarmiert?«

»Laß sie doch auch nach ihm suchen, was kümmert es uns? Wenn du ihn dann anrufst, wissen wir bereits, daß dein Mann, dieser Nacio, Atlanta inzwischen verlassen hat, klar? Daß er fast schon in Miami ist. Du erzählst Wally, du hättest mehrere Fluglinien angerufen, aber sie gäben dir keine Informationen über einen Franklin de Dios, und deswegen *verlangst* du jetzt von ihm, daß er das herausbekommen muß und du ihn später wieder anrufst.«

»Das wäre dann das dritte Mal.«

»Ja, du bist eben sehr besorgt.«

»Von wo rufe ich an?«

»Wo du eben bist, egal. Von hier sind wir jedenfalls verschwunden. Wahrscheinlich befinden wir uns dann gerade im Staatsgebiet von Mississippi.«

»Ich rufe ihn an, nachdem wir den Indianer getötet haben.«

»Natürlich, nachher.«

»In Ordnung, ich rufe Wally also ein drittes Mal an...«

»Und er erzählt dir, daß Franklin nach Miami geflogen ist.«

»Was ist, wenn er es noch nicht weiß?«

»Er weiß es, keine Sorge. Du sagst zu ihm, daß wir uns auch sofort auf den Weg dorthin machen, und legst auf. Ist doch ganz einfach, nicht? Mehr hast du gar nicht zu tun.«

»Ja, aber da ist noch etwas. Nachdem wir den Indianer getötet haben – wo haben wir dann seine Leiche versteckt?«

»Das ist doch nichts Neues für dich«, sagte Crispin. »Wir machen es, wie du es zu Hause auch machst: Lassen die Leiche einfach liegen.«

»Ich möchte aber wissen, wo.«

»Wir werden sehen. Irgendwo im Wald, in Mississippi.«

»Ich möchte kein Blut im Wagen haben.«

»Wenn er schmutzig wird, kauf einen neuen.«

»Mann, er kostet fast sechzigtausend.«

Crispin hob sein Glas, trank einen Schluck Champagner, und es herrschte einen Augenblick Stille.

»Wieso beschäftigt die Beseitigung dieses Mannes dich so sehr?«

»Der Indianer macht mir keine Sorgen. Er ist mir egal.«

»Was stört dich dann?«

»Ich bin Soldat. Das hier ist nicht das gleiche wie im Krieg.«

»Also, Soldat wirst du ja nicht mehr lange sein«, sagte Crispin und lächelte. »Sieh es als ersten Schritt in eine neue Branche an.«

Dagoberto schwieg eine Weile.

»Wir brauchen eine Schaufel.«

»Wozu?«

»Um den Indianer zu begraben.«

»Wir begraben nur seine Hände und seinen Kopf. Dafür brauchen wir keine Schaufel.«

»Aber vorher ein Beil.«

»Wir besorgen uns eines.«

»Oder eine Machete.«

»Ich glaube, ein Beil treiben wir leichter auf.«

»Dieser verdammte Indianer. Läßt sich über uns aus.«

»Du hast gesagt, Wally hätte sich das ausgedacht.«

»Das eine oder andere. Aber ich weiß, daß der verdammte Indianer über uns geredet hat. Es ist schon eine Schande, daß man niemandem mehr trauen kann, nicht wahr?«

Wally Scales trat aus dem Hotel und ging geradewegs über die Bienville zu Franklin de Dios hinüber, der in seinem modischen schwarzen Anzug neben dem schwarzen Chrysler stand, mit zugeknöpftem Hemd, aber ohne Krawatte: der indianische Chauffeur aus der Wildnis des Rio Coco, den es über Miami hierher in eine Straße des Französischen Viertels von New Orleans verschlagen hatte. Mann, o Mann – und niemand, dachte Wally Scales, wird jemals herausbekommen, was in seinem Kopf da vor sich geht.

»Sollten wir nicht einen Schluck zum Abschied nehmen, amigo?«

»Ich muß hier bleiben.«

»Vielleicht sind sie drinnen in Gesellschaft, aber ich bezweifle, daß sie hinaus in die Stadt gehen, bei der Beute, die sie da drinnen haben.«

»Sie haben gesagt, ich soll hier draußen bleiben.«

»Immer die Hintertür benutzen, hm? Und schön die Füße abwischen.«

»Wie?«

»Ach, nichts. Ich rede nur so vor mich hin. Glaubst du, daß du die ganze Nacht hier draußen warten mußt?«

»Sie haben nur gesagt, ich soll aufpassen, weiter nichts.«

»Auf was?«

»Ich weiß nicht, auf was.«

»Mir kamen sie nicht so vor, als mache ihnen etwas Sorgen. Hattest du den Eindruck?«

»Sie haben nur immer sich selbst im Kopf.«

Da, für den Bruchteil von Sekunden, zeigte der Indianer einmal sein eigenes Gesicht.

»Hast du mir etwas zu erzählen, Franklin?«

Wally Scales bemerkte, wie der Indianer ein wenig zögerte, bevor er den Kopf schüttelte.

»Keine besonderen oder unüblichen Begegnungen?... Wo warst du heute unterwegs?«

»Bin dem Wagen der Frau gefolgt.«

»So? Wohin ist sie gefahren, irgendein spezielles Ziel?«

»Nur so herum.«

»Du kannst mir wirklich alles erzählen, was dich bedrückt, mein Freund.« Wally Scales ließ ihm Zeit, seine Last loszuwerden, aber es kam nichts. So sagte er in ruhigem vertraulichem Ton: »Ich nehme an, das warst du, der den Kerl in dem Restaurant beseitigt hat. In der Herrentoilette.«

Franklin sagte nichts.

»Es tut mir leid, daß du das tun mußtest. Man hat dir gesagt, daß er ein sehr gefährliches Individuum war. Er hätte versucht, euch das Geld zu stehlen, da bin ich ganz sicher, und er hätte jeden getötet, der sich ihm in den Weg stellte. Wir können nachweisen, daß er in Managua gewesen war... Aber wie dem auch sei... Ihr seid jedenfalls auf dem Sprung, ja? Fertig für eure Überfahrt mit dem Bananendampfer?«

»Ich glaube, es ist jetzt Zeit, daß wir zurückkehren. Ich möchte meine Familie sehen.«

»Und euren Krieg weiterführen?«

Franklin zog die Schultern hoch, vielleicht sollte es ein Schulterzukken sein, und dann hatte er sich auch schon wieder in sich zurückgezogen.

»Wenn du bleiben willst, ich kann das regeln.«

»Ich möchte nach Hause.«

»Wenn es das ist, was du dir wünschst, Franklin, das kannst du haben. Du kannst deine gottverdammten Fledermäuse haben, die da unten herumschwirren, und dazu die Malaria, die Gelbsucht, den Durchfall – Somozas Rache, diesmal – und die Wanzen nicht zu vergessen. Alle vierzigtausend Arten, die die Menschheit kennt, und noch ein paar mehr. Ich habe nie in meinem Leben solche Wanzen gesehen wie dort. Das waren keine normalen Wanzen, sondern verdammte Bestien. Zwei Jahre habe ich da unten zugebracht, mein Freund, und noch einmal sieht mich dort niemand. Nicht für Geld und nicht einmal mit einem Revolverlauf im Rücken. Wenn ich diese beiden Freiheitskämpfer da oben höre, wie sie räsonnieren, daß dies vielleicht die letzte Dreihundert-Dollar-Mahlzeit ist, die sie in ihrem Leben essen, dann bricht mir das fast das Herz. Dieser Oberst redet derart mit doppelter Zunge…«

Wally Scales sah zur Bourbon Street hinüber, wo die Touristen flanierten, starrte ein paar Augenblicke lang ins Leere, ehe er seinen Gedanken wieder aufnahm, und sagte dann: »Ich will dir mal etwas sagen, Franklin, nachdem es ja nicht sehr wahrscheinlich ist, daß wir einander noch einmal wiedersehen. Ich spreche ganz ordentlich Spanisch und verstehe fast alles, was gesagt wird. Aber das habe ich nie jemanden wissen lassen. Stell dich dumm, hör zu, dann erfährst du etwas. Ich habe zum Beispiel gehört, wie der Oberst etwas auf Español sagte, und auf Englisch klang es dann ganz anders. Sogar sein Tonfall, der sich dabei verändert, verrät ihn, und das merkt er nicht einmal. Irgendwelche tiefe Geheimnisse habe ich zwar nicht herausbekommen, aber mir ist seine Habgier aufgefallen. Ich kann dir nur eines raten, halte die Augen offen. Wenn du nicht an ihren Unterredungen teilnehmen durftest, dann war das vielleicht mehr als nur die übliche Überheblichkeit. So wie diese beiden Cowboys sich am guten Leben erfreuen, kann man sich kaum vorstellen, daß sie jemals wieder ein Feldlager betreten werden. Die bringen es fertig und lassen dich hier einfach auf der Straße stehen, machen sich davon. Wenn diese dreckigen Mistkerle dich in die Wüste schicken, ruf mich an. Ich gebe dir eine Nummer im Hilton Head, das liegt an der Küste von South Carolina. Ich kann dich schon irgendwie abholen und sehen, wie du nach Hause kommst. Das ist ein Versprechen. Andererseits könnten sie dich ja auch mitnehmen, sagen wir, zurück nach Miami oder in die Gegend. Vielleicht Kay Biscayne. Ich wäre froh, wenn du mich das wissen ließest. Das Geld, das sie sich unter den Nagel gerissen haben, ist mir völlig schnuppe – sie haben es nicht gerade Witwen und Waisen abgenommen. Aber was mir gar nicht paßt, ist der Gedanke, daß man mich benutzt hat. Ist das ein Vorschlag? Wirst du mich anrufen?«

Franklin nickte.

»Haben sie es dir gezeigt, das Geld?«

Franklin schüttelte den Kopf.

»Fünf Geldsäcke haben sie da oben – und drei von ihnen, sagen sie, sind voll amerikanischer Dollars.« Wally Scales setzte ein Stirnrunzeln auf und rückte die Brille zurecht. »Augenblick mal – sind sie eigentlich so dumm? Ich glaube zwar nicht, daß sie wissen, wie die Hauptstadt von Nebraska heißt, aber tollkühn bis zum Leichtsinn sind sie doch nicht, oder? Lassen einfach zwei Millionen Scheine auf der Couch liegen und gehen ins Bett?... Wenn du der Oberst wärst, Franklin, wie würdest du es sichern?«

»Wenn ich nicht draufsäße, mit der Kanone in der Hand?« sagte Franklin.

»Ja, was wäre noch besser?«

»Es zu verstecken?«

»Nehmen wir es einmal an. Aber wo?«

Wally Scales ließ ihn nachdenken.

»Franklin, erinnerst du dich, wie wir dir beigebracht haben, wie man einen Sprengsatz mit Selbstauslöser anbringt? Da öffnet dann einer eine Tür oder einen Fensterladen, und *bumm*... Ich glaube, der Oberst hat auf die Weise auch einmal einen Priester neutralisiert. Der öffnete nämlich den Kofferraum seines Wagens und bekam seine Ladung. Warum ich dir das erzähle? Solltest du mal neugierig werden, mein Freund, dann sei verdammt vorsichtig, was du aufmachst. Die beiden erzählen dir ja nichts. Verstehst du? brauchst nur zu nicken.«

Franklin nickte.

»Sie haben mir gesagt, sie hätten über zwei Millionen Scheine. Das sind wie viele Cordobas? Mach ein paar Nullen dahinter und wechsle es auf dem schwarzen Markt, Himmel, da kommen ein paar ganz schöne Plantagen zusammen, nicht? Wenn es nicht für Waffen und Munition wegginge.«

Der Indianer zuckte mit keiner Wimper und sagte kein Wort.

»Aber das ist nun mal unser Geschäft, Franklin, wir arbeiten für den Krieg, nicht für die Landwirtschaft.« Wally warf wieder einen Blick zur Straßenecke, hinter der von der Bourbon Street her Fetzen von Dixieland klangen. Dann wandte er sich wieder zu Franklin und sagte mit ruhigerer Stimme: »Ich will dir noch etwas sagen. Nur für deine Ohren bestimmt, klar?... Ich mache diesen verdammten Job nicht mehr weiter. Der Mann, der mich angeworben hat und der die Karriereleiter bis zum Stellvertretenden Direktor hochgeklettert ist – das ist der höchste Rang, den man in dem Verein als Agent erreichen kann –, hat auch seinen Abschied eingereicht. Er hat den Dienst quittiert, weil ihm diese ganze Scheiße zu den Ohren herauskam, und genauso geht es mir auch. Weißt du, warum?«

Er wartete, bis Franklin de Dios, der ihn mit seinen dunklen und ernsten Augen fest ansah, den Kopf schüttelte.

»Weil, egal, was wir tun oder wen wir benutzen, wir immer so verdammt im Recht sind. Du verstehst, was ich damit sagen will?«

»Sie sind es leid«, sagte der Indianer.

»O Mann, das bin ich.«

22

Lucy erzählte ihm, daß sie ihr ganzes Leben in diesem Hause zugebracht hätte, bis sie weggegangen sei, und daß es alle paar Jahre neu tapeziert und renoviert würde. Aber alles sehe nachher wie immer aus, bis auf das Sonnenzimmer. Sie sagte, wenn man das Sonnenzimmer ausließe, dann wäre es möglich, generationenlang in diesem Haus zu wohnen, ohne jemals seine einmal vorgenommene Orientierung aufgeben zu müssen. Sie sagte, man müsse hier in New Orleans schon aufpassen, wenn man hier lebe, daß man kein Moos ansetze. Obwohl es nicht gerade die Feuchtigkeit sei, die dazu führe. Sie sagte, sie habe keine Ahnung, worüber ihre Mutter sich eigentlich Gedanken mache; vielleicht sollte sie sie einmal fragen, aus reinem Mitleid. Sie sagte, irgendwie fange sie an, ihren Vater besser zu verstehen, und sie sehe ihn zum ersten Mal als einen Mann vor sich und nicht einfach nur als ihren Vater.

Sie standen in der Eingangshalle vor der Tür zum offiziellen Wohnzimmer, das im Dunkeln lag.

»Mir fängt an, klarzuwerden, daß ich eigentlich nicht sehr viel über Männer weiß. Ich habe mir auch nie vorgestellt, mal einer zu sein.«

»Und ich habe mir nie vorgestellt, mal ein Mädchen zu sein«, sagte Jack. Er stockte einen Augenblick und sagte dann: »Nein, ich glaube auch nicht, daß das möglich ist.«

»Du scheinst dir deiner selbst nicht bewußt zu sein.«

»Also, ich erwische mich immer mal wieder, daß ich eine bestimmte Pose einnehme.«

»Du merkst es also, wenn du nicht ganz du selbst bist.«

»Ich bin mir nicht ganz sicher, ob ich weiß, worüber wir überhaupt reden.«

»Die einzigen männlichen Wesen, die ich kannte, bevor ich wegging, waren die Jungen aus der Nachbarschaft und ein paar von ihren Vätern. Alle Jungen tranken viel und sahen sich in einem tragischen Licht. Sie waren theatralisch und übertrieben alles, wenn ich jetzt so darüber nachdenke. Ich glaube, sie wollten einfach die Aufmerksamkeit auf sich lenken. Es gab überhaupt nichts, worüber sie in eine tragische Rolle hätten verfallen können, also betranken sie sich und nahmen die Aufgabe jedenfalls sehr ernst, es sich gutgehen zu lassen. Ich habe überhaupt nichts von ihnen gelernt und erfahren. Ich habe Jungen gekannt und Väter, aber ich habe keine Männer gekannt. Weißt du, wie ich es meine? Über Männer habe ich nur in Bausch und Bogen gedacht, bis ich dich getroffen und dann begonnen habe, dich zusammen mit Roy und Cullen zu beobachten. Ich bin nie so nah mit Männern zusammen gewesen, vorher, um sie ausdrücklich als *Männer* zu erkennen.«

»Du hast mich beobachtet?«

»Ja... das habe ich. Du weißt eine Menge über Frauen, nicht? Ich möchte wetten, das hast du schon immer. Die in dem Restaurant, zu der du hingegangen bist... Das war Helene, nicht?«

»Woher weißt du das?«

»Du hast mir erzählt, daß sie rotes Haar hat.«

»Es war aber anders als früher, als ich mich mit ihr traf. Ich meine, ihr Haar. Es ist jetzt lockig. Sie hatte sich eine Dauerwelle machen lassen.«

»Ich bemerkte sie, als sie hereinkam, die Art, wie sie dich angesehen hat... Du hast ihr erzählt, was wir vorhaben, nicht wahr?«

»Ich mußte ihr ja irgend etwas erzählen, nachdem sie uns herausgeholfen hat.«

»Hast du die Nacht mit ihr verbracht?«

Er sagte: »Um die Wahrheit zu sagen...« Und dann sagte er: »Ja, das habe ich. Aber wir haben nichts gemacht.« Gott im Himmel. Er hörte sich selber reden und konnte es nicht glauben. Wie er es sagte, klang es schuldbewußt – was immer er auch sagen würde.

»Traust du ihr?«

»Ja, ich vertraue ihr, sicher. Sonst hätte ich ihr nichts erzählt.«

»Hast du sie nach ihrer Meinung fragen wollen? War es das?«

»Also, das könnte sein. Ich weiß nicht.«

»Möchtest du aussteigen? Du kannst. Du mußt nichts weiter tun, als zu verschwinden. Du schuldest mir überhaupt nichts.«

»Ich bin hier«, sagte Jack.

Sie wartete, sah zu ihm auf. »Bist du das?«

Er legte die Hände auf ihre Schultern und küßte sie. Ihre Lippen waren weich und leicht geöffnet.

»Sie sagte: »Bist du hier?«

Sie wartete, und er küßte sie wieder, weil sie es wollte. Er sah auf ihr zartes Gesicht hinab, sah das dunkle Zimmer hinter ihrem Rükken, und er küßte sie, weil er nicht wußte, was er sagen sollte.

Sie sagte: »Was bedeutet das?«

»Du mußt auch alles analysieren.«

»Möchtest du mit mir ins Bett? Möchtest du, daß wir einander lieben?«

Er sagte: »Warte. Meinst du, ob ich daran gedacht habe? Oder meinst du, laß uns gehen?«

Lucy lächelte. »Ich habe mir immer schon gedacht, daß du sehr ernst darin bist. Daß man fortgerissen sein muß von seinem Verlangen.«

»Ja, so kann es einem gehen. Die ganze Idee... Also, du mußt dich erst einmal selber mögen. Wenn du das tust, kann dir nichts passieren. Dann mußt du es gar nicht so ernst nehmen, dann kann es eine Menge Spaß machen.«

»Ich habe noch nie mit jemandem geschlafen.«

Er sagte: »Stimmt das wirklich?« Und hätte es gerne gleich zurückgenommen. Er wollte nicht amüsiert klingen. Er sagte: »Also, nein, ich konnte mir auch gar nicht vorstellen, daß du es schon getan hast. Nachdem du schließlich dein Keuschheitsgelübde abgelegt hast.«

»Ich habe mir auch nie viel Gedanken darüber gemacht.«

»Nein, du warst einfach keusch...« Er sagte: »Aber neulich hast du dir Gedanken gemacht, nicht wahr?«

»Zum erstenmal«, sagte Lucy. »Weißt du, wann es war?«

»Sag es mir.«

»In der Nacht im Schlafzimmer, als ich auf deiner Bettkante saß. Ich habe später darüber nachgedacht und mich gefragt, ob es das war, warum ich zu dir gekommen bin: weil ich wollte, daß es passiert.«

»Und ich dachte, du wolltest nur mit mir reden.«

»Das wollte ich. Aber als wir so dasaßen, wurde mir bewußt, daß wir allein in dem dunklen Schlafzimmer waren. Mir wurde klar, so ist es, wenn man sich nahekommt. So fängt es an, und mir hat dieses Gefühl gefallen. Ich wollte, daß du mich berührtest, aber gleichzeitig hatte ich eine Todesangst.«

»Also hör mal …«

»Da habe ich etwas über mich erfahren, von dem ich vorher nichts wußte.«

»Junge, du kommst von den Nonnen, und jetzt bist du auf der Flucht vor ihnen.«

Sie lächelte ihn wieder an. Sie sagte: »Ich werde dich nie vergessen, Jack. Du erinnerst mich so sehr an ihn …«

Er wußte, wen sie meinte. Damals, als sie davon erzählt hatte, hatte er es nicht verstanden, aber jetzt – er mußte nur ihr Gesicht ansehen, ihr Lächeln, und spürte, wie es ihm den Rücken herunterlief.

Sie sagte: »Bevor sie ihm alle Kleider vom Leib rissen und ihn *pazzo*, einen Verrückten, riefen. An *diesen* Franz von Assisi. Ich möchte wetten, er war genau wie du.«

Roy rief um fünf vor zehn an. Lucy sprach eine Minute mit ihm und gab dann das Telefon an Jack weiter. In ihren Augen lag Argwohn, als sie sagte: »Er ist im Hotel«, und sie sah ihn weiter an, als er nach dem Hörer griff.

»Roy?«

»Hör mal, ich wohne fast genau gegenüber dem Zimmer von dem Kerl. Ich sitze im Dunkeln und habe die Tür einen Spalt offen. Da habe ich den Aufzug im Blick, und ich kann fast auch Zimmer 501 sehen. Sie haben ihren neuen Wagen gegenüber in die Garage gestellt, fünf Geldsäcke in ihr Zimmer geschleppt, und seitdem sitzen sie drinnen. Little One war bei ihnen im Zimmer – er sagte, sie hätten drei Flaschen Champagner getrunken, und jetzt wären sie beim Cognac und redeten über Mädchen. Wenn du diese, wie heißt sie doch, Helene dazu bringen könntest, daß sie sie für zwei Minuten herauslockt, dann könnten wir es schaffen.«

»Nein, das geht nicht –«

»Sie klopft nackt an die Tür, und wenn sie aufmachen, rennt sie hier herüber, und wir packen sie uns.«

»Sie macht nicht mit dabei.«

Er sah, wie Lucy ihn beobachtete, als er Roy sagen hörte: »Also, scheiß drauf. Alle sind dabei, nur sie nicht. Dabei hat sie eine ganze Menge mehr gemacht als die meisten.« Sie waren im Sonnenzimmer;

Cullen drüben in seinem Lieblingssessel, und er sah über den Rand eines Magazins zu ihnen herüber.

»Ist das Roy, Jack?«

Jack nickte und sagte ins Telefon: »Was ist mit dem Indianer?« Gleichzeitig sagte Cullen: »Ich möchte mit ihm sprechen.«

»Er war eine Zeitlang unten«, sagte Roy, »aber er muß jetzt den Chrysler weggefahren haben. Als ich das letzte Mal nachsah, war er nicht mehr da.«

»Er hat uns nach Gulfport verfolgt.«

»Tatsächlich? Was ist passiert?«

»Nichts. Ich habe ihn abgehängt.«

»Gut, was habt ihr herausbekommen?«

»Alvin Cromwell hat ein Bananenboot am Kai liegen. Er glaubt, er fährt mit ihnen. Morgen.«

»Bei dir hat also alles geklappt, oder?«

»Also bleiben sie heute nacht dort, wo sie sind... Roy, hast du getrunken?«

»Ein paar Gläser. Warum fragst du?«

»Du machst doch nicht irgendeinen Mist?«

»Also, nun hör mal zu. Meinen ersten Vorschlag findest du ja nicht gut, aber ich habe noch einen. Wenn Little One zu ihnen hineingeht, um ihnen was zu bringen oder abzuräumen, dann gehen wir einfach mit ihm. Verdammt, wir können uns alle vier hinter Little One verstekken.«

»Roy, ich bin mal in die Präsidenten-Suite eines Hotels marschiert – ich habe dieses Paar fünf Nächte lang verfolgt, und sie waren mächtig behängt. Die Frau hatte jedes Mal neuen Schmuck an, wenn ich sie sah. Seht mich an, ihr alle, wie reich ich bin. Ich ging also in ihre Suite, und weißt du, was ich gefunden habe?«

»Du willst auf etwas hinaus«, sagte Roy, »aber ich weiß noch nicht, was es ist.«

»Ich habe nichts gefunden. Sie bewahrte ihren Schmuck in einer Kassette im Hotelsafe auf. Ihr Kerl hatte sogar sein Bargeld darin. Moral von der Geschichte: Wenn du etwas vor dir siehst, das zu schön ist, um wahr zu sein, dann ist es das auch.«

»Aber Jack, man kann keine fünf Geldsäcke in eine Kassette stecken und auch nicht so in einen Hotelsafe.«

»Hast du in die Säcke hineingeschaut, Roy?«

»Also gut, wo würden sie es verstecken?«

»Ich weiß nicht, aber wenn sie so offen daherkommen, ihre Säcke regelrecht vorzeigen, dann weißt du ganz genau, daß sie das Geld nicht im Zimmer haben. Wenn wir also hinter Little One ins Zimmer hereinmarschiert kommen und finden nichts, was weiter? Dann ist es vorbei. Wir ziehen ab, die Cops schnappen sich Little One, gucken in sein Vorstrafenregister, bieten ihm einen Handel an. Und wir sitzen wieder draußen im Bau. Pünktlich, um noch auf der Farm die Sojabohnen anpflanzen zu helfen.«

Roy sagte: »Ich möchte wissen, wo sie es verstecken könnten.«

»Wir warten bis morgen ab«, sagte Jack, »dann finden wir es heraus. Little One solltest du für nichts benutzen, einverstanden? Der Mann ist sauber und möchte es auch bleiben.«

Roy sagte: »Ich finde dich gar nicht komisch. So eine Scheiße. Hör mal zu, schick Cullen, damit er mich ablöst, und nach Mitternacht kommst du dann mit Lucy, jeder mit dem eigenen Wagen. Dann sind wir bei Tagesanbruch bereit. Erzähl dem Typ an der Rezeption, wir machen hier oben auf 509 eine Party. Verdammt, machen wir es doch wie sie.«

Kaum hatte Jack eingehängt, fragte Lucy: »Wen meintest du, als du sagtest ›Sie macht nicht mit dabei‹? Mich?«

»Er sprach von Helene, wollte sie noch einmal als Lockvogel einsetzen.«

»Und dir hat die Idee nicht gefallen?«

Cullen sagte von der anderen Seite des Zimmers: »Ich wollte mit ihm reden.«

Jack sah ihn an. »Ich fahre dich zu ihm, jetzt gleich.«

Lucy sagte: »Wenn du ihr alles erzählt hast, und du hast sie benutzt, ist sie dann nicht mit dabei?«

»Sie hat es mir zu Gefallen getan, das ist alles. Ich fahre Cullen jetzt zum Hotel, halte dann kurz bei Mullen's und ziehe mich um. Wie wäre es, wenn wir einander dann in ein paar Stunden im Hotel treffen? Stell deinen Wagen in der Tiefgarage ab, gleich gegenüber auf der anderen Straßenseite.«

»Tut sie alles, worum du sie bittest?«

Er sah in ihr Gesicht, das zu ihm aufschaute, auf eine Antwort wartend, und er sagte: »Was möchtest du wissen, Lucy? Was sie alles für mich tun würde oder um was alles ich sie bitten würde?«

Die Leiche, die Leo an diesem Vormittag präpariert hatte, lag in einem Batesville der mittleren Preisklasse in einem der kleineren Besuchszimmer. Jack sah sich ihr Gesicht im Licht der Lampe an und war verwundert über die ungewohnt rote Gesichtsfarbe und die Art, wie das spärliche graue Haar des Mannes nach vorn in die Stirn gekämmt und dort festgeklebt war, wie bei einem römischen Senator. Das war nicht Leos Arbeit.

Aber Leo mußte hier sein. Oder jemand vom Wachdienst. Jack sah in die anderen Besuchszimmer. Raejeanne hatte gesagt, daß Leo noch eine weitere Leiche in Empfang genommen haben mußte; warum sollte er sonst nicht pünktlich zum Dinner erschienen sein? Aber anscheinend war dieser Mann in dem kleinen Besuchszimmer doch der einzige Kunde. Es sei denn, die zweite Lieferung lag oben im Präparierraum und Leo war in seinem Büro. Jack war durch den Seiteneingang ins Haus gekommen. Er konnte nachsehen, ob Leos Wagen hinten im Hof stand. Oder er konnte die Treppe hinauflaufen und oben nachsehen. Nach oben mußte er auf jeden Fall. Irgendwer war hier. Jack wußte es. Es mußte jemand hier sein. Was er nicht verstand war, warum er, nachdem er drei Jahre lang in diesem Bestattungsinstitut gelebt und gearbeitet hatte, nun plötzlich den Drang spürte, über die Schulter nach hinten zu schauen. Sich ganz schnell umzudrehen.

Der Mann vom Wachdienst mußte gleich hier in der Eingangshalle sein oder in dem kleinen Empfangsbüro, die Thermosflasche mit Kaffee vor sich auf dem Tisch. Aber nachdem er dort nicht war...

Jack ging die Treppe hinauf, bog in den dunklen Flur ein und hielt an, als er ein Geräusch hörte. Als wenn eine Tür leise geschlossen würde, mit einem schwachen Klicken. Die Doppeltür zum Präparierraum war geschlossen. Auch die zum Schauraum mit den Särgen. Er dachte an die Beretta, die er Crispin Reyna abgenommen hatte und die jetzt hinter dem Vordersitz in seinem Wagen lag, und an die Beretta des Obersten, Himmel, die er in der Hand gehabt und wieder in die Schublade zurückgelegt hatte, mit dem Indianer im Badezimmer, und wo er sich geschworen hatte, nie mehr in ein fremdes Zimmer einzudringen, niemals mehr. Jetzt war er zwar zu Hause, aber er hatte genau das gleiche Gefühl, nämlich, daß er besser nicht hier sein sollte. Oder *irgendwer* sollte es nicht. Er drehte das Licht in der Eingangshalle an. Es half auch nicht viel weiter.

Als erstes mußte er den Präparierraum untersuchen, weil der Ausstellungsraum mit den Särgen – verdammt, es war einfach zu leicht, sich darin zu verstecken. Er hatte den Raum nie gemocht. All diese mit Kreppseide ausgeschlagenen Kisten, die auf ihre Käufer warteten.

Er öffnete die Tür zum Präparrierraum, machte einen Satz und ließ einen würgeartigen Laut hören, als er Helene erkannte. Dann sagte er: »Ach du Scheiße.« Helene stand da, mit einem aufgesetzten Staunen im Gesicht, in Jeans und einem Sweatshirt, auf dem UNO stand. Als sie aus der Dunkelheit auf ihn zutrat, schimmerte das einfallende Licht auf ihren Haaren.

Sie sagte: »Hi, Jack. Was ist los?«

»Was machst du hier?«

»Ich bin hier übers Wochenende, bis Montag.«

»Mit dir stimmt doch etwas nicht.«

»Ich nehme nichts mehr, keine Drogen, Jack. Ich bin ganz sauber.«

»Ach komm – was tust du hier?«

»Was glaubst du denn, was ich hier tue, du Schlaumeier? Ich arbeite hier. Am Montag müssen alle deine Sachen hier heraus sein, weil ich nämlich einziehe.«

»*Leo* hat dich eingestellt?«

»Du weißt, daß er jemanden gesucht hat, seit du ihm fortgelaufen bist. Ich habe dem Mann da unten das Make-up gemacht, und es hat ihm gefallen. Ich meine Leo. Er hat mich heimgefahren, damit ich mir ein paar Sachen holen konnte, dann sind wir zurück, er fragte mich, ob ich auch wirklich hier arbeiten wolle, ich habe gesagt, sicher, ich fange jetzt gleich an.«

»Letzte Nacht wolltest du nicht einmal mit mir hereinkommen.«

»Ja, also, darüber bin ich weg. Weißt du, vielleicht habe ich nur *geglaubt,* daß ich Angst hätte. Aber wenn man sich erst einmal daran gewöhnt hat... Als ich dich heraufkommen hörte, habe ich mir gedacht, mal sehen, wie schreckhaft unser alter Jack ist. Möchtest du einen Drink? Geh in mein Apartment. Es ist noch nicht viel verändert, aber ich richte es mir ein. Auch mit Leos Büro muß etwas passieren. Hier oben sieht alles so aus, als wäre es fast unbewohnbar. Leo sagt, in ungefähr einem Jahr könnten wir auch unten anfangen und diese scheußlichen Möbel austauschen. Er ist nett, nicht? Jovial.«

»Er ist ein prächtiger Kerl. Wieviel bezahlt er dir?«

»Ich glaube, das gehört nicht mehr zu deinem Aufgabenbereich. Tatsächlich hat er mich gefragt, was ich denn brauche.«

»Leo?«

»Ich habe ihm gesagt, ich ließe es ihn wissen. Ich kümmere mich um die Kosmetik und um die Haare auch, aber fahren werde ich nicht gerade.«

»Helene, das hier ist doch kein Arbeitsplatz für ein Mädchen wie dich.«

»Was für eine Art Mädchen bin ich denn, Jack?«

»Warte nur, bis mal eine bös zugerichtete Leiche hereinkommt, ein Unfallopfer, das man aus einem Autowrack gezogen hat. Oder man bestellt dich ins Leichenschauhaus, wo du dir eine Wasserleiche abholen darfst, aufgedunsen und von den Fischen angeknabbert...«

Sie sagte: »Jack, du bringst es noch so weit, daß dir selber übel wird. Möchtest du nun einen Drink oder nicht?«

»Ich möchte mich duschen und umziehen.«

»Ich hoffe, das hebt deine Stimmung. Mein Gott.«

Helene folgte ihm in das Apartment.

Als sie ins Schlafzimmer kam, stellte sie seinen Drink auf die Kommode, lehnte sich gegen sie und sah ihm zu, während er aus seinen Kleidern stieg.

»Du hast noch zweieinhalb Flaschen Wodka und Eis, aber kein Bier mehr.«

»Das kann schon mal passieren.«

»Du hast noch immer einen hübschen Körper, Jack.«

»Was meinst du mit ›noch‹?«

»Du wirst doch auch nicht eben jünger, mein Kleiner.«

»Ich bin froh, daß ich gekommen bin und das von dir hören darf.«

Sie sagte: »Wenn du geduscht hast, willst du dann, daß wir Freunde sind?«

Sie fragte ihn das in einem sanften, vertrauten Ton, und ihre Augen sagten es ihm noch einmal, als sie ihn ansah. Er warf sein Hemd auf das Bett und ging zu ihr.

»Wir sind jetzt Freunde.«

»Sind wir gute Freunde?«

»Ich glaube, wir sind mehr als gute Freunde.«

»Weißt du, wie lange es her ist, seit wir einander das letzte Mal geliebt haben?«

»Lange.«

»Zweitausendzweihundertundfünfzig Tage... mehr oder weniger.«

»Kein Wunder, daß ich bereit bin.«

Sie stand jetzt ganz nah vor ihm und sagte: »Das bist du tatsächlich.« Sie sagte: »Ich habe dich vermißt, Jack. Junge, wie ich dich vermißt habe.«

Er rasierte sich unter dem heißen Wasser, das aus der Dusche kam, wusch sich die Haare, drehte das Wasser ab und trat hinaus vor den beschlagenen Spiegel. Sie hatten wenigstens noch eine Stunde. Er nahm das Badetuch von der Stange und öffnete die Tür, erwartete fast, daß Helene im Bett lag oder auf der Decke und in einer verführerischen Pose auf ihn wartete, und er erinnerte sich an diesen Morgen – genau an diesen Morgen, als sie in ihren dünngestreiften Höschen ihre gymnastischen Übungen gemacht hatte, damit ihre Brüste schön fest und oben blieben... Aber sie war nicht im Zimmer.

Während er sich Haare und Gesicht trocken rieb, hörte er sie rufen, und dann noch einmal: »Jack.« Er zog sich das Badetuch vom Kopf und sah ihren Ausdruck im Gesicht, in den Augen, und in denen war jetzt nichts mehr von Flirt und Vorfreude zu entdecken.

»Unten ist jemand.«

»Bist du sicher?«

»Ich habe gehört, wie Glas zerbrochen wurde.«

23

Franklin hatte auf dem Weg nach oben einen Entschluß gefaßt: Geh nicht auf die Art hinein, wie du das getan hast, als du schließlich im Badezimmer landetest. Klopf auch nicht an. Geh schnell hinein und ziele auf den Kerl, bevor er weiß, was überhaupt passiert.

Aber es klappte nicht so, wie er sich das vorgestellt hatte. Er hatte gedacht, die Tür stünde offen, weil die Leute herkommen und sich die Toten ansehen wollen – zum Beispiel eine Frau, die ihren Mann vermißte, nachdem sie zu Bett gegangen war, klar, und die wieder bei ihm sein wollte. Aber die Tür war verschlossen. Also mußte er mit dem Pistolengriff eine der kleinen Scheiben einschlagen, und dann mußte es schnell gehen, denn das machte ziemlichen Lärm, und er mußte den Kerl erwischen, bevor er merkte, was los war und er seine eigene Kanone in der Hand hatte.

Franklin war jetzt auf der Treppe.

Er erreichte den Podest, von dem es in Gegenrichtung höherging, sah hinauf, und da stand der Kerl mit offenem Hemd über der Hose am oberen Treppenabsatz, über seinem Kopf die Deckenbeleuchtung. Sein Haar schien naß zu sein. Franklin hob seine Pistole und zielte auf ihn, weil der Kerl etwas in der Hand hatte, das er vor sich hielt und das im Licht glänzte. Es sah aus wie ein kurzer Spieß aus Metall. Der Mann ließ die Waffe langsam sinken, weil er sah, daß er sie nicht benutzen konnte, ließ sie, ohne darum gebeten worden zu sein, auf den Boden fallen und stand da, die Hände nicht gehoben.

Franklin sagte: »Würden Sie so nett sein, die Hände hinter dem Kopf zu verschränken?«

Aber der Kerl tat das nicht. Er faßte nach seinem Hemd, schlug es auseinander und sagte: »Siehst du, ich bin sauber. Ich bin dein Gefangener, in Ordnung? Aber ich lege die Hände nicht hinter meinen Kopf, lege mich nicht auf den Boden oder mache sonst einen Mist. Willst du meine Schuhe? Ich habe keine an, aber wenn das so üblich ist, dann gebe ich dir ein Paar. Komm mit.«

Jetzt marschierte der Kerl los, und Franklin mußte schnell die Stufen hochkommen, um ihn nicht aus den Augen zu verlieren. Der Kerl ging vor ihm den Flur entlang und sagte: »Glaubst du immer noch, du bist in deinem verdammten Krieg? Ich muß dir die Dinge wohl erst einmal klarmachen, Franklin, falls ich herausfinden sollte, woher du eigentlich kommst.« Sie gingen in das Zimmer von dem Kerl, wo sie sich vor fünf Tagen zum ersten Mal unterhalten hatten. Aber jetzt war da noch eine Frau mit roten Haaren und weit aufgerissenen Augen – dieselbe Frau, die gestern abend in dem Hotel mit dem Obersten zusammen war –, und der Kerl sagte: »Helene, das ist Franklin. Ich glaube, ihr kennt euch schon. Franklin, setz dich. Wir genehmigen uns einen Drink und klären dabei mal ein paar Dinge.« Der Kerl öffnete den Kühlschrank, drehte sich aber noch einmal um, sah ihn an und sagte: »He, Franklin. Aber erst legst du mal die Kanone weg, ja?«

»Sie haben es als Dinner für die Freiheitskämpfer bezeichnet, oder so ähnlich. Es war in Miami, in einem großen Hotel. An allen Tischen in dem Speisesaal saßen Leute, und ich saß an der langen Tafel vornan«, sagte Franklin. »Zuerst hatten wir dieses Essen, das pro Person fünfhundert Dollar kostete. Ich glaube, es gab Huhn. Es war ziemlich gut.

Dann haben wir Reden gehört. Irgendein Kerl hielt eine Ansprache, nannte allen meinen Namen und sagte, ich sei ein Miskito-Indianer, der für die Freiheit seines Volkes kämpfe, und alles klatschte in die Hände. Dann boten sie Adler-Statuetten an, und die Leute zahlten dafür eine Menge Geld. Dann kamen verschiedene Leute auf mich zu und redeten mit mir. Einer von ihnen war ein Indianer aus den Staaten, und er sagte zu mir, glaub das alles nicht, es ist alles Mist, was sie dir erzählen. Dann kamen reiche Leute an und schüttelten mir die Hand. Weißt du, was sie sagten? ›Attaboy.‹ Was bedeutet das, *attaboy?*«

»Das bedeutet«, sagte Jack, »was dir der Indianer gesagt hat. Sie nennen dich einen tollen Jungen, sozusagen als Draufgänger zum Hühnchen, und das war's dann.«

»Einer von diesen reichen Leuten sagte zu mir, er hätte fünfundzwanzigtausend Dollar gespendet, und er würde gerne mit mir in den Kampf für die Freiheit ziehen, aber seine Frau läßt ihn nicht gehen. Ich sagte zu ihm, er soll seine Frau mitbringen. Sie kann zusammen mit meiner Frau im Lager arbeiten.«

»Attaboy«, sagte Jack.

Helene sagte: »Ich kann das gar nicht glauben.«

Franklin blinzelte und runzelte die Stirn, sah von Helene, die am anderen Ende des Sofas saß, zu Jack, der am Kühlschrank stand. »Sie meint, das ist eine erstaunliche Geschichte«, sagte Jack. »Erzähl weiter.«

»Einige waren da, von denen ein Mann sagte, sie seien Flüchtlinge, die der kommunistischen Tyrannei entflohen sind. Er sagte zu ihnen, sie sollten mal die Hände heben und sich zeigen, und alle klatschten wieder.«

»Tatsächlich? Und wer waren sie?«

»Sie gehörten zum Bedienungspersonal.«

»Haben sie dir eine Medaille gegeben oder etwas Ähnliches?«

»Sie haben mir eine neue Uniform gegeben, die ich bei dem Dinner tragen sollte. Sie haben gesagt, ich könnte sie behalten. Sie haben mich von dem Hühnchen essen lassen, aber ich brauchte keine fünfhundert Dollar dafür zu bezahlen. Sie haben uns auch noch Eiskrem gegeben.«

»Sie haben euch aus Nicaragua herausgeholt, damit ihr bei so einem Wohltätigkeitsessen teilnehmen konntet?«

»Aus Honduras. Ein Mann von der CIA hat mich zum Flugplatz gebracht. Ich sollte eigentlich wieder zurückfliegen, aber das habe ich nicht getan. Ich bin hier geblieben.« Franklin richtete sich auf. Er zog die Beretta aus dem Hosenbund und sagte: »Es schmerzt, sie sticht mir in den Bauch, wenn ich sitze«, und er legte die Pistole auf das Sofa zwischen sich und Helene.

Jack sah, wie Helene auf die stahlblaue Automatik starrte, fasziniert von ihr, aber gleichzeitig voller Angst, sich zu bewegen – was stärker war, ließ sich schlecht sagen. Ihm paßte es jedenfalls, daß sie offen dalag und dem Burschen bequemer war. »Mach deine Jacke auf, wenn du willst.«

»Nein, es geht schon.«

»Einer von der CIA hat dich also hergeschafft. Meinst du Wally Scales.«

»Nein, jemand anderer.« Franklins Augen wurden etwas weiter. »Aber du kennst Wally?«

Jack sagte: »Ich kenne ihn«, und grinste ihn etwas schief an. Dann ging er ins Schlafzimmer und ließ Franklin darüber nachdenken, was es wohl bedeutete. Jack kam mit einem Liegestuhl aus Aluminium, plastiküberzogen, wieder heraus, den er vor drei Jahren für $9.95 gekauft hatte. Er goß Franklin noch einen Wodka ein und warf Helene einen Blick zu, als er sich hinsetzte. Er spürte, wie sie ihn beobachtete. Helene kannte ihn. Er schlug die Beine übereinander und wackelte mit den nackten Zehen. Er würde wetten, wenn er jetzt noch einmal zu Helene hinüberschaute, dann würde er sehen, wie sie die Augen rollte.

»Du bliebst also hier und hast für Crispin gearbeitet.«

»Er sagte zu mir, geh nicht wieder zurück; er könne einen Freiheitskämpfer brauchen, denn es gab in Miami auch viele Sandinisten.«

»Ich habe mal gehört, daß du drei von ihnen erschossen hast. Oder daß du jedenfalls beteiligt warst.«

»Woher weißt du das?«

»Wally Scales hat es auch gewußt, nicht?« Er sah, daß Franklin ein paar Augenblicke brauchte, ehe er eine Antwort wußte und ihn dabei anstarrte.

»Vielleicht. Aber ich glaube, du weißt mehr als Wally.«

Jack trank von seinem Wodka und ließ ihn nachdenken.

»Crispin hat mir gesagt, diese Kerle wären Sandinisten. Er sagte, wir müssen sie töten, oder sie töten uns. Aber die Polizei hat mir erzählt, nein, diese Kerle wären aus Kolumbien und machten schon seit längerer Zeit Drogengeschäfte mit Crispin. Sie sagten, er ist ein Krimineller.«

»Das habe ich auch gehört«, sagte Jack. »Aber du warst nie im Gefängnis...«

»Nie im Leben.«

»Du erschießt Leute – aber das tust du, weil du Krieg führst, ja, als wenn du Soldat wärst?«

»Ja, natürlich. Das habe ich dir schon erzählt. Ich bin gekommen, weil ich wissen wollte, warum du mich vor ein paar Tagen hier nicht getötet hast, aber jetzt verstehe ich es.«

»Ich führe keinen Krieg.«

»Ja, genau wie Wally. Er kann auch auf niemanden schießen.«

»Nein, dafür haben sie dich. Sie sagen dir, welchen Mist du zu machen hast, und behalten saubere Hände. Aber warum hast du nichts gesagt, als du mich im Zimmer des Obersten erwischtest?«

Franklin sah ihn erstaunt an. »Weil du mich nicht getötet hast. Und dann wußte ich ja, daß du kein Sandinist bist. Wenn du das aber nicht bist, dann ist es wohl nicht meine Aufgabe, mir weitere Gedanken zu machen.«

»Hast du es Wally erzählt?«

»Wenn es ihn etwas angeht, dann wird er es bereits wissen. Geht es ihn nichts an, warum sollte ich es ihm dann erzählen? Ich treffe dich doch schon häufiger als ihn.«

»Und was schließt du daraus, Franklin?«

»Ich habe nicht gewußt, ob du ein Leichenbestatter bist oder von der Polizei oder was sonst. Aber jetzt, also gut. Du arbeitest nicht für denselben Laden wie Wally, aber... In Ordnung, ich verstehe.« Er warf einen Blick auf Helene. »Als ich sie im Hotel mit Oberst Godoy sah, dachte ich, sie sei seine Freundin. Aber jetzt sehe ich, daß sie für dich arbeitet. In Ordnung, du mußt mir weiter nichts erzählen.« Franklin lehnte sich nach vorn, um vom Sofa hochzukommen. »Darf ich mal die Toilette benutzen?«

»Da drüben.«

Franklin stand auf und ging ins Schlafzimmer.

Jack sah auf die Pistole auf dem Sofa. Dann schaute er Helene an, während sie sagte: »Jack? Du bist schrecklich, du hättest Schauspieler werden sollen.«

»Ich weiß.«

»Er vertraut dir.«

»Ich habe ihn irgendwie durcheinandergebracht, weil ich so viel über ihn weiß. Er denkt, ich bin eine Art Geheimagent.«

»Er mag dich sogar.«

»Meinst du das im Ernst?«

»Jack, die Art, in der diese Kerle ihn behandeln, diese kleinen arroganten Arschlöcher... Du bist wahrscheinlich der einzige Mensch, der sich überhaupt mit ihm unterhält.«

»Meinst du?«

»Sie behandeln ihn abscheulich.«

»Er ist kein schlechter Kerl.«

»Er kommt mir ganz nett vor.«

»Ach, du scheinst ihn ja schon gut zu kennen.«

»Sie sind alle so kurz gewachsen, nicht?«

»Aber er ist zäh, das kann ich dir verraten.«

»Sein Anzug ist ihm allerdings zu groß.«

»Sie sahnen ab, und er fällt auf die Nase.«

»Der arme Kerl.«

»Sie benutzen ihn, und dann schmeißen sie ihn weg.«

»Aber das läßt du nicht zu, wie?«

»Ich versuche, ihm zu helfen.«

»He, Jack...«

»Ich tue es.«

»Er hat soeben die Klospülung betätigt.«

»Sehr gut, ich bin froh, daß er weiß, wie man damit umgeht.«

»Junge, an dir ist wirklich ein Schauspieler verlorengegangen.«

»Meinst du das wirklich?«

»All die Jahre, die du verschwendet hast, es ist eine Schande.«

»Ich mache es schon richtig.«

Als Franklin zurückkam, hielt er kurz an und sah auf die Waffe, die auf dem Sofa lag. Dann setzte er sich, sah Jack an und schien zu lächeln. Jack stand auf und goß ihm noch einen Wodka nach.

»Bist du ein glücklicher Mensch, Franklin?«

»Ich fühle mich ziemlich wohl.«

»Morgen geht's nach Hause, hm?«

An der Art, wie Franklin grinste, erkannte Jack, daß der Wodka seine Wirkung tat. Er setzte sich wieder und sagte: »Ich möchte dich etwas fragen, Franklin. Weißt du, worum es in dem Krieg geht, da unten in Nicaragua?«

»Klar, wir kämpfen gegen die Sandinisten.«

»Sicher, aber habt ihr auch gute Gründe dafür?«

»Sie gehören zu der schlimmsten Sorte Menschen«, sagte Franklin. »Sie verbrennen unsere Häuser, nehmen uns das Land weg, töten unsere Leute und zwingen uns, an Orten zu leben, wo wir nicht wollen.«

Jack sagte: »Oh.«

Dann herrschte Schweigen, während Franklin ihn ansah.

Jack sagte: »Ich möchte dich noch etwas fragen. Glaubst du, daß der Oberst morgen wirklich das Bananenboot besteigt? Mit diesen Säcken voller Geld?«

Die Frage erwischte Franklin in dem Augenblick, als er sein Glas hob und trinken wollte.

»Und mit seinem brandneuen cremefarbenen Mercedes? Glaubst du, das ist möglich?«

Franklin sah ihn unverwandt an, gab aber keine Antwort.

»Wenn er ihn nicht auf das Boot kriegt, glaubst du, er fährt mit dem Wagen bis nach Nicaragua hinunter? Mit diesem Sechzigtausend-Dollar-Automobil? Denn zurücklassen wird er es nicht. Er hat es, verdammt noch mal, erst gestern gekauft.«

Franklin sagte: »Ich dachte, es wäre vielleicht Crispins.«

»Hast du das, wie? Wie kommt es dann, daß es auf den Namen des Obersten zugelassen ist? Er hat es gekauft, Franklin, und das bedeutet, es gehört ihm... Was hat Wally dazu gesagt?«

»Wally hat nur gesagt, ich soll ihn anrufen, wenn sie mich hier sitzenlassen.«

Darüber mußte Jack einen Augenblick nachdenken. Er sagte: »Na los, nimm noch einen Drink, und ich werde dir noch etwas erzählen.«

Er sah zu, wie Franklin das Glas halb leer trank, das Gesicht verzog, die Augen zusammenkniff und wieder öffnete und sich dann mit der Hand über den Mund wischte.

»Wally meinte es nur gut mit dir, und ich bin froh, das zu wissen«, sagte Jack. »Du bist ein guter Kerl, Franklin. Wir wollen nicht, daß du in Schwierigkeiten gerätst. Aber ich glaube, es ist das Beste, wenn du dich hier nicht mehr herumtreibst.«

Franklin räusperte sich. Er sagte: »Soll ich von hier verschwinden?«

Jack biß sich auf die Unterlippe. »Verdammt, ich wünschte, ich könnte dir genau erklären, wie ich die ganze Sache anpacke. Ich kann mir vorstellen, daß dich das durcheinander bringt, dieses ganze Hin und Her bei dieser Art von Spiel. Also, manchmal komme ich selbst ein wenig durcheinander.« Er warf einen schnellen Blick auf Helene, die ihm zuhörte, ihn dabei ansah, den Mund leicht geöffnet und völlig unbeweglich. Jack biß sich noch einmal auf die Lippe. »Franklin, wenn ich dir etwas erzähle, obwohl ich das eigentlich nicht sollte, versprichst du mir dann, es niemandem weiterzuerzählen, nicht einmal Wally?... Du mußt es mir mit deinem Ehrenwort versprechen.«

Franklin nickte.

»Sag es.«

»Ja, ich verspreche es.«

»Mit deinem Ehrenwort.«

»Ja, Ehrenwort.«

»In Ordnung. Erst einmal, weißt du, wo das Geld ist?«

»Wahrscheinlich in dem Hotelzimmer.«

»Glaubst du das?«

»Vielleicht.«

»Wo könnte es sonst noch sein? Ich habe mir gedacht, vielleicht im Wagen, aber da wäre es nicht einmal so sicher wie im Hotelzimmer, nicht wahr?«

Franklin gab keine Antwort. Er schien mit den Schultern zu zucken, und Jack war sich nicht sicher, ob er die Art mochte, wie der Kerl ihn anstarrte.

»Egal. Ich sage dir, wo es langgeht, Franklin. Es sieht so aus, als ob der Oberst und sein Kumpel sich mit dem Bargeld nach Miami absetzten. Wir glauben, morgen.« Jack grinste ihn verschlagen an. »Du hast auch so einen Verdacht gehabt, hm? Hast mit Wally darüber geredet? Über die Möglichkeit? Aber ich möchte wetten, er hat dir nicht erzählt, was danach mit diesen Arschlöchern geschieht, oder? Du mußt verstehen, Franklin, ich kann dir das nicht in Einzelheiten erzählen, es ist vertraulich. Aber soviel kann ich dir sagen: Wenn du nicht den Rest deines Lebens im Gefängnis verbringen willst, weil sie dich wegen eines schweren Verbrechens verurteilt haben, dann mußt du mir noch etwas versprechen, jetzt gleich. Tust du das, zu deinem eigenen Besten?«

Franklin schien fast schon zu nicken, jedenfalls war er bereit dazu, aber er wartete noch ab.

»Ich hab mal so ein Staatsgefängnis von innen gesehen, und ich kann dir sagen, das ist kein Vergnügen«, sagte Jack. »Ich bitte dich daher nur um eines: nämlich daß du morgen früh dieses Bananenboot direkt nach Haus besteigst und zu deiner Familie fährst.«

Jetzt nickte er.

»Klingt das nicht gut? Raus aus diesem Schlamassel und zurück nach Hause? Mann, das hört sich sogar für mich gut an. Ich wünsche dir eine gute Überfahrt, Franklin...«

Er nickte noch immer.

»Und Gott schütze dich.«

Jack blickte den Miskito-Indianer fest und offen an, richtig honorig. Helene wagte er nicht anzusehen.

24

Roy öffnete die Tür, nackt bis zum Gürtel, und zeigte Lucy die Matte aus schwarzen Haaren, die seine Brust bedeckte. Er ließ seine Hand langsam darüber kreisen und sagte: »Also, ich glaube, jetzt wird es ernst, nicht?« Er sah an ihr vorbei in Richtung der Suite, in der die Nicaraguaner waren. »Habt ihr irgend etwas gehört, als ihr aus dem Aufzug kamt? Frauen, die um Hilfe schrien?«

»Nur Musik«, sagte Lucy, »sonst nichts.«

»Sie feiern immer noch ihre Party. Ein paar Damen für die Nacht sind vor einer Weile zu ihnen gestoßen.«

Sie folgten Roy in sein Zimmer 509, und Lucy sagte: »Ich dachte, Sie hätten die Tür offen gelassen, damit Sie alles beobachten können.«

»Was ist denn da zu sehen? Sie kommen ja nicht heraus. Junge, da fragt man sich denn doch... Sitzen da so ein paar Clowns auf zwei Millionen Scheinen. Aber das ist typisch, wissen Sie? Da steigen oft genug solche Kerle groß ins Verbrechen ein, und sie sind nicht einmal fähig, eine Kassenanweisung richtig auszufüllen. Sogar diejenigen, die eigentlich eher intelligent erscheinen, verblöden dabei, daß es nicht mehr mit anzusehen ist. Nimm diese beiden da – ich würde mich nicht wundern, wenn sie diesen Huren erzählten, was sie so treiben, nur um anzugeben. Solche Typen sind das. Die sind sogar fähig und zeigen ihnen die Kohle. Ich glaube immer noch, daß sie durchaus in dem Zimmer sein kann. Zum Teufel, wenn ich ein wenig sicherer wäre, dann sollten wir einfach hineinstürmen und sie fertigmachen.« Roy marschierte ins Badezimmer.

Lucy sah auf das Doppelbett: noch gemacht, aber schon etwas durcheinander, die Kissen herausgezogen, und ein paar Zeitungsseiten und ein schwarzes Strickhemd lagen darüber verstreut. Ihr wurde bewußt, daß sie mit Roy allein war; sie merkte ihre Befangenheit, wie sie so dastand in Hosen, Leinenjacke und Sandalen, die Strohtasche über die Schulter gehängt.

Roy stand vor dem Waschbecken, auf dessen Rand eine Dose mit Talkumpulver stand. Die Badezimmertür war offen. Lucy sah ihm zu, wie er sich die Hände einrieb, sich dann über Hals und Wangen strich und dabei sein Spiegelbild betrachtete.

»Ich dachte, Cullen wäre hier.«

»Er ist für den Abend weggegangen.«

»Darf ich fragen, wohin er gegangen ist?«

»Das dürfen Sie«, sagte Roy, »aber Sie dürfen nicht glauben, daß das etwas besonders Anständiges ist, was er vorhat, und ich möchte ihn auch nicht verpetzen. Ich hasse Nutten, wenn sie auch ihren Platz in unserer Gesellschaft haben.«

»Sie haben sie ihm besorgt?«

»He, Sie lassen aber auch nichts aus.« Roy sah aus dem Badezimmer. »Ist Jack nicht mitgekommen?«

»Er kommt gleich. Er ist nur nach Hause gefahren und zieht sich um.«

»Alles macht sich bereit für den großen Coup«, sagte Roy und rieb sich den Körper mit Talkum ein, auch unter den Armen, während er aus dem Badezimmer kam. »Haben Sie auch nicht ihre Kanone vergessen?«

Lucy sah ihn an, wie er mit seiner vom Puder grauen Brust auf sie zukam. »Sie ist in meiner Tasche.«

»Lassen Sie mal sehen, was Sie da haben.«

Sie zog eine .38er in einem braunen Lederhalfter heraus. Die Riemen hatte sie herumgewickelt und festgebunden. »Seien Sie vorsichtig, sie ist geladen.«

»Sie meinen«, sagte Roy, »Sie brauchen sie nicht, um nur damit herumzufuchteln?« Er nahm Halfter und Pistole von ihr, wog sie in der

Hand und sagte: »Oh, mein Gott, das ist ja eine mit Schulterriemen. Genau wie bei den Cops im Fernsehen. Wo, um alles in der Welt, haben Sie das Halfter her?«

»Es gehört meinem Vater«, sagte Lucy. »Ich muß die Waffe also auch an mir tragen, oder?« Sie fühlte sich unwohl, befangen, während Roy grinste und die Riemen losband.

»Ja, genau die Dinger haben alle diese TV-Cops über der Schulter hängen, damit man auch weiß, daß sie Cops sind und keine Versicherungsvertreter. Haben Sie es schon mal anprobiert? Das ist wohl das unbequemste Ding, das man überhaupt mit sich herumtragen kann, vor allem, wenn es draußen heiß ist.« Roy zog die vernickelte Smith & Wesson aus dem Halfter, zog das Magazin auf und ließ es wieder zurückschnappen. »Haben Sie damit schon mal geschossen?«

»Ich weiß, wie sie funktioniert.«

»Das habe ich Sie nicht gefragt.«

»Mein Vater hat mir beigebracht, wie man sie abfeuert.«

»Wann war das? Das muß doch gewesen sein, bevor Sie zu den Nonnen gegangen sind.«

»Ich war auf der High School.«

Roy sagte: »Also, als Sie ein kleines Mädchen waren, und seitdem nicht mehr, wie? O Mann, ist das eine Geschichte! Ich bin neugierig, wie Jack hier aufkreuzen wird. Sie kommen in Ihrer neuen Frühlingskluft hier herein und einem Schulterhalfter, und Jack, der bringt es wahrscheinlich fertig und taucht im unmöglichsten Anzug auf. Kampfstiefel, kugelsichere Weste, und das Gesicht schwarz angemalt. Ihr guckt doch alle Fernsehen, oder? Inzwischen sammelt Cully zusammen, was von ihm übrig geblieben ist, und es ist ihm ganz egal, wie wir unseren Coup nun landen und ob es klappt oder nicht.« Roy legte Pistole und Halfter auf das Bett, nahm das schwarze Strickhemd, zog es über den Kopf und fest bis zur Taille hinunter, schob den Brustkasten heraus und fing an, sich die Hose aufzuknöpfen, während Lucy ihm zuschaute. Er sagte: »Entschuldigen Sie, aber schauen Sie einfach nicht hin, und ich wende mich weg.«

Sie sagte: »Roy, manchmal tun Sie an Selbstdarstellung des Guten schon zuviel.«

Roy sagte: »Ich weiß das schon seit zwei Tagen, daß Sie mich nicht ausstehen können. Aber ich bin nun einmal alles, was Sie haben – wenn Sie mal einen Augenblick nachdenken. Wie immer man mich zu dieser

Geschichte überredet hat – ich muß in einer schwachen Verfassung gewesen sein. Kommt dieser Jack anmarschiert und sagt: ›Du hast in deinem ganzen Leben so jemanden noch nicht erlebt‹, und ich gebe es auch zu, das hat noch keiner. Aber Sie wissen in Ihrem Innersten, von diesen Typen würden Sie nicht einen Vierteldollar kriegen, wenn ich ausfiele. Genauso, wie Sie wissen, daß Sie trotz Ihrer Wut im Bauch diese Pistole niemals abfeuern oder mit ihr töten würden, weil es nämlich etwas anderes ist, auf eine Scheibe zu zielen als auf einen Menschen. Das sind zwei verschiedene Dinge. Das ist etwas, das Sie lieber meinem Urteil überlassen sollten. Ich sehe auch nicht, daß Jack so etwas tun würde oder Cullen. Ich bezweifle, daß einer von beiden den Mumm dazu hätte. Jack hat eine schnelle Hand, er ist schneller damit, als einer überhaupt mit den Augen verfolgen kann, aber er hat noch nie eine Waffe gegen einen Menschen gerichtet, da bin ich sicher.«

»Und Sie?«

»Ob ich jemals einen erschossen habe? Ich mußte zweimal schießen, und beide Male waren sie tot. Aber haben Sie irgendeine Ahnung, was morgen passieren soll?«

»Nicht mehr als Sie«, sagte Lucy. »Alles, was ich weiß, ist, daß wir es tun werden.«

»Und wenn Sie sich einem Wagen in den Weg werfen müssen?« sagte Roy. »Also, stellen Sie sich mal vor: Sie kommen morgen aus ihrem Zimmer, gehen in die Garage, steigen in den Wagen und fahren, wie wir annehmen, auf und davon. Was dann?«

»Sie haben zwei Wagen«, sagte Lucy. »Ich glaube, sie lassen den Chrysler stehen.«

»Angenommen, sie tun es.«

»Sie steigen in den anderen Wagen, fahren los, und wir folgen ihnen.«

»Was ist mit der Kohle – wenn sie sie nicht in ihrem Zimmer aufbewahrt haben?«

»Sie haben doch gesagt, daß sie gestern in fünf Banken gewesen und dann gleich ins Hotel zurückgekommen sind. Wenn sie das Geld bei sich hatten, dann ist es entweder in ihrem Zimmer oder im Auto.«

Roy sagte: »*Wenn* sie es bei sich hatten. Das haben Sie doch gedacht, nicht? Aber ich habe sie beobachtet. Sie sind aus jeder Bank mit einem vollen Sack herausgekommen. Das sage ich Ihnen.«

»Oder sie sind zwar mit den Säcken herausgekommen, aber mit *ir-*

gend etwas darin«, sagte Lucy, »was nicht unbedingt Geld sein mußte. Was ist, wenn es eine Art Trockenlauf war, um zu sehen, ob alles glattgeht? Wenn weiter nichts passiert, heben sie das Geld erst morgen ab und verschwinden dann damit.«

»Das hört sich ziemlich gut an. Haben Sie eben Ihren Rosenkranz gebetet? Also, und was dann? Jetzt kommt die Stelle, wo es für uns ernst wird. Wir folgen ihnen…«

»Und warten auf unsere Chance.«

»Wie merken wir, daß sie da ist?«

»Sie müssen unterwegs einmal anhalten.«

»Gut, sie biegen auf einen Rastplatz ab und machen Pipi. Oder sie halten an einer Tankstelle. Wir halten neben ihnen. Sie erkennen uns. Als nächstes werden Sie dann sehen, wie der indianische Nigger mit seiner Kanone aus dem Wagen steigt. Wir wissen ja, daß er für sie das Schießeisen schwingt. Und wir wissen auch, daß er tatsächlich abdrückt. Also, lassen Sie den Indianigger schießen, oder knallen Sie ihn vorher ab, oder warten Sie darauf, daß ich es tue, weil ich schließlich weiß, wenn Sie zu lange warten, sind Sie tot? Oder Sie stehen da in dieser typischen Situation, wo man sich fragt, schieße ich jetzt oder nicht, und das im Bruchteil einer Sekunde. Ist das, was er da in der Hand hat, eine Kanone? *Bumm!* Nein, es war nur eine Taschenlampe, aber der Mann ist jetzt tot. Das sind so ein paar Fragen, die Sie sich zu stellen haben.« Roy ging zur Kommode, schaufelte mit der Hand Kleingeld zusammen und griff nach seiner Brieftasche. »Fahren wir notfalls auch bis nach Miami, um uns unseren Traum zu erfüllen? Natürlich, und deswegen brauche ich eine Badehose und etwas luftige Kleidung. Wie steht es mit Ihnen?«

»Ihnen gefällt unser Plan, nicht?«

Roy zog eine Popelinjacke von der Rückenlehne des Schreibtischsessels. »Was für ein Plan? Wir haben nichts außer dieser Idee – aber was wir an Plänen haben, ist so ungenau, daß wir nicht einmal wissen, ob sie überhaupt funktionieren. Nicht einmal unsere Chancen haben wir ausgerechnet. Wir tasten uns einfach so weiter. Wir tun, als wäre es ein Spiel – o Mann, ist es nicht aufregend? Dabei ist das hier eine ernste Sache. Wir haben schließlich richtige Kanonen mit richtiger Munition darin.« Roy zog sich die Jacke über. »Ich gehe mal um die Ecke, genehmige mir einen Drink, besorge ein paar Dinge, die wir gebrauchen können, sehe nach Cullen… Ach ja, kann ich Ihre Wagenschlüssel haben? Ich setze mich hinein und beobachte ihren Wagen – ich muß immer irgendwas tun. Inzwischen sollten Sie und Delaney sich klar darüber werden, ob Sie jemanden direkt ansehen und dabei auf ihn schießen können.«

»Ich habe bereits darüber nachgedacht«, sagte Lucy.

»Gut, dann denken Sie darüber nach, daß der andere es ist, der auch auf Sie schießen kann. Und ob es die Sache wert ist. Für mich ist es Ihre jedenfalls nicht«, sagte Roy. »Ich sage Ihnen geradeaus, wenn ich sehe, daß das Ganze kein Geschäft für mich wird, bin ich draußen. Eines weiß ich nämlich, daß ich nicht für einen Haufen Leprakranke zu sterben gedenke, die ich nicht einmal kenne.«

Sie waren in Darlas »Studio«, das über einem Antiquitätenladen an der Conti lag. Sie sagte: »Du weißt, daß dich das etwas kostet? Die Nacht und den ganzen *Tag?* Ich hatte noch nie einen ganzen Tag.«

Cullen sagte: »Du wirst mir schon nicht verschweigen, was es kostet. Du bist das niedlichste Ding, das ich je gesehen habe.«

»Oh, danke. Tagsüber erhole ich mich gewöhnlich. Mache mir die Haare und die Fingernägel...«

»Du bist eine kleine Müßiggängerin.«

»Machst du dich über mich lustig? Ich reiße mir in dem Laden den Arsch auf. Morgen um sechs habe ich wieder anzutreten.«

»Solange bleibe ich. Wir können uns etwas aus dem China-Restaurant kommen lassen, irgend etwas, das du möchtest.«

»Roy sagte... Hat er nicht erwähnt, daß du eben aus dem Gefängnis kommst oder so?«

»Schon, aber ich würde jetzt lieber nicht darüber mit dir reden, es würde uns den ganzen schönen Abend verderben.«

»Ich meine nur, wieso hast du dann überhaupt genug Geld?«

»Ich habe gearbeitet. Ich habe draußen auf den Feldern gearbeitet, für ein Fünf-Cent-Stück die Stunde. Ich habe in der Autoreparaturwerkstatt gearbeitet, für sieben Cents die Stunde. Für denselben Lohn habe ich in der Druckerei gearbeitet. Ich habe mir nur ein paar notwendige Dinge gekauft, die man braucht. Hin und wieder etwas zu trinken, und sonst habe ich gespart, was ich konnte. Siebenundzwanzig Jahre lang, meine Süße, da kommt schon was zusammen.«

Darla sagte: »Na, dann hast du es ja genau richtig gemacht, nicht?«

»Zieh' die schwarzen Strümpfe wieder an.«

»Ich dachte, du magst mich nackig.«

»Nur die Strümpfe und den Strumpfhalter, sonst nichts.«

»Du meinst, das reicht?«

»Als ich heute früh um viertel vor sieben aufwachte, hatte ich einen Steifen. Es steckt also noch etwas irgendwo in mir.«

»Das hoffe ich, Mensch.«

»Ja, ich bringe es schon. He, wenn irgendwer kommt, geh nicht an die Tür.«

»Es kommt niemand.«

»Vielleicht doch, man kann nie wissen. Geh auch nicht ans Haustelefon.«

»Also, ich kriege schließlich Anrufe. Ich lebe ja nicht als Einsiedler.«

»Sicher nicht. O Mann, schau dir das an! Komm herüber zu mir und sag mir, wie du so niedlich werden konntest. Hm, sag, wie hast du das gemacht?«

»Ich bin es einfach, denke ich.«

So, wie Lucy es sich bis zum heutigen Abend vorgestellt hatte, würde es irgendwo draußen auf einer Landstraße losgehen.

Rundum sind keine Häuser zu sehen, nur Gebüsche und Weideland, hier und da ein paar Kiefern, dann ein von Unkraut überwucherter Straßengraben, vor dem die beiden Wagen plötzlich stoppen, der blaue Mercedes schräg vor dem cremefarbenen Mercedes. Der Staub hängt noch in der Luft, dahinter die helle Sonne. Sie steht auf der Straße, ein wenig von den anderen entfernt, und sieht den Indianer und den anderen aus Miami als erste aussteigen. Sie hält die Waffe auf sie gerichtet, sie heben die Hände, sagen kein Wort. Dann verschwinden die beiden von der Szene. Sie werden auf die Seite gezogen, man nimmt ihnen die Waffen weg, zwingt sie, sich in das Unkraut zu legen – all diese Dinge, wie sie eben sein müssen –, und so sieht sie sich auf einmal dem Oberst allein gegenüber, nachdem auch er ausgestiegen ist. Sie steht und wartet, während er sich vorsichtig nähert und Umschau hält, verwirrt – weil er nicht begreift, daß so etwas passieren konnte –, und dann entdeckt er sie auf der Straße, allein, den Blick auf ihn gerichtet. Sie trägt ihr weißes Leinenjackett, darunter ein grobes Baumwollhemd, natürlich *prewashed,* dazu Hosen, eine Sonnenbrille, und sie hält die Pistole ihres Vaters neben sich an der Seite. Oder sie hat sie noch im Halfter. Nein, sie hält sie in der Hand, zielt aber nicht auf ihn. Ihre Blicke treffen einander. Der Oberst starrt sie an, fängt an, die Stirn zu runzeln. Er erkennt sie nicht, weil er sich nicht vorstellen kann, daß sie hier ist. Nur einmal sind sie einander bisher begegnet, damals in Sagrado Familia, und da war sie in Khaki gekleidet gewesen, mit einem weißen Kopftuch. Sein Stirnrunzeln ist strenger als sein Blick, und er sagt: »Wer sind Sie?« Oder sein Stirnrunzeln ist das gleiche, aber er sagt: »Sagen Sie mir, bitte, wer Sie sind.« Dann beherrscht Schweigen die Szene, der Staub hat sich gesetzt. Sie blickt ihn ausdruckslos an, nimmt die Sonnenbrille ab, und jetzt, da der Tag der Vergeltung gekommen ist, sagt sie ruhig: »Die Schwester der Leprakranken.«

Das Schulterhalfter mußte als erstes daran glauben.

Dann die so praktische Landstraße in der verlassenen Gegend.

Das Halfter wanderte in die Strohtasche zurück, und die Straße entpuppte sich als Interstate Highway, mit viel Verkehr in beiden Richtungen, Personenwagen, Wohnmobilen, Sattelschleppern... Und den Ort, an dem es schließlich passieren würde, einen Rastplatz oder eine Tankstelle oder den Parkplatz eines McDonald-Restaurants, sah sie nun in vielen verschiedenen Variationen an sich vorbeiziehen. Das Wichtigste von allem war, daß der *Contra*-Oberst ihr nämlich allein und direkt gegenüberstand, lange genug, um sie zu erkennen und zu wissen, daß *sie* es war, die ihm das hier antat, und warum sie es tat, das konnte so ja noch immer passieren. Irgendwie würde sie es schaffen; weil diese Gegenüberstellung einfach das Wichtigste überhaupt bei dieser Sache war.

Aber jetzt, da sie versuchte, sich das Ganze ein wenig realistischer vorzustellen, sich die Stellen ausmalte, deutliche Merkmale und Schilder, Exxon, McDonald's, da fingen die Bilder in ihrem Kopf an, sich immer mehr auszuweiten, weit hinaus über den eigentlichen wichtigen Zweck, die Gegenüberstellung.

Sie saß im Hotelzimmer und sah den Oberst neben dem Wagen stehen. Sie hat sich alles zurechtgelegt, ist in ihrer Vorstellung bereits mit Jack, Roy und Cullen und dem Geld unterwegs. Aber da dreht sie sich um, schaut zurück und sieht den Oberst. Er ist noch immer da, steht neben seinem Wagen, als sie davonfahren.

Jack sah Lucy am Bett vorbei zu einem der dazu passenden Sessel am Fenster gehen. Die Vorhänge waren zugezogen. Er sah ihr zu, wie sie sich hinsetzte und nach ihren Zigaretten griff, die auf dem Tischchen zwischen den Sesseln lagen. Eine Tischlampe verbreitete sanftes Licht im Zimmer. Es gefiel ihm hier, er liebte die Stimmung und den fernen Klang von Musik, der von draußen hereindrang. Was Lucy anging, war er sich nicht sicher, weil sie immer wieder anders war, schweigsam, wenn er dachte, nun wolle sie mit ihm reden, und umgekehrt. Er wollte ihr von Franklin erzählen, daß man sich um ihn vielleicht keine Sorgen mehr machen müsse. Er war regelrecht begierig darauf, von ihm zu erzählen. Er spürte noch den Wodka, den sie getrunken hatten. Dann fiel ihm Roy ein, Himmel, ob er sich wohl davongemacht habe, und er fragte sie. Sie nahm sich Zeit, rollte ihre Zigarette zwischen den Fingern. Dann sagte sie, nein, er kommt zurück...

»Aber was wäre, wenn er es getan hätte?«

»Darüber müßte ich mir ein paar ernste Gedanken machen«, sagte Jack. »Ist es das, was dich beunruhigt?«

Nein, es war etwas anderes. Sie sagte: »Wir stellen Bertie und nehmen ihm das Geld ab. Aber damit muß es ja noch nicht vorbei sein.«

So ruhig, wie sie das vortrug. Aber gerade das hatte Wirkung.

Jack sagte: »Du möchtest wissen, was passiert, wenn er eine Kanone zieht, und einer von uns muß ihn niederschießen.«

Sie schüttelte den Kopf, bevor er den Satz ganz ausgesprochen hatte.

»Nein. Was passiert, wenn wir ihn *nicht* niederschießen? Wenn wir nur das Geld nehmen und ihn einfach dort stehenlassen?«

»Das wäre doch besser, nicht? Du willst nicht, daß der Kerl getötet wird... nicht wahr?«

»Aber dann wäre die Sache auch nicht zu Ende.«

Jack ging zu dem anderen Sessel. Er setzte sich und nahm eine von ihren Zigaretten.

»Hast du darüber noch nicht nachgedacht?«

»Ich habe es mir irgendwie ausgemalt«, sagte Lucy. »Die Details übergehe ich. Also, ich sehe vor mir, wie wir sie aus dem Wagen holen, ich sehe Bertie auf der Straße stehen... Er merkt, was passiert... Ich sehe es ohne einen Anfang und ohne ein Ende. Ich sehe es vor mir, wie die Fotografien der Leute, die er gequält und getötet hat, und ich habe vor Augen, was ich wirklich *mit angesehen* habe, wie er nämlich die Leprakranken ermordete. Verstehst du, was ich meine? Es gibt kein Vorher und kein Nachher. Er tötet Menschen, übt Terror aus, und dann verläßt er die Szene. Schluß. Ihm passiert nichts. Also, ich sehe vor mir, wie wir anhalten und das Geld nehmen... Aber damit ist eben *nicht* Schluß. Es geht weiter, und ich weiß nicht, was er dann unternimmt.«

Jack nahm sich für seine Antwort Zeit. Es gab verschiedene Möglichkeiten, an die Sache heranzugehen.

Er sagte: »Gut, woran denkst du als erstes? Er ruft die Cops und erzählt ihnen, daß man ihn ausgeraubt hat – so nennen sie das, und so steht es dann auch in ihrem Bericht. Deshalb benutze ich auch diesen Ausdruck. Da und da wurde zu der und der Zeit ein bewaffneter Raubüberfall verübt, so heißt es dann...«

»Aber um so etwas handelt es sich nicht.«

»Wenn sie dich nicht schnappen, darfst du es nennen, wie du willst. Aber dieses Spiel läuft wie alle anderen, du hast es nach den Regeln zu spielen. Ein ordentlicher Verbrecher, der geschnappt und verurteilt wird, findet sich damit ab, daß er das Gesetz gebrochen hat und seine Zeit dafür absitzen muß. Ich habe gelernt, daß man so am besten durchs Leben kommt, ohne gegen Wände anzurennen und sich Beulen am Kopf zu holen; du findest dich mit den Tatsachen ab, wie immer die Situation auch ist. Hast du das nicht gewußt? Ich dachte, das hätte man dir auch bei deiner Ausbildung zur Nonne beigebracht. Im Knast habe ich einen sehr erfolgreichen Einbrecher kennengelernt, einen Safeknacker, der hat seinen Anwalt sogar im voraus bezahlt und ihn mit einer permanenten Prozeßvollmacht ausgestattet.«

Lucy hörte ihm zu, aber es schien, daß es sie ein wenig anstrengte. Schließlich sagte sie: »Ich habe nicht vor, mit dir über Recht und Gesetz zu streiten. Wir sind keine Verbrecher.«

Jack sagte: »Ich denke auch nicht gerne in dieser Richtung. Ich bin in der Tat überzeugt, daß wir uns auf der Seite der Engel befinden, zumindest der Racheengel. Aber wenn sie uns jemals vorführen, dann wundere dich nicht, wenn es vor einem Strafgericht ist. Möglicherweise diskutiert man noch darüber, welches am Ende zuständig ist; das hängt davon ab, wo die Sache passiert. Wenn wir diese Kerle in Mississippi abfangen und mit dem Geld wieder nach New Orleans zurückfahren, dann wird es vielleicht eine Bundessache, weil wir eine Staatsgrenze überquert haben, um ein Verbrechen zu begehen. Ich weiß nicht. Aber wo ist da der Unterschied, wir werden ja doch immer nur sagen: ›Welches Geld? Wovon reden Sie?‹ Zu jedem, der uns fragt. Ich akzeptiere die Möglichkeit, auf die Schnauze zu fallen, und denke nicht viel weiter darüber nach. Jedenfalls bricht mir bei dem Gedanken nicht der kalte Schweiß aus.«

Lucy sagte: »Weil du nicht glaubst, daß es wirklich passiert.«

»Stimmt, und weißt du, warum?«

»Weil er möglicherweise gar nicht die Polizei ruft.«

Jack lächelte sie an. »Genau. Der eine Grund dafür könnte sein, daß er gar nicht mehr lebt. Der andere: Wie soll er erklären, was er da draußen auf dem Highway mit zwei Millionen Scheinen im Sack zu suchen hatte? Eigentlich sollte er ja mit einem Bananenboot von Gulfport aus in See stechen. Was erzählt er seinem CIA-Kumpel, dem Wally Scales? Gut, vielleicht sagt er ihm, er hätte es sich überlegt und wollte lieber in Miami an Bord gehen. Ob der CIA-Typ ihm das glaubt, ist eine andere Sache. Aber angenommen, er fährt nach Florida und will das Geld für sich behalten. Dann lautet die Frage, wo ist das Geld geblieben? Es sei denn, er zieht es vor, unterzutauchen.«

Lucy schüttelte den Kopf. »Er hält sich für jemanden. Er trägt Orden. Er ist ein Mann, der gesehen werden möchte.«

»Den Eindruck habe ich auch. Also muß er eine Geschichte erfinden und damit ankommen, daß sie ihn ausgenommen haben. Irgendwelche Sandinisten in New Orleans oder sonstwer, zum Beispiel so einer wie Jerry Boylan. Er hält irgendwo auf dem Weg nach Gulfport an, schießt ein paar Löcher in sein neues Auto und ruft Wally an... Etwas in der Art muß er unternehmen, ich weiß nicht, was. Nur, wenn er schon an Gulfport vorbei ist und dann erst wirklich ausgeraubt wird, wird er es sich dreimal überlegen müssen, ob er Wally anruft. Andererseits, wenn er uns aus irgendeinem Grund erkennt, dann wirst du der einzige Mensch sein, an den er sich wendet. Dann hätten wir ein Problem.«

Lucy sagte: »Augenblick mal. Warum sollte er uns denn *erkennen?* Er weiß doch, wer wir sind.«

»Sicher, aber er würde uns doch nicht wirklich sehen. Erinnerst du dich an das Buch, das du mir geliehen hast, über Nicaragua? Mit den Fotos von diesen jungen Teufelskerlen, diesen Sandinisten, in ihren Sporthemden und mit den Baseballmützen auf dem Kopf? Sie haben alle Masken vor dem Gesicht, bunte Halstücher, *bandanas,* oder Schals, in die sie Löcher für die Augen geschnitten haben. Wenn du nicht willst, daß dich einer identifizieren kann – und das wollen wir ja wirklich nicht –, dann müssen wir es genauso machen.«

Lucy sagte: »Aber ich *will*, daß er mich sieht. Das gehört für mich dazu.«

»Wieso denn das?«

»Ihm soll klarwerden, daß er nicht einfach *ausgeraubt* wird, sondern daß es sich dabei um einen Akt der Vergeltung handelt.«

»Wenn wir unsere Gesichter bedecken«, sagte Jack, »ist es also ein schlichter Raubüberfall. Tun wir es nicht, ist es etwas anderes, und wir sind die Guten.«

Sie sagte: »Du kannst machen, was du willst. Aber er muß erfahren, wer ich bin. Erkennt er mich nicht, dann werde ich es ihm sagen.«

»Wieso hast du bisher nie davon geredet?«

»Ich dachte, ihr hättet mich verstanden.«

»Hast du es Roy erzählt?«

»Haben wir denn darüber geredet? Nein.«

»Roy wollte sich um Mardi-Gras-Masken kümmern. Ihm gefällt die Idee, daß wir schwarze Gesichter haben, dann denkt der Oberst, wir wären Farbige.«

»Sie sagte: »Jack, ich meine das sehr ernst. Es ist wichtig für mich.«

»Gut, es ist deine Sache. Aber wenn du es Roy erzählst, dann steht er auf und geht. Da bin ich ziemlich sicher.«

»Weshalb?«

»Komm – du weißt doch, wovon wir reden. Du *könntest* ja geschnappt werden, und dann wärst du die einzige, die er identifizieren kann. Und was ist die erste Frage, die die Cops an dich stellen? Wer noch dabei war. Dann erzählen sie dir, welche Art Strafe auf dich in irgendeiner Frauen-Strafvollzugsanstalt wartet. Dann machen sie es dir leicht und fragen dich noch einmal, wer mit dabei war.«

»Glaubst du, ich werde reden?«

»Roy würde es nicht darauf ankommen lassen.«

»Ich frage aber *dich*«, sagte Lucy. »Glaubst du, daß ich rede?«

»Eine ganze Woche hatten wir Zeit, darüber zu reden. Und jetzt plötzlich... Die Dinge liegen anders.«

»Sie sagte: »Jack? Glaubst du, ich rede?«

Sie sah ihn fest an, wartete, und er sagte: »Ich glaube, daß sie dir die Fingernägel ausreißen könnten, und du würdest kein Wort sagen. Aber du mußt nicht mich überzeugen, sondern Roy.«

»Wenn es dazu kommen muß«, sagte Lucy. »Aber reicht es nicht, wenn *du* mir vertraust?«

Jetzt hatte sie ihn – und er saß da mit einer blauen *bandana* in der Jackentasche und einer Beretta-Automatik im Gürtel, fertig zum Aufbruch. Er sagte: »Vielleicht reicht es.« Es gab kein Zurück mehr. Er sagte: »Weißt du denn, wie du das Geld dort hinuntergeschafft kriegst?«

»Über das Mutterhaus«, sagte Lucy. »Von dort wird es der Bank in Léon angewiesen, da haben die Schwestern ein Konto.«

»Gehst du auch dorthin zurück?«

»Nach Nicaragua? Ich denke noch darüber nach.«

»Ich habe auch nicht gemeint, in den Orden.«

»Ich weiß nicht genau, wer oder was ich bin. Aber eine Schwester vom Orden des hl. Franz von Assisi bin ich nicht mehr...«

»Von den Wundmalen...«

Sie schien zu lächeln und sich zu erinnern. »Als ich neunzehn war, da habe ich das Wort nur geflüstert, *Stigmata,* und es ist mir heiß und kalt geworden.« Sie sah ihn an und durch ihn hindurch.

Sie sagte, damals hätte sie gebetet, um eine Vision zu bekommen, ein mystisches Erlebnis, das sie direkt zu Gott geführt hätte, und sie hätte geglaubt, damals, als sie neunzehn war, daß es unerwartet geschehen würde, aber bald. Sie sagte, sie hätte bis heute niemandem davon erzählt, daß sie sich ganz und gar konzentriert hätte, bis sie ein Gefühl der Schwerelosigkeit erreicht, langsam die Arme gehoben und sich auf Zehenspitzen gestellt hätte in dem Bemühen, so zu schweben wie der hl. Franziskus und aufzugehen in der Liebe Gottes. Sie sagte, sie hätte versucht, sich vorzustellen, wie solch eine ekstatische Erfahrung wohl aussehen könnte, und sie hätte geglaubt, wenn das nicht über das Bewußtsein geschehe, dann bestimmt über die Sinne, den Körper. Als nächstes hätte sie sich gefragt, wenn es körperlich vor sich gehe, ob es dann so etwas wie körperliche Liebe sein könnte, wie bei der Liebe mit einem Mann? So, wie sie ihn jetzt ansah, wußte er, was sie sagen würde. »Aber ich weiß nicht, wie das ist. Es ist etwas, das ich noch herausfinden muß.«

Sie sagte es ganz ruhig zu ihm, da oben in einem Zimmer des St. Louis-Hotels um halb zwei am Morgen, und ihre Augen ruhten auf ihm, warteten.

Er sagte: »Lucy...«

Er stand auf, sah auf sie hinab, und es schien ihm eine Ewigkeit, bis er ihr die Hände entgegenstrecken und sie aus dem Sessel zu sich in seine Arme ziehen konnte. Es geschah zart und mit einem schönen Gefühl. Er sagte: »Ich halte dich. Laß mich dich nur halten.«

Nah an seinem Ohr sagte sie: »Legen wir uns auf das Bett?«

25

Roy schlief auf dem Rücksitz von Lucys Mercedes in der Tiefgarage des Royal Sonesta Hotels. Er brauchte einige Zeit, bis er wach wurde und Jack fragen konnte, wieviel Uhr es war. Jack hatte die Vordertür geöffnet und glitt vorne auf den Sitz.

»Viertel vor acht. Wo ist ihr Wagen?«

»Da vorne hinter dem zweiten Pfosten. Du kannst ihn gerade noch sehen. Ich habe mich hier hingestellt«, sagte Roy, »da haben wir gleich die gleiche Richtung. Was machen die Bananenpflücker?«

»Noch nichts.«

»Haben sie diese Bräute die ganze Nacht bei sich gehabt?«

»Nein, die sind weg. Hast du sie nicht gehört?«

»Himmel, viertel vor acht schon. Verdammte Observiererei, habe nie geglaubt, daß ich so etwas noch einmal machen muß.«

»Du hast doch wohl geschlafen, oder? So schlimm muß es also nicht gewesen sein.«

»Was weißt du denn davon? Gar nichts.«

»Wo ist Cullen?«

»Der kostet mich die letzten Nerven. Ich bin rauf zu Darlas Bude und habe an die Tür gehämmert. Keine Antwort. Entweder hat ihn beim vollen Ritt eine Herzattacke erwischt, und sie mußte ihn ins Krankenhaus bringen, oder er hat sich verzogen.«

»Er weiß aber nicht, wohin er sonst gehen soll.«

»Er ist ein ausgewachsener Junge«, sagte Roy. »Er ist so verdammt dumm wie eine Nuß, aber er ist nun mal erwachsen. Als ich ihn zu Darla brachte, sagte ich zu ihr: ›Alsdann, Süße, bums den alten Knaben, daß ihm die Socken qualmen.‹ Sagt sie: ›Solche Ausdrücke solltest du nicht gebrauchen.‹ Sage ich: ›Klar, mache ich, weil du keine Ahnung hast, was auf dich zukommt.‹ Und wie ging es bei dir? Hattest du mit der Schwester eine nette Nacht, verdammt noch mal, während ich hier unten in der Garage hockte? Wo ist sie jetzt?«

»Besorgt Kaffee.«

»Ich hoffe bei Gott, daß sie mir auch welchen bringt.«

»Genau das tut sie, holt uns Kaffee.«

»Bist du zu ihnen hinüber und hast an der Tür gelauscht?«

»Seit fünf Uhr heute früh. Sie schlafen.«

»Kann ich mir vorstellen.«

»Das Bananenboot geht heute morgen irgendwann ab«, sagte Jack. »Auch wenn sie gar nicht an Bord gehen, sie müssen bald etwas unternehmen, wenn auch nur nach außen hin.«

Roy sah an Jack vorbei zur Ausfahrt in die Bienville Street, ein viereckiger Ausschnitt, durch den das Tageslicht drang, und dahinter, auf der anderen Seite der Straße, das Erdgeschoß des St. Louis-Hotels. Auf der einen Seite der Garagenauffahrt saß ein Parkwächter auf einem hohen Hocker. »Ich glaube, sie haben das Bargeld schon bei sich«, sagte Roy, »und ich glaube, wir sollten es hier machen. Ihnen draußen irgendwo auf dem Highway eins übers Haupt zu ziehen, ist ziemlicher Mist, und das weißt du auch.«

»Die Masken hast du.«

»Scheiß auf die Masken.«

»Das heißt, du hast sie vergessen.«

»Ich habe nicht vor, so eine verdammte Maske zu tragen. Wenn ich so etwas nicht einmal beim Karneval mache, dann hier erst recht nicht. Der Kerl weiß nicht, wer ich bin. Bind dir ein Taschentuch vors Gesicht, wenn du willst, und Lucy lassen wir im Wagen. Sie nützt uns ohnehin nichts. Hier muß es passieren, verdammt, genau hier. Ich glaube, sie haben es in ihrem Wagen versteckt. Hätte ich einen Draht, wüßten wir es in zwei Minuten.«

»Keiner wär so blöd und ließe es im Wagen.«

»Keiner *glaubt,* daß sie so blöd sind. Gerade deswegen könnte es drin sein.«

»Durch die Fenster hast du gesehen?«

»Ja, das habe ich getan, Delaney. Aber in den verdammten Kofferraum habe ich nicht geguckt, weil dieser keine Fenster hat.»

»Ich bin froh, daß du so gut geschlafen hast.«

»Haben sie es nicht drin, dann scheiß drauf. Dann gehe ich nach Hause und ins Bett. Vielleicht ist Cullen schlauer, als ich gedacht habe... Da kommt sie. Ich hoffe, sie hat uns auch ein paar Brötchen mitgebracht.«

Jack sagte: »Sieh mal, wer hinter ihr herkommt.«

Franklin de Dios trat aus dem Sonnenlicht in den Schatten und kam die Rampe herunter, als Lucy den Wagen erreichte, mit zwei weißen Tüten in der Hand, eilig, beflissen. Sie reichte ihnen die Tüten durch das Fenster und sagte: »Franklin ist soeben aus dem Hotel gekommen.«

»Da ist er«, sagte Jack. »Nein, jetzt ist er weg.«

»Er ist den Gang da hinuntergegangen. Da«, sagte Roy und beugte sich über die Lehne zu Jack vor. »Wenn er wegfährt, hängst du dich besser dran. Wo ist dein Wagen?«

Jack mußte überlegen. »Er steht in derselben Reihe.«

»Hörst du?« sagte Roy. »Er wirft seinen Motor an.« Jetzt kam Lucy zu ihnen herein, und Roy setzte sich auf. »Augenblick bitte, um Gottes willen, ja? Jack... Das ist der Chrysler. Jetzt geht es los. Ist das nicht der Chrysler? Jack, willst du nicht hinter ihm her?«

Aber da war er schon draußen auf der Bienville, steuerte den Scirocco an Lastwagen vorbei, die eben entladen wurden, und an parkenden Wagen, und der schwarze Chrysler war verschwunden, irgendwo in eine Einbahnstraße eingebogen. Er war nicht zu sehen; bis Jack ihn für eine Sekunde wieder beim Abbiegen erwischte, nach links in die Rampart. Und das überraschte ihn. Wohin wollte Franklin? Die Rampart mündete in die Tulane Avenue, und die Verlängerung der Tulane war der Highway zum Flughafen. Das beantwortete die Frage. Franklin war auf dem Weg zum Flughafen in Kenner. Ja, tatsächlich, es sah so aus, als ob Franklin seinen Rat von gestern nacht befolgte und die Stadt verließ. Wenn er lieber flog, als das Bananenboot zu nehmen, dann ging das in Ordnung. Wahrscheinlich mußte er einen Stopp in Miami einlegen und sich seine Sachen holen.

Jack bemerkte jetzt, was für ein schöner Tag draußen war: klarer Himmel, nicht zu feucht. Er zog die Beretta aus dem Gürtel, bohrte sich dabei den Lauf in die Weichteile, schob sie dann unter den Sitz. Sehr wahrscheinlich würde er diesen Weg am Nachmittag noch einmal fahren, dann mit einem Koffer voll Geld und einer Woche hinter sich, die ganz anders war als alles bisher. Mann, jeder Tag hatte etwas Neues gebracht. Ein paar sehr ungewöhnlichen Leuten war er begegnet. Mit zwei sehr verschiedenen Mädchen hatte er geschlafen, richtig geschlafen... Es war dieses warme Gefühl, das ihn durcheinanderbrachte, wenn er an Lucy dachte. Er sah die Szene vor sich, wie sie sich auszogen und er immer noch diese Zärtlichkeit für sie verspürte. Aber wenn er versuchte, sich vorzustellen, wie er zwischen ihren Beinen lag, dann merkte er, es ging nicht, oder alles wurde anders, und das Gefühl der Zärtlichkeit verschwand. Er hatte es getan, und er hatte sie und sich beobachtet, war ihrer gewahr gewesen, ja, hatte sie angesehen, geküßt, aber als er es tat, hatte er mehr auf sich geachtet, hatte es mit ihr gemacht, und das war es eigentlich nicht gewesen, was sie einander wirklich waren... Er hielt sie jetzt im Arm, lauschte ihren Atemzügen, während sie schlief. Dieses zärtliche Gefühl war ihm genug. Sie schien ihm sonderbar, denn es gab nichts, was sie ihm schwierig machte; in dem Sinn war sie wie ein Kind und wußte doch mehr, als er wußte; sie wußte sich nämlich in ihren Träumen zu finden. Er konnte mit ihr reden, aber er mußte dabei immer genau zuhören und nachdenken. Helene dagegen – wenn er mit Helene redete, dann fielen die Worte, wie sie halt kamen. Mit ihr konnte er richtig albern sein. Sogar bei der Liebe konnte er mit ihr herumalbern. Oder sie mit einem gewissen Blick ansehen, und gleich war sie dabei. Er hatte das Gefühl, daß Lucy und Helene einander wohl leiden könnten. Ja, tatsächlich, und er hatte überhaupt ein ziemlich gutes Gefühl, als er jetzt dem Chrysler auf dem Weg zum Flughafen folgte bis zum Parkplatz des National-Autoverleihs. Jack blieb am Straßenrand stehen und beobachtete Franklin, wie er aus dem Chrysler stieg.

Der Kerl hatte nur eine kleine Fliegertasche in der Hand.

Jack überlegte, ob er aussteigen, ihm winken und einen guten Flug wünschen sollte. Schnell, bevor der Kerl in den Zubringerbus stieg. Oder er konnte Franklin selber zum Flughafengebäude bringen, ihm alles Gute wünschen – auch wenn er das ja schon getan hatte. Doch dann dachte er, nein, laß ihn allein.

Als nächstes dachte er: Was macht er da?

Franklin verließ nämlich den Parkplatz auf demselben Weg, den er gekommen war, nur zu Fuß: In seinem schwarzen Anzug kam er, die braune Tasche in der Hand, über die Straße und auf ihren Wagen zu, beugte sich zum Fenster herab, schaute herein mit seinen hervorstehenden Backenknochenn und dem gekräuselten Haar und, Himmel, grinste ihn an.

»Was habt ihr vor? Fahrt ihr jetzt zurück?«

Jack blieb nichts anderes übrig, als zu nicken.

»Ob ihr mich wohl mitnehmen könnt?«

»Ich weiß nicht, ob das Boot nach Honduras oder nach Costa Rica fährt«, sagte Franklin. »Das hat mir Wally Scales nicht gesagt und auch nicht dieser andere Kerl. Wie heißt er doch? Wohnt in der Stadt, da, wo das Boot im Hafen liegt.«

»Alvin Cromwell?«

»Ja, Sie wissen natürlich Bescheid. Ja, Alvin. Es könnte gut sein, daß es nach Costa Rica geht. Dort lebt unser Anführer, Brooklyn Rivera. Ich würde ihn gerne sehen, aber besser fahre ich doch gleich nach Honduras.«

»Warum, Franklin?«

»Dann kann ich mit ein paar Freunden von mir zurück nach Nicaragua gehen und Leute besuchen, die wir dort kennen.«

»Kleine Besuchstour, wie?«

»Sie leben dort in einem Konzentrationslager in der Provinz Jinotega, in einem Ort, den sie Kusu de Bocay nennen.«

»Jinotega...«

»Vielleicht können wir sie dort herausholen. Ihnen helfen, daß sie neue Hütten bekommen und eine Menge Reis und Bohnen zu essen.«

Sie fuhren wieder auf dem Highway, der vom Flughafen zurück nach New Orleans führte. Jack sagte: »Du kennst die Frau, die damals mit mir in dem Leichenwagen in Carville war? Sie heißt Lucy Nichols.«

»Ja, ich habe gehört, wie Oberst Godoy ihren Namen genannt hat.«

»Sie hat in einem Leprakrankenhaus in der Nähe der Stadt Jinotega gearbeitet.«

»Die Stadt, ich glaube, die ist weit entfernt von Kusu de Bocay.«

»Der Oberst kam in das Krankenhaus, ließ die Leprakranken töten und brannte es nieder.«

»Das glaube ich Ihnen.«

»Lucy möchte das Krankenhaus wieder aufbauen.«

»Ja, das ist gut.«

»Sie ist eine gute Frau.«

Franklin sagte nichts mehr, und sie fuhren eine Meile lang schweigend weiter. Jack dachte nach.

»Also, ich war mir ziemlich sicher, du würdest wegfliegen. Aber du hast nur den Wagen zurückgebracht, hm?«

»Sie haben mich angerufen und gesagt, ich soll ihn wegbringen. Das geht in Ordnung, ich habe Zeit.«

»Aber jetzt mußt du nach Gulfport.«

Franklin sagte nichts, und Jack dachte an seine Begegnung mit Wally Scales. Er hielt lieber den Mund, solange der Bursche ihm keine direkte Frage stellte.

»Du weißt, wie du dorthin kommst?«

»Ja, ich weiß.«

Mann, das wurde ja anstrengend. »Nimmst du einen Bus?«

»Nein, ich nehme keinen Bus.«

»Aber du *gehst* doch auf das Boot.«

»Ja, natürlich. Ich fahre nach Hause.«

»Aber Oberst Godoy und Crispin. Du bist jetzt überzeugt, daß sie nicht auf das Boot gehen.«

»Ja, das weiß ich. Nachdem Sie es mir gesagt haben und Wally Scales.«

Jack mußte nachdenken. Wenn er von ihm annahm, daß er genau Bescheid wußte, dann mußte er sich in acht nehmen, was er fragte. Sie erreichten die Tulane Avenue und bogen von ihr in die Rampart ab.

»Also, ich bin froh, daß ich dir das beibringen konnte, Franklin.«

»Ja, das glaube ich auch.«

»Und ich dachte, du würdest abreisen.«

»Sehr bald.«

»Ich bin dir zum Flughafen gefolgt.«

»Ja, ich weiß. Es war nett von Ihnen.«

»Also, ich wollte Auf Wiedersehen sagen. Vielleicht eine Tasse Kaffee mit dir trinken. He, nach all dem Wodka gestern abend, fühlst du dich in Ordnung?«

»Ja, mir geht's gut.«

Jack bog von der Rampart in die Conti, eine Einbahnstraße, die zum Fluß führte.

»Wir sind fast da. Wo kann ich dich absetzen?«

»Wo immer Sie wollen. Ich muß noch zu diesem Hotel zurück.«

O, Scheiße! Jack brauchte einen Moment, ehe er antwortete. »Ich glaube nicht, daß das eine gute Idee ist, Franklin.« Dann kam ihm der Gedanke, daß es vielleicht sogar eine wunderbare Idee war. »Warum willst du sie denn noch einmal sehen.?«

»Ich muß ihnen sagen, daß ich aufhöre. Mich verabschieden.«

»Du sagst ihnen aber nichts davon, daß du auf das Boot gehst. Das würde ich gar nicht erwähnen.«

»Nein, ich sage ihnen nur, ich höre auf und Auf Wiedersehen.«

»Vielleicht schlafen sie noch.«

»Nein, sie haben mich angerufen. Es war Crispin.«

»Er war die ganze Nacht im Hotel«, sagte Jack. »Sie hatten sich Frauen für eine Party eingeladen.«

»Ach, das wissen Sie?«

»He, Franklin, ich weiß sogar von dem, was sie noch gar nicht gemacht haben, stimmt's?« Franklin sah ihn an und grinste. Er hatte einen Goldzahn. »Ich habe dir davon erzählt, um dir einen besonderen Gefallen zu tun, obwohl ich das nicht hätte tun müssen. Aber das geht in Ordnung, wir sind Freunde, stimmt's?«

»Ja, wir sind Freunde.«

»Dann hör mal. Wenn du hinaufgehst in ihr Zimmer, dann sind sie wahrscheinlich gerade beim Packen. Oder kotzen sich vielleicht im Badezimmer aus, nach so einer Nacht, hm?« Die Antwort war ein Grinsen. »Hör zu, während du drinnen bist und sie gerade nicht hinsehen, dann hättest du vielleicht die Möglichkeit, mir umgekehrt einen Gefallen zu tun.«

Lucy sagte: »Er ist zurück«, und sie sah, wie Jacks Scirocco von der Conti Street in die Tiefgarage gefahren kam, an der Reihe vorbeirollte, in der Lucys Wagen parkte, und dann in der Fahrbahn stehenblieb.

Hinter sich hörte sie Roy sagen: »Gott im Himmel, wen hat er da bei sich? Er hat den Kerl wieder mitgebracht.«

Lucy sah zu, wie Franklin aus dem Scirocco stieg und zum Ausgang Bienville Street marschierte, die Tasche in der Hand. Dann stieg Jack aus und stellte sich bei offener Tür neben das Auto.

»Die beiden hatten gestern abend ein langes Gespräch.«

»Wer?«

»Jack und Franklin.«

»Worüber?«

Jack sagte etwas zu Franklin. Lucy sah, daß Franklin sich umsah, eine Hand hob und winkte. Jetzt ging er die Rampe zur Straße hinauf, und Jack sah über das Wagendach zu ihnen herüber.

»Sie hatten ein langes Gespräch *worüber?*«

Sie sah, wie Jack die Wagentür zuschlug, hinten herumging und auf sie zukam, nicht besonders eilig, aber mit einem Gesichtsausdruck, der Gutes verkündete. Er wirkte lebhaft, eifrig. Währenddessen schrie

Roy hinter ihr aus dem Fenster: »Kommst du bitte mal rüber, Himmel noch mal?«

Jack sah Roy an, beeilte sich aber kein bißchen mehr. Lucy drehte ihm ihr Gesicht zu, als er sich herabbeugte und seinen Kopf ganz nah zu ihr ins Fenster steckte.

Er sagte: »Vielleicht haben wir es jetzt gepackt.« Dann sah er Roy an: »Würdest du wohl zum Hotel hinübergehen und im Innenhof warten? Nachdem Franklin heruntergekommen ist, paß auf den Obersten auf. Kommt er aus dem Zimmer gerannt, halt ihn auf. Spiel ihm irgend etwas Amtliches vor, nur fünf Minuten. *Wenn* er angerannt kommt. Vielleicht tut er es auch nicht.«

»Darf ich dich fragen, warum ich das tun soll, Jack?«

»Weil du unser großer Held bist, Roy, und der Oberst weiß das nicht.«

»Und was machst du inzwischen, wenn du überhaupt etwas machst?«

»Ich setze ihnen einen Piepser an ihren Wagen. Franklin will sehen, ob er uns die Schlüssel besorgen kann.«

26

Franklin fuhr mit dem Aufzug hinauf, die Fliegertasche in der Hand, ging nach links zu Zimmer 501 und klopfte an die Tür. Er wartete, klopfte, wartete und klopfte noch einmal. Von drinnen kam kein Geräusch. Aber sie mußten hier sein oder unten im Speiseraum oder sonstwo, weil ihr neuer Wagen ja noch in der Garage stand. Er drehte sich um und sah eine dünne Frau, eine Schwarze, in ihrer Stubenmädchenuniform, die an ihr glatt und formlos herunterhing. Ihre Hände lagen auf einem Karren, der mit Handtüchern und Bettlaken beladen war, daneben ein Plastikeimer und Flaschen mit Reinigungsmitteln. Franklin sagte zu ihr: »Hallo, Mutter, darf ich etwas fragen? Haben Sie sie hier herauskommen sehen?«

Die Frau stand seitlich von ihm und sah ihn an, ohne daß es so aussah. Sie hielt nur den Kopf leicht zu ihm gewandt.

»Ich arbeite für sie«, sagte Franklin, »aber ich höre auf, und ich möchte es ihnen sagen.«

Die Frau drehte sich nun von dem Karren weg und sah ihn geradewegs an. An ihrer Backe hing etwas, das wie Schnupftabak aussah oder wie Tabakkrümel.

»Sie hören also auf, hm?«

»Ich habe keine Lust mehr, für sie zu arbeiten.« Er ging ein paar Schritte auf sie zu, stand jetzt wieder am Aufzug.

»Sie behandeln Sie nicht gut?«

Franklin schüttelte den Kopf. »Ich mag sie nicht. Glauben Sie, daß sie drinnen sind?«

»Ich glaube schon. Woher kommen Sie?«

»Aus Nicaragua.«

»Aha, ich habe mir gedacht, daß Sie von draußen sind, so wie Sie reden. Sie fahren weg, ja?« Als Franklin nickte, sagte sie: »Die da fahren auch?« Als er wieder nickte, sagte sie: »Gut. So einen Dreck habe ich noch nie gesehen, wie ich ihn hinter diesem Menschen wegräumen muß. Und wenn ich ihn treffe, dann sagt er nicht einmal Guten Tag.«

»So sind sie eben«, sagte Franklin. »Ich wüßte gerne, Mutter, ob Sie mir wohl die Tür da öffnen könnten.«

»Sicher, mein Lieber. Gern.«

Franklin gab ihr einen Dollar.

Drinnen hörte er Musik, und er hörte sie im Schlafzimmer reden, während er sich im Wohnraum umsah. Er entdeckte den Serviertisch, sah das Durcheinander von schmutzigen Gläsern und Tellern, Kissen, die vom Sofa auf den Boden geworfen waren, und er roch den abgestandenen Zigarettenrauch. Er ging quer durch das Zimmer zum Schreibtisch in der Ecke. Die Brieftasche des Obersten lag dort, aber keine Autoschlüssel. Dann bemerkte er die Geldsäcke. Sie lagen auf dem Boden unter dem Schreibtisch. Er legte seine Tasche auf den Stuhl und bückte sich, um einen von den Säcken anzufassen. Er betrachtete den Metallverschluß, der ihn oben zusammenhielt. Er war ohne weiteres zu öffnen. Er erhob sich wieder, sah noch einmal auf den Schreibtisch und überlegte, ob er in die Brieftasche des Obersten schauen sollte. Sie war aus Krokodilhaut.

Er hörte die Stimme des Obersten, der auf Spanisch sagte: »Was machst du hier?«

Franklin drehte sich um. Der Oberst stand in seiner engen, glänzend roten Unterwäsche vor ihm, kaum einen Meter von der Tür zum Schlafzimmer entfernt.

»Wie bist du hereingekommen?«

»Ich habe eine Stunde lang an die Tür geklopft.«

»Wie bist du *hereingekommen?*« sagte der Oberst auf englisch.

»Das Mädchen hat mir mit seinem Schlüssel aufgemacht. Ich habe an die Tür geklopft, aber niemand hat mich gehört«, sagte Franklin und blickte auf den Mann in seiner Unterwäsche, wie er die Brust herausstreckte und ihn finster ansah.

Jetzt erschien Crispin. Er kam mit einem Handtuch um die Hüften aus dem Schlafzimmer. Franklin hätte sie zu gern gefragt, was sie da drinnen bei Radiomusik taten. Tanzen? Er mußte fast lächeln, als er daran dachte.

»Er sagt, das Mädchen hat ihn hereingelassen«, sagte der Oberst zu Crispin. Crispin sah krank aus, sehr dünn; seine Rippen traten einzeln hervor. Er ging durch das Zimmer zum Kaffeetisch, ohne ein Wort zu sagen, und griff nach einer Schachtel Zigaretten. Franklin sah wieder den Oberst an, der ihn nicht aus den Augen ließ.

»Hast du den Wagen zurückgebracht?«

Franklin nickte.

»Bitte? Ich habe dich nicht verstanden.«

»Ja, ich habe ihn zurückgebracht.«

»Wo ist die Quittung?«

»Ich habe keine. Sie haben nichts davon gesagt.«

»Ich habe dir gesagt, du sollst eine Quittung mitbringen. Bist du so begriffsstutzig?«

Crispin sagte auf Spanisch: »Wir brauchen keine.«

»Ob wir sie brauchen oder nicht, ich habe ihm gesagt, er soll eine mitbringen.«

»Er kennt das nicht mit den Quittungen«, sagte Crispin auf Spanisch. »Er kennt diese verdammten Dinger nicht, und wenn du sie ihm unter die Nase hältst.«

»Ich habe ihm gesagt, er soll eine mitbringen – ich wollte, daß sie sehen, wer es war, der ihnen den Wagen zurückgebracht hat.«

Crispin zog jetzt an seiner Zigarette. »Richtig, das hatte ich im Moment vergessen.«

Franklin sah von einem zum anderen.

Zum Oberst, der sagte: »Weil du zuviel trinkst und dann zuviel redest. Du kennst keine Selbstdisziplin. Weißt du, wie lange du im Dschungel überleben würdest?«

Zu Crispin, der sagte: »Erzähl mir über das Leben im Feldlager, ich habe noch gar nicht genug davon gehört die letzte Nacht. Heilige Mutter Gottes, erzählst diesen Huren von deinem Leben als Soldat. Weißt du, wieviel sie das interessiert hat? Nicht die Bohne. Weißt du, wohin sie aber gerne mit dir wollen? Nach Miami.«

Zum Oberst, der sagte: »Natürlich. Du hast diese Huren eingeladen, mit uns zu kommen. Daran kannst du dich gar nicht mehr erinnern, was? Du warst ja so betrunken.«

Franklin sah, wie der Oberst sich wieder ihm zuwandte und ihn anstarrte, als denke er über etwas nach, was er ihm sagen wollte. Aber scheinbar konnte er nur noch einen Gedanken fassen, nämlich ihn zu fragen: »Also, was willst du?«

»Soll ich etwas zum Wagen tragen?«

»Ich habe meine Sachen noch nicht gepackt.«

Franklin, der neben dem Schreitisch stand, sah nach unten und berührte einen von den Geldsäcken mit dem Fuß. »Was ist damit – soll ich die schon mal nehmen?«

Der Oberst sah ihn an. Er sagte: »Warum? Glaubst du, wir haben das Geld darin?«

»Ich weiß nicht.«

»Er weiß überhaupt nie etwas«, sagte Crispin und ging wieder durch das Zimmer zurück.

Als er ins Schlafzimmer trat und sie allein ließ, sagte Franklin: »Aber ich glaube es nicht. Ich glaube, Sie haben es in Ihrem neuen Wagen.«

Der Oberst stemmte die Hände in die Hüften, knapp über seiner kleinen, leuchtend-roten Unterhose. »Ach, das glaubst du, wie? Du bist ja ein richtiger schlauer Bursche, Franklin. Wo bist du denn so ein schlauer Bursche geworden, bei den Missionaren, hm?« Über die Schulter sagte der Oberst in das Schlafzimmer, und er hob dabei die Stimme: »Franklin sagt, er glaubt, das Geld sei im Wagen.«

Franklin hörte Wasser im Badezimmer rauschen und dann Crispins Stimme: »Frag ihn, woher er das weiß.«

»Woher weißt du das, Franklin?«

»Ich wußte, daß Sie es hier nicht aufbewahren würden.«

»Aber im Wagen, wo es niemand bewachte?«

»Ich glaube, Sie haben etwas, womit Sie es bewachen.«

Der Oberst sagte über die Schulter: »Er glaubt, wir haben etwas, womit wir es bewachen.«

Crispins Stimme: »Was?« Franklin hörte, wie der Oberst noch einmal wiederholte, was er gesagt hatte, und dann hörte er wieder Crispins Stimme: »Woher kann er das wissen?«

Sie sind Dummköpfe, dachte Franklin. Sie wissen es nicht und werden es nicht wissen.

Der Oberst, immer noch die Hände in den Hüften und in seiner albernen Unterwäsche, fragte ihn: »Woher weißt du das?«

»Was macht das schon?« sagte Franklin. »Ich arbeite nicht mehr für Sie.«

Franklin sah, wie sich das Gesicht des Obersten veränderte, wie es kalt wurde und versteinerte, kurz bevor er sich zu seiner Fliegertasche umdrehte, die im Schreibtischsessel lag. Jetzt hörte er die Stimme des Obersten, ebenso kalt, die ihn fragte: »Was hast du gesagt? Du tust was?«

Franklin zog seine Beretta aus der Fliegertasche und sah, wie der Gesichtsausdruck des Obersten sich wieder veränderte. Seine Augen weiteten sich, als er mit der 9-Millimeter-Pistole direkt auf die Brust des Obersten zielte. »Ich sagte, ich mache Schluß«, sagte Franklin und schoß. Er sah, wie der Oberst zurücktaumelte und die Arme ausstreckte, als er zu Boden fiel. Franklin stellte sich über ihn, sagte »Auf Wiedersehen« und schoß noch einmal. Er sah, wie der Körper sich aufbäumte. Er hörte Crispin, bevor er ihn in der Tür auftauchen sah, das Handtuch um die Hüften, die Augen weit aufgerissen. Franklin sagte: »Crispin, ich mache Schluß«, und schoß ihm in die Brust. Dann mußte er ins Schlafzimmer gehen, um ihm Auf Wiedersehen zu sagen, und dort schoß er noch einmal.

Die Autoschlüssel lagen auf der Kommode.

Roy hatte sich so hingestellt, daß er durch die Glastür in die Lobby und zum Aufzug schauen konnte. Gleichzeitig brauchte er den Kopf nur um 45 Grad zu drehen, dann sah er durch den Innenhof zum Geländer im fünften Stock hoch. Das Geländer lief in Hüfthöhe rund herum. Jetzt sah er soeben hinauf, seit er dieses schwache, aber deutliche *Plop* gehört hatte, dann nichts, dann wieder *plop*, dann noch zweimal, irgendwo aus der Ferne, mit einer Pause dazwischen. Sie waren nicht laut, aber er kannte diese kleinen harten Knalle aus der Ferne von früher, und er glaubte, daß sie von hoch oben gekommen waren; obwohl sie auch von der Straße stammen und nur von oben in den Innenhof geschallt haben konnten. Keiner von den Hotelgästen, die hier unten saßen und frühstückten, hatte aufgesehen, nach der Ursache gefragt; niemand schien darüber zu reden.

Oben stand ein farbiges Mädchen im fünften Stock – er nahm an, daß sie farbig war – neben ihrem Karren und sah sich nach dem Aufzug um. Roy beobachtete sie. Wenn die Schüsse von dort oben gekommen waren, dann würde sie sie gehört haben. Aber jetzt schien sie das Interesse verloren zu haben, was immer sie auch gesehen hatte oder worauf sie warten mochte. Sie schob ihren Karren weiter, weg vom Aufzug und von dem Alkoven, wo Zimmer 501 war. Sonst war keine Menschenseele da oben zu sehen. Nirgends gingen Türen auf und steckten Leute die Köpfe heraus, um nachzusehen, was passiert war.

Vielleicht hatten sie diesen Nigger-Indianer geschnappt, als er sich die Wagenschlüssel griff, aber sie würden ihn doch dafür nicht gleich niederschießen.

Das Knallen konnte auch von außerhalb des Hotels gekommen sein. Roy dachte an die Möglichkeit, hielt sie aber nicht für wahrscheinlich. Jetzt merkte er, daß auch einige Gäste hinaufschauten, weil er es tat. Er brauchte einen besser geeigneten Platz, von dem aus er weiter beobachten konnte. Er konnte ins Zimmer 509 gehen, das sie sich genommen hatten, und durch die offene Tür spähen. Mist, dazu mußte er sich aber erst einen Schlüssel holen.

Franklin sah das Zimmermädchen am Ende des Ganges, als er zum Aufzug trat und dort wartete. Näher ans Geländer, um zu sehen, ob jemand heraufschaute, ging er nicht; er hörte keinen Lärm und keine Stimmen. Der Aufzug kam an, und er fuhr hinab in die Lobby und stieg aus. Er sah einen Mann und eine Frau, die ihre Koffer neben sich abgestellt hatten und mit dem Portier redeten. Franklin ging zur Glastür, die zum Innenhof führte, und blickte hinaus. Alle Gäste an den Tischen schienen eifrig mit dem Frühstück beschäftigt. Er warf einen Blick in Richtung Rezeption, drehte sich um und ging weiter, als er den Kerl entdeckte, der mit dem Mann an der Rezeption reden wollte; der Rezeptionist telefonierte soeben, und der Kerl stand da, die Hände flach auf die Thekenplatte gestützt. Es war der Kerl, der mit Jack Delaney zusammen war. Dieser harte Bursche mit dem dunklen, glatt gekämmten Haar, den Franklin für einen Polizisten gehalten hatte; ganz sicher war er sich dessen gewesen, nachdem er ihn sprechen gehört hatte. Franklin beeilte sich und sah sich nicht um. Er hoffte, daß der Kerl ihn nicht sah. Er wollte nicht, daß er ihm über die Straße zur Garage folgte. Es konnte sein, daß er Schwierigkeiten mit ihm bekam, und er wollte nicht noch jemanden erschießen. Wenn er es auch tun würde, wenn es sein müßte.

Sie warteten vorne in Lucys Auto, beide die Augen auf die rechteckige Öffnung gerichtet, durch die das Tageslicht eindrang. Sie sagte: »Vielleicht habe ich es früher schon ein paarmal erwähnt, aber ich verstehe nicht, was das Ganze hier soll.«

»Wir machen Roy glücklich«, sagte Jack. »Er ist zwar knurrend aufgewacht, aber er hat die Instinkte eines Cops. Vieles sieht anders aus, als es nachher ist. Und umgekehrt.«

»Kein Mensch, der bei Verstand ist, läßt zwei Millionen Dollar in seinem Wagen in einer öffentlichen Garage zurück. Auch wenn der Wagen abgeschlossen ist.«

»Das habe ich ihm auch gesagt.«

»Dann müssen wir ihnen die Schlüssel wieder zurückgeben.«

»Darum müssen wir uns keine Sorgen machen – wir werfen sie einfach in der Lobby auf den Boden. Ich habe mich immer für einen ausdauernden Menschen gehalten, aber ich glaube, das bin ich gar nicht.«

»Ich habe ebenfalls gedacht, du wärst es.«

»Warte nur ab! Wir fahren eben los, schon muß ich dringend auf die Toilette. Ich war einmal in einem Hotelzimmer, der Kerl und seine Frau schliefen, als ich auch mit einemmal hinaus mußte. Ich hatte noch überhaupt nichts eingesteckt. Ich bin die Treppe hinuntergelaufen ... Aber das war es dann auch, ich war fertig für die Nacht.« Er klopfte vorne gegen seine Jacke. »Weißt du was? Ich habe meine Kanone unter den Sitz in meinem Auto gelegt. Ich hole sie mir besser.«

Franklin ging über die Fahrbahn an der ersten Parkreihe vorbei, dann an der zweiten ... Er sah Jack Delaneys altes Auto, die Tür offen, am Ende der dritten Reihe stehen, und dahinter in der nächsten den blauen Wagen der Frau. Dann sah er Jack Delaney neben seinem Wagen auftauchen. Er sah zu ihm herüber und hob die Hand. Franklin winkte nicht zurück. Er wandte sich der Reihe zu, in der der neue cremefarbene Mercedes stand, ging auf ihn zu. Er sah sich nicht nach Jack Delaney um, aber er wußte, er würde keine Zeit haben, in den Wagen zu steigen und loszufahren. Jack Delaney würde vor dem Wagen stehen. Er wollte ihn nicht umfahren, aber das würde er noch eher tun, als zu schießen. Er sah sich noch einmal um und war sich klar, daß es schwierig werden würde, wenn er es auch nur versuchte. Jack Delaney kam nämlich mit einer Kanone in der Hand auf ihn zu.

»Franklin – warte!«

Der Kerl hatte seine Fliegertasche in der einen Hand, und mit der anderen schloß er eben die Wagentür auf. Sie stand noch offen, als er hinter das Steuer rutschte und Jack neben ihm auftauchte.

»Einen Augenblick, ja?«

Franklin zögerte, dann stieg er aus, ließ die Fliegertasche auf dem Sitz liegen und hob seine Hände bis zu den Schultern.

Jack stieß die Tür zu, so daß sie nicht mehr zwischen ihnen war. »Franklin, was hast du vor?«

»Ich wollte fahren.«

»*Mit ihnen?* Nach dem, was ich dir erzählt habe?«

»Nein, nicht mit ihnen. Ich muß fahren, damit ich das Boot erreiche.«

»Du stiehlst denen also das Auto? Was hast du mit ihm vor?«

»Ich lasse es dort stehen – ich weiß nicht.«

»Augenblick – was hast du zu ihnen gesagt?«

»Ich habe ihnen gesagt, daß ich Schluß mache, und dann habe ich Auf Wiedersehen gesagt.«

»Tatsächlich? Und was haben sie gesagt?«

»Nichts.«

»Du lieber Himmel, Franklin ...«

Lucy kam zu ihnen. Er hörte ihre Ledersandalen auf dem Zementboden klappern. Sie beeilte sich. Er sah sich um. »Franklin will ihnen den Wagen klauen. Kannst du dir das vorstellen?«

»Wir kennen einander noch gar nicht«, sagte Lucy und sah Franklin an. Sie ging an Jack vorbei und stand jetzt zwischen dem Mercedes und dem Wagen, der daneben parkte. Sie reichte Franklin die Hand. Er ließ seine Hände langsam sinken, und Lucy nahm seine Rechte in beide Hände. »Ich habe eine Menge von dir gehört, Franklin. Ich hatte einen Freund, der war auch Miskito. Wir haben ihn im Sagrado Familia behandelt. Kennst du das Leprakrankenhaus? Er war lange bei uns. Er hieß Armstrong Diego. Hast du ihn zufällig gekannt?«

Jack sah, wie Franklin den Kopf schüttelte. Der Bursche schien ein wenig verstört oder überrascht.

»Die Männer von Oberst Dagoberto Godoy haben Diego getötet«, sagte Lucy, »und noch ein paar andere Patienten. Mit Macheten.«

»Wir stehen hier herum und schwätzen«, sagte Jack. »Franklin, was hat der Oberst unternommen?«

»Nichts.«

»Was meinst du mit ›nichts‹?«

»Sie liegen da oben, das ist alles.«

»In Ordnung, Franklin, ist das Geld im Wagen?... Du nimmst dir alles, nicht wahr?« Franklin machte eher einen resignierten Eindruck, weniger, als fühlte er sich in die Enge getrieben. Jack sah, wie er mit dem Kopf nickte, zweimal. Genau so. Stell ihm eine Frage, und du kriegst eine Antwort. Jack sagte: »Das hast du also vor, ja?« Und sah ihn wieder nicken. »Also, das muß ich anerkennen, Franklin, du bist ein ziemlich cooler Junge.« Jack hob die Beretta und hielt sie ihm vor sein kreolisch-indianisches Gesicht. »Jetzt gib uns die Schlüssel. Reich sie Lucy hinüber.«

Franklins Blick wich nicht vom Lauf der Pistole. Er gab Lucy die Schlüssel, ohne sie dabei anzusehen, ließ sie sich von ihr aus der Hand nehmen. Auch Jack sah sie nicht an, hielt seine ganze Aufmerksamkeit auf die Augen des Mannes gerichtet, auf den ernsten Blick darin. Dann sah er aus dem Augenwinkel, wie Lucy hinter den Mercedes trat. Sie schaute auf den Schlüsselring, suchte nach dem passenden.

Franklin sagte zu ihm: »Wenn sie ihn öffnet...«

»Was ist dann?«

»Dann ist sie tot.«

Jack sagte: »Das bist du auch, wenn du dich bewegst.«

Er hörte Lucys Stimme. »Schlüssel hat er jede Menge.«

»Sie stirbt nicht von meiner Hand«, sagte Franklin, »aber sie wird tot sein.«

Sie starrten einander an, Auge in Auge, und Jack bemühte sich, die Pistole ruhig zu halten. »Ich meine, was ich sage. Keine Bewegung.«

Aber Franklin drehte sich schon um, als Jack das sagte, und nun schrie er: »Franklin, verdammt!« Er zielte mit der Automatik auf den Rücken des Mannes und sah Lucy, die sich nach vorn gebeugt hatte und sich nun wieder aufrichtete, als Franklin auf sie zukam. Franklin sagte etwas zu ihr und nahm sie am Arm. Jack sah ihre Augen und ihren bestürzten Blick. Er ging nach hinten zum Kofferraum. Franklin nahm ihr die Schlüssel ab. Sie *gab* sie ihm und warf jetzt Jack einen Blick zu, als er herankam, während Franklin einen Schlüssel in das Schloß schob.

Sie sagte: »Jack, rühr ihn nicht an.«

Franklin kniete, hatte die eine Hand mit der Innenfläche auf die Kofferraumkante gelegt, drehte mit der anderen den Schlüssel und ließ den Deckel ein kleines Stück aufgehen, nur ein paar Zentimeter. Er bückte sich, um durch den Schlitz hineinzusehen.

Lucy sagte, es war fast ein Wispern: »Er könnte an einen Kontakt angeschlossen sein und explodieren.«

»Woher weiß er das?«

»Er nimmt es an«, sagte Lucy. »So etwas haben sie auch schon früher gemacht. Es gab da einen Priester in Jinetoga, der hat seinen Kofferraum geöffnet und ist in Stücke gerissen worden.«

»Er wollte ihn dich öffnen lassen.«

»Aber er hat es nicht getan.«

Sie sahen zu, wie Franklin den Deckel langsam hochschob, anhielt, ihn wieder ein wenig kommen ließ und die Spannung des Klappmechanismus zu spüren versuchte. Als der Deckel ungefähr zwanzig Zentimeter aufstand, steckte er seinen Arm bis zur Schulter hinein. Sein Gesicht hatte er seitlich gegen das cremefarbene Blech der Karosserie gedrückt. Ruhig tastete er mit den Fingern, denn sehen konnte er nichts. Dann fing er an, sich nach oben zu strecken und die Füße unter sich zu ziehen. Mit dem Aufstehen drückte seine Schulter den Kofferraumdeckel hoch, und dann drehte er sich um und zeigte ihnen, was er in der Hand hielt. Es war eine Handgranate, und in ihrem Reißring war das eine Ende eines Kleiderbügels gehakt.

»Eine MK-zwei«, sagte Franklin, »mit dem schönen Namen Pineapple.« Er sah Jack an, hielt ihm die Handgranate hin und grinste. »Wollen Sie sie nicht? In Ordnung.« Er ließ sie in seine Jackentasche gleiten.

Jack sagte: »Du bist mir vielleicht ein Witzbold, Franklin.« Er wußte nicht, was er sonst zu ihm sagen sollte: Stand der Kerl da vor ihm mit einer Handgranate in der Tasche und hätte Lucy mit ihr in die Luft fliegen lassen können. Genau das sagte sie jetzt zu ihm...
»Warum hast du mich aufgehalten?«

Franklin, immer noch mit einer Spur seines Lächelns im Gesicht, schüttelte den Kopf. Jack sah ihn an. Mehr wußte der Kerl einfach nicht zu sagen, und so wandte er sich wieder dem Kofferraum zu und zog den Deckel ganz hoch. Lucy blickte hinein. Sie sagte: »Jack?« Er kam näher und sah drinnen zwei große Aluminiumkoffer flach nebeneinanderliegen.

27

Roy stieg aus dem Aufzug und beobachtete vom Alkoven aus Zimmer 501. Aber so angestrengt sein Blick auch war, die Tür wußte ihm verdammt nichts zu erzählen. Also ging er den offenen Gang entlang zur gegenüberliegenden Seite des Innenhofes, wo Zimmer 509 lag. Drinnen läutete das Telefon. Roy schlug mit der Handkante gegen die Tür, trat mit dem Fuß gegen sie, riß am Türknopf, während er den Schlüssel drehte, und die Tür gab nach und ging auf. Er ließ sie offenstehen, ging zum Nachttisch und hob den Telefonhörer ab.

»Wer ist da?«

Er hörte Cullens Stimme: »Roy? Du bist noch da?«

»Ich denke schon«, sagte Roy. »Laß mich mal sehen. Ja, wir sind noch hier.« Er ging mit dem Telefon so weit in Richtung Tür, wie die Schnur erlaubte – es reichte, daß er den Aufzug sehen konnte.

»Passiert noch nichts?«

»Nein, wir sitzen hier und drehen Däumchen, Cully. Ich hoffe, du läßt es dir inzwischen gutgehen. Wie ist sie denn, die anbetungswürdige Darla?«

»So toll, wie eine nur sein kann.«

»Du wäschst dich doch hinterher gründlich, ja?«

»Ich habe mir überlegt«, sagte Cullen, »ob ich nicht einen Doktor frage, was er meint...«

Roy sah das Zimmermädchen mit dem Wäschekarren herankommen, drüben auf der anderen Seite.

»Weißt du, wenn ich jetzt irgendwelche Dinge tun muß, die mich zu sehr aufregen oder wo einem der Arsch so richtig auf Grundeis geht, Mann, man weiß ja nicht, was alles passieren kann...«

Das Mädchen arbeitete sich im Schneckentempo zum Aufzug vor.

Ihren Kopf hatte sie in Richtung Alkoven und Zimmer 501 gedreht. Jetzt stand sie da und wartete.

»Du verstehst, was ich meine, Roy? Ich bin ziemlich sicher, daß er mir sagt, ich soll es nicht tun, bei meiner Vorgeschichte. Wenn man bedenkt, weißt du, daß die alte Pumpe auch nicht mehr das ist, was sie einmal war. Also, ich will euch natürlich nicht hängenlassen... Roy?«

Das Mädchen bewegte sich nicht von der 501 weg.

Roy sagte: »Wenn du vorhast, abzukratzen, Cully, dann kannst du das auch gleich bei ihr machen.« Er legte den Hörer auf, behielt das Mädchen im Auge, stellte das Telefon am Fußende des Bettes ab und ging aus dem Zimmer.

Einer der beiden Aluminiumkoffer lag flach auf der Bar im Sonnenraum von Lucys Mutter. Jack strich über das glatte Metall. Er griff nach seinem Drink – es war der dritte Wodka, seit er mit Lucy hier angekommen war; die beiden ersten hatte er hinter sich gebracht, während sie das Geld zählte; und sie hatten eine heftige Diskussion gehabt, bis sie sich schließlich verständigt hatten. Jetzt war er allein im Zimmer. Sehr wahrscheinlich zum letztenmal.

Er hatte seinen Wagen für Roy in der Hotelgarage zurückgelassen. Nachher hatte er sich gesagt, daß es kaum der richtige Zeitpunkt war, sich besonders zuvorkommend zu geben; aber nun war es auch schon egal. Roy würde bald hier sein, ob er nun selber mit dem Wagen fuhr oder die Straßenbahn nahm.

Sie hatten die beiden Aluminiumkoffer noch im Kofferraum des neuen Autos vom Oberst geöffnet. In beiden war ein weißes T-Shirt über die Stapel mit Banknoten gedeckt: ärmellose T-Shirts aus einem dicken, mehrschichtigen Material; Franklin hielt es für einen weichen Körperschutz gegen Kugeln, wie ihn manche *Contra*-Offiziere trugen. Jack erinnerte sich, daß er hinausgewollt hatte. Erinnerte sich an das Gefühl, da herumzustehen und zu warten, daß der Oberst auftauchte. Daß er wissen wollte, warum sie hier noch standen und redeten, und dann sah, daß Franklin einen Koffer heraushob und ihn Lucy reichte. Es war *ihr* Handel, den sie da abschlossen, ein Handel nur unter den beiden, keiner sonst war beteiligt – eine Hälfte für die Miskitos, die andere für die Leprakranken. Jack fragte sich, ob das einen Sinn ergab. Fragte sich nach alldem immer noch, wer die Guten in dem Spiel waren und wer die Bösen.

Er hörte Lucys Schritte auf dem Holzfußboden im Gang, bevor sie in der Tür erschien.

»Roy ist da.«

Sie drehte sich um, und die Schritte verschwanden wieder.

Im Haus war es ruhig. Er stand und lauschte. Sie kam nicht wieder mit ihm zurück. Als Roy an der Tür war, hatte er sie bestimmt gefragt, was passiert war, und jetzt erzählte sie es ihm. Oder sie gingen den Flur entlang, Roy hörte ihr zu, hielt an... Jack goß einen Scotch ein und ging mit ihm zur Tür. Besser, er reichte Roy ihm gleich, wenn er hereinkam. Dem Ganzen gleich die Spitze abbrechen – falls er diesen ausdruckslosen Blick in seinen Augen hatte. Es war eine dieser Situationen, in denen Jack nicht wußte, was passieren würde, und da war es besser, solche Maßnahmen zu treffen. Seine Kanone lag auf der Bar. Roy würde es wohl eher komisch finden, wenn er versuchte, ihn damit zu erschrecken. Auf dem Telefontischchen stand ein Kerzenhalter aus Messing, der sehr brauchbar aussah... Er hörte sie im Gang, erst ihre Schritte, dann Roys Stimme: *»Was?«* Nur das eine Wort. Kein Zweifel, Lucy erzählte es ihm... redete noch, als sie hereinkamen. Jack versuchte, ihm den Scotch in die Hand zu drücken.

Roy schob ihn weg. »Du hast diesem Nigger von einem Indianer die *Hälfte* von der Kohle gelassen?« Mit diesem ausdruckslosen Blick in den Augen.

Jack stellte das Glas auf das Telefontischchen. Seine Hand und der Ärmelrand waren naß. »Es war anders herum, Roy. Es war Franklin, der Lucy die Hälfte gegeben hat. Er war es, der es hatte.«

Roy steuerte auf den Aluminiumkoffer auf der Bar zu. »Er *hatte* es? Was soll das heißen? Diese Kerle da oben in ihrem Hotelzimmer hatten es auch, und weißt du, was der Nigger mit ihnen gemacht hat? Soll ich es dir sagen? Er hat sie umgelegt, Mann. Beide, zweimal in die Brust.«

Jack sagte: »Franklin?«

»Dein Kumpel, mit dem du dieses lange Gespräch hattest, daß er dir einen Gefallen tun soll, raufgehen und die Schlüssel holen. Er hat die Schlüssel geholt, in Ordnung, und hat sie erschossen. Und du läßt ihn mit einer Million Scheine auf und davon fahren? Diesen verdammten Indianer, der bis dahin nicht einmal ein Paar eigene *Schuhe* gehabt hat? Gott im Himmel, Jack, was hast du dir dabei gedacht?«

Lucy sagte: »Er hat es uns nicht gesagt...«

Roy sah sie an: »Und hätte er es euch erzählt, dann hättet ihr ihm sicher *alles* gegeben, wie? Ich möchte wissen, was ihr euch eigentlich denkt? Er ist weggefahren – das war's, hm? Gott im Himmel, er klaut sogar den Wagen von diesem Kerl, und ihr guckt ihm zu, wie er davonfährt.« Er wandte sich wieder dem Koffer zu und sagte: »Also, was haben wir denn noch übrig? Ich nehme an, du erzählst mir jetzt, sie kriegt die Hälfte...« Er öffnete den Koffer und starrte auf die Reihen von gebündelten Banknoten. »Wieviel ist das? Genau eine Million?«

»Eine Million einhunderttausend«, sagte Lucy. Sie griff in ihre Strohtasche, die auf dem Sofa lag, und holte eine Packung Zigaretten heraus.

Roy sah an ihr vorbei und sagte zu Jack: »Du und ich machen halbehalbe, oder teilen wir es durch drei? Scheiß auf Cullen, er hat nichts dafür getan.«

»So wie die Sache am Ende gelaufen ist«, sagte Jack, »haben du und ich auch nicht mehr getan. Ich habe dir gesagt, Franklin hat das Geld Lucy gegeben. Ich war dabei, ich habe es gesehen. Mir hat er nichts gegeben oder gesagt, hier, das ist für Roy. Nein, nein, er hat es Lucy gegeben. Sie meinte, wir sollten einen Teil davon abkriegen, aber ich habe sie umgestimmt. Nimm es mit nach Nicaragua, denn dafür ist es schließlich gesammelt worden.«

Roy sagte: »Wenn es fürs Bescheißen einen Orden gäbe, dann bekämst du die Erste Klasse. Da sind ja mal wieder die ganz großen Verdreher am Werk. Verdammt, ich höre dich schon. Sehen wir mal zu, ob wir den alten Roy nicht weichgeklopft kriegen. Erzählen ihm, das Geld ist für die armen Leprakranken...«

Lucy schüttelte den Kopf. »Roy, es *ist* für sie, es ist für ein Hospital.«

»Er weiß es«, sagte Jack, »er sucht nur nach einer Ausrede, das ist alles.«

Roy sagte: »Warum reden wir überhaupt darüber?« Er machte den Koffer zu und hob ihn von der Bar. »Wenn ich es also den Nicaraguanern wegnehme, dann kann ich es ja sicher auch euch beiden wegnehmen. Ist so oder so egal. Sehe ich das richtig?« Er ging los, an Lucy vorbei. »Falls ihr irgendwelche Beschwerden vorzubringen habt, wendet euch an die Polizei. Erzählt ihr, wie die Geschichte gelaufen ist.«

Jack schloß seine Finger um den Kerzenhalter, zog ihn vom Telefontisch und hielt ihn an der Seite.

Roy blieb ein paar Schritte entfernt stehen und öffnete seine Jacke.

»Was hast du vor? Willst du mir einen rüberziehen? Jack, für eine Million Scheine würde ich meine Mutter erschießen.«

Hinter ihm sagte Lucy: »Das würde ich auch.«

Sie stand neben dem Sofa und hielt die vernickelte .38er ihres Vaters in beiden Händen, die Arme ausgestreckt.

Jack sah sie, während Roy, der vor ihm stand, sich halb umdrehte und nach hinten sah.

Roy sagte: »Ach du Scheiße, das habe ich vergessen. Haben Sie Ihr Schulterhalfter an? Zeigen Sie es uns. Jack, es sieht aus wie bei einem Fernseh-Cop.«

Lucy sagte: »Wenn Sie versuchen, damit aus dem Zimmer zu gehen, dann verspreche ich Ihnen, daß ich Sie erschieße.«

Roy sagte: »Schwester, wenn du die Nerven dazu hast, dann hast du das Geld verdient.« Er wandte sich wieder um und machte zwei Schritte auf die Tür zu.

Lucy schoß, und Roy schrie auf.

28

Helene hatte die hintere Tür des Leichenwagens geöffnet und die Bahre auf den Schienen zur Hälfte herausgezogen. Sie bemühte sich, die verdammten Beine des Untergestells auseinanderzuklappen. Jack ging zu ihr und sagte: »Hier.« Er löste den Sperrhaken und sagte: »Ich hole ihn.« Ganz ruhig und gelassen. Helene sah ihm nach, wie er losging und die Bahre auf ihrem Fahrgestell über den gepflasterten Gartenweg schob. Als er unter dem Schatten der Bäume angekommen war, öffnete sich eine Tür zum Patio. Lucy hielt sie ihm auf. Es dauerte nicht lange, da sah Helene, wie Jack wieder mit der Bahre herauskam. Auf ihr lag ein Mann. Jack hielt an, sagte etwas zu Lucy und küßte sie auf die Wange. Er kam durch den Garten zur Auffahrt zurück und hielt hinter dem Leichenwagen an. Erst als Jack soweit war, daß die Bahre hineingeschoben werden konnte, merkte Helene, daß der Mann gar nicht tot war.

Seine Augen standen offen. Zwischen dem rechten Arm und der rechten Seite hatten sie Handtücher gestopft. Er stieß schlimme Worte aus und strengte sich an, möglichst gemein auszusehen. Er gab Jack Namen, die man normalerweise Frauen gegenüber benutzt. Helene kümmerte sich nicht darum. Jack schien es auch nicht zu stören. Er schob den Mann in den Leichenwagen und warf die Tür hinter ihm zu.

Sie sagte: »Jack, darf ich denn jemanden einladen, der nicht tot ist?«

Er sagte, sie solle nur machen, und winkte Lucy zu, die drüben am Eingang zum Patio stehengeblieben war. Lucy winkte zurück.

Sie stiegen in den Leichenwagen und fuhren los. Helene am Steuer, während Jack sich zurücklehnte und eine Zigarette ansteckte, als sei alles in bester Ordnung. Als allererstes wollte Helene wissen, warum sie denn keine Ambulanz gerufen hätten. Jack sagte, weil sie fragen würden, woher Roy die Schußwunde habe – und dabei tippte er mit der Hand auf eine Stelle kurz über ihrer Hüfte. Genau da. Nur war bei Roy dort eine Fettrolle. Jack sagte, Roy würde sich eine Geschichte ausdenken, die er dann im Krankenhaus erzählen würde. Helene sagte: »Wieso, ist er nicht sauer?« Jack sagte, wen interessiert das? Roy konnte nichts aussagen, ohne auch über sich selber zu reden. Jack bat sie, sich ihre Fragen für später aufzuheben. »Laß uns den alten Roy ins Charity fahren.«

An der Notaufnahme ließen sie ihn aus dem Leichenwagen gleiten und rollten ihn in einen Behandlungsraum. Jack wich den Fragen des Personals aus. Er sagte zu Roy: »Du machst, daß du schnell wieder auf die Beine kommst, ja?« Der Krankenpfleger rollte Roy weiter, und Helene konnte nicht mehr verstehen, was er Jack antwortete.

Sie fuhren in ihrem Leichenwagen davon. Jack sagte: »Fahr über die Canal Street. Wir halten am Mandina's an und genehmigen uns einen. Wie hört sich das an? Leo und ich haben da immer einen Sprung hinein gemacht, wenn wir eine Beerdigung hinter uns hatten. Ein wenig auflockern.«

Helene sagte: »Wenn du glaubst, du kriegst deinen Job wieder, dann hast du dich aber gewaltig geirrt.«

»Es ist dein Job«, sagte Jack, »wenn er dich glücklich macht.«

Helene sah ihn an. Er sah so harmlos aus, wie er dasaß und sich das Treiben auf der Canal Street an einem Samstagnachmittag anschaute.

»Ich bin noch nie mit einem Mädchen gegangen, das in einem Bestattungsinstitut gearbeitet hat. Das wird mal eine ganz neue Erfahrung.« Kurz darauf sagte er: »Morgen fahre ich vielleicht nach Gulfport und hole einen Wagen ab. Ein Kumpel hat mir angeboten, daß ich seinen brandneuen Sechzigtausend-Dollar-Mercedes so lange benutzen darf, wie ich möchte. Die Schlüssel hat er im Büro der Standard Fruit hinterlegt.«

»Kleider machen Leute«, sagte Helene. »Das klingt gar nicht nach dir, Jack.«

»Oder ich könnte den Wagen auch verkaufen...«

»*Das* klingt eher nach dir.«

»Und das Geld Lucy schicken, nach Nicaragua.«

Helene sah ihn an. »Meinst du das im Ernst?«

Jack antwortete nicht. Er war sich nicht sicher, ob es ernst war oder nicht.